KB217762

소리도
없이

소리도 없이

초판 1쇄 찍은 날 | 2015년 6월 25일
초판 1쇄 펴낸 날 | 2015년 7월 1일

지은이 | 나스라
펴낸이 | 예경원

편집 | 유경화

펴낸곳 | 예원북스
등록번호 | 제396-2012-000132호
등록일자 | 2012. 7. 25
YRN | 제1-0109호

주소 | 경기도 고양시 일산동구 무궁화로 8-28 삼성메르헨하우스 712호 (우) 410-837
전화 | 031-819-9431 팩스 | 031-817-9432
http://cafe.naver.com/yewonromance
E-mail | yewonbooks@naver.com

ISBN 979-11-5630-424-1 03810

소리도 없이

나스라 장편 소설

★ ― 목차 ― ★

프롤로그_ 어쩌다 마주친 ★

"어어, 잠깐만 기다려…… 헉헉."

숨은 턱까지 차고, 오랜만에 신은 하이힐 속의 발가락은 저들끼리 부대끼며 몸살을 앓았다. 그런데도 수인은 그깟 고통쯤은 가뿐히 무시했다. 지금 이 순간은 젖 먹던 힘을 짜고, 또 쥐어짜 전력질주하는 것 외엔 그 어떤 것도 중요치 않았다. 코앞에 보이는 횡단보도를 이번 신호에 건너지 못하면 일분일초가 아까운 이 시점에서, 몇 분이나 되는 아까운 시간을 도로 위에 허무하게 뿌려야 할 판이니까.

일정한 간격으로 점멸하는 까만 상자 속의 녹색등이 오늘따라 참도 빠르게 보채는 것 같아 수인의 걸음은 더욱더 빨라졌고, 눈은 언제 빨간색으로 변할지 모를 신호등에서 떠날 줄 몰랐다.

모퉁이를 살짝 돌아 나가야 건널 수 있는 횡단보도라 아직 모퉁이를 돌지 못한 수인에게 이쪽에서 건너기 시작하는 사람은 당연히 보이지 않았다. 또한 대부분의 사람들은 이미 도로 건너편에 도달해 있는 상황이었다. 까만 상자 속 빨간불의 등장이 얼마 남지 않았다는 뜻이었다. 숨을 헐떡이며 달리는 수인의 마음이 더욱 급해졌다. 흘러내린 숄더백의 어깨끈을 손목에 돌돌 말며 막판 스퍼트를 발휘했다.

"조금만 더 버텨줘! 이 신호에 건너지 못하면 내 백조 인생은 끝나지 않을 거란 말이야!"

노력이 가상했던지 그녀가 횡단보도에 진입했을 때까지도 여전히 녹색등이 깜빡이고 있었다. 이제 마저 건너기만 하면 도중에 신호가 바뀌더라도 가볍게 고개 한번 끄덕여 주고 맞은편에 도달할 수 있었다. 아니, 그럴 것이라 철석같이 믿었다. 그런데.

끼이이이익!

현실이 늘 그녀를 배신해 왔던 것처럼 일생일대에 가장 중요한 날이 될지도 모를 오늘도 역시나 하늘은 그녀의 편이 아니었다. 요란한 타이어 마찰음이 고막을 찢으며 수인의 귓가를 파고들었다. 본능적으로 걸음이 멈췄고, 더불어 그녀의 시간도 잠시 얼어붙었다. 찰나의 순간 '아, 내가 죽는구나.' 라는 생각이 스치듯 들었다. 잠깐 다른 곳에 다녀온 것처럼 멍했고, 동시에 아무런 소리도 들리지 않았다. 물론, 아주 잠깐이었다.

그 짧고도 짧은 순간이 지나고 잠시 멈췄던 세상이 다시금 빠르게 돌아가기 시작했다. 코끝을 파고드는 고무 타는 냄새와 이명처럼 들려오는 희미한 목소리, 고막을 자극하는 경적 소리가 질서 없이 밀려들었다. 더불어 무릎과 손바닥에서 따끔, 시큼한 통증이 일었다.

"괜찮으세요?"

걱정이 가득 담긴 목소리가 수인의 귓가를 스치고, 고개를 들게 했다. 손바닥의 통증도, 따끔거리는 무릎의 아픔도 잠시나마 잊게 할 만큼 감미롭고 부드러운 목소리였다. 목소리만으로도 가슴 설렐 수 있구나 싶은, 봄 햇살의 따스함이 묻어 있는 듯한 음성.

"많이 다치셨어요?"

수인이 미처 고개를 다 들기도 전에 한 남자의 얼굴이 그녀의 코앞에 드리워졌다. 그리고 그 순간 수인은 괜찮다고 말하려던 입술을 더 이상 움직이지 못했다. 겨우 한 뼘이 될까 싶은 거리에 한쪽 무릎을 꿇고 앉아 자신을 살피는 남자를 그저 망연히 바라보기만 했다. 그만큼 남자는 잘생겼고, 따스했다. 그렇게 10분 같은 10초가 흘렀을 때였다.

"헛! 피가!"

당황한 남자의 목소리가 멍한 수인을 흔들었다.

퍼뜩 정신을 차린 그녀는 그제야 자신이 횡단보도 위에 털썩 주저앉아 있다는 것을 깨달았다. 살색 스타킹이 어떻게 손볼 여지 하나 남겨두지 않고 사정없이 찢겨 무릎이 훤히 드러났다는 것도,

드러난 무릎의 살갗이 군데군데 벗겨져 피가 흐르고 있다는 것도 그제야 알아차렸다.

"어떡해……."

피를 보면 울음부터 터트리는 꼬맹이처럼 수인의 목소리가 파르르 떨렸다. 결코 고통에서 비롯된 것은 아니었지만.

"죄송합니다. 일단 병원부터 갑시다."

"네?"

남자는 덥석 그녀의 한쪽 팔을 붙잡아 일으켜 세우려 했다. 그 다급한 재촉에 또다시 깜짝 놀란 수인은 남자가 일으키려는 것보다도 훨씬 날쌘 동작으로 자리에서 벌떡 일어났다. 결코 낯선 남자, 그것도 첫눈에 반할 만큼 수려한 외모와 목소리를 가진 남자의 스킨십이 당황스러워서만은 아니었다.

"아니에요. 전 괜찮으니까 가던 길, 마저 가보세요."

수인은 어설픈 미소를 보이며 남자를 향해 두 손을 휙휙 저어 보였다. 뒤늦게 자신이 지금 최종 면접을 앞두고 있다는 것을 떠올렸던 것이다. 자칫 잘못하다 면접장에 지각을 할 판이었다. 산 입에 거미줄을 치느냐, 하얀 김 모락모락 올라오는 쌀밥을 먹느냐가 걸려 있는 일생일대의 순간을 앞에 두고 근사한 목소리, 잘생긴 외모 따위에—결코 '따위'가 아님에도 불구하고—한눈팔 여유가 없었다.

"그래도……."

"그냥 살짝 긁힌 것뿐이에요. 괜찮으니까 가보세요."

"무릎이 아니더라도 일단 교통사고······."

"아니요, 아니에요! 정말, 정말, 정말 괜찮아요."

"피가 계속 납니다."

"여기서 더 지체하면 아마 전 인생에서 이것보다 더 큰 피를 볼지도 몰라요."

수인은 환하게 웃으며 정말 아무렇지 않다는 듯 제자리에서 동동 뛰어 보이기까지 했다. 그리고 아주 짧은 순간 하늘을 올려다보며 대체 있기나 한 것인지 매 순간, 순간마다 의심해 마지않았던 하늘님을 또다시 원망했다.

자신 앞에 멈춰 선 고급 세단, 거기서 내린 한 남자. 잘생긴 외모와 멋진 목소리에 친절하기까지 한 이 남자. 이런 영화 속 한 장면 같은 상황을 굳이, 하필, 왜, 꼭, 지금 이 순간에 내려주셨을까.

'하늘이시여!'

아무리 중소기업이라지만 코스닥 상장하자마자 연일 상한가를 치고 있는, 앞으로 될 성싶은 회사의 최종 면접이 고작 10여 분 남아 있었다. 그것도 횡단보도를 뛰어들기 전에 말이다. 지금은 그보다 한참이나 시간이 흘렀으니 이제 정말 몇 분 남지 않았을 것이다.

스물여덟이라는, 그것도 비서라는 직종에 있어서 여자치고는, 많은 나이에도 불구하고 최종 면접까지 간 이 대단한 기회를 고작 무릎에 살짝 난 스크래치 때문에 날릴 수는 없었다. 스크래치라 하기엔 좀 과하게 피가 나고 있긴 했으나 이 정도 피는 서툰 요리를 하며 잘라먹은 손가락에서 흐르는 피에 비하면 말 그대로 새 발의 피였다. 구멍 난 스타킹도 갈아 신어야 하고, 밴드도 붙이려면 이렇게 손목 잡힌 것으로 심장 두근거릴 여유가 없었다.

"정 그러시다면 어쩔 수 없지만……. 대신, 문제 있으면 여기로 꼭 연락 주세요."

남자는 재킷 안쪽에서 명함 지갑을 꺼내 명함 한 장을 내밀었다. 수인은 더 이상 시간을 끌 수 없어 명함을 받아 가방에 대충 찔러 넣고는 서둘러 걸음을 재촉했다. 그러나 채 한 발을 제대로 떼지 못하고 다시금 제자리로 뒷걸음질 쳐야 했다. 조금 전 그녀의 팔을 조심스럽게 붙잡아 일으켜 세우던 힘과는 전혀 다른, 거칠고 무례하기 짝이 없는 힘에 의해서였다.

반강제적으로 돌려 세워진 수인의 시선이 제 손목을 붙든 이에게 닿았다. 방금 전 그 잘생긴 남자의 것은 아니었다. 잘생긴 남자는 현재 그녀의 손을 붙들고 있는 다른 남자의 뒤에 서서 무척이나 미안한 표정을 짓고 있었다.

"이런 사람들이 나중에 뒤통수치는 법이야. 이렇게 앞에서는 괜찮은 척하고 뒤로는 사람 가지고 노는 사람 여럿 봤어. 이대로 **뺑소니** 신고하면?"

남자의 입술은 제 등 뒤에 서 있는 잘생긴 남자에게 말하고 있었지만 눈길은 오롯이 수인에게 닿아 있었다. 마치 그녀가 진짜로 남의 주머니를 열어 돈이나 벌어볼 심산으로 일부러 교통사고를 유발한 것처럼. 그래서 정말로 **뺑소니**로 신고할 사람인 것처럼.

"그 말, 지금 나 들으라고 하는 소리예요?"

"네."

"이봐요! 내가 괜찮다고요. 아무렇지 않으니까 그냥 가겠다고요. 당신들에게 책임지라, 마라 하지 않는다고요!"

"그걸 무슨 근거로 믿으라고?"

남자는 눈썹 하나 까딱하지 않고 천연덕스럽게 되물었다.

"뭐라고요? 이 사람이 속고만 살았나? 사람이 사람을 못 믿으면 세상을 어떻게 살아갑니까?"

"세상에서 제일 못 믿을 게 사람이지."

"아니, 진짜 지금 뭐 하자는……."

수인이 잔뜩 약이 올라 버럭 소리를 지르려고 하자 한 걸음 물러서 있던 잘생긴 남자가 다급히 두 사람 사이에 끼어들었다.

"도로 위에서 이러지 말고 일단 자리를 옮기죠. 강세현, 너도 그만해. 이분 지금 바쁘신 것 같은데, 우리도 늦었고. 그러니까 일단 여기까지 하고……."

"연락처."

세현이라 불린 남자, 즉 여전히 수인의 손목을 붙들고 놔줄 생각을 하지 않는 남자가 대뜸 다른 손을 그녀 앞에 내밀었다. 수인이 기분 나쁜 얼굴로 그의 손과 얼굴을 번갈아 쳐다봤다.

"우리도 그쪽 연락처를 알아야 나중에 딴말 나오지 않지."

"언제 봤다고 반말이야, 기분 나쁘게. 나이는 어디로 처드셨나 몰라."

수인이라고 해서 말이 곱게 나갈 리가 없었다. 억울하면 3일 밤낮을 끙끙 앓는 사람이 그녀, 진수인이었으니까.

　"연락처."

　"알았어요. 줘요! 주면 되잖아. 사람 바빠 죽겠는데 별것도 아닌 걸 가지고 시비네. 사람 치려고 했던 사람이 누군데 도리어 큰소리야, 큰소리가. 횡단보도에서 사고 낸 게 죄지, 먼저 가려고 한 게 죈가? 저분 봐서라도 그냥 넘어가려고 했는데, 나도 성깔 있다 이거야."

　수인은 들으라는 듯 큰소리로 중얼거리며 가방 안에 넣은 손을 이리저리 휘저었다. 가방 안에서 이리저리 굴러다니던 펜 하나가 간신히 손안에 들어왔다.

　그녀는 팔꿈치까지 흘러내린 가방끈을 어깨 위로 고쳐 메고 자신의 손목을 잡고 있던 남자의 손을 거칠게 잡아채 손바닥을 쫙쫙 폈다. 그리고는 그 위에 자신의 휴대폰 번호를 적었다. 일부러 아프라고 사정없이 꾹꾹 눌러 썼다. 하지만 얄밉게도 남자는 꿈쩍도 하지 않았다. 촉이 가는 펜이라 아플 법도 한데 눈썹 하나 꿈틀하지 않은 채 한 자 한 자 채워지는 번호를 무감하게 내려다볼 뿐이었다.

　'소설이나 영화 속 까칠한 남자는 잘생기기라도 했지.'

　우연이라도 손이 부딪치면 찌릿찌릿 전기도 통하고, 으르렁대다가도 나쁜 남자의 매력에 끌려 해롱대기도 하고.

　하지만 소설은 소설일 뿐이었다. 그녀가 심통의 펜질을 해대는데도 이 남자는 두꺼운 안경 알 너머에 있는 쫙 찢어진 단춧구멍 같은 눈으로 그녀를 무슨 범죄자마냥 내려다보는 게 전부였다.

'그래, 너 키 커서 좋겠다.'

키라도 커서 다행인 줄 아시라는 말이 목구멍까지 올라왔으나 어금니를 사리물며 꾹꾹 눌러 담았다.

남자들이 예쁘지만 성격은 못된 여자들을 보며 예쁘면 모든 게 다 용서가 된다고 하는 것처럼 여자 또한 일단 남자가 잘생기면 조금은 용서가 된다. 물론, 그녀로서는. 잘생기지 않았으면 최소한 성격이라도 좋아야 하지 않을까. 하지만 앞에 있는 이 남자는 키만 컸지, 얼굴도 별로요, 성격도 별로였다.

'그래, 소설은 소설일 뿐이고. 멋진 놈은 남의 몫일 뿐이고.'

수인의 시선이 절로 안경잡이 남자 너머에 있는 잘생긴 남자에게로 향했다. 남자는 기다리기라도 한 듯 그녀와 눈빛이 얽히자마자 잔뜩 미안하다는 표정을 지으며 싱긋 웃어 보였다.

그 모습을 보며 수인은 또 한 번 세상은 참으로 불공평하다고 생각했다. 얼굴도 잘생겨, 키도 커, 친절하니 성격도 좋아. 거기다 차를 보니 돈도 좀 있는 것 같았다. 정말 다 가진 남자였다. 저런 남자가 내 남자였으면 얼마나 좋을까 싶지만, 자신에게 세상은 늘 박했으니까 별다른 불만은 없었다.

'그러고 보면 그쪽도 참 씁쓸할 일 많겠어.'

수인의 시선이 자연스럽게 안경잡이 남자에게로 돌아왔다. 제대로 다듬지 않은 긴 커트 머리, 두꺼운 뿔테안경, 피곤에 찌든 어

두운 얼굴. 대충 차려입은 게 분명한 하얀색 폴로 티와 물 빠진 청
바지, 의외로 옷걸이는 좋았다.

'그나마 옷발이라도 있으니…….'

생각의 더미 속으로 점점 빠져들려는 그녀를 익숙한 벨 소리가
세차게 흔들었다. 퍼뜩 정신을 차린 그녀의 시야에 막 휴대폰 종
료 버튼을 누르는 안경잡이 남자가 또렷하게 맺혔다. 혹시 다른
번호라도 적어줬을까 봐 확인 전화까지 하신 모양이었다.

"독하다, 진짜."

습관처럼 혼잣말을 내뱉으며 부재중이 찍힌 제 휴대폰을 내려
다보던 수인은 휴대폰에 찍힌 시간을 보며 또다시 놀랐다.

"흐이익!"

벌써 6분이나 지나 있었다. 이제는 정말 빼도 박도 못하고 지각
할 판이었다. 횡단보도도 못 건너고, 면접에는 늦겠고. 어쩌 하루
시작이 심상치 않게 꼬여가고 있었다. 무거운 짐을 들고 지하철역
계단을 오르시던 할머니를 오늘만큼은 모른 척했어야 했나, 아주
잠깐 후회가 들었지만 그 후회보다는 제 앞길을 가로막은 이 남자
의 행동에 대한 원망과 분노가 더 컸다. 그녀의 두 눈동자가 이글
이글 타올랐다.

"연락 꼭 기다려요! 전화기 꺼놓기만 해봐. 그냥 콱! 진짜로 뺑
소니로 신고해 버릴 테니까!"

수인은 남자에게 버럭 소리를 지르고는 이번에는 붙잡히지 않
겠다는 일념으로 후다닥 그 자리를 벗어났다. 그 와중에도 잘생긴

남자에게 미소 지어 보이는 건 잊지 않았다.

"이 자식, 진짜!"

"뭘?"

발끈하는 재민과 달리 세현은 시큰둥한 얼굴로 휴대폰을 청바지 주머니에 밀어 넣었다.

"뺑소니?"

"틀린 말 아니잖아."

"사람이 다쳤는데 어떻게 그런 소리가 나와?"

"저 여자 멀쩡하게 할 말 다 하고, 씩씩하게 뜀뛰기까지 하는 거 안 봤어? 그 정도면 멀쩡하지 뭘."

"그래, 말 잘했다. 사기 쳐 먹을 사람이었으면 그렇게 멀쩡한 척 했겠냐? 그런 사람 걱정은커녕 뒤통수나 치는 그런 사람으로 몰아 붙여?"

"사람은 화장실 들어갈 때와 나갈 때의 마음이 달라지니까. 마음만 먹으면 뭔들 못해."

"이 자식은 공부만 한 놈이 어째서 순진하진 않나 몰라. 연구실에만 붙어 있으면 사람 무서운지 몰라야 하는 거 아니야?"

"내가 사회성이 부족하단 소리를 돌려 말하는 거지, 지금?"

"알긴 아네. 타, 늦었어. 안 그래도 늦었는데 너 때문에 더 늦어졌잖아."

재민은 서둘러 운전석에 올랐고, 세현 역시 그를 따라 보조석에 올랐다. 차 문을 닫기 직전 방금 자신들이 실랑이를 벌였던 자리를 힐끗 쳐다봤지만 이내 시선을 거둬들였다.

"그러게 너 혼자 가면 될 것을 왜 나까지 꼭 자리를 차지하게 해?"

"아무리 연구만 한다지만 그래도 명색이 공동 대표잖아. 최종 면접에 얼굴 도장은 찍어줘야 하는 법이지."

"그건 누가 만든 법이야?"

"꼬투리 잡지 마."

무료하게 묻는 세현에게 제법 매서운 눈빛을 보낸 재민은 조금은 급하게 차를 출발시켰다.

"어차피 경영 쪽은 네가 다 알아서 할 텐데 굳이 나까지 자리를 채워야 하는지 아직도 납득이 안 돼. 연구원을 뽑는 것도 아니고 네 비서실 직원 뽑는 건데 말이지."

"재무부와 영업부 사원도 뽑는다고 분명히 말한 것 같은데?"

"거기도 마찬가지고."

"또 따지고 든다. 너, 사람 본 지 얼마나 됐어?"

"일주일? 더 됐나?"

세현은 안경 사이로 흘러내린 훌쩍 길어버린 머리카락을 귀찮다는 듯 옆으로 넘기며 심드렁하게 대꾸했다. 엊그제 친구인 재민을 만난 것 같았으나 가만히 생각해 보니 그것보다는 조금 더 된 것도 같았다.

"자그마치 일주일하고도 3일 더 됐거든! 그것도 나, 서재민이를 본 것만 말이지."

"그렇게나 됐나?"

어깨를 으쓱해 보이며 별로 관심 없다는 태도를 보이는 세현을 재민이 운전을 하는 와중에도 사정없이 흘겨봤다.

"아, 우리의 대화가 왜 이러냐? 이러니까 회사 직원들이 혹시 우리 둘이 사귀는 거 아니냐고 농담 반 진담 반 묻지."

세현의 미간이 사정없이 구겨졌다. 그렇지 않아도 두꺼운 안경 알 때문에 작아 보이는 단춧구멍 같은 눈이 더욱 가늘어졌다. 정말 기분이 나쁘다는 표정이었다.

"내가 대인관계 능력은 좀 떨어질지 모르겠지만 성 정체성까지 문제가 있지는 않다."

"정색하기는. 나도 싫다, 이 자식아."

재민이 피식 웃으며 핸들을 꺾었다. 그들이 탄 차량은 엇비슷한 크기의 건물들이 듬성듬성 자리 잡은 산업단지로 들어서고 있었다.

"면접관 꼴하고는."

"네 말대로 머리는 감고 나왔다. 그러니까 더 이상 귀찮게 하지 마."

"너 그래 가지고 연애는 언제 할래?"

"꼭 해야 하나?"

"넌 남자 새끼가 종족 번식의 본능도 없냐?"

"새끼 낳으려고 연애하나?"

"됐다. 말을 말자."

티격태격하는 사이 자동차가 멈춰 섰다. 차 문을 열고 나오는데 살랑, 바람이 불어왔다. 어느 순간 길어버린 머리카락을 제멋대로 휘젓고는 소리도 없이 멀어졌다. 세현은 저도 모르게 고개를 돌려 바람이 지나간 자리를 좇았다. 늘 봐오던 건물들과 주차장에 세워진 자동차, 각각의 회사 부지를 구분 짓는 연녹색의 펜스. 무엇 하나 다를 것 없는 풍경을 이유도 없이 멍하니 바라보았다.

"안 오고 멍하니 뭐 해?"

"어? 간다."

세현은 이미 한참이나 앞서 걷고 있던 재민의 뒤를 느릿한 걸음으로 따라 걸었다. 바지 주머니 안에 있는 손바닥을 엄지 끝으로 어루만지고 있다는 것도, 그 엄지가 만지는 것이 한 여자가 꾹꾹 눌러쓴 큼지막한 번호라는 것도 그는 미처 알지 못했다.

1: 아무도 모르는 사이에

수인은 어깨에서부터 주르륵 흘러내리는 가방을 다시금 고쳐 메고 뒤를 돌아봤다. 반듯반듯한 건물이 묵직하게 서서 그녀를 내려다보고 있었다. 그 모습이 꼭 방금 전까지 그녀를 무감하게 쳐다봤던 한 남자와 닮아 있었다. 꼬투리를 잡으려는 듯 날카롭게 그녀의 이력서를 살피던 두꺼운 안경알 너머의 가늘고, 날카롭던 눈이 환영처럼 그녀를 내려다보고 있는 듯했다.

"으으으!"

부르르 몸을 떤 수인은 끈질기게 달라붙는, 찔러도 피 한 방울 날 것 같지 않는 눈빛을 떨쳐 내기 위해 고개까지 세차게 가로저었다. 힘겹게 붙은 최종 면접인데 결국은 마지막 다리를 건너지 못할 것을 생각하니 깊은 한숨이 절로 나왔다. 사람이란 언제, 어디서 또 보게 될지 모른다더니, 어떻게 면접장에서 만날 수가 있을까. 그것도 면접관과 면접자로.

물 건너갔을 것이라고 여겼던 면접이 천만다행으로 지연되는 덕분에 지각을 면할 수 있었다. 의약용 단백질 개발업체로 세균, 바이러스 진단을 비롯한 치료제 개발을 주로 하는 바이오기업이라 그나마 생물교육과 출신인 그녀의 전공과 가장 가까운 회사였다.

물론 지원 직렬이 비서직이라 크게 플러스 요인이 되지는 않았을 테지만 그래도 서류면접까지 붙었기에 역시 전공을 무시 못하는구나 싶었다.

하지만 원수는 외나무다리에서 만난다고 했던가. 면접장에서 마주한 두 남자와의 재회는 정말이지 다시 생각하고 싶지도 않았다. 교통사고를 빌미로 조금은 후한 점수를 먹고 들어갈지도 모를 상황이었다. 그러나 또 다른 한 남자에게 전화기 들고 기다리라고 큰소리 뻥뻥 친 덕분에 어렵게 잡은 면접에서 주르륵 미끄러질 것이 뻔했다.

"진수인 씨? 자신에게 당장 1시간 후까지 마무리해야 하는 업무가 있습니다. 마무리하지 못하면 수억에 달하는 막대한 피해가 우려되는 업무이죠. 그런데 예상치 못한 일이 중간에 생겼습니다. 더군다나 그 예상치 못한 일이라는 게 제대로 처리하려면 시간이 걸리고, 무시하자니 범죄자가 될 일입니다. 어떻게 하시겠습니까?"

질문을 하며 살짝 입꼬리를 끌어 올리는 그의 얼굴이 마치 지옥에서 그녀를 잡으러 온 저승사자 같았다. 조금 전 교통사고 현장에서의 일을 두고 하는 질문이라는 것을 충분히 알 수 있었다. '범죄자'를 특히 강조함으로써 뒤끝을 아주 철저하게 보여주는 쪼잔한 남자였다. 사람이 공(公)과 사(私)는 확실하게 구분해야 하는 법인데 말이다.

"공과 사는 아닌가?"

인격과 능력을 두루 갖춘 인재를 채용하는 것이 회사의 목적일 테니 '사(私)'는 아닌 듯했다. 그런데 억울한 것은 어쩔 수 없었다. 과연 상대방이 그렇게 나오는데 어느 누가 큰소리치지 않을 수 있을까. 사람을 사고로 위장해 돈이나 뜯어낼 사기꾼으로 몰아가는데. 하지만 피고용인의 입장이 되어버렸으니 묻는 말에 고분고분 대답할 수밖에 없었다. 워낙에 당황한 터라 뭐라고 대답을 했는지조차 정확히 기억이 나지 않았다. 하지만 또박또박 말을 했다. 그것이 면접관이 원한 답이었는지는 알 수 없지만.

수인은 가슴을 쫙 폈다. 턱을 바짝 당기고, 허리를 꼿꼿하게 세웠다. 미래는 내가 만드는 것이다. 지금은 좌절했을지언정 앞으로 있을 내일과 모레 또다시 좌절하는 것은 아니니까. 실패는 성공을 위한 또 다른 발판일 뿐이니까.

버스에 오른 수인은 지난 밤, 긴장해 잠을 설친 탓에 꾸벅꾸벅 졸았다. 한동안 거의 헤드뱅잉 수준으로 고개를 흔들던 그녀는 어느 순간 갑자기 눈을 뜨고 주변을 살폈다. 익숙한 동네의 모습에 잠이 싹 달아났다. 급히 벨을 누르고 버스에서 내리는데 전화벨이 울렸다. 휴대폰을 찾아 귀에 가져다 대는데 상대방이 다짜고짜 물어왔다.

[어떻게 됐어?]

"수업 없어?"

[없으니까 전화했지. 설마 수업까지 내팽개치고 전화했을까. 날 어떻게 보고.]

수인은 피식 웃으며 흘러내린 가방을 고쳐 멨다. 3년 전까지만 해도 머리에 피도 안 마른 놈들에 대한 열불을 토해내며 서로를 위로했던, 친구 미인이었다. 이름만큼이나 아름다운 외모를 소유하신 최강미인. 어머니의 바람을 듬뿍 담은 이름이라며 귀에 못이 박히도록 들어온 지 이미 10년이었다. 같은 일을 하면서 같은 종류의 스트레스를 받았기 때문인지 둘은 만나면 끊임없이 서로를 위로했다. 우리의 비애는 같은 일을 하는 사람만이 알 수 있다면서. 하지만 더 이상은 아니었다.

[어떻게 됐냐니까?]

"면접 당일 날 어떻게 아니? 결과가 나와봐야 알지."

[감이라는 게 있잖아. '아, 됐구나!' 이런 기분 안 들었어?]

"어. 안 들었어. '아, 이번에도 아니구나!' 이런 생각은 들더라."

또다시 그 단춧구멍처럼 생겨가지고는 무서워 보이기까지 한 눈이 떠올랐다. 단단하게 다물린 입술까지도.

[에이. 사람 일이란 모르는 거다. 나의 친구! 너무 의기소침해하지 마. 이번엔 감이 좋아. 분명 합격할 거야. 내 꿈자리가 정말로 완전 좋았다니까! 내가 로또 사려다가 네 취직을 위해 복을 나눠 주려고 꾹 참았단 말이야.]

"차라리 로또를 사지 그랬어. 그 돈 나눠 줘도 충분한데."

한숨이 절로 목소리에 섞여들었다. 그에 휴대폰 너머에 있는 그렇지 않아도 높은 톤의 미인의 목소리가 한 톤 더 높아졌다.

[무슨 소리! 넌 충분히 능력자야! 대학 때 과 톱을 딱 한 번 빼고 안 놓쳤었고, 졸업도 수석으로 했고, 그 어렵다던 임용고시도 단번에, 그것도 45대 1의 경쟁률을 뚫고 당당히 1등으로 합격했으면서.]

"그거야 한참 전의 일이고. 지금의 난 배고픈 백조일 뿐인데, 뭘."

[어허, 어허! 우리 진수인 양 오늘은 왜 이렇게 의기소침해져 있을까?]

"자세한 이야기는 만나서 이야기해 줄게. 내가 아무리 면접을 잘 봤어도 떨어질 수밖에 없는 이유. 네가 말했던 가끔 한 번씩 터지는 욱하는 성질, 왜 진즉 안 고쳤을까 몰라."

[뭐야? 네가 설마 면접관에게 대들었을 리는 없고.]

"설마가 때론 사람도 잡아."

[어머, 진짜? 진수인이?]

"나 집에 다 왔어. 오늘 새벽까지 잠을 설쳤더니 피곤하다. 씻고 좀 쉬어야겠어. 오늘 보충수업에 야자 감독까지 있다고 했지? 그럼 주말에나 볼 수 있겠네."

[아이쿠, 우리 수인이 언니가 보고 싶었쪄여?]

"내가 애냐? 끊어."

수인은 피식 웃으며 전화를 끊었다. 하지만 얼굴에는 이내 수심이 번졌다. 매번 서류전형에서 떨어지다가 처음으로 최종 면접까지 갔던 터라 내심 기대를 하고 있었다. 미인의 말대로 이번에는 왠지 감이 좋았다. 하지만 전혀 엉뚱한 곳에서 마주친 상황 때문에 일이 이렇게 틀어져 버린 것이 끝내는 많이 아쉬웠다.

"출판사 쪽으로 알아봐야 하나."

이직(移職)이 이렇게 어려울 것이라고는 사직서를 내는 당시에는 알지 못했다. 더군다나 교직 생활을 하다가 전혀 다른 직업을 찾는 것은 더욱더 힘이 들었다. 하긴 그때는 다른 어떤 것을 생각할 겨를조차도 없었으니 이제 와 후회한다 해도 크게 다를 건 없었다. 그때로 돌아간다고 해도 그 상황에서 그녀가 취할 수 있는 행동의 범위는 그렇게 넓지 않았을 테니까. 더불어 자신의 깜냥과 마음가짐이라면 그때 과감히 돌아서기를 잘했다는 생각은 변함이 없었다. 단지, 팍팍한 현실 앞에서 자꾸만 타협하려 들고, 나약해져 간다는 것이 답답할 뿐이었다.

오랜만에 신은 하이힐 덕분에 몸살을 앓았던 발을 뜨거운 물에

씻어내며 꽤 오랜 시간에 걸쳐 샤워를 마친 수인은 대충 셔츠와 트레이닝 바지를 걸쳐 입었다. 말리지 못한 머리카락에서 물방울이 똑똑 떨어졌다. 목에 걸쳐 둔 수건으로 다시 한 번 닦아내다 한데 모아 포장하듯 돌돌 말아 머리 위로 올린 후 냉장고 문을 열었다.

텅텅 빈 냉장고에는 커다란 김치통과 반쯤 비어버린 밑반찬 몇 개, 그리고 마시다 만 소주 반병과 생수 반병이 전부였다. 지금 당장 먹을 수 있는 것은 물과 소주뿐이었다. 시선이 절로 싱크대로 향했다. 저 소주를 사오던 날 편의점에서 함께 샀던 감자칩이 생각난 터였다. 오늘은 기분도 꿀꿀하니 소주로 마음을 달래는 것도 그리 나쁠 것 같지 않았다. 아직은 해가 멀뚱히 떠서 지켜보는 대낮이라는 게 걸리긴 했지만. 어차피 혼자 사는 집에서 먹는 술이 밤이면 어떻고, 낮이면 어떠리.

투명한 머그잔, 반쯤 비어 있는 초록색 소주병, 활짝 펼쳐진 감자칩으로 이루어진 술상이 커튼을 걷어놓은 창문에 비친 햇살 아래 초라하게 마련되었다. 비록 조그마한 앉은뱅이 상이긴 하지만 명색이 식탁 위에 차려놓았는데도 초라하기 그지없었다.

수인은 술상 앞에 두 다리를 끌어안고 앉아 무릎에 턱을 괬다. 의미 없는 시선을 던지던 그녀의 눈에 화장대에 놓인 탁상 달력이 들어왔다. 한 날짜에 빨간 동그라미가 그려져 있었다.

"칫. 무슨 날짜가 이렇게 빨리 가?"

수인의 입술이 삐뚤삐뚤 불만을 담았다. 엊그제 다녀온 것 같은데 벌써 한 달이란 시간이 흘러 있었다. 표시를 해두지 않으면 무심히 지나쳐 버릴 수도 있을 만큼 내키지 않은 발걸음을 옮겨야 하는 날, 너무 바빠 날짜를 잊어버렸다는 핑계라도 대서 가고 싶지 않은 곳. 그런데도 누군가의 간절한 부탁 때문에 발길해야 하는 그런 곳이 있었다.

"본인은 기억도 못해주는데. 바보 같아."

불만 그득한 얼굴을 한 수인은 감자칩 하나를 집어 들어 탁탁 소리가 날 정도로 힘차게 씹었다. 마치 그것이 누군가라도 되는 것처럼.

"아얏!"

너무도 세게 씹은 탓에 잘못하여 제 입술을 깨물고 말았다.

"오늘 일진이 왜 이렇게 사나운 거야! 으으, 아파서 눈물이 다 나네."

수인은 손등으로 스윽 눈가를 훔치고, 입에 든 감자칩 부스러기를 꿀꺽 삼켰다. 그리고는 소주를 쭉 들이켰다. 상처 난 부위가 따끔했지만 목구멍으로 넘어가는 소주의 쓴맛이 더 독해서 상처의 고통은 덜했다.

"인생이란 그런 거지. 소주 한 잔에 시름을 삼키고 다시금 일어서는 것. 캬아, 좋다!"

마지막 잔을 탁, 소리 나게 상 위에 내려놓은 수인은 입가에 억지 미소를 만들었다. 그리고 그 미소는 곧 진짜 웃음으로 조금씩 바뀌어갔다. 사람은 행복해서 웃는 게 아니라, 웃어서 행복해지는 것이라고 열심히 배웠고, 그 배움을 그녀는 성실히 잊지 않고 실천에 옮겼다. 그것이 그녀를 살아가게 했고, 그녀가 다시 출발선에 서서 한 걸음씩 앞으로 나아가게 하는 작은 주문이었다.

❖

늦은 밤, 조용히 현관문을 열고 들어서던 세현은 자신을 기다리고 선 어머니를 마주하고는 멈칫했다.

"늦었구나. 오늘도 연구실에서 시간 가는 줄 모르고 있었나 보네."

"네. 일찍 주무시지 않으시고요?"

"아들이 아직 안 들어왔는데 어떻게 잠을 자니? 애도 참."

어머니는 짐짓 서운한 표정을 지으며 세현을 밉지 않게 흘겨봤다.

"언제는 제발 새벽이슬 좀 밟아보라면서요."

"그 말은 취소다. 새벽이슬 밟으랬다고 연구실에서 밤새는 놈에게 무슨 말을 하겠니?"

세현은 피식 웃으며 잠시 멈췄던 걸음을 옮겼다.

"들어가 주무세요. 아버지 찾으시겠네."

"이미 임자 있는 네 아버지 걱정 말고 네 걱정을 좀 하란 말이야, 아들."

"저 올라가요."

세현은 등 뒤로 들려오는 어머니의 잔소리를 가뿐히 모른 척하고는 자신의 방이 있는 2층으로 올라왔다. 브리프 케이스를 책상 위에 내려놓는 그의 손길이 다소 거칠었다. 늘 똑같은 방 공기도 오늘따라 유난히 답답했다. 창문을 활짝 열어젖힌 그는 안경을 벗어 던지다시피 책상 위에 내려놓고 의자 위로 몸을 뉘었다. 늘어지는 몸짓에 피곤이 덕지덕지 묻어났다. 눈을 감고 눈두덩을 문지를 때마다 퍽퍽한 소리가 났다.

"일의 긴급도와 중요도를 따져 가장 우선순위가 높은 일을 먼저 처리해야 한다고 생각합니다. 예상치 못한 일이 어떤 일인지는 말씀해 주지 않으셔서 잘 모르겠지만, 그것이 인간의 목숨을 좌지우지하는 일이 아니라면 저는 제게 주어진 업무를 먼저 처리하겠습니다."

유독 인간의 목숨을 좌지우지하는 일이 아니라는 대목에 힘을 실어 또박또박 대답하는 한 여자의 목소리가 머릿속에서 댕댕 울렸다.

"진수인 씨가 범죄자가 되어도 말입니까?"
"저는 범죄자가 될 만큼 법에 저촉되는 일은 하지 않습니다. 설사 그 순간에 범죄자가 된다 하더라도 제 스스로가 떳떳하다면 긴급하고 중요한 일을 해결한 후에 진실을 밝혀도 충분하다고 생각합니다."

마치 고작 횡단보도에서 살짝 부딪친 실랑이 가지고 면접장까지 끌고 와 들먹이는 쪼잔하기 그지없는 남자를 나무라는 것 같았다. 그 표정과 말투가 고스란히 떠올랐다.

"그 말은 한 인간의 목숨을 좌지우지하는 상황이라면 회사에 수억 원에 달하는 손해를 끼쳐도 된다는 말인가요?"

꼬투리 잡기라는 것을 알았지만 세현은 표정 하나 바뀌지 않고 되물었다.

"그렇습니다. 사람 위에 사람 없고, 사람 밑에 사람 없다고 했습니다. 세상 모든 일이 인간의 편리와 안위를 위한 것이고, 우리 또한 그것을 위해 안팎으로 일을 합니다. 저는 이 회사의 궁극적인 목적 또한 건강하고 윤택한 인간의 생활에 있다고 생각합니다. 그 목적을 위해 여러 제품과 기술을 개발하는 회사 아닙니까? 그런데 손해 본다는 이유로 인간의 목숨을 모른 척한다면 이것이 가장 큰 범죄이지 않겠습니까? 인간의 목숨은 그 대상이 누구이든 감히 돈으로 계산할 수 없는 것이라고 생각합니다."

"하아!"
이 한 몸 불살라 회사에 막대한 손해를 끼치는 일은 절대 없도록 하겠다, 해도 시원찮을 판에 따박따박 제 하고 싶은 말을 다 하는 수인의 모습이 떠오를 때마다 세현의 입에서는 어이없는 한숨이 연거푸 터져 나왔다. 할 말 다 해놓고는 뒤늦게 아차 싶은 얼굴을 했던 그녀의 행동이 더욱더 그의 심기를 불편하게 했다.

똑똑.

등 뒤에서 들리는 노크 소리에 잔뜩 힘이 들어가 있던 세현의 미간이 이완되었다. 그는 자세를 바로잡고 벗어놨던 안경을 썼다. 그의 시선이 우연히 자신의 손에 닿았다. 얼마나 세게 꾹꾹 눌러 썼는지 오늘 하루 동안 여러 번 손을 씻었음에도 불구하고 흐릿하게 남아 있는 11자리의 숫자가 그의 눈에 정확히 박혀들었다.

"자니?"

문밖에서 그를 부르는 소리가 들렸다. 세현은 퍼뜩 정신을 차리고 자리에서 일어섰다.

"아니요. 들어오세요."

"옷도 안 갈아입었네? 많이 피곤해?"

갈색 액체가 담긴 잔을 쟁반에 받친 어머니가 걱정스런 얼굴로 세현을 쳐다봤다.

"잠시 생각할 게 있어서요. 주무시지 않고요."

"이거 먹어보라고. 너 환절기 때만 되면 감기 달고 살잖아. 박변호사님 알지? 3년 전에 귀농하셨잖아. 이번에 수확한 배랑 배즙이랑 보내오셨더라."

어머니는 생긋 웃으며 그에게 유리잔을 내밀었다.

"놓고 아버지랑 같이 드세요."

"너까지 먹어도 충분할 만큼 많아. 별걸 다 걱정해. 다른 거 하나도 안 넣고 배와 도라지만 넣었다더니 먹어보니깐 정말 맛이 깔끔해."

어머니는 어서 먹어보라고 그를 빤히 쳐다보고 계셨다. 세현은 내키지 않는 표정을 지우고는 단숨에 잔을 비웠다. 쌉쌀하면서도 달달한 게 꽤나 먹을 만했다.

"맛있지?"

"네."

세현은 가타부타 말없이 빈 잔을 어머니가 들고 있는 쟁반 위에 내려놓았다. 그리고는 브리프 케이스에서 이런저런 보고서들을 꺼내기 시작했다. 이제 그만 나가달라는 무언의 표시였다. 하지만 어머니는 그런 아들의 의중은 중요치 않다는 듯 자리에서 꿈쩍도 하지 않으셨다. 워낙에 연구실에서 밤을 새는 경우가 많은 탓에 퇴근이 늦어지면 부모님은 으레 먼저 주무시곤 하셨다. 오늘처럼 주무시지 않을 때는, 특히나 이렇게 방까지 따라 올라오시는 건 딱 한 가지 이유에서였다. 그리고 역시나 그의 예상은 빗나가지 않았다.

"강 박사님."

살짝 미소를 띠고 퍽이나 사랑스럽게 그를 부르는 어머니의 모습은 세현에게 충분히 익숙한 모습이었다. 가타부타 말을 섞을 필요가 없을 만큼.

"시간 낭비하고 싶지 않아요."

"선보는 게 어떻게 시간 낭비야? 사람을 알아가는 아주 귀한 일이지."

"나랑 상관없는 사람 알아서 뭐 해요."

"상관있으려고 알아가는 거지."

세현의 고개가 어머니 쪽으로 돌아갔다. 꽤나 무료한 듯, 조금은 귀찮은 듯한 감정이 움직이는 고갯짓에 고스란히 묻어났다. 그것을 모를 어머니가 아니었다.

"어디 가서 사고라도 치고 오면 이 엄마가 충분히 선처해 주고."

"그게 자식에게 하실 말씀이에요?"

"엄마가 오죽하면 그래? 너 혹시…… 남자가 좋니?"

"하아!"

아무렇지 않게 물어보셨다면 장난이겠거니 넘어가겠지만 묻는 표정이 너무 진지해 오히려 더 어이가 없었다. 오늘 이런 뉘앙스의 말을 벌써 두 번째 듣고 있었다.

"너무 앞서가셨습니다."

"그렇지? 그런 건 아니지? 그러니까……."

"어머니, 저 피곤해요."

세현은 더 이상 어머니와 입씨름하는 것이 무의미했기에 말을 끊으며 다시금 종이 더미로 시선을 돌렸다.

"매정한 자식. 네가 이렇게 여자 마음을 모르니깐 연애는커녕 여자의 그림자도 못 밟는 거야! 불효막심한 놈."

결국 어머니는 세현을 뒤로하고 꽤나 큰소리를 내며 문을 닫고 방을 나가 버렸다. 방문이 닫히는 소리와 함께 그제야 그의 고개가 이미 닫혀 버린 문으로 돌아갔다. 그의 입술에서 긴 한숨이 만들어졌다. 들고 있던 종이 뭉치들을 책상 위에 던지듯 내려놓고 의자에 몸을 묻었다.

잠시간의 고요, 그 속으로 바람이 불어왔다. 그 무더웠던 여름의 끝을 알리듯 열어놓은 창문을 넘어오는 밤바람이 이제는 제법 시원했다. 감겼던 세현의 눈꺼풀이 스르륵 올라가며 고개가 절로 바람이 불어오는 쪽을 향했다.

아무것도 없는 깜깜한 창밖 세상 위에 몽연하게 번진 주황색 가로등 불빛. 그리고…… 흩뿌려지듯 점점 선명해지는 하루. 그 하루 속에 스며 있던 사건, 그 사건 속에 함께 있던 사람…….

그의 시선이 자신의 손바닥을 향했다. 덥석 그의 손을 붙들었던 조그마한 손, 손가락을 쫙쫙 펴내는 낯설고도 부드러웠던 여린 감촉. 다시금 되살아나는 그 순간의 감각에 얼굴이 찌푸려졌다.

세현은 주먹을 급히 그러쥐고는 잡생각을 떨쳐 내듯 머리를 흔들며 자리에서 일어났다. 평소와는 미미하게 달랐던 오늘은 그에게 있어 유난히도 피곤한 하루였다.

"말이 된다고 생각해?"

"안 될 건 또 뭐야."

"지난번 교통사고 때문에 미안한 마음에 이러나 본데. 공은 공이고, 사는 사야."

"언제는 나랑 맞는 사람 뽑으면 된다며?"

"그럼 그 여자가 너랑 잘 맞는다고?"

재민은 어깨를 들었다 놓는 것으로 대답을 대신했다. 맞는다는 소린지, 아니란 소린지, 이도 저도 잘 모르겠다는 소린지. 세현의 미간이 절로 접혔다. 이런 애매모호한 태도, 정리되지 않는 어정쩡한 대답, 그가 가장 못마땅해하는 부분이었다. 그걸 아주 잘 알고 있으면서도 재민은 능청스런 웃음으로 이 상황을 빠져나가려는 것 같았다. 명색이 회사 직원을 최종 결정하는 자리에서 말이다.

"나이 스물여덟에 대표이사 개인비서가 가당키나 해?"

"우리 회사가 언제 그렇게 나이 따졌대? 부서마다 우리보다 나이 많으신 분들도 많아."

"전공은 또 어떻고? 사범대 졸업생 데려다 뭐 해?"

"교직 경력 있잖아, 3달도 아니고 3년. 사람은 잘 다루겠네."

"그래 봤자 이쪽으론 경력 하나 없는 생판 초짜에 불과해. 그리고 다 큰 어른 상대하는 것과 머리에 피도 안 마른 애들 다루는 것이 같아?"

세현의 강력한 반대 주장에 실실 웃으며 룰루랄라 즐거운 표정만 짓고 있던 재민의 눈이 갑자기 얄팍해졌다. 그의 눈초리와 입꼬리가 음흉함을 담아 세현을 응시했다.

"너 뭐냐?"

"뭘?"

"내 비서 뽑는 거야, 네 비서 아니고. 나더러 알아서 하라고 했던 것도 너라고."

"그런데?"

"그런데 왜 그렇게 눈에 쌍심지를 켜고 반대를 해?"

"……단순히 네 비서가 아니라 우리 회사 대표이사 비서야."

세현의 한 박자 늦게 나온 대답이 못 미덥다는 듯 재민이 팔짱을 끼고 세현 쪽으로 몸을 기울였다.

"정말?"

"그게 아니면? 다른 이유가 뭐가 있어."

세현은 괜스레 흘러내린 안경을 고쳐 쓰는 척하며 시선을 창문 밖으로 던졌다. 끝날 것 같지 않던 무더위가 순식간에 자취를 감추고 새파란 하늘을 가진 청명한 가을이 성큼 다가와 있었다.

"아무튼 난 반대야. 그런 줄 알아. 실험 결과 나올 때 됐다. 내려간다."

세현은 다시 한 번 제 뜻을 재민에게 전하고 자리에서 일어났다.

"난 그 대답 마음에 들어."

"세상 모든 일이 인간의 편리와 안위를 위한 것이고, 우리 또한 그것을 위해 안팎으로 일을 합니다. 그런데 손해 본다는 이유로 인간의 목숨을 모른 척한다면 이것이 가장 큰 범죄이지 않겠습니까?"

재민은 살포시 미소를 머금었다. 사실은 그 대답이 마음에 들었다기보다는 그 대답을 할 때의 그녀의 표정, 눈빛이 마음에 들었다. 인간의 목숨을 이야기할 때의 표정에 담긴, 안타까움과 아련함, 그리고 서글픔.

뒤돌아서 나가려던 세현이 천천히 뒤를 돌아봤다. 미소 짓는 재민의 얼굴을 내려다보는 그의 눈동자가 무겁게 내려앉았다.

"너 혼자 결정할 일, 아니잖아."

"그래도 가장 막강한 힘을 발휘할 수는 있지. 대표이사가 이럴 땐 좋아."

생긋 웃는 재민의 얼굴을 보는데 이상하게도 그의 두 주먹에 바짝 힘이 들어갔다. 참도 이상한 일이었다. 대체 그 덜렁대 보이는 나이만 많은 여자가 뭐가 마음에 든 것인지 그는 이해할 수가 없었다. 대체 왜, 친구가, 그것도 공동 대표로 이름 올려놓는 사업 파트너가 마음에 들지 않는다는데 끝까지 채용 의사를 굽히지 않는 건지. 그리고 재민이 마음에 들면 그만인 것을 그것이 신경 쓰이는 자신도 이해가 되지 않았다. 결국 세현은 한숨을 삼키는 것으로 상황을 종결시키고 재민의 사장실을 빠져나왔다.

그리고 며칠 뒤 수인은 사장이사 비서실로 첫 출근을 했다.

막 화장실을 나서 모퉁이를 돌던 수인은 잽싸게 뒷걸음질 쳐 몸을 숨겼다. 저쪽에서부터 손에 든 서류 파일을 신경질적으로 넘기며 성큼성큼 걸어오는 남자를 발견한 것이다. 머리가 판단하기도 전에 몸이 제 알아서 먼저 보인 반응이었다. 지은 죄도 없는데 괜스레 그만 보면 움츠러드는 이 조건반사적인 행동이라니. 낮게 한숨을 쏟는 그녀의 얼굴에 떨쳐 내지 못한 시름이 스멀스멀 올라왔다.

새 직장을 잡은 지 오늘로 정확히 14일째. 하늘이 처음으로 그녀에게 작은 동아줄을 내려줄 줄은 꿈에도 생각지 못했다. 잘생긴 데다 착하기까지 한 젊은 사장님의 너그러운 마음과 온정 때문인지 그녀는 시원하게 미끄럼을 탈 줄 알았던 면접을 통과해 당당히 최종 합격자 명단에 이름을 올릴 수 있었다.

신입사원들 대부분이 이제 갓 대학을 졸업한 파릇파릇한 젊은 청춘들이었다. 그 사이에서 그녀 홀로 묵은지 냄새가 풀풀 났다. 이제 슬슬 눈가에 필 주름을 걱정해야 하고, 나이 먹어 눈치 없단 소리 듣지 않기 위해선 주변의 정황을 빠르게 파악해야 했다. 특히나, 저 앞에서 다가오고 있는 강 박사님 앞에서는 더욱더.

이상하게 그의 앞에서는 실수투성이가 되었다. 28년 인생을 살면서 똑 부러진다는 말을 들었으면 들었지 일 못한다는 소리는 한 번도 들어본 적 없는 그녀였다. 그런데 저 키만 멀대같이 큰 남자 앞에서는 이상하리만치 실수 연발이었다.

전달 내용의 일부에 변경 요청이 있어서 그 부분을 수정해서 보내야 할 파일을 수정되기 전의 것으로 보고하는 엄청난 실수를 입사 5일 만에 하고 말았다. 천만다행으로 그가 직접 걸음하여 확인했기 망정이지, 그렇지 않았다면 면접장에서 그가 날카로운 눈빛으로 던졌던 질문처럼 수억 원의 피해까지는 아니더라도, 회사의 신용에 큰 악영향을 끼칠 뻔했다. 그것뿐이면 좋았으련만 며칠 뒤, 그것도 하필이면 그의 연구 보고회를 앞두고 생뚱맞게 멈춰버린 시계 때문에 보고회가 지연되는 일까지 벌어지고 말았다.

너무도 어처구니없는 실수라 그 이후로 저 강 박사님께서는 그녀를 아예 초등학생 취급을 했다. 이제는 그녀가 눈앞에 보이면 일단 경계부터 할 지경이었다. 불과 2주 만에 말이다. 그날 이후 모든 서류는 꼭 세 번씩 다시 확인하고, 시계도 탁상시계, 손목시계, 휴대폰 시계 세 개를 차례로 확인하며 두 번 다시는 같은 실수를 하지 않으려 애쓰고 있지만 이미 삐뚤어져 버린 그녀를 향한 강 박사님의 시선은 좀처럼 바뀌질 않았다. 분명 첫 단추를 잘못 끼운 탓일 것이다.

수인이 점점 가까워지는 한 남자에게 온 감각을 집중하는 사이, 그녀의 등 뒤로 또 다른 한 남자가 소리도 없이 다가왔다.

화장실에서 나오던 재민은 익숙한 뒷모습이지만 전혀 익숙지 않은 자세를 하고 있는 수인을 발견하고는 저도 모르게 미소를 머금었다. 몰래 염탐이라도 하는 듯한 모양새가 퍽이나 재미로웠다. 절로 그녀의 모습을 흉내 낼 만큼, 그녀의 염탐에 동참을 하고 싶을 만큼.

그는 조용히 그녀의 등 뒤로 바짝 몸을 낮췄다. 모퉁이에 몸을 숨긴 채 고개만 빠끔히 내밀어 어딘가를 훔쳐보고 있는 그녀의 자세를 똑같이 따라 했다. 그러자 모퉁이 안쪽에서는 보이지 않던 복도 쪽 풍경이 눈에 들어왔다. 하얀 실험 가운을 입은 세현이 손에 든 종이 파일을 심각한 표정으로 살피며 다가오고 있었다.

재민의 눈이 소리 없이 수인과 세현을 번갈아 담았다. 그리고는 이내 미간에 미세한 주름이 잡혔다. 뭔가를 가늠하는 듯한 표정, 썩 유쾌하지는 않은 감정의 흔적이 스쳤다. 하지만 아주 잠시 머물다 사라지는 찰나에 불과했다.

재민은 장난기 가득한 얼굴로 태연하게 물었다. 복도 저쪽에 온통 신경이 가 있던 터라 그의 등장은 미처 눈치채지 못한 수인에게. 그것도 무척이나 은밀하고, 참도 다정하게. 거기에다 그녀의 귓가에 바짝 입술까지 가져다 대고서.

"뭘 그렇게 숨어서 열심히 쳐다봐요?"

"엄마야!"

수인은 바로 귓가에서 떨어지는 속삭이는 소리에 깜짝 놀라 반사적으로 모퉁이 밖으로 튕겨 나갔다. 엄청난 일이라도 당한 것처럼 놀란 표정은 물론이거니와 얼굴이며 귀까지 새빨개져 있었고, 방금 전 재민의 목소리가 흘러들었던 한쪽 귀를 두 손 모아 가리기까지 했다. 너무도 과한 반응에 살짝 장난치려 했던 재민이 오히려 민망할 정도였다. 대신 그는 빠르게 자신의 행동이 조금 과했단 판단을 할 수 있었다.

재민은 재빨리 몸을 물리며 두 손바닥을 그녀를 향해 펼쳐 보였다. 다른 나쁜 뜻이 있어서 그런 건 아니다, 더 이상 다가가지 않을 테니까 그렇게 치한 보는 듯한 표정으로 보지 말라고 온몸으로 전했다.

"미안해요. 장난 좀 치려고 했는데 놀랐나 보네요. 미안합니다."

"사, 사장님⋯⋯."

뒤늦게 등 뒤로 바짝 접근해 귓가에 바람을 불어 넣었던 사람이 그녀가 모시는 상사라는 것을 깨달은 수인의 목소리가 파르르 떨렸다. 그가 결코 뭇 여성의 귀에 바람을 불어넣을 변태적인 인간은 아니라는 것은 둘째 문제이고, 일단은 그녀가 이 회사에 취직할 수 있도록 일조해 준 것으로도 모자라, 그냥 마주 보기에도 가슴 떨릴 만큼 아까운 분이 아닌가.

"아니⋯⋯ 에요. 제가 귀가 좀 민감⋯⋯! 내가 지금 뭐라는 거니? 아니, 그게 아니고⋯⋯."

수인의 얼굴이 보는 사람이 민망할 정도로 빨갛게 물들었다. 마치 딱 먹기 좋게 잘 익은 솜털 보송보송한 복숭아처럼. 자신이 한 말이 별로 적절치 않았다는 것을 깨달은 탓이었다. 잽싸게 아무렇지 않게 손을 내리고 옷매무새를 고쳤으나 붉어진 얼굴은 쉽게 가라앉지 않았다.

지난 2주간 지켜본 결과, 눈앞에 있는 서재민 사장님은 대한민국을 넘어 세계 모든 여성들이 좋아할 만한 남자였다. 모든 것이

완벽했다. 외모는 물론이고, 성격도 좋았다. 언제나 웃는 낯이었고, 심지어 잘못된 부분을 지적할 때도 웃는 낯이었다. 그는 채찍보다는 당근을 훨씬 선호하는 사람이었다. 그렇게 웃으면서도 할 말은 꼭 다 하는 사람이라 상대방이 웃어야 할지 울어야 할지 모르게 만드는 마력을 가지고 있었다. 보통 그런 사람은 얄밉기 마련인데 그는 절대 그런 존재가 아니었다.

친절한 재민 씨, 그게 눈앞에 서 있는 남자의 별명이었다. 그 친절이 그녀뿐만 아니라 모든 여자, 더 넓게는 모든 사람에게도 동격으로 베풀어진다는 것을 알면서도 그의 앞에만 서면 설레는 마음, 아가씨 마음이 울렁울렁, 울렁거렸다. 비서로서의 본분을 지켜야 한다는 스스로를 향한 충고로도 두근거리고, 설레는 마음은 어쩔 수 없었다. 어쩌겠는가, 여자의 마음이란 그런 것이거늘.

"뭐야?"

재민과 수인 사이로 까칠한 남자의 목소리가 끼어들었다. 멀찌 감치 떨어진 거리에 있었던 세현이 금세 그들이 서 있는 곳에 도착한 것이다. 살짝 인상을 쓰며 두 사람을 번갈아 쳐다보는 세현을 향해 재민은 생긋 웃어 보였다.

"이야기."

"화장실 앞에서?"

흘러내린 안경을 밀어 올리며 되묻는 세현의 말에 재민과 수인의 고개가 동시에 그들의 뒤를 향했다. 파란색 바지를 입은 남자와, 빨간색 치마를 입은 여자가 양쪽 벽에 각각 붙어서는 두 출입

구를 마주 보고 있었다. 이야기를 나누기에는 썩 적절치 않은 장
소였다.

"장소가 좀 그런가?"

재민은 멋쩍게 머리를 긁적였고, 수인은 저도 모르게 고개를 숙
여 제 발끝만 내려다봤다. 세현이 여기서 이렇게 노닥거릴 시간에
가서 일 하나라도 더 배우라고 화를 낼 것만 같아 저도 모르게 고
개를 숙이고 만 것이었다.

하지만 세현이 그녀의 마음을 알 수는 없는 일이었다. 정작 그
는 그렇게 고개를 숙이며 자신의 눈빛을 피해 버린 그녀를 보며
더욱 인상을 찌푸렸다. 마치 방금 전까지 무슨 일이 있었던 양 다
른 사람과 눈도 제대로 못 마주치고, 얼굴이며 목덜미는 잔뜩 빨
갛게 달아올라 있고. 거기다 그녀의 옆에서는 재민이 천연덕스럽
게 미소 짓고 있었다. 마치 그가 상상하는 것과 같은, 무슨 일이
실제로 있었다는 듯. 이상하게 기분이 별로 좋지 않았다.

"요즘은 비서가 화장실에도 대동하나?"

"에이. 아무리 비서의 업무가 보스의 일거수일투족을 보좌하는
일이라지만 화장실까지 대동하는 건 무리지. 난, 무척 소중하니
까."

재민의 장난스런 대꾸에 세현의 얼굴에 못마땅한 기색이 번졌
다.

"그럼에도 불구하고 이렇게 화장실 앞에서 만난 걸 보면……
운명인가? 안 그래요, 진 비서?"

"그, 그렇죠. 운명이니까 이렇게 사장님과 함께 일도 하는 것이고요. 그럼 전 이만 들어가 보겠습니다."

재민의 농담 섞인 질문에 자연스럽게 대꾸하면서도 그녀의 얼굴엔 숨기지 못한 당혹스러움이 홍조를 통해 나타났다. 그것을 본인도 안 탓에 고개를 숙여 인사를 해 보이고는 잽싸게 자리를 벗어났다.

남겨진 두 남자의 시선이 그런 수인의 뒤를 좇았다. 한 사람은 웃고, 한 사람은 찌푸린 채로.

"매력 있어. 당황한 듯한데도 상황에 알맞은 대답이나 행동이 바로바로 나온단 말이야."

매우 흡족한 기색을 만면에 띤 재민이 연방 고개를 끄덕였다. 직원으로 채용하기를 아주 잘했다는 듯 뿌듯함이 가득 실려 있었다.

"그런 사람이 초등학생보다 못한 실수를 밥 먹듯 해?"

"밥 먹듯은 아니지. 딱 한 번이었다. 누구나 처음엔 다들 실수하고 그러잖아. 뭐, 대단한 실수도 아니었고. 그 정도면 애교 수준이지. 넌 안 그랬어? 너 처음 바이어 만났을 때 어땠었더라?"

"됐어. 이것 확인해 봐. 아무래도 다음 달 계약은 힘들지 싶다."

세현은 재민의 말을 대뜸 끊으며 들고 있던 서류 파일을 내밀었다.

"이것 때문에 올라온 거였어? 다른 직원 통해 서류 올려 보내고 전화 한 통으로 통보하던 지난날에 비하면 완전 친절해지셨네, 우리 강 박사님?"

생긋 웃는 재민의 면상이 오늘처럼 얄미울 때가 있었을까. 틀린 말은 아니었지만 그 역시도 스스로 발걸음 한 이유가 명확하지 않았기에 세현은 시답지 않은 소리 그만하라는 듯 재민을 흘겨보고는 말을 이었다.

"날짜를 좀 더 미뤄봐. 이 정도 데이터로는 연구 결과를 확신할 수가 없어. 시간이 촉박하면 놓치는 부분이 있을 수도 있고. 급하게 가는 것보단 느리더라도 완벽하게 가는 게 순리지."

"급하게 가는 게 아니라 너와 함께 있는 우리 연구실 직원들의 능력을 믿는 거지. 그 정도는 충분히 해낼 수 있을 거라고."

재민은 세현이 내민 실험 결과지를 한 장, 한 장 넘겨보며 걸음을 옮겼다. 세현이 그 뒤를 따랐다. 가운 주머니에 두 손을 찔러 넣고 무심히 복도 창문 너머에 있는 푸른 하늘을 올려다봤다. 나뭇가지에 풍성하게 매달린 나뭇잎들이 신선한 가을바람에 몸을 맡기고 춤추는 모습에서 살랑살랑 부는 바람이 느껴졌다. 직접 닿을 수는 없지만 보는 것만으로도 충분히 느껴지는 묘한 감각이 조금은 새롭게 다가왔다.

사장실 앞에 도착한 두 사람을 수인이 자리에서 일어나 맞았다. 그런 수인에게 재민이 즐거운 미소를 건넸다.

"진 비서, 우리 차 한 잔 부탁해요."

"네, 사장님."

생긋 웃으며 화답하는 수인의 눈앞으로 불쑥 검정색 물체가 들어왔다. 그 물건을 쥐고 있는 한 남자의 손도. 하얀색 가운이 제법 잘 어울리는 세현의 손이었다. 전형적인 남자의 손처럼 투박하지만 건강한 손. 그 손의 주인이신 강 박사님께서 흘러내린 안경을 고쳐 쓰며 그녀를 무심한 눈길로 쳐다보고 있었다.

"박 대리 좀 바꿔줘요."

"……."

그녀가 대꾸하기도 전에 세현은 사장실로 들어가 버렸다. 아직 대답을 하지 못한 수인만이 그녀의 손에 반강제적으로 들린 휴대폰과 이미 닫혀 버린 사장실 문을 번갈아 볼 뿐이었다.

뒤늦게 퍼뜩 정신을 차린 그녀는 제 손에 들린 휴대폰이 폭탄이라도 되는 양 답답한 눈으로 내려다봤다. 폭탄 제거반이 어느 선을 잘라야 폭탄이 터지지 않을까 심각하게 고민하는 것처럼, 그녀의 눈빛이 그와 비슷했다. 머릿속은 온통 한 가지 물음뿐이었다.

'대체 무슨 의도로 휴대폰을 자신의 손에 들려준 것일까?'

그렇게 한참을 손에 들린 휴대폰을 노려보던 그녀의 눈빛이 일순간 날카로워졌다. 그녀의 고개가 사정없이 사장실 문을 향해 돌아갔다. 살벌한 눈빛이 보이지 않는 칼질을 했다. 고동색의 문짝에 역시나 보이지 않는 수십 개의 칼집이 생겼다.

'날 약 올리겠다는 거야? 쪼잔하게 아직까지도 그 작은 접촉 사고를 마음에 담고 있었어? 아니면 내가 이 자리에 채용된 게 그렇게도 배가 아프니? 그래? 박 대리에게 전화하는 게 그렇게 어렵

디? 손가락으로 11자리 숫자 누르는 것도 힘들디? 그래?'

수인은 소리 내어 외치고 싶은 굴뚝같은 마음을 가슴에 담고, 자체 음소거 버튼을 누른 후 그렇게 사장실 문짝, 아니, 그 문짝 안에 있을 세현에게 큰소리를 뻥뻥 쳤다. 저 남자의 유치하기 짝이 없는 지시가 너무도 어이없었다. 상식적으로 생각해도 그가 직접 전화하는 것과 그녀가 전화를 걸어서 바꿔주는 것과 어느 것이 더 효율적일지 딱 답이 나오는 일을, 그는 비상식적으로 요구하고 있었다.

"뭐 눈에는 뭐밖에 안 보인다더니. 당신이 초딩스러우니까 나의 작은 실수가 초딩스러워 보일 수밖에. 어휴, 내가 여기에 와서도 애를 상대하고 있어야 하는 거야?"

수인은 깊은 한숨을 몰아쉬고 들고 있던 휴대폰을 책상 위에 소리 나게 내려놓았다. 약간의 감정을 실어서 제법 세게. 하지만 그런 충격쯤은 충분히 받아들일 준비가 되어 있는 휴대폰은 그 어떤 영향도 받지 않았다.

"정말 주인스럽네."

휴대폰을 살벌하게 쳐다보던 그녀는 피식 웃음 한 조각 베어 물고 몸을 돌렸다. 그녀의 걸음이 책상 뒤쪽으로 마련되어 있는 탕비실로 향했다.

"올해는 일본에서 심포지엄이 열릴 예정이야. 이번에 참석해서 안면을 터놓는 게 좋을 듯해. 처음 보는 것보다는 그렇게라도 안면을 터놓는 게 유리하지 싶다."

"그건 네가 알아서 해. 사람 만나고 관계 쌓는 건 네가 잘하는 일이니까. 굳이 나까지 함께할 필요는 없을 것 같다."

똑똑.

노크 소리에 재민과 세현의 대화가 잠시 끊겼다. 사장실 문을 열고 들어오는 수인의 등장에 두 사람의 태도는 극명하게 달랐다. 재민은 들고 있던 서류를 내려놓고 싱긋 웃는 얼굴로 그녀를 맞이했고, 세현은 오히려 더 서류에 집중했다. 마치 가지고 온 차를 어서 내려놓고 나가라는 듯.

하지만 수인은 재민과 세현 앞에 찻잔을 내려놓고도 나가지 않고, 오히려 세현 앞에서 꾸물거렸다. 세현이 그런 수인을 왜 그러냐는 얼굴로 앉은 채 올려다봤다.

"전화 연결되었습니다."

"무슨……."

세현이 모르겠다는 표정으로 그녀가 내민 자신의 휴대폰과 그녀를 번갈아 쳐다봤다. 그녀가 내민 휴대폰은 이미 전화가 연결되어 통화 시간이 흘러가고 있었다.

"조금 전에 박 대리 바꿔달라고 하셔서, 전화 연결해 두었습니다."

"……."

순간적으로 사장실에 침묵이 맴돌았다. 그 침묵 위에 참도 다양한 표정이 겹쳐졌다. 세현의 어이없다는 표정, 재민의 황당하다는

표정. 그런 두 사람의 얼굴을 번갈아 보는 수인의 어리둥절한 표
정까지.

[여보세요? 강 박사님, 박선호 대립니다. 진 비서?]

휴대폰 너머에서 대답 없는 수신자를 찾는 박 대리의 목소리가
흘러나왔다. 그제야 얼음처럼 얼어붙었던 사장실에 짤막짤막한
웃음이 흩어졌다. 재민이 자신의 배를 움켜쥐고 키득거리기 시작
했다.

"크크크큭! 진 비서 진짜……. 하하, 어쩜 좋아!"

"무슨…… 왜 그러세요? 제가 뭘…… 잘못했나요?"

어리둥절한 수인이 키득키득 웃고 있는 재민을 봤다가 세현에
게 고개를 돌렸다. 저도 모르게 몸이 움찔하긴 했지만, 갑작스런
침묵도, 또 재민이 그만큼이나 갑작스럽게 웃음을 터트린 이유도
알 수 없었던 그녀로서는 세현의 따끔한 지적이 필요했다. 그런
데.

"하아! 큭!"

심지어 가만히 있던, 그 냉랭하기 그지없던 세현마저도 어이없
이 웃고 있었다. 그때까지도 수인은 뭐가 문제인지 알지 못했다.
그녀는 세현이 지시한 대로 했을 뿐이었다. 아직 차를 마시지 않
았으니 준비한 차가 잘못된 것도 아닐 것이다. 그렇다면 분명 자
신의 옷차림이나 행동 중 잘못된 것이 있다는 뜻이었다. 수인은
저도 모르게 자신의 매무새를 살폈다. 딱히 나무랄 데는 없었다.
더욱이 이렇게 상대방이 웃을 정도는 더욱더.

[진 비서? 사장님 목소…….]

휴대폰 너머에서 들려오던 목소리가 일순간에 사라졌다.

"아……!"

휴대폰 화면에 통신사 로고가 나타나면서 띠리링, 소리와 함께 전원이 꺼지는 것을 확인한 수인의 얼굴이 빨갛게 달아올랐다. 조금 전 화장실 앞에서 재민이 바짝 붙어서 귓가에 속삭일 때와는 비교도 되지 않을 만큼 빨갰다.

그제야 수인은 상황을 파악할 수 있었다. 두 사람이 웃는 이유를 그제야 깨달았다. 이대로 먼지가 되어 사라졌으면 좋겠다는 생각이 들었다. 먼지가 되지 못한다면 쥐라도 되어 쥐구멍을 찾아 숨고 싶었다. 하지만 이 최신식 건물에 쥐구멍이 있을 리 있겠는가.

"박 대리. 큭큭큭. 밧데리…… 큭큭큭. 하하하!"

"죄, 죄송합니다. 제가 말을 잘못…… 들었네요. 재빨리 바꿔오도록 하겠습니다."

그녀는 쥐구멍 찾기를 포기하고 후다닥 사장실을 빠져나갔다. 어찌나 다급했는지 문을 닫을 땐 최대한 소리가 나지 않게 조용히 닫아야 한다는 수칙을 어기고 쾅, 소리와 진동을 동반할 만큼 요란하게 문을 닫고 사라졌다.

그녀가 나가자마자 재민이 억지로 참고 있던 웃음을 거침없이 토해냈다. 분명 문밖에서 다 들릴 테지만 더 이상 참고 있을 수 없었다.

"박 대리와 밧데리. 하하하! 어쩜 그럴 수 있어? 우리 진 비서 센스가 아주…… 큭큭큭, 완전 탁월한데! 설마 네가 박 대리에게 전화해 달라고 했을까. 대체 널 어떤 사람으로 생각하고 있었기에 휴대폰 건네주면서 하는 소리를 대신 전화해 달라고 이해할 수가 있지? 으하하하!"

"……."

"야, 강세현. 그러게 표준어를 썼어야지, 표준어를. 밧데리가 뭐냐, 밧데리가! 배터리, 알겠냐? 큭큭큭."

여전히 웃음을 삼킬 줄 모르는 재민을 바라보며 세현은 찻잔을 들어 입술을 축였다. 시원한 얼 그레이 홍차가 입안을 채웠다. 부드러운 맛과 깔끔한 목 넘김이 그의 입꼬리를 미미하게 끌어 올렸다.

"조금 전에 박 대리 바꿔달라고 하셔서, 전화 연결해 두었습니다."

너무도 태연한 표정으로, 난 내게 주어진 일이라면 뭐든지 해내는 훌륭한 비서라는 얼굴로 당당히 그를 마주 보던 수인의 눈빛이 떠올라 저도 모르게 피식 웃고 말았다. 그리고 그녀가 잘못 들었음을 깨닫는 순간의 그 황당한 표정도 함께 떠올라 그의 입가에 실린 미소를 더욱 진하게 만들었다.

사실은 조금 골탕을 먹이고 싶은 생각이 없지 않아 있었다. 대뜸 휴대폰을 내밀며 배터리를 바꿔오라는 주문을 했으니, 그 누가 당황하지 않으랴. 자신이 모시는 직속상관도 아닌 그의 휴대폰 배터리가 비서실에 비치되어 있을 리가 있겠는가. 그걸 알면서도 충동적으로 내밀었다. 그런데 이런 유쾌한 결말을 가져다줄 줄이야.

"근데, 너!"

재민의 부름에 세현은 퍼뜩 정신을 차리고 들고 있던 잔을 태연히 테이블 위에 내려놓았다.

"네 배터리를 왜 진 비서에게 바꿔달라고 해? 그것도 다른 사람도 아닌 네가?"

"내가 뭘?"

"네 사적인 일을 다른 사람에게 시키는 건 너답지 않은데? 사람 부리는 거 싫다고 해서 네 사무실도 따로 안 만들고 연구실 구석에 조그마한 방 하나 마련한 거였잖아. 그런 네가 누군가에게 얼토당토않은 지시를 내렸다니…… 좀 의아한데."

세현을 바라보는 재민의 눈초리가 가늘어졌다.

"급했을 뿐이야. 배터리가 거의 남아 있지 않았는데 급한 연락이라도 오면 어쩌나 싶어서."

"정말?"

"다른 이유가 있겠어?"

너무도 태연한 세현의 대답에 재민의 의심의 눈길이 한동안 머물다 결국은 제자리로 돌아갔다. 재민은 수인이 내놓은 진한 아메리카노 한 잔을 마시며 잠시 내려놓았던 서류를 다시금 살폈다. 하지만 입술은 여전히 수인에 관한 이야기를 하고 있었다.

"역시 나의 눈은 탁월해. 이런 사람을 놓쳤으면 어쩔 뻔했어. 네 말 안 듣길 천만다행이지."

"……."

"전에 있던 비서는 너무 삭막했었단 말이야. 자로 잰 듯한 B사감 스타일. 사장인 내가 주눅이 팍팍 들었다니간. 그런데 요즘은 좀…… 많이 재미있네. 회사 나오는 게 즐겁달까?"

달달한 미소가 재민의 입가에 머물렀다. 세현의 입가에 머물던 그 미소가 어느 틈에 재민에게로 옮겨가 있었다. 조금은 짓궂은 미소가.

내방객 대장과 전화 대장의 작성을 거의 마무리할 즈음이었다. 퇴근 시간은 이미 훌쩍 지나 있었고, 보스인 재민 역시 한 시간 전에 퇴근한 후였다. 수인은 전혀 예상치 못한 곳에서 들린 짧은 알림 소리에 흠칫 놀라 소리가 나는 곳을 향해 휙 고개를 돌렸다. 손바닥만 한 스마트폰의 화면이 켜져 있었다. 메시지가 들어온 모양이었다. 그제야 세현이 휴대폰을 두고 갔다는 사실이 떠올랐다. 아니, 잠시 잊고 있었던 자신의 창피했던 실수가 떠올랐다.

"조금 전에 박 대리 바꿔달라고 하셔서, 전화 연결해 두었습니다."

"미쳤지, 미쳤어."

수인은 혼잣말을 하며 제 머리를 쥐어박았다. 웃음을 참지 못하는 재민의 얼굴, 황당하기 그지없다는 표정의 세현의 얼굴이 차례로 떠올랐다. 젊은 나이에 가는귀가 먹은 것도 아니고, 소음 공해 가득한 열악한 환경에서 살아온 것도 아닌데, 어떻게 그렇게 잘못 들을 수가 있었는지.

"발음이 안 좋아서 그래."

여전히 핑계를 대보지만 조악하기 그지없었다. 괜스레 죄 없는 휴대폰을 노려보는 것이 유일하면서도 소심한 화풀이였다. 빠끔히 고개를 내밀어 배터리 충전량을 살폈다. 이미 충전은 완료되어 있었다. 습관적으로 충전기에서 휴대폰을 분리해 손에 들었지만 그다음 행동으로 선뜻 옮겨지지 않았다.

본인의 휴대폰 배터리를 사장 비서에게서 찾는 건 무슨 심보인지, 자기 비서도 아니고. 더군다나 충전해 달라는 것도 아니고 바꿔달라니. 그의 휴대폰 기종이 뭔지 어떻게 알아서 배터리를 딱딱 준비해 놓겠나. 이건 순전히 그녀를 골탕 먹이려는 수작에 불과하지 않나. 더군다나 맡겼으면 알아서 찾아가야지, 어떻게 해달라는 주문도 없다. 이건 무슨 자동주문 배달 서비스도 아니고.

"어쩔 수 없지. 그쪽은 힘 있는 갑이고, 난 힘없는 을이니까."

수인은 작성 중이던 대장을 마무리 짓고 자리에서 일어났다. 잠시 내려놓았던 세현의 휴대폰을 챙겨 들고 비서실을 나섰다.

'관계자 외 출입금지'라는 경고 문구가 떡하니 붙어 있는 문을 지문인식 시스템을 거쳐 통과한 수인은 이 회사의 브레인들이 모여 있다는 연구실 안을 서성였다. 병렬로 쭉 설치된 대여섯 개의 실험대와 사람이 들어왔는데도 신경 쓰지 않는 엄청난 집중력을 발휘하며 현미경에서 고개를 들지 않는 몇몇 연구원들이 눈에 띄었다. 늦은 시간인데도 퇴근한 사람보다는 그렇지 않은 사람들이 더 많았다.

새로운 가설을 설정하고 연구방법을 설계하고 원하는 결과를 기다리고. 그 과정에서 수많은 오류와 실패가 반복되지만 그럼에도 불구하고 어떤 결과를 도출해 냈을 때의 희열, 그렇게 되기까지의 열정을 모르지 않았다. 그랬기에 시간 가는 줄 모르고 뭔가에 빠져 있는 그들의 모습을 보는 그녀의 눈길에 약간의 부러움이 담겼다. 자이가르닉 효과인지도 모른다.

"누구시죠?"

못 보던 사람이 들어와 이곳저곳을 살피듯 서성이는 것을 뒤늦게 발견한 연구원 한 명이 그녀에게 말을 걸어왔다. 미간을 좁히며 머리부터 발끝까지 빠르게 스캔하고 마지막으로 그녀의 목에 걸린 사원증을 확인하고 나서야 그나마 미간 사이의 주름의 개수가 주는 듯했다. 하지만 여전히 못 미더워하는 표정은 걷히지 않았다.

"사장실 진수인 비서예요. 강 박사님께서 휴대폰을 두고 가셔서 전해 드리려고 내려왔습니다."

수인이 휴대폰을 들어 보이자 연구원은 그제야 한쪽으로 비켜서며 그녀가 가야 할 길을 터줬다.

"안에 계세요. 들어가 보세요."

수인은 살짝 목례를 하고 몇 걸음 앞으로 보이는 문을 향해 걸음을 옮겼다. 문 앞에서 옷매무새를 다듬고 잠시 숨을 고른 후 똑똑, 노크를 했다. 하지만 안에서는 어떠한 기척도 들리지 않았다. 반사적으로 고개를 돌려 방금 전 그녀에게 길을 터줬던 연구원을 찾았다. 그러나 그는 이미 흔적도 없이 자취를 감춘 후였다. 제 할일 찾아 자리를 떠난 것일 테지. 괜스레 멋쩍어 어깨를 들었다 놓은 후 다시금 노크를 했다. 여전히 별다른 반응은 돌아오지 않았다.

'퇴근했나?'

그냥 돌아갈까 하다가 여기까지 내려왔는데 다시 올라가기엔 자신의 수고가 조금 아까웠다. 예쁜 사람 보러 내려온 것도 아니고, 그렇게 자신을 아니꼽게 보는 사람을 위해 두 번 일을 하고 싶지는 않았다. 목적은 휴대폰 전달이니 목적만 달성하면 되는 일이었다.

다시 한 번 노크를 하고 그래도 반응이 없자 수인은 문을 열고 들어갔다.

"실례합니다."

마지막까지 자신은 할 도리를 다 했다는 티를 내면서.

문을 열자마자 그녀를 맞이한 것은 어마어마한 양의 책이었다. 얼핏 보면 생명공학 박사의 연구실이라기보다는 국문학 박사의 연구실이라고 해도 과언이 아닐 것 같았다. 자세히 보면 그의 전공과 관련된 책이 대부분일 테지만 책 한 권 한 권의 제목보다는 방대한 양에 눈길이 가는 건 어쩔 수 없는 이치였다. 창문을 제외한 모든 벽면이 책장이었고, 심지어 그 책장마저도 무슨 미로처럼 여러 개가 사람 하나가 겨우 들어갈 정도의 작은 간격을 두고 이중으로 되어 있었다. 그 어마어마한 양의 서적에도 불구하고 어지럽게 흩어져 있는 책은 단 한 권도 없었다. 평소 하고 다니는 차림새를 보면 절대 그럴 것 같지 않은데 의외로 정리벽이 있는 모양이었다.

그런데 그 와중에도 사람은 보이지 않았다. 사람이 머물려고 만 들어놓은 공간에 사람은 없고 책만이 가득 차 있었다. 무슨 서고처럼.

"뭐야. 안에 있다면서."

이리저리 사무실 안을 살피다 보니 책장 뒤쪽, 벽 모서리쯤에 작은 문 하나가 보였다. 아마도 그 안쪽이 그만이 사용할 수 있는 실험실인 모양이었다.

"안에 계시려나?"

하지만 그 안까지는 들어가고 싶지 않았다. 들어갔다가는 왠지 무슨 꼬투리가 잡힐 것만 같았다. 책잡힐 일은 피하고 보는 것이 상책이었다, 적어도 강 박사님께는.

수인은 뾰로통한 얼굴로 손에 들고 있던 휴대폰을 창문 바로 옆에 있는 책상 위에 내려놓았다. 그에 대한 감정이 실린 탓인지 책상과 맞닿은 면에서 제법 큰 소리가 났다. 하지만 개의치 않고 휴

대폰이 까칠하신 강 박사님이라도 되는 양 흘겨보기까지 해주고
는 뒤돌아섰다. 하지만 차마 걸음을 떼지 못하고 이내 몸을 돌려
책상 앞에 마주 섰다.

이대로 휴대폰만 떡하니 던져 놓고 가는 건 예의가 아니지 싶었
다. 아무리 자신을 곱게 보지 않는 사람이라 할지라도 일단 자신
의 상사였다. 더군다나 지금 그녀가 한 일은 업무의 연장이었다.
그렇다면 자신의 일에 최선을 다하는 것이 사회생활의 기본이었
다.

수인은 크게 심호흡을 하며 마음을 다스리고는 책상 위를 쭉 훑
어보았다. 적어도 메모 정도는 남겨두는 게 예의일 것 같았다. 다
행히 볼펜이 꽂혀 있는 메모판이 보였다.

"충전이 다 되어 놓고 갑니다. 음……. 이건 너무 건방지다고 느
끼는 거 아니야?"

그러면 충분히 그럴 수 있을 것 같았다. 자칫하면 주인도 없는
방에 몰래 들어왔다고 덤터기를 씌울 수도 있었다. 수인은 열심히
끼적였던 메모지를 와락 구겨 버리고 다시금 펜을 놀렸다.

"충전이 다 되어서 가지고 왔다가 자리에 계시지 않아 휴대폰
만 두고 갑니다. 깔끔하니 괜찮긴 한데……."

이렇게만 쓰고 가자니 조금 약이 올랐다. 자신을 그렇게 가는귀
먹은 사람으로 만들어 창피를 줬던 사람에게 말이다. 역시나 이번
에도 메모지는 가차 없이 구겨졌다.

"참 안타깝게도 저희 서재민 사장님과 휴대폰 기종이 다르셔서

배터리는 바꾸지 못했습니다. 아쉬운 대로 충전해서 가지고 왔는데 박사님께서 부재중이시네요. 부득이하게 사람 없는 방에 들어와 휴대폰만 두고 갑니다. 부디 노여워 마시고 넓은 아량으로 너그러이 이해해 주세요. 그리고 다음부터는 예비 배터리 정도는 소지하고 계시길 바라겠습니다."

한 자 한 자 정성스레 꾹꾹 눌러써 완성된 메모장을 대견하다는 듯 확인하는 수인의 입가에 잔잔한 미소가 걸렸다. 하지만 이내 그 메모장도 바스락 구겨지고 말았다.

"네가 아직도 학생들 대하는 선생님인 줄 아니? 유치해. 유치해도 너무 유치하세요, 진수인 씨."

수인은 피식 웃음을 베어 물고는 이내 다시금 메모지에 메모를 하기 시작했다. 결국은 제일 먼저 썼던 문구가 가장 무난했다. 구겨진 몇 개의 메모지는 자신의 주머니에 챙겨 넣고, 마지막에 작성한 메모지를 책상 위에 내려놓았던 휴대폰 위에 올렸다. 끝으로, 사용했던 볼펜을 원위치에 꽂았다. 그리고 막 몸을 반듯이 세웠을 때였다.

수인은 그 자리에서 흠칫 놀라며 몸을 굳히고 말았다. 한 남자가 보통의 의자보다 낮은 위치에 앉아서 더 이상 구겨질 수도 없을 정도로 잔뜩 인상을 쓰고는 그녀를 쳐다보고 있었기 때문이었다. 하지만 곧바로 그의 시선이 그녀의 시선과 어긋나 있다는 것을 깨달았다. 초점을 정확히 맞추지 못하는 것 같았다.

그녀가 놀란 것은 단지 그것 때문만은 아니었다. 단순히 아무도 없었을 것이라 믿어 의심치 않았던 곳에 누군가가 있었다는 것 때문도 아니었다.

"누구…… 세…… 요?"

수인은 두 눈을 깜빡이며 한 손으로 눈덩이를 문지르는 남자를 멍하니 내려다봤다. 그가 흐트러진 머리칼을 정리하고 손을 뻗어 책상 위를 더듬거리는 것을 그저 지켜보고만 있었다. 찾는 것이 쉽게 잡히지 않는지 결국은 그대로 자리에서 일어섰다. 그 움직임을 따라 그녀의 눈동자도 쉴 틈 없이 움직였다.

선이 굵은 남자의 얼굴, 잘 보이지 않는지 잔뜩 인상을 쓰며 가늘게 뜬 눈, 하지만 결코 작지 않은 외까풀의 눈. 매력적인 눈매를 아스라이 스치는 조금은 긴 듯한 머리칼. 머리칼을 옆으로 빗어 넘기는 굵은 손, 모든 옷을 소화시킬 것만 같은 단단한 몸, 그녀보다 머리 두 개는 더 있을 법한 훤칠한 키.

그 짧은 순간에 참 많은 것들이 그녀의 눈동자에 담겼다.

"그건 내가 물어야 할 것 같은데?"

수인은 남자가 책상 위에서 자신이 원하던 것을 찾아 두 눈 위에 올려놓으며 던진 되물음에 퍼뜩 정신을 차렸다. 익숙한 목소리, 익숙한 얼굴. 방금 전까지 그녀의 눈길이 좇았던 자리에는 그녀가 지극히도 잘 알고 있던 강세현 박사님이 서 있었다. 마치 뭔가에 홀린 것 같았다.

세현은 미미하게 남아 있던 수면의 잔재를 떨쳐 내며 안경을 고쳐 썼다. 잠결에 누군가의 기척을 설핏 느꼈다. 하지만 요 며칠 잠을 설친 탓인지 쉽사리 일어나지는 못했다. 애초에 잠깐만 눈을 붙이고자 책상 뒤쪽에 놓아둔 간이침대에 몸을 뉘었던 것이었지만 한번 지배했던 수마를 이겨내는 건 쉬운 일이 아니었다. 어쩌면 꿈결일지도 모른다는 생각에 다시금 잠을 청하려던 그였다. 그때 이제는 익숙해져 버린 목소리가 조용히 귓가를 배회했다. 반복되는 목소리에 잠은 어느새 저 멀리 달아나고 있었다.

자신을 향한 그녀의 뒤끝이 여실히 담긴 혼잣말에 저도 모르게 인상을 썼고, 돌아서 나가려는 기척에 저도 모르게 일어나 앉았다. 서둘러 안경을 찾았지만 잡히지 않았다. 안경을 쓰지 않으면 거의 장님이나 다름없는 시력이라 항상 놓는 위치에 놓아두었건만 이상하게 그 자리에 없었다. 수인이 메모를 하는 과정에서 그녀도 모르게 한쪽으로 치워두었던 탓이었다.

겨우 안경을 찾아 쓴 그의 눈길이 책상 위에 놓인 휴대폰과 메모지에 닿았다. 그 눈길을 수인도 알아챘는지 바로 부연 설명을 했다.

"밖에서 여러 번 노크를 했는데도 기척이 없어서 자리에 계시지 않는 줄 알고 놓고 가려는 중이었습니다."

"기척이 없는데 들어오는 건 예의에 어긋난 행동 같습니다만."

"밖의 연구직원분이 안에 계시다고 해서 퇴근은 하지 않으셨을 것 같다고 판단했습니다."

"만약 연구 기밀이 흘러 나가기라도 했다면 어떻게 하겠습니까?"

세현은 자신의 책상 위에 몇 장 넘겨진 채로 놓인 연구 결과지를 그녀 앞에 들어 보였다.

"지금 제가 연구 기밀이라도 **빼돌리려** 했다고 말씀하고 싶으신 건가요?"

"그냥 묻는 겁니다."

"그랬다면 애초에 저를 이 회사의 비서로 채용하지 않으셨어야 죠!"

괜한 억울한 마음에 수인은 저도 모르게 울컥 큰소리를 냈다. 애써 보인 성의를 이런 식으로 매도하는 것으로 모자라 기밀이나 **빼돌리는** 파렴치한 취급이라니.

"내가 채용한 건 아니니까."

어이없는 표정이 고스란히 수인의 얼굴에 드러났다. 그러나 그녀의 감정 따위는 전혀 고려 대상이 아니라는 듯 세현은 아니면 말고 라는 표정을 지어 보이며 시선을 돌렸다. 그녀가 남긴 메모지는 옆에 놓인 휴지통에 미련 없이 구겨서 버리고는 휴대폰 충전 상태를 확인하며 자리에 앉았다. 그러고는 아직도 그 자리에 서 있는 그녀에게 무심한 시선을 던졌다.

"아직 볼일이 남았습니까?"

그래 이런 사람이었다. 별거 아닌 일 가지고 사람을 사기꾼으로 몰지 않나, 이번에는 스파이로까지 몰아가는 못된 인간. 그런 인간을 내가 지금 뭐에 홀려 어떻게 착각하려 한 것인지.

"아닙니다."

수인은 으득 어금니를 물었다. 하지만 그것 외에 그녀가 보일
수 있는 행동은 없었다. 아니꼬워도 그녀는 어쩔 수 없는 을의 입
장이므로. 그녀는 예의 바르게 인사를 하고 뒤돌아섰다.
  '내가 당신한테 보여주기 위해서라도 이 회사에 딱 달라붙어
있고 말겠어! 두고 보라지! 막강 비서 파워를 보여주는 날이 있을
테니까!'
  두 주먹 불끈 쥔 그녀가 의지를 불사르며 막 그의 연구실 문을
열었을 때였다.
  "넓은 아량으로 너그러이 이해해 주고 다음부터는 예비 배터리
정도는 소지하고 있겠습니다."
  그만큼이나 그녀 역시 뒤끝 하나는 끝내준다는 것을 상기시켜
준 세현의 말에 수인의 얼굴은 빨갛게 달아올랐다. 자신의 혼잣말
을 그가 들었다는 사실도 부끄러울뿐더러 그렇게 뒤끝 작렬이라
고 씹어댔던 강 박사님과 자신이 결국은 같은 수준임을 스스로가
시인한 꼴이었으니 어찌 창피하지 않을 수 있을까. 하지만 그렇다
고 해서 붉게 물든 얼굴을 그에게 보여주고 싶은 생각은 눈곱만큼
도 없었다.
  그녀는 제법 아무렇지 않게 태연을 가장하여 살짝 고개만 끄덕
여 보이고는 차분히 세현의 연구실 문을 닫고 나왔다. 문이 닫히
는 그 순간 쓰레기통에 처박힌 구겨진 종이처럼 우지끈 일그러지
는 그녀의 얼굴은 다행히 아무도 보지 못했다.

혼자 남겨진 세현은 의자에 등을 기대 몸을 이완시키며 휴대폰을 고쳐 쥐었다. 한참을 멀뚱히 휴대폰만을 만지작거리더니 끝내 입가에는 작은 미소 한 자락이 스몄다. 시선이 저절로 옆에 놓인 휴지통으로 향했다. 구겨진 메모지 사이로 그녀의 필체가 보였다. 손을 뻗어 제 손으로 버렸던 메모지를 다시금 건져 올렸다. 구깃구깃해진 종이를 쓰다듬듯 다시금 펴자 온전한 문장이 눈에 들어왔다.

—충전이 다 되어 놓고 갑니다.

분명 눈으로 읽고 있었지만 귓가에서 그녀의 뾰로통한 음성이 맴도는 듯한 착각이 들었다. 동시에 전화 연결됐다며 자신만만한 얼굴로 휴대폰을 내미는 모습까지 함께 떠올랐다. 자연스럽게 입가에 스민 미소가 더욱 진해졌다. 그 자신도 깨닫지 못할 만큼 아주 당연하다는 듯이, 소리도 없이.

세현은 휴대폰과 함께 메모지를 옆으로 치워놓고는 이내 자세를 바로잡았다. 확인하다가 잠시 내려놓았던 실험 결과지를 집어 드는 그의 손길에 흥이 묻어났다. 데이터 하나하나를 살피는 그의 모습이 유독 활기차 보였다.

그렇게 점검을 마치고 자료 정리까지 마무리한 후 자리에서 일어났을 때는 수인이 그의 연구실을 빠져나간 후로 1시간여가 흐른 뒤였다.

주차장을 빠져나와 큰길로 차량을 진입시킨 세현의 시야에 평소라면 무심하게 지나쳤을 버스 정류장이 들어왔다. 그리고 그곳에 있는 누군가를 발견한 순간, 그의 눈길이 빠르게 차량 내부에 있는 시계를 확인하고는 다시금 정류장으로 향했다.

9시가 훌쩍 넘은 시간, 아무도 없는 정류장 의자에 홀로 앉아 있는 여자. 거기까지였다면 아마도 그는 차를 세우고 말 한마디 건네보는 성의를 보였을 것이다. 하지만 그녀는 아무리 정거장 부스가 마련돼 있다고는 하지만 엄연히 확 트인 공간임에도 불구하고 그에 아랑곳하지 않고 앉은자리에서 온몸을 뒤틀며 스트레칭을 하고 있었다. 좌우로 비틀었다가, 앞으로 엎드렸다 뒤로 젖혔다가. 끝내는 자리에서 일어나 허리 운동까지 해 보였다. 그리고는 자리에 앉더니 이윽고 신발까지 벗어 발을 구두 위에 얹어놓기까지 했다. 낯짝이 두꺼운 것인지, 아니면 생각 따위를 하지 않는 것인지. 칠칠맞지 못하게 사람 오가는 대로변에서 저런 모습을 보이고 있는 것이 그로서는 신기할 따름이었다. 절로 고개가 내저어지고, 혀가 차질 만큼.

그럼에도 불구하고 그의 시선은 그 일련의 과정을 빠짐없이 지켜보고 있었고, 그가 운전하는 자동차의 속력은 크게 줄어 있었다. 자동차가 그녀 앞을 스쳐 지날 때까지, 아니, 지나쳐 나아가는데도 시선은 끝까지 그녀에게 머물렀다. 창문으로는 보이지 않자 사이드미러를 통해 살피는 수고까지 보여가면서. 그가 마지막으로 본 것은 자리에 앉은 그녀가 자신의 종아리를 주무르는 모습이었다.

그리고 갑작스런 경적 소리에 놀라 시선을 빠르게 앞으로 가져왔다. 그제야 자신이 교차로 한가운데 있다는 것을 깨달았다. 신호등은 이미 빨간색으로 바뀌어 있었다. 다급히 브레이크를 밟자 도로면과 저항하는 타이어 마찰음이 만들어졌다. 다행히 속도가 높지 않은 탓에 제동거리는 짧았다. 그러나 교차로 한가운데 차가 정차한 탓에 지나가는 수많은 차량 운전자들의 따가운 눈총은 피해갈 수 없었다. 그럼에도 불구하고 그의 신경이 먼저 닿은 곳은 뭇 운전자들이 아닌 저 뒤 정류장에서 휴식을 취하고 있는 여자였다. 당연하게 그의 눈은 룸미러를 통해 그녀에게 닿았다. 그리고 딱 그 순간 여자가 고개를 들어 정확히 그를 쳐다봤다.

수인은 요란한 경적 소리와 함께 들리는 자동차 급정거 소리에 무슨 일인가 싶어 고개를 앞쪽으로 빠끔히 내밀었다. 저 앞쪽 교차로 한가운데 차 한 대가 버젓이 멈춰 있었다. 주황색 불이었을 때 교차로 진입을 시도했다가 신호가 바뀐 모양이었다.

"5분 일찍 가려다 50년 일찍 갑니다, 이 사람아."

자동차의 주인이 누구인지는 꿈에도 생각 못 한 수인은 혀까지 끌끌 차며 자동차 주인을 나무랐다. 사회 규칙이야 지키는 게 맞는 것이지만 때에 따라서는 적당히 모른 척 넘어가는 것도 나쁘지 않다는 것이 그녀의 생각이었다. 하지만 어디까지나 때에 따라서지 무턱대고 그랬다가는 황천길로 가는 KTX를 타는 수가 있었다. 거기다 혼자만 가면 다행이지만 죄 없는 소시민까지 동반하면 큰일이었다. 바로 저 앞에 서 있는 차 주인처럼.

다시금 고개를 원위치시킨 수인은 오른쪽 다리에 이어 마저 왼쪽 다리까지 주물렀다. 6개월 만에—날짜상으로는 2년 6개월이었지만, 정확히 구직을 시작한 지는 6개월이었다—신은 하이힐이 문제였다. 원래도 굽 높은 구두는 잘 신지 않는 편인데, 그런 힐을 하루 종일 신고 있다 보니 여간 힘든 게 아니었다. 모든 새로운 생활은 적응해야 한다지만 치마 입고 신발 신는 것까지 적응을 필요로 한다는 게 오늘은 유독 피곤했다. 어쩌면 누구나 할 수 있는 그런 실수가 아닌, 유치하기 짝이 없는 황당한 실수를 했기 때문인지도 모르겠다.

눈앞으로 빠르게 오늘 하루, 그 순간, 그 사람들이 스치고 지나갔다.

"다시 생각해도 끔찍하다."

절로 고개가 설레설레 흔들렸다. 그리고 문득 떠올랐다. 정말 소리도 없이, 예고도 없이, 불현듯.

그를 만난 후로 처음 본 얼굴이 오늘 하루 속에 있었다. 늘 까칠하기 그지없던 그의 미소가. 반듯한 치아가 살짝 보이며 유려하게 올라가는 입꼬리가.

"그나마 웃는 모습은 좀 낫······!"

혼잣말을 하다 만 수인은 부르르 몸을 떨었다.

"내가 뭔 소리를 하는 거야? 낫긴 뭐가 나아. 에비!"

자신에게 했던 그의 행동들이 거침없이 밀려들었다. 툭 하면 구박하기 일쑤고, 툭툭 내뱉은 말투하며, 별거 아닌 것 가지고 시비 아닌 시비를 거는 것까지. 무엇 하나 괜찮은 모습이 없었다. 그런 사람 뭐가 예뻐서 좋은 모습 찾았다고 뿌듯해하는지.

때마침 그녀가 기다리던 버스가 왔다. 수인은 팅팅 부어 있는 발을 구두에 구겨 넣고는 가방을 고쳐 멨다. 미운 사람에게 주는 떡은 버스 정류장 의자에 고이 내려놓고서 집으로 가는 버스에 올랐다.

2. 햇살 좋은 날

　"아이쿠, 또 직접 다 세탁하신 거예요? 저희가 다 하는 일인데……."

　병실 이부자리를 정리하는 수인의 뒤로 놀랍지만 이제는 그러려니 하는 마음이 더 많이 실린 음성이 들려왔다. 수인은 구부정했던 자세를 바로잡고 뒤를 돌아봤다. 새하얀 간호복에 분홍색 카디건을 걸친 요양보호사가 이제는 포기했다는 듯 미소를 띤 채 다가와 그녀가 하던 일을 도왔다. 요양보호사에게 침대 커버를 바꿔끼우던 일을 빼앗긴 수인은 놀고 있던 베개를 가져와 커버를 씌웠다.

　"어차피 와서 할 일도 없는걸요."

"말벗 되어드리는 게 가장 큰일이에요."

"……."

흠칫. 커버에 베개를 밀어 넣고 모서리를 맞추던 수인의 손끝이 멈칫했다. 저도 모르게 고개를 들어 창문 밖으로 시선을 던졌다. 그 시선 끝에 이제는 노쇠해 버린 한 남자의 지친 뒷모습이 있었다.

'윤주야.'

'…….'

'걱정하지 마라. 네가 뭘 걱정하고 두려워하는지 잘 알고 있어. 네가 걱정하는 일 따위는 절대 없을 거야.'

겉모습은 이미 세월의 흐름을 거스르지 못해 노쇠해 버렸지만 눈빛만큼은 아주 오래전, 혈기 왕성했던 젊은 날의 그것이었다. 흐르는 세월에도 언제나 그 자리에서 떠날 줄 몰랐을 한 남자의 연정을 담은 마음을 고스란히 담은 채.

'그러니 도망치려 하지 마. 숨으려 하지 마.'

입꼬리를 살포시 끌어 올리며 애틋한 미소를 짓고, 애달프지만 사랑이 가득한 눈빛을 하고 있는 남자만 존재했다. 당신의 눈앞에 있는 사람이 실제인지 거짓인지도 알아보지 못하고, 그저 눈앞에서 사라지면 어쩌나, 더 아껴주지 못해 안타까워하는 마음이 고스란히 보일 만큼 순수한 눈빛이었다. 그 눈빛을 견뎌내지 못한 수인은 눈길을 피해 고개를 돌려 버렸다.

그런 눈빛으로 날 보지 마.

하지만 마음이 소리가 되어 나오지는 못했다. 마음이 소리가 되어 나오게 되면 어떤 일이 벌어질지 이미 충분한 경험으로 알고 있었기에. 그래서 그녀가 할 수 있는 일이라고는 고작 시선을 피하는 일뿐이었다.

거칠게 말라 버린 손으로 조심스레 여린 손을 잡아 모아 쓰다듬었다. 마치 잘못 만지면 부서지기라도 할 듯 무척이나 조심스러운 손짓.

'윤주야.'

'윤주, 아니야.'

끝내는 가슴 깊이 담아두지 못한 마음 한 자락이 혼잣말이 되어 흘러나왔다. 그리고 그 순간 흠칫, 마주 닿은 손끝으로 상대방의 당혹스러움이 전달되었다. 수인은 남자를 피해 돌려 버렸던 고개를 제자리로 돌려놓았다. 그곳엔 세상 모든 슬픔과 미안함을 당신 혼자 지고 있는 것처럼 절망 가득한 얼굴을 한 아버지가 있었다. 두 사람 어깨 위에 내려앉은 참도 예쁜 가을 햇살과는 너무도 대조적이었다.

"시간이 갈수록 아이 같아져서 더 많은 관심과 애정을 원하게 되세요. 더 많이 불안하고 외롭다 느끼실 거예요. 그러니……."

말을 잇던 요양보호사는 더 이상 움직임이 느껴지지 않자 잠시 하던 일을 멈추고 옆을 돌아봤다. 베갯잇을 손안에 꼭 쥔 채 멍하니 창밖을 바라보고 있는 수인의 눈길을 좇았다. 그곳엔 이 침대의 주인이 홀로 벤치에 앉아 있었다. 지금 자신의 옆에 서서 멍하니 저쪽을 바라보는 한 여자와 참도 많이 닮아 있는 사람. 아니, 이 여자가 저분을 참 많이 닮았다고 하는 것이 순서일 것이다. 먼 곳을 바라보는 모습이 누가 뭐라 해도 부정할 수 없을 만큼 닮아 있는 부녀의 모습이었다.

세상 참 별의별 일들이 있고, 참 사연 많은 가정을 수도 없이 봐 왔기에 이 부녀 사이에도 말하지 못할 사연이 있다는 것쯤은 어렵지 않게 알 수 있었다. 남의 가정사에 끼어들어 봤자 좋을 일 없다는 것은 아주 잘 알지만, 그럼에도 안타까운 것은 마냥 지켜만 보기에는 아버지든 딸이든, 두 사람 모두 참 좋은 사람이라는 것이다.

치매 환자라고는 하지만 다른 환자들에 비하자면 매우 양호했다. 대부분이 자신의 성에 차지 않으면 대책 없이 떼를 쓰는 어린아이 같다면 여자의 아버지의 행동은 일찍 철든 꼬마가 분을 삭이는 투정이었다. 여자는 어떻던가. 같은 병실을 쓰는 다른 어르신들의 이야기며 투정이며 화내는 것까지 차분히 다 받아내곤 했다. 하루는 한 환자가 자신의 식판을 내던지며 소란을 피울 때, 하필이면 그때 병원을 찾은 그녀는 날아온 식판을 온몸에 뒤집어쓰고도 예상치 못한 상황에 놀랐을 뿐 별다른 싫은 기색이라든지, 짜증 같은 건 전혀 내지 않았다. 아무렇지 않게 옷가지에 묻어 있는 것을 대충 닦아내고는 괜찮다고 웃어 보였다.

"할아버지 이따 배고프시겠다."

그 한마디 내려놓고는 바닥에 떨어졌던 음식물을 직접 치우기까지 했었다.

그런 그녀가 왜 자신의 아버지에게만큼은 그렇게 살갑게 다가가지 않은 것인지. 그녀의 아버지가 이곳에 입원한 지도 벌써 3년이 지나고 있었다. 그런데도 두 부녀가 나란히 앉아서 이야기를 주고받는 것을 보지 못했다. 가끔 아버지가 그녀에게 조곤조곤 말을 할 때가 있지만 그럴 때마다 딸은 단 한 번도 입을 열지 않았다. 숨조차도 쉬지 않으려는 듯 입술을 앙다문 그녀의 표정은 세상에서 가장 아픈 얼굴이었다. 어렴풋이 정신을 놓은 아버지가 부르는 이름이 결코 딸의 이름은 아니라는 것이 아마도 그렇게 아픈 얼굴을 하는 이유이겠거니 추측만 할 뿐이었다.

"누가 다녀가셨다면서요?"

언제 눈길을 끌어왔는지 수인은 베개 커버의 지퍼까지 모두 잠그고 침대 머리맡에 놓아두며 요양보호사에게 눈길을 줬다.

"네. 따님 오시기 10분 전쯤까지 있다가 나가셨어요. 선생님이라고 부르시더라고요."

"제자분이셨나 보네요."

"어머? 아버님이 교편 잡으셨나 봐요?"

"네."

조금은 심드렁한 음성에 작은 원망이 서려 있다 느꼈다면 그녀만의 착각이었을까.

요양보호사는 의아한 표정으로 수인을 쳐다봤다. 하지만 수인의 입술은 더 이상 뒷말을 이을 기미를 보이지 않았다. 요양보호사의 시선이 자연스럽게 창밖, 방금 전 그녀의 아버지가 앉아 있던 벤치로 향했다. 하지만 이미 그곳은 비어 있었다. 오늘도 이 부녀의 만남은 다른 날들처럼 그저 안부만 확인하는 정도에서 끝인 모양이었다.

수인은 무거운 한숨과 함께 자신이 빠져나온 요양병원 건물을 뒤돌아봤다. 늘 무거운 마음으로 돌아갈 것이라는 것을 알면서도 월례 행사를 치르듯 방문하고 있었다.

유언이란 그토록 무거운 것이었다. 이미 죽어버리고 세상에 없는 사람의 마지막 말이 무어 그리 대단하다고. 이런다 한들 누가 알아주는 것도 아니고, 저승에 있는 사람이 칭찬을 해줄 것도 만무한데 말이다.

복잡다단한 머릿속을 조금이라도 털어내기 위해 일부로 더 세차게 머리를 좌우로 흔들고는 멈췄던 걸음을 옮겼다. 분명 가을이 왔음에도 불구하고 쏟아지는 햇살에는 미처 떠나지 못한 한여름의 뜨거웠던 열기가 미련을 남겨두고 있었다.

터벅터벅, 얼마나 걸었을까. 교외에 위치한 요양병원은 주변에 특별한 편의시설이 있는 것도 아니었고, 드라이브 코스를 삼을 만큼 멋진 전망을 자랑하는 것도 아니었다. 그랬기에 유동인구는 적은 편이었고 당연하게 대중교통이 원활하지도 않았다. 덕분에 유일하게 병원 앞을 지나가는 버스의 배차 간격은 1시간 하고도 20분이었다. 다시 말하자면 눈앞에서 버스를 놓치면 무려 80분이나 되는 시간을 기다려야 하는 것이다.

"어? 어어!"

꽤나 큰 엔진 소리를 내며 그녀 옆을 스쳐 지나간 버스는 한참이나 떨어진 저 앞 버스 정류장에서 잠시 멈춰 섰다. 수인은 반사적으로 자신의 손목시계를 확인했다. 버스 도착 예정 시간이 지나 있었다. 병원에서 버스 시간에 맞춰 나서긴 했지만 문 앞에서 잠깐 소동이 일어나는 바람에 늦어졌던 것이다. 이미 도착 시간에 늦은 버스는 잠시 멈춰 서나 싶더니 이내 자리를 떠났다. 그녀가 손을 앞으로 뻗어 세차게 손짓하며 내달렸지만 버스는 그녀를 기다려 주지 않았다.

"이왕 늦은 거 좀 더 천천히 가면 어디가 덧나니?"

늦은 시간을 어떻게든 만회해 보려는 운전기사의 가상한 노력이었겠지만 지금 이 순간만큼은 어쩔 수 없이 원망이 앞섰다. 평소라면 늦게 온다고 투덜댔을 텐데 말이다. 인간이란 이렇게 간사한 존재였다.

그런데 점점 멀어져 가는 버스 뒤로 갓길에 정차된 흰색 승용차 한 대가 눈에 들어왔다. 비상등이 깜박이는 뒤태가 뭔지 모르게 익숙하다면 그녀만의 착각일까, 아니면 도로에 널리고 널린 흔한 자동차이기에 그렇게 여겨지는 걸까.

버스 정류장으로 가는 길에 세워져 있었기에 수인은 당연하게 흰색 승용차 옆을 지났다. 자동차 뒷면의 로고를 보건대 결코 도로 위에서 흔히 볼 수 있는 차량은 아니었다. 자동차에 대해서 잘 아는 것은 아니지만 국산 차량과 외제 차량 정도는 구분할 줄 알았다.

"인적 드문 길가에 버려진 외제차? 뭐야?"

사람의 심리라는 것이 거울이 있으면 내 모습을 한번쯤은 비춰 보게 되고, 시식코너를 지나가게 되면 한번쯤은 맛보게 되고, 세일하는 곳이면 한번쯤은 들러보게 된다. 그 심리가 갓길에 세워진 자동차라고 해서 비켜가는 것은 아니다. 내부가 훤히 비쳤더라면 그냥 스윽 훑어보고 지나쳤을 테지만, 유독 선팅이 진한 탓에 자동차 내부가 보이지 않으니 안을 들여다보고 싶은 심리를 더욱 자극했다. 혹시라도 무슨 일이 있는 것이면 도움이 필요하지 않겠나, 하는 이유 같지 않은 이유를 가져다 대면서 말이다.

수인은 운전석 차창에 바짝 얼굴을 가져다 대고 차 안을 살폈다. 하지만 햇빛이 너무 밝은 탓에 내부는커녕 까만 유리창에 제 모습만 선명하게 비칠 뿐이었다.

"뭐야? 사람이 있는 거야, 없는 거야?"

하는 수 없이 손에 든 핸드백을 어깨에 걸치고 두 손을 이마 앞으로 가져가 손차양을 만들었다. 그림자가 생기자 그나마 안쪽이 어렴풋이 보였다. 하지만 아무런 움직임이 포착되지 않아 사람이 있는지 없는지 확신이 들지 않았다.

바로 그때였다. 지이잉, 하는 소리와 함께 까맣던 창문이 내려가면서 사람이 모습을 드러냈다. 그것도 상당히 특별한 사람이.

"어? 강 박사님?"

"뭐 하는 겁니까?"

"사람이 있나, 없나 궁금해서요."

대답이 조금 어이없었는지 그 표정이 고스란히 세현의 얼굴에 드러났다. 하지만 수인에게는 그 표정보다 정말 뜬금없이 만난 이 순간이 더 신기했다.

"그런데 여기서 뭐 하세요?"

"보험사 직원 기다립니다."

"차 고장났어요? 이 비싼 차가?"

세현은 대답 대신 고개를 끄덕였고, 수인은 한 걸음 물러나 자동차를 새삼스런 눈으로 앞에서부터 뒤까지 쭉 훑어봤다. 외제차도 별다를 것 없구나, 하는 눈빛이었다. 그러다 세현과 눈이 마주치자 지레 뜨끔해서는 핸드백을 고쳐 메며 눈빛을 수습했다. 까칠하신 강 박사님, 또 뭐라 트집을 잡을까 싶어 어서 빨리 자리를 떠야겠다 생각을 한 것이다. 그렇다고 그냥 휭하니 가면 또 한소리를 들을 것 같아서 최대한 예의 바르게.

"그럼 기다렸다 가세요."

이 말을 남기고 꾸벅 인사를 하고는 버스 정류장을 향해 걸음을 옮겼다. 그래 봤자 고작 10미터도 되지 않는 거리였다. 그 짧은 거리를 걷는데도 차츰차츰 걷는 속도가 느려졌다.

"설마…… 같이 안 기다려 줬다고 또 뭐라고 하는 건 아니겠지?"

살짝 뒤쪽으로 곁눈질하며 눈치를 보는 건 어쩔 수 없는 을의 위치 때문이라 자위했다.

세현은 내려갔던 차창을 올리고 팔짱을 끼며 의자에 기댔다. 자연스럽게 감았던 눈이 얼마가지 못해 다시금 열렸다. 그의 시선이 종종걸음을 걷고 있는 수인에게 닿았다. 조금이라도 그에게서 빨리 멀어지려는 듯 그 가녀린 다리를 빠르게도 교차시키고 있는 수인의 뒷모습이 선명하게 눈에 들어왔다. 종종걸음이 방금 전 그의 차를 들여다보는 호기심 가득했던 순수한 표정과 오버랩되었다.

햇살이 워낙에 강하게 내리쬐는 오후이다 보니 갑작스레 눈앞에 드리워지는 그림자는 유독 선명하게 다가왔다. 저절로 고개를 돌려 그림자의 주인을 찾을 만큼. 그리고 그곳엔 손차양을 만들고 잔뜩 인상을 찌푸린 채 내부를 살피는 사람이 서 있었다. 저도 모르게 흠칫 놀라 몸을 뒤로 물릴 만큼 전혀 생각지 못한 사람이었다. 소리도 없이 다가와 예고도 없이 덮친 격이었다. 정말 예상치 못했던 곳에서, 생각지도 못한 사람을 마주했을 때의 기분, 이상하게도 썩 나쁘지 않았다.

"고객님, 다 되었습니다. 혹시 이용 중에 또 다른 불편 사항 있으시면 언제든 연락주세요."

세현은 보험사 직원이 건네는 명함을 주머니에 대충 찔러 넣고
는 잠시 내주었던 운전석에 다시금 올라탔다. 이미 시동은 걸려
있는 탓에 이제 기어를 넣고 출발하면 될 일이었다. 하지만 쉽게
차를 출발시키지 못했다. 아까부터 자꾸만 이쪽을 쳐다보는 한 여
자의 시선 때문이었다.

보험사 직원이 와서 수리를 마치기까지 30여 분이 흐른 상황이
었고, 그때까지도 저 여자가 기다리는 것이 분명한 버스는 한 대
도 지나가지 않고 있었다. 그랬기에 여자의 시선이 무엇을 뜻하는
지도 어렴풋이 짐작할 수 있었다.

평상시의 그는 자신이 집중하고 있는 것 외엔 전혀 관심을 두지
않는 사람이었다. 오로지 제 할 일에만 몰두했기에 주변에서 무슨
일이 일어나는지 혼자서만 모르고 있는 경우가 허다했다. 그런 그
가 한 여자의 시선이 자꾸만 이쪽으로 향하고 있다는 것을 아주
또렷하게 인지하고 있었다. 그렇다는 것은 그가 집중하고 있었던
것이 자동차의 결함은 아니라는 뜻이었다. 단지 그 분명한 사실을
본인만 깨닫지 못하고 있을 뿐이었다.

똑똑똑. 차창을 두드리는 소리에 퍼뜩 정신을 차린 세현은 또다
시 드리워진 그림자에 흠칫했다. 그럼에도 반사적으로 버튼을 눌
러 닫혀 있던 창문을 내리는 것은 잊지 않았다.

"고객님, 무슨 다른 문제라도 있으십니까?"

그가 출발하는 것까지 확인하려는 참이었는지 보험사 직원은

아직까지도 자리를 뜨지 않고 그 자리에 얌전히 서 있었다.

"아닙니다."

더 이상 지체했다가는 바쁜 저 직원에게도 못할 짓이고, 주말이라 조금 더 늦어지면 나들이 갔다 오는 차량들이 밀려 길도 막힐 것이 분명했기에 세현은 창문을 올리고 안전벨트를 맸다. 중립에 놓여 있던 기어를 넣고 막 출발하려는데 다시금 차창 두드리는 소리가 들렸다. 하지만 이번엔 굵직한 남자의 목소리가 아니었다.

"강 박사님, 지금 서울 가시죠?"

"그런데요?"

"저도 좀 싣고 가주시면 안 될까요?"

수인이 살짝 상체를 구부정하게 만들며 생긋 웃어 보였다.

"……"

순간 세현은 바로 대답하지 못했다. 결코 같이 차를 타고 가는 게 싫어서가 아니었다. 그녀를 괴롭히려는 것도 아니었다. 정말로 순간적으로 할 말을 잃은 탓이었다.

처음이었다. 그가 그녀를 알게 된 지 한 달이 훌쩍 넘었지만, 그 사이에 참도 여러 번 얼굴 마주했지만 자신을 향해 이토록 해맑게 웃으며 말을 건넨 건 실로 처음이었다. 그래서 당황했다. 그를 향해선 늘 까칠한 모습이나 형식적으로 만들어낸 예의 바른 행동만을 보여왔기에 전혀 상상 하지 못했던 모습을 마주했을 때는 어떻게 반응해야 할지 몰라 저도 모르게 멈칫해 버렸던 것이다. 거기다 이 익숙지 않는 말투란.

"에이, 강 박사니이임. 모르는 남도 아닌데, 이왕 가시는 길에 쪼오기 자리 하나만 더 내어주는 좋은 일까지 하시면 얼마나 좋아요? 아마 복 받으실 거예요오."

"……그러…… 든지."

맺고 끊는 것 하나는 분명한 그가 말을 흐리고 말 정도로 당혹스러운 일이었다.

"감사합니다!"

수인은 잽싸게 자동차 보닛을 돌아서 보조석에 올라탔다. 그의 심술보가 언제 터져 딴말을 할지 모르니 일단은 타고 볼 일이었다. 설마 갑자기 마음 바뀌어 고속도로 한복판에 떨쳐 놓지는 않을 테니깐.

자리를 잡고 앉은 그녀는 안전벨트까지 단단히 맨 후에야 두 팔로 자신의 양팔을 감싸 쓱쓱 비벼댔다. 급한 불을 끄고 나니, 불 꺼진 후 잔재가 눈에 보인다고나 할까.

아무리 조금이라도 편하게 살아가기 위한 처세술의 하나라고는 하지만, 조금 전 자신이 구사했던 말투는 자신이 생각해도 손발이 오그라들고 닭살을 유발하기에 충분했다.

'진수인, 세상 편하게 살기란 이렇게 힘든 것이구나.'

절대로 두 번은 하고 싶지 않았다. 그것도 이 까칠하신 강 박사님에게는. 혹시나 나중에 이것으로 놀려먹으면 어쩌나 뒤늦은 후회가 살짝 밀려들었다. 살짝 고개를 들어 그의 눈치를 보려던 수인은 흠칫 놀랐다. 그와 떡하니 두 눈이 마주쳐 버린 것이다.

"춥습니까?"

"네? 아아, 아닙니다."

수인은 생긋 웃어 보이고는 자기 몸을 껴안듯 교차해 양팔을 문지르던 손을 얌전히 무릎으로 내려놓았다.

"그런데 여긴 어쩐 일이셨어요?"

"지나가는 길이었습니다."

수인의 이마에 빠직 금이 갔다. 여기가 무슨 서울 서초동에서 방배동 가는 길인가, 지나가는 길이게. 하지만 생각나는 대로 말할 만큼 그녀는 어리석지 않았다. 그렇다고 곧이곧대로 믿어주는 착한 일 따위는 사양이었다.

"경기도를 지나가는 길이셨다고요?"

말이 되는 소리를 하라는 듯 되물었다. 하지만 정말 깜짝 놀란 사람의 표정을 지어주는 센스 정도는 발휘해 주었다. 비록 그것이 세현에게 전혀 먹히질 않았을지라도.

"그러는 진수인 씨는 거기엔 무슨 일이었습니까?"

"버스 타러 가는 길이었어요."

이번에는 세현의 이마에 빠직 힘이 들어갔다. 보복성 다분한 대답이란 걸 모를 그가 아니었다. 조금은 어이없지만 가히 기분 나쁘지는 않는 감정이 그의 입꼬리를 타고 조용히 번졌다.

그렇게 햇살 좋은 날, 두 사람은 참도 불편한 동행을 경험하게 되었다.

❖

"야! 사람을 기다리게 해도 분수가……."

미인의 말은 안중에도 없다는 듯 수인은 엄청 늦은 주제에 자리에 앉자마자 앞에 놓인 맥주잔부터 손에 들었다. 그리고는 숨도 안 쉬고 벌컥벌컥 맥주를 마시기 시작했다. 안주도 나오기 전인데 기본으로 제공되는 마른안주도 모른 척하고는 500cc 맥주 한 잔을 단숨에 비워내는 그녀가 대단하다는 듯, 할 말을 잃고 수인을 빤히 쳐다보는 것이 미인이 할 수 있는 전부였다.

"뭐냐?"

"뭐가?"

"헐. 술 먹는 하마인 줄."

수인은 모 개그 프로그램 배우들을 따라 하는 미인을 한번 째려 봐 주고는 입가에 묻은 맥주 거품을 닦아냈다. 시원하게 트림까지 해주고 나서야 의자 등받이에 등을 기대며 몸을 이완시켰다.

"내가 진짜 두 번 다시 그 차에 타나 봐라."

"무슨 소리야, 뜬금없이. 차? 누구 차?"

"숨 쉬면서도 질식사할 것 같은 심정을 넌 아니?"

"자꾸 뭐라는 거니?"

미인은 자꾸 엉뚱한 소리를 하는 수인을 흘겨보고는 그들 앞에 내려진 안주를 반겼다. 그녀가 좋아하는 다디단 과일 화채가 화려한 색상을 뽐내고 있었다. 포크로 과일 하나를 푹 찌르며 무심한 듯하지만 실상은 걱정이 담긴 말 한마디를 훅 내던졌다.

"오늘은 꽤나 상태가 좋네?"

"어? 아…… 그렇네."

수인은 조금은 씁쓸하게, 그러면서도 조금은 신기한 듯 묘한 미소를 베어 물었다. 매달 한 번씩, 생리 때도 크게 아프거나 까칠해지지 않는 그녀였지만 오늘처럼 아버지를 뵙고 온 날은 이상하게 마음이며 몸이 축축 처졌다. 그래서 늘 다녀온 날이면 이렇게 친구 미인과 앉아서 가벼운 농담 따먹기나 하면서 술 한 잔으로 무거운 마음을 내려놓곤 했었다. 그런데 그 무거운 마음이 불편했던 길고 긴 시간 덕분에 잊혔던 것이다. 이걸 고마워해야 하는 건지.

"대체 누구 차를 얻어 타고 왔기에 우리 진수인 양을 위로해 줬을까?"

"위로는 무슨."

어림없는 소리라는 듯 수인은 콧방귀를 뀌었다.

"누구냐니까?"

"너무나도 잘나신 강 박사님."

"아! 네가 손바닥에 구멍 뚫을 것처럼 꾹꾹 눌러가며 번호 적어줬던 사람?"

수인은 2시간 30분이 아니라 2년 3개월처럼 느껴졌던 조금 전 상황들을 떠올리며 고개를 세차게 흔들었다.

딱히 할 말이 없다고 해서 늘 불편한 것은 아니다. 침묵이 오래되더라도 크게 나쁘지 않은 경우가 있고, 아주 잠깐 말이 끊기면 엄청나게 어색하고 어찌할 바를 모를 때가 있다. 그리고 강 박사님과 함께, 단둘이, 그것도 그 좁은 밀폐된 공간에서 보낸 2시간 30분은 후자의 경우였고, 어찌할 바를 모를 정도를 넘어선 피를 말리는 시간이었다.

어색한 분위기가 너무도 멋쩍어 뉴스거리를 꺼내보기도 했고, 지금 준비 중인 프로젝트에 대한 이야기도 해봤고, 심지어 되도 않은 개그 프로그램을 따라 하기까지 해봤지만 우리의 강 박사님은 어찌나 꼿꼿하시던지.

뭔가 반응이 있어야 원맨쇼도 진행을 할 것인데 제대로 대꾸 한 마디 하지 않은 세현 덕분에 결국 수인은 그의 차에 오르고 30분 만에 지쳐 입을 다물었다. 그렇게 입을 다문 것처럼 신경도 잠시 꺼두면 좋을 것을, 참도 이상한 것이 창밖으로 관심을 돌렸지만 의식은 반대쪽에 가 있는 듯 그의 작은 움직임 하나하나가 죄다 느껴지는 것이 아닌가. 보스의 일거수일투족에 신경을 곤두세워야 하는 훈련에 심취한 일종의 직업병이라 자위해 보았지만 영 마뜩치 않았다. 단 한 마디도 없었던 길고도 길었던 순간, 눈치 없이 잠이라도 들었으면 좋았으련만 오늘따라 졸음도 오지 않았다. 딱 숨 막혀 죽는다는 말은 그때 써야 할 것만 같았다. 도로를 가득 채운 그 수많은 자동차들이 어찌나 얄밉던지.

더욱 언짢았던 건 자신은 이토록 불편하고 안절부절못한데 너무도 태연하게 운전대를 붙잡고 운전에만 집중할 수 있는 세현의 무신경함이었다. 운전대를 잡고 있는 세현의 손바닥이 땀으로 흥

건했다는 걸 전혀 알 수 없었던 수인으로선 당연한 것이었다. 차 한 번 얻어 탄 게 뭐 큰 신세라고, 괜스레 혼자서 위축된 것 같아서 속이 상하기까지 했다. 그냥 1시간 더 기다렸다가 버스 타고 올걸 그랬다는 후회를 할 만큼.

불편한 사람과 한 공간에 있다는 게 그토록 버거운 일인지 새삼 깨닫게 되는 체험의 현장을 경험한 수인이었다.

"똑같은 대표이산데, 친구라는데 어쩜 그리 달라? 눈치도 없고, 배려심도 없고."

"으응?"

"대체 왜 나만 보면 꼬투리 잡지 못해 안달인 거야? 잘해내면 의심의 눈초리, 뭔가 하나 실수라도 하게 되면 '그러면 그렇지.' 하는 얼굴. 진짜 못됐어!"

괜스레 이전에 그녀에게 했던 세현의 까칠한 행동으로까지 불똥이 튀었다. 서비스 안주로 가져다준 오징어를 잘근잘근 씹어댔다. 오징어가 마치 그 누구라도 되는 양.

제 혼자서 맥주잔 비워가며 계속해서 남의 험담을 하는 수인을 미인은 참 재미있다는 얼굴로 쳐다봤다. 한 손으로 턱을 받치며 어디 한번 계속해 보라는 듯 싱긋 웃어 보이기까지 했다.

"얼마 전엔 나를 회사 기밀 빼내려는 스파이 취급까지 하더라. 거기에 나도 자기 만만치 않게 뒤끝 있는 인간이라고 은근 비꼬기까지 하더라니까. 뭐 눈에는 뭐밖에 안 보인다고. 진짜 사람이 어떻게 그래?"

"그럴 수 있지."

"뭐라고?"

"흉은 다 봤어? 아님 더 남았니?"

역시나 수인의 날카로운 눈빛이 미인에게 한 방에 꽂혔다. 미인은 그 정도 눈빛은 애교라는 듯 여유롭게 받아줬다. 살짝 미소까지 곁들여 주면서. 수인이 이렇게 말을 많이 하는 걸 참 오랜만에 보는 미인이었다. 특히나, 오늘 같은 날은 더욱 말이 없는 그녀였으니까. 하지만 그걸 내색할 만큼 미인은 어리석지도, 눈치 없지도 않았다. 오늘은 그저 유쾌하게 보내는 게 옳았다.

"야, 그 사람 선수라니깐. 단번에 네 전화번호 따간 거 봐라."

"아주 소설을 써라. 전화 한 번 안 왔거든."

"어머! 너, 은근히 전화 기다렸던 거야?"

"뭐? 말이 되는 소리를 해!"

수인은 무슨 말도 안 되는 소리를 하느냐는 듯 펄쩍 뛰었다. 어디 할 말이 없어서 그런 되도 않은 소리를 내뱉는 거냐고 친구를 사정없이 째려봤다.

"눈깔 돌아가겠다, 이년아."

"말 좀 예쁘게 해. 생긴 건 예쁘게 생겨가지고 입이 왜 그렇게 험해?"

"나만의 매력."

"어련하시겠어."

미인은 싱긋 웃어 보이며 자신의 잔을 비웠다. 하루 종일 땀내

나는 덩치만 산만 하지 정신은 미숙아가 분명한 남학생들 사이에서 전쟁을 치르고 났으니 갈증은 끝도 없었다.

"그래도 의외로 회사 생활 잘하네. 이리저리 치일 줄 알았더니."

"내가 그래도 일은 야무지게 잘하는 편이었다. 눈칫밥도 잘 챙겨 먹는 편이잖아. 까칠한 상사가 아니라서 그런 것일 수도 있고."

"그 친절한 재민 씨 얼굴 좀 보자. 원래 성격 좋은 놈들이 인물은 좀 달리는데."

"그런 말씀 마세요!"

수인은 자신의 휴대폰 사진첩을 열어 미인에게 보여줬다. 그 사진 속 한 남자를 본 미인은 딱 한마디로 자신의 마음을 표현했다.

"오올, 대박!"

"그렇지? 출근길이 즐거울 수도 있다는 걸 요즘은 절실하게 느끼고 있는 중이야."

수인은 매우 뿌듯한 얼굴로 휴대폰 액정을 가득 채운 한 남자의 얼굴을 부드럽게 어루만졌다. 현재까지의 사보를 쭉 살펴보다가 발견한 사진을 냉큼 휴대폰 카메라로 찍어서 저장해 놓았던 것이다. 살짝 고개를 숙이고 업무를 보고 있는 날렵한 옆선이 보는 이로 하여금 군침 돌게 할 만큼 멋있었다. 마치 배우들이나 등장하는 멋진 화보 같았다.

"이런 남자를 보스로 모시다니. 넌 대체 전생에 무슨 짓을 한 거니? 염불보다 잿밥에 더 관심 갖게 되는 거 아냐?"

"난 훌륭한 비서가 될 거야. 감히, 염불보다 잿밥에 군침 흘리겠어? 둘 모두에 군침 흘린다면 모를까."

수인은 제가 한 말에 키득키득 웃으며 다시 한 번 휴대폰 화면을 소맷자락으로 슥슥 닦았다. 갈수록 호감이 가고, 갈수록 애정이 쌓여가는 보스를 향한 마음은 속수무책이었다. 보통 인물이 훤칠하면 그만한 인물값을 하는 법이다. 정말 재수 없을 정도로 싸가지가 없거나, 머리가 좀 멍청하거나. 뭐 하나 모자라는 게 있는 법인데 어떻게 된 것인지 그녀의 보스는 어디 하나 모자랄 데가 없었다. 잘해주는 남자에게 눈이 가고 마음이 가는 건 어찌 보면 인지상정.

"이런 남자가 어디가 모자라서 아직까지 결혼도 못하고 있는 거래?"

"못하는 게 아니라 안 한 거지. 네 말대로 이런 남자가 뭐가 아쉬워서 일찌감치 한 여자에게 매이겠니?"

수인은 자신의 보스를 어디 한군데 모자란 사람으로 몰아가려는 미인을 믿지 않게 흘겨봤다. 자신의 마음이 여자가 남자에게 갖는 이성을 향한 감정인지, 성공한 남자를 향한 존경의 감정인지는 확실하지 않았다. 어쨌든 확실한 건, 이 남자가 참 멋지다는 것이다. 누구와는 다르게.

불쑥 한 사람이 끼어들었다. 생긴 게 멀쑥하지 못하면 성격이라도 모나지 말던가. 삐죽삐죽 가시 천지인 고슴도치처럼 어찌나 까칠하고 인정머리도 없으신지. 환한 미소를 머금고 있던 그녀의 입술이 금세 뾰로통해졌다. 비록, 바로 치고 들어오는 미인의 공격에 빠르게 사라지긴 했지만 조용히 머물다 간 것은 확실했다.

"그런 좋은 사람 나 좀 소개시켜 줘봐. 나 요즘 외롭다."

"됐다. 난 이 회사에 뼈를 묻을 거야."

"그러니까 점수 좀 따야지. 내가 한 인물 하잖아. 고맙다는 말을 들으면 들었지 욕은 안 먹을걸?"

"과연?"

수인이 살짝 비소를 머금으며 미인을 뚫어지게 쳐다보자 미인은 흠흠, 헛기침을 하며 살짝 시선을 피했다. 너무 오래 붙어 있었던 탓에 서로가 서로를 너무나 잘 알아서 발뺌이나 변명 따위는 어림도 없었다.

"그래 보라지. 너 그 까칠 강 박사에게 두고두고 괴롭힘당하라고 물 떠놓고 빌 거야."

"원수 같은 년."

"너님이나 말 예쁘게 하세요."

쉬는 날 가볍게 생맥주 한 잔씩 시원하게 마실 수 있는 정신적 여유. 이 아무것도 아닌 여유를 즐기기까지 얼마나 큰 시련을 견뎌내야 했는지 목구멍을 넘어가는 시원한 맥주만이 알 일이었다.

"네, 감사합니다. SJ바이오텍스 사장실 비서 진수인입니다."

수인은 전화기 너머에서 자신의 소속을 밝혀오는 목소리에 다급히 스케줄이 적힌 수첩을 꺼내 들었다. 저쪽에서 약속 시간 변경을 요청한 것이다.

"죄송합니다만, 저희도 다음 일정이 있는 터라 곤란합니다."

말은 그렇게 했지만 머릿속으로는 빠르게 시간을 계산하고 있었다. 저쪽 비서도 일방적으로 통보를 받은 것인지 매우 미안하고 곤란해하는 것이 고스란히 전해졌다. 이 만남의 목적 자체가 앞으로 계획된 계약이 순조롭게 진행되기 위한 일종의 포석이었다. 그러기 위해선 먼저 선점을 하는 것이 유리했다. 이미 저쪽은 일방적으로 약속을 변경함으로써 한 수 뒤진 것이고, 이쪽에서는 위세는 유지하면서 상대방에 대한 충분한 호의를 베풀고 있다는 것을 보여줘야 했다. 그것이 비서로서 해야 할 책무였다.

"그러면 저희 쪽에서 약속 장소를 잡아도 되겠습니까? 그 시간대라면 다음 일정을 소화하기엔 거리상의 제약이 따릅니다."

저쪽에서는 흔쾌히 그렇게 하겠다고 답해왔다.

"알겠습니다. 그럼 약속 장소가 결정되는 대로 다시 연락드리겠습니다."

수화기를 내려놓은 수인은 그다음 일정이 잡혀 있는 근처로 적당한 장소를 물색했다. 이쪽에서는 오히려 동선까지 줄일 수 있어서 일거양득이었다. 단지, 채식주의자인 상대방의 식성을 고려해야 한다는 까다로움이 있을 뿐.

그렇게 한참을 약속 장소를 찾는 데 투자한 후 마침내 한곳을 선정했다. 하지만 최종적으로 확정하기 위해선 보스의 확인이 필요했다. 수인은 그날을 비롯한 한 주간의 일정을 정리한 일정표를 정리하여 보스가 있는 집무실로 향했다.

재민은 책상에 앉아서 매우 진중한 얼굴로 모니터를 보고 있었다. 분명 노크를 하고 들어오라는 수락까지 받고 들어왔는데도 그의 집중력은 흐트러지지 않았다. 하지만 수인이 그의 책상 바로 앞에 서자 마치 기다렸다는 듯 고개를 들어 그녀를 맞이했다.

"김차영 대표님 측에서 약속 시간을 변경해 줄 것을 요청해 왔습니다. 다행히 비어 있는 시간대라 받아들이는 것은 어렵지 않지만, 이동 거리를 생각한다면 다음 일정에 약간의 지연이 예상됩니다."

"그래요?"

재민은 수인이 내미는 일정표를 받아 날짜별로 깔끔하게 정리된 일정들을 살폈다.

"그렇다고 거절하기엔 계약 성립하는 데 있어서 영향을 미치지 않을까 싶습니다."

"그렇지요. 아무래도 우리 측에서는 최대한 많은 투자를 받는 것이 좋으니까."

"그래서 약속 장소를 우리 측에서 결정하는 것으로 하여 조건부 수락을 하는 것이 어떨까 싶습니다."

재민은 일정표 확인을 끝내고 수인을 쳐다봤다. 싱긋, 보는 사람의 심장을 콩닥이게 할 만큼 쌔끈한 미소를 지어 보였다. 최고의 오너 자리에 앉은 사람치고는 조금 가볍다 싶으면서도 일에 있어서는 얼마나 꼼꼼한 사람인지. 그는 정말 닮고 싶은 사람이었다. 주변 사람들을 불쾌하게 하지 않으면서도 자기 사람으로 만드는 능력은 그가 젊은 나이에 한 회사의 대표가 되기에 충분한 그릇임을 보여주고 있었다.

"인심 쓰듯 분위기를 우리 쪽으로 유리하게 끌어온다?"

수인은 대답 대신 싱긋 웃어 보였다. 그 모습이 마음에 들었는지 재민의 입가에 핀 미소가 더욱 환하게 폈다.

"그렇게 하도록 해요. 그런데 진 비서님?"

"네?"

생긋했던 재민의 얼굴이 일순간 굳었다. 그리고는 순식간에 얼굴 가득 걱정을 담았다.

"어제 잠 못 잤어요?"

"아니요. 잘 잤습니다."

수인은 의아한 얼굴로 자신을 걱정스레 쳐다보는 재민을 바라봤다. 자신의 낯빛을 살피는 기색이 역력했다. 그제야 자신의 얼굴 상태가 꽤 까칠해져 있다는 것을 떠올렸다.

어제 늦게까지 술을 마시고 잤더니 아침에 일어났을 때 피부는 가관이 아니었다. 한창때는 날 새는 것 따위는 일도 아니었는데, 이제는 몸에서부터 신호가 오니 나이를 먹어가고 있긴 한 모양이었다. 그것이 다른 사람의 눈에 띄었다는 것이 자기 관리를 제대로 하지 못한 것 같아 조금은 부끄러웠다.

"아니. 난 또 내 생각에 밤새 잠 못 이루나 걱정이 돼서 말이죠."

수인의 마음을 눈치챈 것인지 아니면 그저 분위기 전환 삼은 가벼운 농담을 위한 질문이었는지는 알 수 없게끔 재민은 금세 표정을 풀더니 이내 좀 전처럼 생긋 웃어 보였다. 능글능글 웃어넘기는 그 특유의 천연덕스러움에 이제는 어느 정도 적응된 수인은 그에 상응하는 답을 꺼내놓았다.

"잠을 푹 자야 꿈속에서도 만나지 않겠어요?"

"하하하! 역시 진 비서를 따라갈 수 없다니깐. 이럴 땐 얼굴 좀 붉혀줘야 재미가 있는 법인데."

"어어? 그거 성희롱적인 발언인 거 아시죠?"

"그래요? 이거, 신고당하기 전에 물러나야겠는데요."

재민은 몸을 사리는 표정을 지으며 들고 있던 일정표가 끼워진 결재판을 닫고 수인에게 건넸다.

"잠깐 나갔다 오려는데 괜찮겠죠?"

"어디 가시는지 여쭤봐도 될까요?"

"개인적인 용무예요. 오래 자리를 비우진 않을게요."

"알겠습니다."

톡톡, 토독.

다음 달에 일본에서 있을 세미나 참석을 위한 스케줄을 짜고 있던 수인은 창문을 두드리는 빗소리에 고개를 들었다. 투명하리만큼 깨끗했던 유리창에 빗방울이 튀어 자잘한 파편을 만들었다. 아침부터 먹구름 잔뜩 낀 우중충한 날씨더니 기어이 빗물을 토해내는 모양이었다. 손목을 들어 시간을 확인하니 보스가 얼추 들어올 시간이었다. 나가기 전 두 시간만 자리를 비우겠다고 정확히 시간을 언급하고 나갔고, 방금 전에 곧 들어온다는 전화도 받은 터였다.

수인은 오른쪽 가장 아래 서랍을 열었다. 비상 구급약에서부터 바느질 상자, 핸드 스팀다리미까지 일반적인 사무실에서는 생각지도 못할 비품들이 구비되어 있었다. 그 상자들을 이리저리 움직이며 마침내 그녀가 잡아 든 것은 우산이었다. 우산을 꺼내는 그녀의 입가에 꽤나 만족스런 미소가 잠시 잠깐 스치고 지나갔다.

주차장에 차를 세우고 막 시동을 끈 재민은 두 팔을 교차하여 핸들을 끌어안듯 그 위에 올려놓았다. 상체를 바짝 앞으로 기울이며 하염없이 쏟아지며 차창에 파편을 만들고 있는 빗줄기를 원망하듯 올려다봤다. 불과 30분 전까지만 해도 맑았던 하늘이 순식간에 몰려온 먹구름에 가려지더니 이내 기합하듯 빗물을 토해냈다. 금방 그친다는 보장만 있다면야 이렇게 차에 앉아서 부딪치는 빗소리를 감상할 만하지만 하늘 상태를 보아하니 금방 그칠 것 같지는 않았다.

재민은 하는 수 없이 자세를 바로 하고 차 문고리에 손을 가져다 댔다. 끽해봐야 젖기밖에 더 하겠는가. 어차피 사무실에 들렀다 바로 퇴근할 터라 젖는다 해도 크게 문제 될 건 없었다.

그렇게 마음을 굳힌 재민은 망설임 없이 차 문을 열었다. 빗줄기가 훅 밀려들면서 문고리를 잡고 있던 팔뚝과 밖을 내딛은 다리에 빗물이 스며들었다. 하지만 아주 잠깐이었다.

분명 차 밖으로 노출되었던 팔다리였음에도 더 이상 젖어들지 않았다. 그의 고개가 반사적으로 번쩍 들리며 위쪽을 향했다. 그곳엔 그가 지금 입고 있는 감청색 색상의 우산이 떡하니 하늘을 가리고 있었다. 자연스럽게 시선이 우산대를 타고 미끄러졌다. 그 끝에서 손잡이를 움켜쥐고 있는 작고 고운 손이 기다리고 있었다.

"수인 씨?"

"갑작스런 비라 우산을 미처 챙기지 못하셨을 것 같아서 나왔습니다."

정말 예상치 못한 순간에 들이닥친 한 방이라고 해야 할까. 재민은 비서라면 당연한 것일지도 모를 이 작은 행동이 조금은 낯설게 느껴졌다. 분명 이전에도 지금과 똑같은 상황은 아닐지라도 이와 비슷한 상황이 있었다. 그때는 정말 당연하게 받아들였고, 별다를 것 없이 스치듯 지나친 흔하디흔한 상황이었다. 그런데 왜, 지금 이 순간 저도 모르게 멈칫한 것인지 그는 미처 답을 찾지 못했다.

"사장님?"

퍼뜩 정신을 차린 재민은 아무렇지 않게 생긋 웃었다. 그에겐 길게 느껴졌던 그 순간이 사실은 아주 짧디짧은 찰나의 순간이었기에 아주 잠깐 멈칫했던 것은 티도 나지 않았다. 그는 태연하게 운전석에서 나와 그녀가 들고 있는 우산 안으로 들어갔다.

"이렇게 마중까지 나와주는 센스라니. 역시 진 비서라니까."

"비서로서 당연히 해야 할 일을 한 것뿐입니다."

수인은 그가 걸음을 옮길 수 있도록 한쪽으로 비켜섰고, 그 작은 움직임을 알아채 재민은 잠시 걸음을 옮겼다. 하지만 채 몇 걸음 옮기지 못하고 멈춰 서야 했다.

"사장님, 도리가 아닌 줄 알지만 혹시 우산을 직접 들 수 있으시 겠어요? 제가 키가 작아서 본의 아니게 우산을 제대로 씌워 드릴 수가 없습니다."

수인이 작은 것이 아니라 재민이 큰 것인데도 그녀는 자신의 잘 못인 양 정말 미안한 듯한 얼굴로 안타까운 표정을 지어 보이고 있었다.

"물론이죠. 난 신체 건강한 대한민국 남자예요."

재민은 손을 뻗어 수인의 손에서 우산을 건네받았다. 그 짧은 순간 스쳤던 그녀의 손끝이며, 아직까지 우산 손잡이에 남아 있던 그녀의 따스한 온기가 너무도 선명하게 손안으로 스며들었다. 재민의 시선이 이제는 자신의 손으로 옮겨온 우산과 옆에서 또 다른 우산을 펼치려 하는 수인을 번갈아 담았다. 젖어 있는 그녀의 한쪽 어깨까지. 그다음은 생각하고 자시고 할 여유가 없었다. 뇌를 거치지 않은 반사적 행동에 더욱 가까웠다.

"바로 코앞인데 뭘 또 귀찮게 우산을 펼치려 하실까. 자, 갑시다."

"아니요, 괜찮……."

수인이 펼치려고 했던 작은 3단 우산은 이미 재민의 손에 넘어가 있었다. 그녀가 사양하기도 전에 이미 살짝 등 뒤를 미는 재민에게 이끌려 걸음을 옮기고 있었다. 목소리엔 재촉이 묻어 있지만 옮기는 걸음걸음엔 조심스러움이 배어 있었다. 분명 아무렇지 않게 걷고 있음에도 닿을 듯 말 듯 스치는 등 뒤로 뻗은 그의 듬직한 팔에서, 그녀에게로 기울어진 우산에서 너무도 선명하게 느껴졌다. 역시 친절한 재민 씨에게서 나올 수밖에 없는 행동이었다.

"사장님, 저는 레이디이기 이전에 비서입니다."

일부러 약간은 장난 섞인 듯 가볍게 웃으며 말을 건넨 수인은 팔을 뻗어 자신 쪽으로 기울어진 우산을 반대쪽으로 밀어 기울였다. 하지만 이내 원위치로 돌아왔다. 비서이기에 앞서 더욱 견고한 재민의 힘을 그녀가 이기는 것은 애초부터 불가능한 일이었다.

"바람이 수인 씨 쪽에서 불어와요. 그래서 수인 씨 쪽으로 기울인 거니깐 오해는 말아줘요."

"아, 어…… 그렇긴 합니다만."

틀린 말은 아니었으나 꼭 그것만은 아닌 것 같다면 김칫국 마시는 여자의 설레발인 걸까. 괜스레 자신의 역할을 다하지 못하고 오히려 폐만 끼친 것 같아서 마음이 편치 않았다. 어쩌면 누군가의 배려에 조금은 설레었다는 것이 더 큰 이유일지도.

가을비 내리는 해 질 녘의 늦은 오후, 한 우산 아래 있는 남녀의 모습은 마냥 직장 상사와 직원이라고만 하기에는 그림이 참 예뻤다. 누군가 보고 있었다면 질투가 날 정도로 어쩌면 선명하지 않은, 쏟아지는 빗줄기 사이사이로 비쳐져 흐릿하게 보였기 때문일지도 몰랐다.

"박사님."

커피 한 잔을 들고 창문 앞에 서서 창밖을 멍하니 바라보던 세현은 자신을 부르는 소리에 퍼뜩 정신을 차리고 뒤를 돌아봤다. 연구소 직원이 여러 장의 종이 뭉치를 들고 그를 기다리고 있었다.

"무슨 생각을 그렇게 골똘히 하시기에 여러 번 불러도 모르세요? 밖에 무슨 일이라도 났어요?"

직원이 창밖으로 뭐가 보이나 확인이라도 하려는 듯 얼굴을 쭉 빼고 밖을 살피려 했다.

"아니오. 별거 아닙니다."

세현은 그런 직원의 행동을 단칼에 저지시키고 관심을 자신에게로 끌어왔다.

"실험 결과인가요?"

"네. 지난번 지시하셨던 대로 리신(Lysin) 비율을 조정했더니 항균 활성도가 확실히 증가했습니다."

직원이 내민 자료들을 받은 그는 자신의 책상으로 돌아와 들고 있던 잔을 내려놓고 내용을 살폈다.

"이렇게 되면 박테리아에 대한 매우 높은 특이성을 확보할 수 있어 동물에서의 사용에 안정성을 확보할 수 있고, 교차내성 문제 초래 가능성 또한 좀 더 낮출 수 있습니다."

"고생했어요. 자세히 확인해 보고 추후 일정에 대해 논의해 보도록 하죠. 오늘은 이만 퇴근들 하세요."

"벌써요? 아직 퇴근 시간이……."

직원이 전혀 생각지도 못한 말을 들은 듯 놀란 표정으로, 하지만 동시에 들뜬 눈으로 세현을 쳐다봤다. 항상 퇴근이 늦은 세현 때문에 퇴근 시간이 지나서도 선뜻 퇴근하지 못했던 연구실 직원 중 한 사람이었기에 지금 그의 말이 믿기지 않는 눈치였다.

"우리가 퇴근 시간에 연연하는 사람들은 아니잖아요?"

신약을 개발하느라 그간 제시간에 집에 들어간 일이 없었으니 결과가 나온 이제는 조금 쉬어가면서 진행하자고 말을 하면 더 좋았을 테지만, 그런 말주변이 없는 세현으로서는 최대한 직원들을 배려한 말이었다.

"감사합니다. 강 박사님도 오늘은 일찍 들어가 쉬세요."

직원은 혹시라도 그가 뱉은 말을 다시 주워 담아 뭔가 또 다른 일을 시킬까 싶었는지 쏜살같이 그의 방을 빠져나갔다. 오늘이 아니면 또 언제 이런 기회가 있겠냐 싶은 듯했다.

잠시 고요함이 찾아들었다. 소리라고는 문 하나를 사이에 두고 저쪽 너머에서 희미하게 들려오는 배양기 작동 소리가 전부였다.

그 고요 속에 앉은 세현의 두 눈은 손에 든 실험결과 보고서에서 떠날 줄 몰랐다. 하지만 아이러니하게도 종이가 다음 장으로 넘어가는 소리는 한참이 지나도 들리지 않았다. 충분히 결과를 확인하고도 남을 만큼의 시간이 지났지만 그의 시선은 여전히 그 페이지에서 넘어가지 않았다.

"후우우."

한참만에야 길고도 복잡한 한숨 소리가 고요를 깨고 허공으로 번졌다. 동시에 그가 들고 있던 보고서가 책상 위로 아무렇지 않게 나뒹굴었다. 창밖은 여전히 굵은 빗줄기가 쏟아지고 있었다. 세현의 시선이 창문 밖 세상으로 내던져졌다.

빗방울이 맺힌 유리창, 쏟아지는 빗줄기, 불어오는 가을바람에 몸을 맡긴 채 빗물에 몸을 흠뻑 적신 나뭇잎, 멀찌감치 떨어진 곳에 주차되어 있는 자동차들. 여느 비 오는 날의 풍경과 별다를 것 없는 모습이었다.

분명 그가 이곳에 앉아 여태껏 봐왔던 비 오는 날의 일상과 별다를 것 없는 모습인데도, 이상하게 오늘은 유독 스산하게 느껴졌다. 그저 해 질 녘의 어스레한 분위기 탓이겠거니 자위해 보지만 불편한 마음은 쉽게 떠나지 않았다.

팔짱을 낀 손안에서 그의 엄지가 무의식적으로 손바닥을 어루만지고 있었다.

똑똑똑.

문밖에서 들려오는 노크 소리에 세현은 상념을 지우고 자세를 바로 하고 앉았다. 들어오라는 신호를 보내자 연구실 막내 여직원이 조심스런 몸짓으로 들어와 그의 앞에 섰다. 무슨 어려운 말이라도 꺼내려는 듯 주저주저하는 것이 둔한 그의 눈에도 보였다.

"무슨 문제라도 있습니까?"

"혹시 오늘 저녁에 약속 있으신가요?"

세현의 미간이 두 개의 주름을 만들며 단번에 좁아졌다. 여직원이 무슨 의도로 저런 말을 하는지 파악하지 못한 탓이었다. 그런 탓에 되묻는 목소리도 꽤나 딱딱하게 나갔다.

"뭐 때문에 그런 질문을 저에게 하는지 물어도 되겠습니까?"

"다름 아니라, 오늘 최종 실험결과도 나왔고, 오랜만에 일찍 퇴근도 하라고 하셨다고 하셔서요. 어차피 지금 집에 가봐야 잠밖에 더 자겠냐고, 다들 한잔하고 들어가자고 하는데 저희끼리만 가면 의리 없어 보여서 말이죠."

사람들과 잘 어울리는 성격은 아니지만 그렇다고 못 어울릴 정도는 아니었다. 단지 좋아하지 않을 뿐이지 때에 따라 분위기에 동조하는 것 정도는 아무리 연구실에만 처박혀 있는 그라도 할 수 있었다. 비록 어느 자리에서건 눈에 띄는 사람은 아니었을지라도. 더군다나 오늘은…… 술을 마셔도 나쁘지 않을 것 같았다. 비도 오는 날이니까. 재민이 들었다면 언제부터 날씨에 좌지우지되는 감성주의였냐고 놀려댔겠지만, 이유 없이 오늘은 그랬다.

"내가 가도 불편하지 않겠어요?"

"그럼요."

직원들에게 있어 세현이 기피 대상은 아니었다. 단지 조금 어려운 사람일 뿐. 그럴 수밖에 없는 것이 사람은 얼굴을 자주 봐야 익숙해지고, 그래야 가까워지는 법인데 강 박사님의 얼굴은 그리 자주 볼 수 있는 얼굴이 아니었다.

한 연구실에 있으면서도 장기 출장을 가셨나 싶을 정도로 마주치지 못한 경우가 비일비재했다. 뭔가 하나의 문제에 봉착하면 해결될 때까지 두문불출하는 탓이었다. 더군다나 그때 방해하는 것을 싫어한다는 것을 신입 때부터 선배들에게 첫 번째 주의사항으로 듣기 때문에 누구 하나 용기 내 그의 개인 연구실 문을 열지 않았다. 따라서 계획안이나 중간보고, 실적보고 등과 같은 일이 아니고서는 그의 얼굴 보기는 하늘의 별 따기보다 아주 약간 쉬운 정도였다.

그렇긴 하지만 직원들을 아랫사람 부리듯 하는 사람은 아니기 때문에 불편할지라도 어떤 모임 자리에서 그를 일부러 배제하는 일은 없었다. 더군다나 출퇴근하는 문이 같다 보니 인간적으로 그럴 수도 없었다. 사람은 의리가 있어야 하는 법이니까.

"그럼 함께 가실까요? 저희가 좋은 곳으로 모시겠습니다!"

"그러죠."

하얀 가운을 벗어 옷걸이에 걸어두고, 재킷으로 갈아입은 세현은 먼저 나간 직원의 뒤를 따랐다. 연구실을 나가기 바로 직전 다시 한 번 비 내리는 창밖으로 시선을 줬다는 것은 본인 스스로도 인지하지 못할 만큼 아주 순간의 일이었다.

지글지글 고기가 익어가고, 여기저기서 술잔을 부딪치며 왁자지껄 목소리가 뒤섞였다. 귀를 기울이지 않으면 내용을 알아들을 수 없을 만큼 많은 사람들이 각자의 이야기를 하느라 정신없는 시끌벅적한 고깃집. 그곳 한자리를 차지하고 세현의 연구실 직원들이 둘러 모여 술잔을 기울이고 있었다. 이번 연구 결과는 정말 혁신적이라는 자화자찬 일색의 흥겨움 속에 세현은 늘 그렇듯 조용히 그들 사이에 스며 있었다.

　"어? 사장님 아니세요?"

　누군가의 외침에 둘러앉은 사람들의 시선이 일제히 출입구 쪽으로 향했다. 막 문을 열고 들어오는 사람은 정말 서재민 사장이었다. 그리고 그 뒤를 줄줄이 사탕처럼 익숙한 한 무리의 사람들이 밀고 들어왔다. 모두 전략기획실 사람들이었다. 재민 역시 실내를 훑어보다 그들을 발견하고는 냉큼 신발을 벗고 성큼성큼 걸어 들어왔다.

　"연구실 직원들 회식하나 보네요? 이거 그래도 명색이 대푠데 저도 초대하지 않고 이러시면 저 삐칩니다."

　"저희야말로 전략기획실만 챙기시는 것 같아 서운하려고 합니다."

　연구실 실장이 너스레를 떨며 재민의 장단에 맞장구를 쳐줬다.

　"에이. 연구실엔 또 다른 대표가 있으니까요."

　재민은 테이블 한쪽 끝에 조용히 앉아 있는 세현을 가리켰다. 그의 시선을 따라 다른 사람들의 시선도 잠시 세현에게 머물다

갔다.

"우리 그럼 합석할까요? 강세현 박사님, 괜찮겠습니까?"

"이미 그럴 생각이면서 뭘 물어?"

재민을 향해 말하면서도 세현의 눈길은 출입구 쪽을 훑고 지나갔다. 살짝 몸을 숙여 신발 한 켤레를 집어 신발장에 넣는 사람이 그 짧은 순간에 한눈에 들어왔다. 신발장에 들어가는 신발은 남자의 구두였지만 그 구두를 넣은 사람은 가느다란 여자의 손이었다.

"에이. 강 박사님이 싫다고 하면 다른 자리 가서 앉으려고 했지."

넉살 좋은 재민이 싱긋 웃어 보이며 자리를 잡고 앉자, 다른 사람들도 종업원들이 금세 나와서 정리해 준 테이블에 자리를 잡고 앉았다.

"우리 진 비서 어디 있나? 수인 씨?"

"네, 사장님!"

멀찌감치 떨어진 테이블 끝에 이제 막 앉으려던 수인은 엉거주춤한 자세로 자신을 찾는 재민을 쳐다봤다. 그는 역시나 뭇 여성들을 설레게 하는 미소를 지으며 그녀에게 손짓했다.

신입이면 늘 거쳐야 하는 자리가 있었다. 첫 출근하여 자기소개를 하는 자리, 회식 자리에서 음주가무를 뽐내야 하는 자리, 상사로부터 왕창 깨졌을 때 홀로 숨어서 눈물 흘리는 자리.

첫 번째는 이미 거쳤고, 세 번째는 워낙에 좋은 상사를 만나서 찾을 일이 없었고, 이번에는 채용한 신입의 수가 손에 꼽을 만큼

적은 관계로 각 부서별로 환영회를 하기로 했기에 비서실 직원이 그녀뿐인 수인은 두 번째 자리도 갖지 않아도 된다는 생각에 내심 다행이라 생각하고 있었다. 그런데 그 두 번째 자리가 이미 지나간 것이 아닌 모양이었다.

"이번 신제품 개발도 거의 완성 단계에 이르렀고, 그 결과도 상당히 좋다고 보고받았습니다. 다행히 앞으로 있을 계약도 우리 쪽에 유리하게 진행될 수 있을 것 같고요. 큰일을 앞두고 있는 시점에서 머리에서 열나고, 혈관이 팽창하다 못해 피가 터질 만큼 계획을 세우고 있을 우리 가족들 독려 차원에서 이런 자리를 마련했습니다."

근데 왜 나는 옆으로 부른 겁니까, 하고 묻고 싶은 걸 애써 참으며 수인은 재민의 옆에서 무덤덤한 표정을 가장하여 꼿꼿하게 앉아 있었다. 그러는 사이 테이블 위에는 금방 구워서 먹을 수 있는 푸짐한 고기와 신선한 야채가 세팅되었다.

"이건 대표이사 티 좀 내보려고 거창하게 말한 것이고요. 사실은 비가 오니 술 한잔 생각나지 않겠습니까? 그래서 제 사무실과 가장 가까이 있는 부서를 데리고 나왔습니다."

재민의 우스갯소리에 여기저기서 함께 웃어주었다.

"그리고 옆에서 몸 둘 바 모르고 있는 이 여성분은 바로 저의 수족인 진수인 비서. 비서실 직원이 한 명뿐이라서 부서별 회식을 하려면 혼자 해야 하는 터라 이렇게 제가 직접 모시고 왔습니다. 이 자리에서 유일하게 신입이라 얼굴을 잘 모르는 분들이 계실 것 같아서 친절한 제가 설명드렸습니다. 앞으론 모른 척 쌩까지 마시고 반갑게 인사해 주세요."

수인은 기다랗게 늘어놓은 테이블 앞에 앉은 사람들에게 이쪽저쪽 목례로 인사를 대신했다.

"자, 그럼 첫 잔만 거국적으로 건배하고 자유롭게 만찬을 시작해 볼까요? SJ를 위하여!"

"위하여!"

조금은 촌스러운 건배를 시작으로 자연스럽게 회식 분위기가 이어졌다. 재민이 분명 간단한 저녁식사 자리라고 했는데 이건 거의 회식 수준이었다. 애초에 집에서 혼자 먹는 것보다는 그래도 여럿이 어울려서 먹는 게 훨씬 낫겠지, 하는 생각을 하는 것이 아니었다.

"이거 한우예요. 많이 먹어둬요. 그렇게 있다간 밥만 먹고 가게 될지도 몰라요."

옆에 앉은 재민이 시끌벅적한 와중에 조용히 속삭였다. 그래도 자신이 데려온 책임감은 드는 모양이었다.

"오늘 우산 씌워준 값을 한우로 갚다니. 나 정말 멋지지 않아요?"

"네. 완전 통 크세요."

수인은 엄지손가락까지 치켜세우며 재민의 장단을 잘 맞춰줬다. 그에 재민 역시 못 말린다는 듯 고개를 흔들며 웃어 보였다. 그러다 순간 멈칫했다. 그의 물수건 자리에 물수건 대신 일회용

물티슈가 놓여 있는 탓이었다. 포장지를 보니 식당에서 제공되는 물티슈도 아니었다. 그의 시선이 절로 옆에 앉은 수인에게로 향했다.

"깔끔한 것을 좋아하시잖아요."

"……."

재민은 보통 사람보다는 살짝 까다로운 위생 관념을 가진 사람이었다. 다른 것은 다 괜찮은데 유독 손을 닦는 것에 있어서 그랬다. 물수건이나, 손수건과 같은 한 번 사용했던 것을 다시 사용한다는 것은 여간 어려운 일이 아니었다. 그것이 흠으로 비쳐질까 다른 사람들 앞에서는 티를 내지 않으려고 무던히 애를 썼던 그인데 그것을 수인이 알아챈 것이다. 물론, 비서라면 당연한 것이지만 수인이 그의 비서를 맡은 지는 고작 한 달이었다는 것이 조금은 신기하고, 조금은 다시 볼 수밖에 없었다. 하지만 그것을 티낼 재민은 아니었다.

"고마워요. 역시 진 비서는 센스 있다니깐."

"칭찬해 주셔서 감사합니다. 어서 드세요. 그러다 풀만 뜯다 가실지도 몰라요."

방금 전 재민이 했던 말투 그대로 따라 하는 수인과 그에 즐거워하는 재민, 그리고 그들과 조금은 떨어진 곳에서 묵묵히 술잔을 기울이고 있는 세현까지. 셋이서 함께한 첫 식사 자리였다.

3. 바람이 분다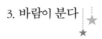

    수인은 가방에서 열심히 울려대는 휴대폰을 꺼내 들었다. 저장되어 있지 않은 번호였다. 살짝 주변 분위기를 훑어보니 이제는 각자가 마음이 맞는 사람들끼리 삼삼오오 무리를 지어 이야기를 나누는 어수선한 분위기였다. 그녀 하나가 잠깐 자리를 비운다고 해서 결코 눈에 띄지 않을 만큼. 그녀는 조용히 가게 밖으로 빠져나왔다.

    "네, 여보세요."

    바람 좀 쐬일 겸, 겸사겸사 전화를 핑계 삼아 나온 것인데, 정작 전화를 받은 그녀의 얼굴은 실망을 싣고 바람 빠진 풍선처럼 순식간에 일그러졌다. 이 늦은 시간에 대출 권유 전화는 아닐 것이라는 근거 없는 확신은 정확했지만.

"잘못 거셨네요."

그렇다고 잘못 걸린 전화라니. 모르는 번호라고는 하지만 혹시라도 뒤늦게 연락이 닿은 학창 시절 친구일 수도 있었고, 예전에 근무했던 직장 동료의 안부 전화일 수도 있는데, 그 많은 경우의 수 중에 가장 김빠지는 경우라니.

하지만 어쩌면 가장 높은 확률의 경우일지도 모르겠다. 시간이 지나고 나이가 들면서 그런 뜻밖의 사람들의 안부 연락 같은 건 드물다고 봐야 했으니까. 그렇게 현재의 우리는 하루하루 먹고살아 간다는 것이 얼마나 지치고, 힘들고, 정신없는지 아주 잘 깨달아가고 있으니까.

휴대폰을 종료시킨 수인은 고개만 살짝 뒤쪽으로 돌려 가게 내부를 쳐다봤다. 불편한 자리는 아니었지만 그렇다고 아주 즐겁게 분위기에 흡수되기도 어려웠다. 이미 단단하게 결합된 그룹과 그룹 사이에 애매하게 끼어든, 어쩔 수 없이 생기는 어색한 침묵은 서로의 노력에도 불구하고 쉽지 않았다. 이런 답답함을 조금이나마 삼켜보려고 남자들은 담배를 피우는 것인가 싶었다.

수인은 가게로 다시 들어가는 대신 가게 앞에 조성된 대리석 화단에 걸터앉았다. 분위기상 조용히 귀가를 해도 되겠지만 아직은 자신의 보스가 자리를 뜨지 않았고, 퇴근해도 좋다는 어떠한 신호도 보내지 않은 터라 내키는 대로 빠질 수는 없었다. 회식이 업무의 연장이란 사회적 분위기는 많이 쇄신되었다 할지라도, 첫 출근

한 지 고작 한 달인 그녀는 충분히 신경이 쓰일 수밖에 없는 위치
였다.

고개를 들어 까만 밤하늘을 올려다봤다. 시간이 언제 이렇게 흐
른 것인지 겨우 고기 몇 점 집어먹고, 술 몇 잔 나눠 마셨을 뿐인
데 어느덧 늦은 밤이 되어 있었다. 비가 추적추적 내린 직후라 그
런지 공기도 산뜻하니 깨끗했고, 유독 까만 밤하늘에 은근히 별들
도 반짝였다. 비록 빛나는 별이라기보다는 지구 밖에서 떠도는 인
공위성일지라도.

"내 눈에 별처럼 보이면 그만이지, 뭐. 내가 별이라 믿겠다는데
지들이 뭘 어쩌겠어?"

생긋 웃는 수인의 웃음엔 내려놓음이 담겨 있었다. 술 한잔 들
어가니 조금은 감상적이 되는 것도 어쩌면 당연한 것일지도. 가끔
은 이렇게 알코올의 힘을 빌리는 것도 썩 나쁘지 않았다.

까만 밤하늘에 참 많은 얼굴들이 스치고 지났다. 그리고 마지막
엔 며칠 전 보았던 아버지의 얼굴이 한참을 머물렀다. 그날은 당
황하는 눈빛과 어쩔 줄 몰라 하는 몸짓이 다른 날에 비해 유독 더
선명했다. 그냥 끝까지 모른 척했으면, 어쩌면 서로가 조금은 덜
상처받았겠다는 후회를 하게 될 만큼.

"상처?"

과연 더 상처받을 만큼의 감정이 남아 있기는 했던 걸까. 혹시
책임감이 아닌 혹시나 하는 미련이 아직 남아 있는 걸까.

평생을 한 여자의 그늘에서 벗어나지 못한 채 누구의 아버지,

누구의 남편을 가장했던 무책임했던 그를. 정작 그가 책임져야 할 가족의 울타리 안에 있던 사람들이 가장 힘들고, 지치고, 아플 때 자신이 짊어진 업의 무게에 짓눌려 돌보지 못했던 그를.

결국은 그녀나 그녀의 어머니나 크게 다를 것 없는 어쩔 수 없는 핏줄인 모양이었다.

까만 밤하늘로 수많은 물음표가 느낌표를 찾지 못하고 방황했다.

그리고 바로, 그때였다. 의도치 않은 느낌표가 불쑥 끼어들었다. 꽤, 아니, 매우 많이 잘난 얼굴과 함께.

"그렇게 보고 있으면 뭐가 좀 떨어져요?"

갑자기 파고든 얼굴에 놀란 수인은 깜짝 놀라 상체를 뒤로 물렸다. 어느 정도 시야가 확보되고 나서야 갑자기 끼어든 인물이 누군지 정확히 인지되었다.

"사장님, 벌써 정리된 거예요? 잠깐 전화 받느라 나왔……."

그의 몸을 살짝 옆으로 피하며 자리에서 일어서려던 수인은 자신의 두 어깨를 살짝 누르며 앉히려는 힘에 눌려 결국 다시금 자리에 앉았다. 그는 여전히 그녀의 앞에 서서 살짝 상체를 숙인 채 그녀를 내려다보고 있었다. 조금은 가깝다 느낄 만한 거리에서, 조금은 부담스럽지만 조금은 설레게도 할 만한 거리에서. 뭔지 모를 아슬아슬한 밤공기가 두 사람을 조용히 스치고 지났다.

찰나와도 같지만 결코 짧지 않은 시간. 아주 잠깐이었지만 결코 길지 않았던 순간이 지나고 재민은 자세를 바로잡았다. 그러더니 이내 주머니에서 뭔가를 꺼내 수인에게 내밀었다.

"이건 왜…… 설마 저요?"

재민은 고개를 끄덕이는 것으로 대답을 대신했다. 수인은 그런 재민과 재민의 손에 들린 숙취해소 음료를 번갈아 쳐다보다가 난감한 미소를 지어 보였다.

"어……. 이런 건 제가 준비했어야 했는데, 죄송합니다."

"그렇게 말하니까 내가 꼭 죄송하라고 일부러 산 것 같은데요?"

"아니에요. 전 괜찮으니까 사장님께서 드세요."

하지만 재민은 전혀 물러날 것 같아 보이지 않았다.

"정말 비서로서 직무 태만이었네요."

"나 먹으려고 샀는데 나도 인심 좀 써보려고요."

수인은 하는 수 없이, 그렇지만 최대한 싱긋 웃어 보이며 음료를 받아 들었다. 거듭 거절하는 것 또한 예의가 아닌 듯했다. 하지만 무엇보다 그녀보다 높은 눈높이에서 서서 빤히 그녀를 내려다보며 친절을 베푸는 재민의 행동에 몸 둘 바를 몰라 다급히 상황을 정리하려는 이유가 더 컸다.

"무슨 걱정 있어요? 수심 가득한 얼굴인데?"

자리에서 일어서려던 수인은 그녀가 일어나는 것보다 빠르게 옆자리에 털썩 주저앉아 버린 재민 덕분에 반쯤 떼었던 엉덩이를 다시금 내려놓아야 했다.

"오랜만에 주님 만나서 그런가 봐요. 혼연일체의 경지에 오르기엔 벌써 무리일까요?"

"힘든 건 없어요?"

가볍게 건넨 말에 진중한 물음이 돌아왔다.

"그럼요! 워낙에 직속상관님이 좋으셔서 힘들 틈이 없어요."

"그거 반어법 아니죠? 속뜻은 일을 너무 많이 시켜서 힘들 틈도 없다, 뭐 그런 거 아닌가요?"

"아니에요."

수인은 싱긋 웃으며 자신의 손에 들린 작은 초록색 병을 만지작거렸다. 겉으로는 무척 태연해 보였지만 실상은 달랐다. 직장이 아닌 사석에서 상사와 단둘이 앉아 나눌 수 있는 대화가 무엇이 있을지 머릿속이 매우 바쁘게 돌아가고 있었다.

"그거 손난로 하라고 준 거 아닌데. 마셔요, 독 안 탔어요."

농담을 섞어서 대화를 이끌어 나가는 재민의 화법에 이제는 어느 정도 익숙해진 수인 역시 싱긋 웃으며 화답했다.

"침 뱉은 건 아니시죠?"

수인은 자신을 빤히 쳐다보는 재민의 재촉이 담긴 눈길을 이기지 못하고 뚜껑을 땄다. 옆에 사람을 빤히 두고 혼자만 먹으려니 뭔가 많이 어색했다. 재빨리 마셔 해치우는 게 답일 것 같아 살짝 고개를 돌려 입술에 병을 대고 기울였다. 작다고 생각했는데 생각보다 양이 많아 상당히 많이 마신 것 같은데도 여전히 병은 비워지지 않았다. 잠시 입을 떼고 한숨 고른 후 다시 마시려던 그녀는 시선을 돌리다 흠칫했다. 그들과 몇 걸음 떨어진 거리에 서 있는 누군가와 눈이 마주친 탓이었다. 동시에 잘만 넘기던 음료를 숨

쉬는 타이밍과 구분하여 넘기지 못하고 사레가 들리고 말았다.

"크륵…… 큭! 콜록콜록!"

"괜찮아요?"

옆에서 지켜보던 재민이 다급히 등을 두드리며 그녀의 상태를 살폈다. 그렇잖아도 너무 어이가 없어 바보 같기만 한 제 모습이 창피해 숨고만 싶은 수인이었다. 그런 그녀의 마음보다는 그녀의 상태가 더 걱정인 재민은 그녀가 그를 외면하며 고개를 돌리고 몸을 웅크릴수록 더욱 가까이 다가왔다. 한쪽은 피해서 숨으려 하고, 한쪽은 살피려 더욱 가까이 파고들고.

"정말, 정말 괜…… 콜록! 괜찮, 콜록! 아요."

더 이상 다가오면 내가 더욱 곤란해진다는 듯 그를 향해 손까지 들어 보이며 주문과도 같은 말을 겨우 꺼냈다. 하지만 그럼에도 그녀의 상태는 쉽게 호전되지 않았다. 재민의 얼굴이 심각하게 변했다.

"안 되겠어요. 잠시만 있어요. 물 좀 가지고 올게요."

"아니…… 캑캑, 괜찮…… 아요."

"괜찮긴 뭐가 괜찮아요? 말도 제대로 못하면서?"

수인은 잔뜩 인상을 쓰며 화를 내면서도 다독이듯 등을 두드리는 재민에게 억지웃음을 지어 보였다. 많이 걱정하는 그의 마음이 보였다. 어떻게 해서든지 이 상황을 극복해야겠다는 생각이 들 만큼. 역시 친절한 재민 씨의 마음은 아픈 사람도 웃게 만드는 힘이 있었다.

그녀는 들고 있던 마시다 만 음료를 다시금 조금 삼켰다. 목이 따끔했지만 그래도 거침없이 쏟아지던 기침이 조금씩 잦아들었다.

"이젠 정말, 괜찮아요."

한 박자 쉬어 호흡을 가다듬은 그녀는 초록색 병을 완전히 비우고서야 그에게 정말로 괜찮다는 듯 생긋 웃어 보일 수 있었다.

"이런 비서 없을 거예요. 사장님에게 약 얻어먹다 체할 뻔한 비서라니."

"그러게 말이에요. 이런 비서…… 없죠."

재민의 말엔 뭔가 여운이 남아 있었다. 평소처럼 아무렇지 않게 생긋생긋 웃어 보이던 수인은 이미 한참 전부터 그녀에게 닿아 있었음이 분명한 재민의 시선에 멈칫했다. 입꼬리가 살짝 경직되더니 이내 파르르 떨리는 묘한 느낌이 찰나의 순간 말초신경을 건드렸다. 약간은 멍하기도 하면서, 오롯이 자신을 응시하고 있는 시선에 빨려 들어갈 것 같기도 한 애매한 감각. 이래서 잘생긴 사람들이 쳐다만 봐도 홀린다고들 하는 모양이었다.

빠앙, 빵!

마치 물속에 잠수해 있던 것과 같은 그 순간의 멍멍함이 지나가는 택시가 울려대는 경적 소리에 순식간에 찢겨져 나갔다. 바짝 정신이 든 수인은 저도 모르게 벌떡 자리에서 일어섰다.

저도 모르게 시선을 미끄러뜨려 몇 걸음 떨어진 한 곳을 응시했다. 딱히 눈에 띄는 것이라고는 없었다. 그저 지나가는 행인, 경적 울리며 쏜살같이 달리는 택시의 행적, 살랑이는 가을바람에 떠도는 나뭇잎. 그저 그런 일상의 흔적들뿐이었다.

하지만 그녀의 시선은 한동안 그 자리에서 떠나지 못했다. 그리고 신기하게도 뭔가에 들켜 화들짝 놀랐던 가슴이 저 혼자 안정을 찾았다. 마치 그녀를 놀리듯이. 깊은 한숨과 함께 불만을 토해내는 그녀의 입술이 뽀로통한 심통을 담았다.

"왜요? 별똥별이라도 떨어졌어요?"

재민이 그녀의 시선을 좇았다. 하지만 재민의 눈이라고 해서 다른 것이 보일 리 만무했다.

"네?"

"떨어지는 별똥별에 소원을 못 빌어 억울한 얼굴인데요?"

수인은 급히 말을 돌렸다.

"아, 아닙니다. 술 깨는 약도 먹었는데 효과가 있는지 좀 봐야겠는데요! 바람 다 쐬시면 천천히 들어오세요, 사장님."

생긋 웃으며, 제법 씩씩하게 외친 것과는 달리 가게로 향하는 수인의 발걸음에는 꽤나 다급함이 묻어 있었다. 가만히 앉아 그 모습을 지켜보던 재민의 입가에 씨익, 부드러운 미소가 맺혔다. 어쩐지 슬금슬금 웃음이 나왔다.

그러다 따끔, 입가에 경련이 일었다. 뭐든 열심히 하려 하고, 늘 유쾌한 그녀를 볼 때마다 덩달아 흥이 났다. 그런데 참 이상한 건 그럴수록 가슴속 깊은 곳에 묻어둔 것들이 꿈틀거렸다. 다시는 마주하고 싶지 않았음에도 차마 버리지 못했던 것들이. '어쩌면' 하

고, '혹시나' 하며 불현듯 나타날지도 모른다는 막연한 기대감이
자꾸만 부피를 키워갔다.

"수인 씨, 같이 갑시다."

재민은 벌떡 자리에서 일어나 빠른 걸음으로 수인의 뒤를 따랐
다.

원래의 자리로 돌아온 그는 답지 않게 술을 벌컥벌컥 마시는 세
현을 의아하게 쳐다봤다. 누군가에게 피해를 주는 것을 무척 싫어
하는 사람이었다, 강세현은. 그렇기 때문에 알코올에 온몸을 지배
당하는 것을 누구보다 싫어했다. 그런 그가 오늘은 술잔을 드는
손이 흔들리고 있었다. 이미 주량 이상을 마셨다는 소리였다.

재민의 시선이 세현 바로 옆에 앉아 있던 직원을 쳐다봤다. 그
역시도 어깨를 으쓱할 뿐 영문을 모른다는 눈빛을 보내왔다.

"전화 받으러 나갔다 오신 다음부터 계속 술만 드시더라고요.
물 마시는 것처럼 벌컥, 벌컥."

이 회사에, 특히나 연구실에서 세현과 함께한 시간이 많은 직원
이었기에 그런 세현의 모습이 의아한 건 그도 마찬가지였다.

재민의 걱정스런 눈빛이 세현을 향했지만 그 눈빛을 알아차리
기엔 세현이 마신 술의 양이 꽤나 많았다.

한편, 재민보다 먼저 들어온 수인은 아주 짧은 시간 동안 급격
히 취기가 오른 상태였다. 그도 그럴 것이 적당히 조절하며 마셨
던 술을 한꺼번에 연거푸 마셔 버린 탓이었다.

가게로 들어온 수인은 제 앞에 놓은 술잔을 단숨에 비워냈다. 하지만 그럼에도 콩닥거리며 열을 발산하고 있는 가슴은 좀처럼 가라앉지 않았다. 뭔가에 크게 데었을 때의 느낌과 얼추 비슷했다. 깜짝 놀라서 급하게 손을 떼지만, 이미 덴 자리는 붉게 익은 후였다. 뒤늦게 그 자리가 화끈거린다는 걸 깨닫고, 급하게 소주를 찾아 열을 식혔다.

그리고 지금 이 순간 수인도 크게 다르지 않았다. 한 잔 더 마시면 괜찮으려나 싶어 빈 잔을 채우기 위해 술병을 드는데 그녀보다 더 빨리 술병을 잡은 사람이 있었다.

"자작 하면 앞에 앉은 사람 3년이 재수 없다는 거 몰라요?"

"제가 미처 생각을 못했네요. 하마터면 민폐 끼칠 뻔했습니다."

수인은 앞에 앉은 얼굴과 이름만 알 뿐 대화 한번 나눠보지 못한 전략기획실 직원에게 어설프게 웃어 보였다. 그리고는 술병을 든 박 대리에게 잔을 내밀었다.

그 작은 행동이 화근이었단 것을 그 순간은 알지 못했다. 술을 따라주는 박 대리만 아니었어도 그저 옆에 앉은 직장 동료가 술 한 잔 따라주는 것에 그쳤을 것이 분명했다. 박 대리가 그 '밧데리' 만 아니었어도 그날의 창피함을 되새김질하는 일은 없었을 것이고, 혹시라도 그날 했던 자신의 실수가 두고두고 회자되지 않도록 박 대리의 입을 막기 위해 애쓰지 않았을 것이다. 그리하여 박 대리와 주거니 받거니 술잔을 쉴 새 없이 부딪치는 일 또한 없었을 것이다. 제대로 된 대화라고는 해보지도 않은, 그저 자신의 보스와의 중간 다리 역할에 필요한 말만 했던 사이가 본의 아니게 엄청 친근한 사이로 비쳐지고 말았다. 그것도 술을 자신의 가족만큼이나 사랑하는 박 대리와 말이다.

"2차 갑시다, 2차! 서 사장님! 서운하게 여기서 괴기만 먹여놓고 끝내는 소심함을 보이시는 건 아니시죠?"

"여기서 마무리하면 소인배 되는 건가요?"

이미 얼큰하게 술이 오른 박 대리는 빵빵한 두 볼을 자랑하며, 어울리지 않게 싱긋 웃어 보였다.

"우리 서재민 사장님은 대인배 중에 대인배라는 것을 저는 아주 잘 알고 있습니다! 그렇죠, 진 비서님?"

재민에게 향했던 애정 가득한 눈빛이 수인을 찾았다.

"어? 어디 가셨어, 우리 진 비서님?"

박 대리는 둘레둘레 고개를 돌리며 진 비서를 찾았다. 마침내 무리의 한쪽 귀퉁이에 불안하게 서서 배슬배슬 웃고 있는 수인을 발견한 그는 번쩍 손을 들어 진 비서에게 손짓했다.

"진 비서님! 우리 진 비서님도 그냥 가기 서운하죠? 그렇죠?"

박 대리의 손짓에도 불구하고 다가오지 않을뿐더러, 대답도 바로 들려오지 않았다. 결국 그는 기어이 발걸음을 떼 수인에게로 향했다. 순간적으로 휘청했지만 그렇다고 몸을 가누지 못할 정도는 아니었다. 그런데도 그의 어깨를 붙들며 부축하는 친절한 사람이 있었다. 부축하는 사람치고는 어깨를 붙드는 힘이 꽤나 셌지만 이미 취기가 오른 박 대리가 눈치 챌 리는 만무했다. 그 힘에 의해

수인에게로 향하는 발걸음이 멈췄다는 것도 깨닫지 못했다.

"고맙습니다, 강 박사님."

"취한 것 같은데 오늘은……."

"그럼 우리 오랜만에 박 대리의 노래 좀 들어볼까요? 여전히 건
재하죠?"

세현과 재민이 동시에 말을 했고, 재민의 목소리가 조금 더 컸
다. 그랬기에 사람들의 이목도 그쪽으로 집중되었다.

"그럼요, 그럼요! 제가 오늘 이 즐거운 마음을 가슴 깊이 담아
들려 드리겠습니다! 왠지 이번 프로젝트도 대박 날 것 같지 않습
니까?"

"당연한 말이죠!"

연구실 직원들도, 전략기획실 직원들도 모두들 이번 신제품 개
발에 심혈을 기울였기에 모든 게 순조롭게 착착 진행되어 가는 지
금 이 상황이 만족스러웠다. 그렇기에 술에 취한 사람이든, 그렇
지 않은 사람이든 박 대리의 한마디는 모두를 기분 좋게 하기에
충분했다.

"자, 그럼 사정이 되는 사람들만 2차로 자리를 옮깁시다. 억지
로 참석할 필요는 없는 거 아시죠?"

재민의 산뜻한 정리에 몇몇 사람은 작별 인사를 하고 자리를 떠
났고, 남은 사람들은 자리를 이동했다. 수인은 후자에 속했다. 자
신을 컨트롤할 정도로 적당량 술을 마신 경우는 매우 감상적이곤
했다. 그리고 지금까지는 항상 그 정도로만 마셔왔다. 자신의 의

지를 제 힘으로 조절하지 못하는 것이 조금은 두려웠기 때문이었다.

그런데 지금은 그 이상의 술을 마신 상태였다. 의도한 것은 아니지만 오랜만에 사람들과 서슴없이—물론, 술의 매력이라 부를 수 있는 알코올에 구속된 친화력 덕분이지만—어울리고, 웃고 떠들 수 있는 것에서 작은 자유를 찾았던 모양이었다. 더불어 그 정도의 술을 마시는 경우는 과하게 밝아지곤 했다. 부끄러울 것도 없고, 계산적일 필요도 없이 방방 들떴다. 마냥 기분이 좋았다. 세상 모든 곳이 꽃동산이었다. 어디서나, 누구에게나, 이유 없이 배슬배슬 웃어줄 만큼.

"노래, 노래 부르러 가요!"

수인은 한쪽 손을 번쩍 들어 올리더니 하늘에 구멍이라도 낼 듯 손가락으로 허공을 찔러댔다. 당장 노래 한 곡 뽑을 기세였다. 생글생글 웃는 얼굴로, 살짝 몸도 휘청거려 주는 것이 기분 좋게 취한 사람의 전형적인 모습이었다.

"정말 끊임없이 새로운 모습을 보여주지 않냐? 나날이 새로워. 매력 있단 말이지. 그렇지?"

재민은 매우 즐거운 얼굴로 옆에 선 세현에게 동의를 구했다. 하지만 세현은 결코 동조하고 싶지 않다는 뜻을 얼굴 가득 내비쳤다. 잔뜩 찡그린 얼굴, 삐딱한 시선으로 대답을 대신했다. 그리고는 재민을 뒤로한 채 성큼성큼 발걸음을 옮겼다. 그 걸음이 꼭 성난 아이가 자기 삐쳤다고 시위하는 모양새와 얼추 비슷했다.

"쟤 오늘 왜 저래?"

혼잣말을 한 재민은 뭔가 미심쩍은 마음을 뒤로한 채 무리에 합류해 노래방으로 향했다.

다들 그간 쌓인 스트레스가 많았는지 너나 할 것 없이 즐겁게 음주가무를 즐겼다. 자연스럽게 술잔을 부딪치고, 열정적으로 노래를 부르고, 어깨동무한 채 율동도 춤도 아닌 이상스러운 무용을 선보였다. 누구 하나 부끄러워하지도 않았고, 못한다 뒤로 빼지도 않았다. 말 그대로 매우 이상적인 회식 자리였다. 그 분위기 속에 술 취한 수인도 끼어 있었다.

"어? 내 노래다! 이번 차례는 저예요, 저!"

수인이 번쩍 손을 들며 잰걸음으로 무대 앞으로 나섰다. 자신에게 돌아온 마이크를 합장하듯 모아 쥐고 몸자세를 똑바로 했다. 반주를 감상하듯 우아하게 두 눈을 감고 크게 심호흡까지 했다. 소리 없이 화면만 봤더라면 무슨 발라드 음악이라도 되는 듯했지만, 흘러나오는 반주는 매우 흥겨운 트로트였다. 흘러나오는 반주와는 달리 매우 경건한 자세라, 오히려 그 모습이 재미있어 사람들의 이목이 집중됐다. 그리고 화면에 가사와 함께 나타난 손가락이 세 개에서 하나씩 줄어 없어지며 노래가 시작되는 그 순간이었다.

노래방 밖에서 구멍이라도 낼 듯 하늘을 찔렀던 손가락이 정확히 한 사람을 가리켰다. 동시에 수인의 눈꺼풀이 올라가며 입술이 열렸다.

"일부러 안 웃는 거 맞죠! 나에게만 차가운 거 맞죠!"

상대방을 향한 물음이라기보다는, 확신이 담긴 공격적인 말투였다. 불만 가득 따지는 듯한 음성이 노래를 빙자해 한 사람에게 쏟아졌다.

당연한 듯 모든 사람들의 시선이 그 손가락을 따라 움직였다. 그 끝에 회식 자리에서, 더군다나 2차에서는 더욱이 찾아보기 힘든 강세현 박사님이 계셨다. 그리고 다들 한눈에 확인했다. 그의 미간이 사정없이 일그러지는 것을.

모두들 약속이나 한 것처럼 일제히 시선을 거둬들여 다시금 수인을 쳐다봤다. 하지만 그녀는 언제 그랬었나 싶을 정도로 태연하게, 오히려 제 노래에 자기가 자아도취 되어 신나게 부르고 있었다. 자신이 어찌 감히 직장 최고 상사를 째려보는 것도 모자라, 손가락질까지 했겠냐는 듯. 괜히 그 손가락질에 이리저리 눈동자를 움직인 직원들만 무안해진 꼴이었다. 하지만 다들 술에 취했고, 한번쯤은 있을 법한 상황이라 치부했다. 멱살 잡지 않은 게 어디냐고. 단지 의아한 것은 서재민 사장의 개인비서가 뭐 얼마나 강세현 박사님과 부딪힐 일 있어서 손가락질까지 했냐는 것이었다. 그러나 그마저도 몸을 지배하는 알코올과 흥겨운 분위기에 아주 조용히 잊혀졌다. 딱 두 사람을 제외하고.

'이래서 간덩이가 큰 사람이 사고도 치는 거야.'

수인은 지금 자기가 어떤 정신으로 노래를 부르고 있는 건지 알지도 못한 채 열창을 하고 있었다. 몸과 마음이 따로 노는 경험을

실로 오랜만에 하는 것이다.

술 먹으면 엄마, 아빠도 못 알아본다는 말, 세상 무서울 것 없다는 말이 왜 있는지 알 것 같았다. 단지 아쉬운 건 이왕이면 더 취해서 일을 저질러 놓고도 저질렀는지 몰랐으면 좋았을 텐데 그러지 못했다는 것이었다. 할 말은 좀 하고 살자, 먹은 큰마음이 되받아 째려보는 무서운 시선에 깨갱 할 정도로 작은 마음에 불과하다는 걸 저질러 놓고서야 깨달았다. 오히려 이제는 술 먹고 주정까지 부린다고 더욱 아니꼬운 눈으로 볼 것이 분명했다. 일도 제대로 못하면서 상사에게는 적당한 립 서비스로 잘 보이려 하고, 술 주정으로 윗사람에게 삿대질이나 하는 개념 없는 직원 취급을 할 것임은 자명했다.

'그러니까! 누가 그런 눈빛으로 쳐다보래? 직장 상사에게 꼬리 치는 여직원 쳐다보는 듯했잖아? 그게 얼마나 기분 나쁜데! 대체 나를 어떤 사람으로 보고!'

다시금 고깃집 앞에서 재민과의 있는 모습을 지켜보던 세현의 눈빛이 떠오르자 화르륵 열이 났다. 다른 곳을 향했던 시선을 획 세현에게 던졌다.

소파에 앉은 채 팔짱을 끼고선 이보다 더 삐딱할 것 없겠다 싶을 정도로 삐뚤어진 눈빛이 그녀를 기다리고 있었다. 노래방이 꽤 어두웠음에도 불구하고 그 눈빛이 정확히 들어왔다. 현란하게 움직이는 미러볼에 반사되는 휘황찬란한 불빛 때문일 것이라는 생각이 들자, 그 미러볼마저 원망스러웠다. 마음 편히 째려보지도 못하게 만들었다. 조금은 한심하다는 듯, 조금은 불만스럽다는 듯한 눈빛이 오롯이 그녀에게 집중돼 있었다.

"야이 야이 야이 야이! 날…… 봐요."

'나쁜 놈아!'라고 외치고 싶은 마음을 겨우 숨기고 잽싸게 시선을 거둬들였다. 여전히 인상 팍 쓴 그의 쫙 찢어진 눈빛을 마주할 자신감은 생기지 않았다.

그렇게 수인은 자신의 간이 생각보다 담대하지 못함을 깨달았다. 그리고는 뭔가 대단한 노래라도 뽐낼 것처럼 비장하게 노래방으로 향했던 그녀는 그 한 곡을 끝으로 더 이상 목소리를 들려주지 않았다. 아니, 들려주지 못했다. 당돌한 여자가 되어 당당하게 손가락질까지 하며 노래를 부르더니, 온 에너지를 그 한 곡에 쏟아부은 사람처럼 노래가 끝난 후 녹다운되어 버렸다.

"감사합니다!"

마지막까지 최선을 다하여 인사를 하는, 친절한 무대 매너까지 보여준 후 마이크를 내려놓은 그녀는 가장 눈에 띄지 않는 소파 한쪽 귀퉁이에 자리를 잡았다. 사실은 노래하는 내내 신경 쓰였던 시선을 피하기 위한 행동이었다. 자신을 태워 죽일 듯 째려보는 이글이글 불타오르는 세현의 눈빛을 감당할 자신이 없어 급히 도망친 것이었다. 그렇게 잠시만 눈빛을 모른 척하자 했던 것이었는데 그만 그대로 잠들어 버리고 말았다.

눈부시게 밝고, 따사로운 햇살이 쏟아지는 아침. 그 햇살을 담뿍 머금은 침대 위의 뽀얀 이불 무덤이 꿈틀꿈틀 태동했다.

"으으으."

이불에 파묻혀 또렷한 소리는 아니었지만 신음이 분명한 소리도 이불의 움직임과 함께 작은 공간에 울렸다. 그러기를 몇 분, 마침내 이불이 스르륵 미끄러지며 사람이 모습을 드러냈다. 잔뜩 헝클어진 머리와 심하게 번진 화장이 사뭇 공포영화를 연상케 했다.

"아으으윽."

있는 대로 얼굴을 찡그리며 반쯤 몸을 일으키던 수인은 다시금 털썩 드러눕고 말았다. 갈증은 나는데 이 갈증을 해소하기 위해선 주방에 있는 냉장고까지 가야 한다는 것이 무척이나 슬펐다. 거기다 움직일 때마다 머리까지 아팠다.

"목말라. 머리도 아프고. 대체 얼마나 마신 거라니?"

지끈거리는 머리를 꾹꾹 누르며 지난밤을 떠올려 봤지만 자신이 마신 술의 양까지는 견적이 나오지 않았다. 그러다 반짝, 잔뜩 찡그리느라 감겼던 눈이 절로 떠졌다. 조금 전까지 물먹은 솜처럼 무거웠던 몸도 벌떡 일으켜 세울 만큼 정신이 번쩍 들었다.

"오, 마이 갓! 내가 대체 무슨 짓을 한 거니?"

지난밤의 흔적이 파노라마 영상처럼 주르륵 펼쳐졌다. 사적인 말 한번 섞어보지 않았던 직원들과 주거니 받거니 술잔을 돌리던 모습, 노래방 기계 앞에서 열심히 흔들어대던 모습, 급기야 까칠하신 강 박사님께 삿대질까지 했던 모습이 여과 없이, 고스란히 떠올랐다. 이럴 땐 필름이라도 끊기면 얼마나 좋겠는가.

"가만! 잠은 노래방에서 들었는데 눈은 내 집, 내 침대에서 뜬다?"

그렇다. 이상했다. 분명 그녀가 기억하는 것은 거기까지였다. 사람 하나 잡을 것 같은 눈빛을 피해 제일 구석진 곳으로 가서 찌그러졌다가 그대로 잠이 든 것까지. 아무리 생각하고 또 생각해 봐도 노래방에서 집으로 돌아온 기억은 없었다. 순간이동이라도 하지 않는 이상 내 집, 내 침대 위에서 눈을 뜨는 건 불가능한 일이었다. 그렇다면.

"나, 필름 끊긴 거니?"

그래도 용케 집으로 돌아와 잠을 잔 것을 보면, 인간의 귀소본능이란 참 대단한 모양이었다.

수인은 대단히 무거운 몸을 움직여 힘겹게 침대를 빠져나왔다. 걸음걸음마다 머리가 둥둥 울리며 지끈거렸고, 속은 쥐어짜듯 울렁이며 메스꺼웠다. 물이라도 먹으면 좀 나을 것 같아 발이 절로 냉장고를 향했다. 조그마한 원룸이 오늘따라 왜 이렇게 넓게 느껴지는지. 엎어지면 코 닿을 곳에 있는 주방이 참도 멀었다.

휘청거리며 겨우 냉장고 앞에 도착한 그녀는 '으이차!' 소리를 내며 냉장고 문을 열었다. 온몸에 힘이 없어 흐느적거리다 보니 아무것도 아닌 냉장고 문 하나 여는 것도 힘이 들었다. 그래도 그나마 시원한 공기가 몸에 닿자 조금은 상쾌한 기분이 들었다.

그러나 딱 거기까지였다. 물병이 있어야 할 자리에 없었다. 새로운 음료수가 추가되더라도 물병의 위치는 바꾸지 않았다. 늘 놓던 자리에 두고 먹었다. 그런데 물병 대신 캔 맥주가 손에 잡혔다. 그녀는 팍 인상을 쓰며 눈을 고쳐 떴다. 그리고 깜짝 놀라고 말았다. 냉장고 내부가 너무 낯설었다. 저도 모르게 고개를 돌려 집 안을 쭉 둘러보는 어이없는 짓까지 하고 말았다. 혹시나 여기가 남의 집은 아닌가 하고.

"우리 집 맞는데."

집 안을 훑어본 눈길이 다시금 냉장고로 돌아왔다.

"하지만 냉장고는 내 것이 아닌가 봐."

그녀의 냉장고라면 이렇게까지 깔끔하게 정리되어 있을 턱이 없었다. 3단으로 나눠진 냉장고 내부는 어느 CF에서 봤음직한 비주얼을 자랑하고 있었다. 첫 번째 칸에는 캔 맥주가 정확하게 열 맞춰 진열되어 있었다. 자로 잰 듯 한 치의 오차도 없이, 심지어 각 상표별로 구분하여 일목요연하게.

퇴근 후, 샤워를 하고 TV를 보면서 마시는 시원한 맥주 한 캔의 매력에 빠져 꽤 많은 캔 맥주로 냉장고를 채워놓긴 했었다. 각 브랜드마다 맛의 차이가 있는 탓에 종류별로. 하지만 손에 잡히는 대로 구입해서 꽤 다양한 상표의 맥주들이 있긴 했다. 그러고 보니 그녀가 마구잡이로 사들인 그 맥주들인 건 분명했다. 하지만 그녀는 이렇게까지 크기 순서대로, 상표까지 봐가면서 정리할 정도로 꼼꼼하지 않았다.

자연스럽게 시선이 그 아래 칸으로 향했다. 반찬통이 역시나 크기 순서대로 차곡차곡 정리되어 있었다. 심지어 뚜껑 색깔도 예쁘게 깔 맞춤하여 배치되어 있었다.

반찬통을 필요한 그때그때 샀던지라 얼추 모양은 비슷해 보이지만 자세히 보면 대부분이 제각각이었다. 그래서 평소엔 적당히 겹쳐서 넣어두었고, 빈 공간에 찔러 넣기도 했다. 그래서 먹고 싶은 반찬을 찾기 위해 온 반찬통을 다 꺼내야 하는 일이 비일비재했다. 물론, 이렇게 두 번째 칸에만 차곡차곡 정리해 두지도 않았다. 위 칸, 아래 칸이 어디 있나, 그냥 냉장고에 넣기만 하면 되지.

그런 생각을 가지고 있던 사람이 바로 그녀, 진수인이었다. 그런 그녀가 이렇게 딱딱 크기와 색깔까지 맞춰가며 정리를 했을 리 만무했다.

냉장고 문에 있는 수납 칸도 역시나 깔끔했다. 가장 아래 칸에는 초록색 소주병이 나란히, 나란히. 심지어 먹다 남은 소주는 가장 가장자리에 놓여 있었다. 병 안에 든 소주의 양까지 고려해서 정리한 모양이었다. 그 위 칸에 드디어 그녀가 찾으려고 했던 물병이 보였다. 그나마 물은 같은 브랜드로 한 묶음을 샀기에 쭉 나열되어 있는 것이 특별하지는 않았다.

"아니지. 난 분명 한 통만 냉장고에 넣어두고 나머지는 냉장고 위에 올려놨었는데……."

하지만 냉장고 위에 올려놨던 물병들은 죄다 자취를 감추고 없었다.

"대체 이게 무슨 상황인 거야?"

그렇지 않아도 아픈 머리가 더 지끈지끈 아파왔다. 집은 내 집이요, 냉장고도 내 냉장고였다. 그 안에 든 물건들도 내 것이었다. 그런데 정작 그것들을 정리했을 손은 내 손이 아니었다. 우렁각시가 왔다 간 것도 아니고, 무슨 냉장고가 이렇게나 완벽하게 정리되어 있을 수 있는 걸까. 그것도 마치 정리벽이라도 있는 것처럼 오차 하나도 없이.

"미인이 왔다 갔나?"

미인은 그녀보다 더, 아니, 정리라는 걸 아예 모르고 사는 친구라는 걸 알면서도 그녀가 예상할 수 있는 최상의 답이었다. 물통을 집어 들어 벌컥벌컥 물을 마시던 수인의 머릿속으로 불현듯 세현의 연구실이 떠올랐다. 그 넓은 연구실을 가득 메웠던 엄청난 양의 서적들. 어마어마한 양임에도 불구하고 어지럽게 흩어져 있는 책은 단 한 권도 없이 완벽하게 열 맞춰 책장에 꽂혀 있었다.

"설마……."

자연스레 시선이 하룻밤 사이에 완벽 그 자체로 탈바꿈된 자신의 냉장고 내부로 향했다. 열 맞춰 나란히 서 있는 맥주 캔들, 반찬통들, 소주와 물병들이 가지런히 정리된 서적들과 오버랩되었다. 조심스레 냉장고 앞에 쪼그리고 앉아 그 안을 정리하는 세현의 모습을 상상해 보았다.

"무슨 생각을 하는 거니, 진수인! 말이 안 되잖아, 말이."

수인은 세차게 고개를 가로저었다. 다 마신 물통을 다시금 냉장고에 집어넣고는 제법 세게 냉장고 문을 닫았다. 쾅, 하고 닫히는 소리와 함께 생각의 문도 잠시 닫았다. 일단, 지금 그녀에게 필요한 건 숙면이었으니까. 아직은 잠의 힘을 빌려 육체의 노곤함을 달래고 싶은 마음이 더 컸다. 답 없는 물음 같은 건 그 후에 생각해 보기로 하고 침대로 다시금 돌아온 그녀는 털썩 침대와 한 몸이 되었다. 익숙한 감촉, 친숙한 향기에 살짝 미소 지으며 금세 잠에 빠져들었다.

따스한 가을 햇살이 소리도 없이 내려앉아 그녀를 감싸고 있었다.

다다다닥, 다급한 발소리가 나무 계단을 밟는가 싶더니 교복 입은 남학생 하나가 주방에 모습을 드러냈다. 아직 물기가 촉촉이 남아 있는 머리에, 삐뚤어진 넥타이, 한쪽 어깨에 삐뚜름하게 멘 가방. 전형적인 지각생의 모습이었다.

"잘들 하는 짓이구나, 아들들?"

탁자 위에 맑은 북엇국 그릇을 소리 나게 내려놓은 백미옥 여사는 이미 식탁에 앉아 있던 큰아들과 이제 막 주방으로 들어선 막내아들을 번갈아 흘겨보았다.

"한 놈은 다 늙은 엄마가 낼모레면 마흔인 아들내미 술국이나 끓이게 하고, 한 놈은 고3이라는 놈이 매일 아침마다 한 시간씩 지각해 담임선생님 전화나 받게 하고. 내가 무슨 부귀영화를 누리 겠다고 시키면 아들을 둘이나 낳았을까."

부귀영화는 아닐지라도 하나보다는 둘이 좀 더 사람 냄새나는 집일 것 같았고, 첫째인 세현도 고등학교에 올라갔으니 키우는 건 그렇게 힘들지 않을 것이라 여겼다. 또한 평생친구라는 딸이 하나쯤 있어도 좋을 것 같았다. 그래서 갱년기를 걱정하는 나이에 갑자기 찾아온 아이를 기꺼운 마음으로 낳았는데, 낳고 보니 딸이 아닌 딸 같은 아들이었던 것이다.

주현은 빠르게 어머니의 등 뒤로 다가가 그녀를 안으며 너스레를 떨었다.

"에이, 우리 마마님. 그러시다 이마에 주름 하나 더 늘어요. 아름다운 미모를 그 못난 두 아들내미 때문에 흠집 내지 마셔요."

"흠집 안 나게 행동을 하시든지요, 아드님?"

미옥은 주현의 손바닥을 찰싹 때리고는 그를 떼어냈다. 아직 쟁반 위에 있던 북엇국을 마저 내려놓았다.

"흑. 아들의 백허그를 야멸차게 내치시다니. 아들에 대한 사랑이 식었어. 난 분명 주워온 자식임에 틀림없어. 흑흑."

"흰소리 그만하고 빨리 학교나 가셔."

"공부하는 막내아들 밥도 안 먹여 보내시나, 엄마가? 이제 수능이 코앞인데?"

겉모습은 지각생임에도 불구하고 주현은 태연히 의자를 빼고 자리에 앉았다. 빨리 밥 달라고 냉큼 수저를 들고 미옥을 빤히 쳐다봤다.

"말 잘했다! 수능이 코앞인데 이 시간까지 잠을 자다 나와? 아무리 토요일이라지만 세상에 9시라니. 밥이 목구멍으로 넘어가?"

"그럼요! 다 먹고살자고 하는 짓인데. 빨리 밥 주세요. 이러다 더 늦겠어요."

쌩긋 웃는 주현의 천연덕스러움에 결국 미옥은 허탈한 한숨을 내쉬고 말았다. 이왕 늦은 거 밥이라도 먹여 보내야지, 하는 생각이 드는 걸 보니 그녀도 어쩔 수 없는 엄마인 모양이었다.

"아버지는?"

"등산 가셨대."

미옥이 주현의 밥과 국을 푸는 동안 세현이 답을 대신했다. 막 일어났음이 분명한 모습에다 잔뜩 인상을 쓰고 연거푸 북엇국만 떠먹는 것이 어제 늦게까지 과음했음을 여실히 보여주고 있었다.

"형 술 마셨어?"

"빨리 먹고 학교나 가."

"회식 때도 안 마시던 술을, 웬일이래? 여자한테 차였어?"

북엇국을 한 숟가락 떠올리다 만 세현은 천천히 고개를 들었다. 맞은편에 앉은 동생을 인정 없이 째려봐 주고는 마저 국물을 마셨다. 동생이 말하는 '차이다'의 의미와는 사뭇 다르긴 하지만 확실히 차이긴 했다. 어젯밤을 생각하면 지금도 절로 움찔할 정도로, 다시금 차인 정강이가 욱신거릴 정도로. 그의 머릿속이 의도치 않게 지난밤을 떠올리고 있었다.

이래서 사람이 해오던 대로 해야 했다. 도통 술을 잘 마시지 않다가, 실로 오랜만에 마신 술인지 취기가 금방 올랐다. 특별히 주사가 있는 것은 아니었고, 그럴 만큼 마신 것도 아니었기에 크게 걱정할 것은 없었다. 하지만 이성이 온전히 지배하지 못하는 순간에 노출됐다는 것에 마음이 편치 않았다. 더군다나 자꾸만 눈에 거슬리는 한 여자 때문에 더욱더. 일부러 쳐다보지도 않았지만 이상하게 더 신경이 쓰였다. 워낙에 얼토당토않은 실수를 하는 사람이기에 그러는 것이라고 이유를 갖다 붙이니 조금은 위안이 되었다.

"자, 이제 그만 집에 갑시다. 나이가 들어서 이젠 더 달리기도 힘드네요."

마지막 노래가 끝나고 재민이 털썩 자리에 앉으며 던진 말이었다. 신나게 춤추고, 노래하던 사람들도 하나둘씩 지쳐 갔고 이제는 거의 파장 분위기였다. 너무 열심히 논 탓인지 다들 웃고는 있었지만 온몸은 지쳐 쓰러지기 직전이었다. 재민 역시도 노래방에 들어올 때와는 달리 상당히 취한 상태였다.

"짜식! 그래도 이번에는 나 혼자 버려두지 않았네. 고맙다, 친구야!"

재민은 뭐가 좋은지 생긋 웃으며 어깨동무를 하고는 톡톡, 두드리며 고마움을 표시했다. 그리고는 계산을 하겠다며 먼저 자리에서 일어났다. 자연스레 다른 사람들도 자신의 짐을 챙겨 방 밖으로 나갔다. 취해 있는 와중에도 자기 부서 사람들을 챙겨 나가는 것은 잊지 않았다.

그렇게 가장 마지막에 남은 세현은 세상모르고 잠들어 있는 수인을 빤히 쳐다봤다. 세상 그 어떤 난제를 가져다줘도 이보다 어렵진 않을 듯했다. '원수는 노래방에 남는다.'도 아니고. 아주 자신 있게 삿대질할 때는 세상 무서울 것 없을 것 같더니, 소파 구석지에서 온몸을 웅크리고 잠든 모습은 나약하기 그지없었다. 마치 건드리면 동그랗게 몸을 말아 자신을 보호하려는 공벌레처럼.

'자신을 벌레와 동급으로 취급했다고 또 화르륵 열받으려나?'

세현의 입가에 저도 모르게 잔잔한 미소가 걸렸다. 자신 있게 삿대질 한번 해놓고는 제대로 눈도 마주치지 못하며 노래하던 수인의 모습이 떠올랐던 것이다. 그러다 다시금 바르르 화를 내는 모습까지. 자신을 얼마나 싫어하는지 빤히 아는데도 이상하게 싫지 않았다. 단지, 언짢을 뿐. 어찌나 웃음이 헤픈지, 그녀는 그가 멀리서 볼 때마다 헤헤 웃으며 농담 따먹기를 하고 있었다. 특히나, 남자 직원들과 있을 때 유독 더 그래 보였다.

그의 입가에 걸렸던 미소가 순식간에 사라졌다. 단단하게 다문 입술이 심통난 아이처럼 한일(一)자가 되었다.

"진수인 씨."

대답이 없었다. 잠든 사람이 그렇게 낮게 깔린 목소리로 조용히 부르는데 어떻게 듣겠는가.

"이봐요, 진수인 씨."

"으응."

"……."

조금 더 큰 목소리로 부르자 수인은 아기 옹알이 같은 대답을 했다. 그리고는 부스스 눈을 뜨고 주변을 살폈다. 그에 오히려 세현이 말을 잇지 못했다. 잠은 집에 가서 자라고 호통 치면 될 것을 쉽게 말이 되어 나오지 않았다.

주변을 둘레둘레 살피는 모습이 바보 같아서였을 것이다. 그냥 그렇게 생각하는 수밖에. 그리고 그가 말을 잇지 못하는 사이 그녀는 다시금 툭 고개를 떨어뜨렸다.

"아직 밤이잖아."

이 한마디를 남겨두고.

"하아."

세현은 그답지 않게 깊은 한숨을 토해냈다. 무척 대단한 난제를 앞에 둔 듯 제법 심각한 얼굴로 팔짱을 꼈다. 안경 속 작은 눈이 째려보듯 정면을 응시했다. 그러다 휙, 모퉁이로 돌아갔다.

서로가 눈에 가장 잘 안 보이는 구석진 곳, 하지만 사람이라곤 둘뿐이라 이제는 한눈에 보이는 그런 곳에 수인이 여전히 세상모르고 잠들어 있었다.

"진수……."

크게 소리칠 듯 벌어졌던 그의 입술이 가만히 닫혔다. 그를 이렇게 곤란한 상황에 빠뜨린 사람치고는 너무도 편안해 보였다. 깨우기가 미안할 정도로. 세현은 조용히, 가만히 그녀를 지켜보았다.

단정하게 묶어 올린 머리, 동그란 이마와 솜털 뽀송뽀송할 법한 작은 귀, 앙증맞은 코, 뽀얀 피부 위에 곱게 흩어진 몇 가닥의 머리칼, 그리고 살짝 벌어진 붉은 입술. 입술 사이로 뜨거운 날숨과 함께 촉촉이 젖은 혀가 살짝 내비쳤다 사라졌다. 어느새 입술이 촉촉이 젖어 있었다. 딱 알맞게, 먹음직스럽게 윤기가 흘렀다.

"미쳤어, 강세현."

세현은 벌떡 자리에서 일어났다. 그리고는 더 이상의 망설임 따위는 없이 수인에게 다가서 그녀의 한쪽 어깨를 붙들었다.

"정신 차려요, 진수인 씨!"

제법 세차게 흔들었다. 하지만 그 행동이 그렇게 그녀를 거칠게 만들 줄은 그도, 잠들어 있는 그녀도 알지 못했다.

"이 나쁜 놈아!"

"으윽!"

세현은 정강이에 찾아든 엄청난 통증에 뒷걸음치며 가격당한 부위를 반사적으로 감쌌다. 여태껏 누군가에게 해코지당할 일이라고는 하지 않고 살아왔다. 성별이 여자라면 더욱더. 아예 여자를 가까이하지도, 할 기회도 없었기에. 그랬기에 정강이를 공격하는 여자의 구두 앞굽의 위력이 이렇게 대단할 줄은 꿈에도 상상하지 못했다. 잠자는 사자의 코털을 건든 것도 아니고, 술에 취해 잠든 여자 깨우려다가 이 무슨 봉변인가 싶었다.

"사람이 그렇게 까칠해가지고 어디 세상살이 제대로 하겠니?"

수인은 아까는 하지 못했던 삿대질을 원 없이 하는 것도 모자라, 발길질까지 하고 있었다. 그러다 제 힘을 제가 가누지 못하고 픽 쓰러졌다. 세현이 잽싸게 잡아주지 않았더라면 아마도 차가운 노래방 바닥에 헤딩을 하는 불상사까지 일어났을지도 모를 일이었다.

회식 자리에 끝까지 있었더니 이런 못 볼꼴도 보는 모양이었다. 정말로 혼자 보기 아까울 정도였다. 어느새 정강이를 지배했던 통증은 사라지고 없었다. 잔뜩 일그러졌던 얼굴에도 잔잔한 미소가 스몄다. 비록 오래가지는 못했지만.

정신을 차리지 못하는 그녀를 노래방 밖으로 데리고 나왔을 때는 이미 그들의 일행은 단 한 명도 남아 있지 않았다. 다들 술에 취해 없는 사람은 집에 갔겠거니 여긴 것 같았다. 재민 역시도 사라진 사람이 수인과 세현만이 아니었기에 당연히 그렇게 생각했을 듯했다. 덕분에 수인은 그의 몫으로 남아야 했지만.

결국 그는 아무데나 내다버릴 수도 없고, 그리고 싶지도 않은 그녀를 택시에 태웠다. 신기한 것은 술에 취해 잠들었는데도 택시 기사에게 제 집 주소는 정확하게 알려주는 그녀였다. 이런 걸 대단한 귀소본능이라고 할지, 겁이 없다고 해야 할지 모를 일이었다. 순간적으로 일부러 자는 척하는 거 아닌가 하는 생각이 잠깐 들기도 했다.

"이봐요, 진수인 씨. 정신 좀 차려봐요."

수인의 집 앞에 도착한 그는 다시금 그녀를 흔들어 깨웠다.

"으응. 집에 가자."

"집에 왔으니까 비밀번호 누르라고."

"비밀번호?"

세현의 팔에 빨래처럼 걸려 있던 수인은 게슴츠레 눈을 뜨고 그가 가리키는 곳을 쳐다봤다. 눈앞에 있는 까만 직사각형의 물체를 가만히 쳐다보는가 싶더니 무엇인지 정확히 인지하지 못한 듯 얼굴을 확 가져다 댔다. 그러다 쿵, 하고 이마를 부딪쳤다.

"아야! 아프잖아!"

잔뜩 인상을 쓰고는 제 이마를 어루만지는 꼴이 무슨 슬랩스틱 코미디의 한 장면을 보는 것 같았다.

결국 그녀를 자신의 왼팔 안쪽으로 고쳐 안은 그는 다시금 그녀를 재촉했다.

"비밀번호가 뭐야?"

"1357."

"비밀번호하고는."

빠르게 잠금장치를 해제하고 안으로 들어선 세현은 불현듯 켜지는 센서등에 저도 모르게 흠칫했다. 아니, 사실은 문을 열자마자 그를 덮어오는 포근한 향기에 몸이 먼저 반응한 것일지도 모른다.

다행히 전등 스위치는 현관 신발장 바로 옆에 있었다. 스위치를 켜자 방 내부가 고스란히 눈에 들어왔다. 방 하나에 침실, 주방이 같이 있는 전형적인 원룸 구조였기에 침대를 찾는 건 그리 어려운 일이 아니었다. 그는 막판 스퍼트를 가하듯 힘을 내 자꾸 땅으로 꺼지려는 그녀를 추슬러 침대에 내동댕이치듯 눕혔다. 정강이 걷어찬 여자를 그대로 버려두고 오지 않은 것이 어딘가.

세현은 그녀의 목에 걸려 있던 핸드백까지 친절히 벗겨 침대 옆에 내려두고 일어섰다. 이 정도까지 했으면 정말 그가 할 수 있는 최대한의 친절은 베푼 듯했다. 친절은 죄다 다른 사람에게 주고, 그에게는 고작 삿대질도 모자라 발길질이 전부인, 고작 그런 미움밖에 주지 않은 그녀에게는 여기까지도 과잉 친절이었다. 그럼에도 쉽게 발걸음을 옮기지는 못했다. 저절로 고개가 돌아갔다. 걸치고 있는 재킷이 조금은 답답해 보였다.

"됐다. 또 무슨 소리를 들으려고."

세현은 저만 보면 잔뜩 긴장하며 몸을 사리는 수인을 떠올리며 씁쓸함을 삼켰다. 고개를 원위치시키고 잠시 멈췄던 걸음을 뗐다. 하지만 갈증을 호소하는 그녀의 목소리가 그를 집으로 돌아가도록 쉽게 놓아주지 않았다.

"무으을."

그 순간 고민을 했다. 그냥 모른 척하고 갈 것인가, 이왕 인심 쓰는 거 좀 더 베풀 것인가.

"물. 목말라."

잔뜩 인상을 쓰며 괴로워하는 모습에 차마 발길이 떨어지지 않았다.

결국 그는 낮은 한숨을 쏟아내고는 집 안을 훑어보며 냉장고를 찾았다. 냉장고 문을 열고 물통을 꺼냈다. 냉장고에 든 것이 미어 터질 만큼 많지 않았기에 물통 하나 찾는 것은 어렵지 않았다. 단지, 신경이 쓰였을 뿐.

제멋대로 뒤섞인 다양한 종류의 맥주 캔, 크기와 모양이 다른 몇 개 되지 않은 반찬통, 먹다 남은 소주와 물병들. 크기는 둘째 치고 같은 부류끼리라도 정리해 놓았으면 아마도 그가 그대로 냉장고 문을 닫고 다시 여는 일은 없었을 것이다. 그녀에게 물을 먹이면서도 냉장고를 뒤돌아보게 하는 일은 없었을 것이다. 그랬다면 다음날 아침, 그녀가 우렁각시의 존재성을 의심하는 일도 없었을 것이다.

"그러게 내가 뭐랬어. 일단은 비주얼이 좀 돼야 한다고 했잖아. 머리도 좀 자르든지, 아니면 단정하게 정리를 좀 하던지. 그 안경도 좀 바꾸고, 옷도 좀 댄디하게 입고."

뭔가 잔소리를 다다닥 풀어놓는 동생의 목소리에 지난밤으로 거슬러 올라가 있던 세현은 퍼뜩 정신을 차렸다.

"나보다 16살이나 어린 네게서 들을 말은 아닌 것 같다."

"남녀 간 애정사에 나이는 중요치 않아. 아마 형보다 16살이나 어린 내가 형보다 사귄 여자친구 수는 훨씬 더 많을걸? 그러니깐……."

미옥은 하도 어이가 없어서 두 형제의 대화를 끊었다.

"그게 지금 자랑이니, 아들? 그만 먹고 학교나 가!"

"이거 봐! 정말 난 다리 밑에서 주워온 게 틀림없어. 이젠 밥도 많이 못 먹게 해."

주현은 이미 거의 다 먹어치운 밥그릇은 모른 척하고 수저를 내려놓았다. 시무룩한 표정을 지어봤지만 어디 한두 번 겪어온 일일까. 미옥은 막내아들의 앙탈은 사뿐히 모른 척하고 이번엔 화살을 큰아들에게 돌렸다.

"그리고 강세현, 네가 새파랗게 어린 동생한테까지 그런 소리를 들어야겠니? 나 같으면 쪽팔려서라도 여자 하나 만들겠다."

"에이, 어머니! 새파랗게 어린 건 아니죠!"

"너 아직도 학교 안 갔니?"

"내가 보기엔 형은 분명 가슴 아픈 첫사랑을 겪었을 거야. 내가 아주 어렸을 때, 혹은 태어나기도 전 아주 오랜 옛날. 그래서 그 혹독한 고통을 또다시 겪고 싶지 않았던 거지."

세현은 피식 웃으며 어디 한번 해보라는 식으로 주현을 쳐다봤다.

"혹시 내가 모르는 출생의 비밀, 이런 거 있는 거 아냐? 나…… 사실은 형 아들이야?"

"강. 주. 현."

"네! 가요, 갑니다!"

주현은 묵직해진 어머니의 목소리에 벌떡 자리에서 일어났다. 그리고는 널찍한 등짝에 어머니의 세찬 손바닥 세례를 받을까 싶어 부리나케 주방을 빠져나갔다.

"아주 이제 막장 드라마 남자 주인공까지 되셨네, 우리 큰아들."

세현은 늘 있는 일상을 대하듯 아무렇지 않게 웃어넘기며 말을 돌렸다.

"주현이, 점수는 잘 유지하고 있어요?"

"내가 그러니까 가만두지. 저렇게 빈둥거리면서 어떻게 그 점수가 나오는지 모르겠다. 요즘 애들 말로 재수 없다고 한다지? 쟤가 딱 그래. 능글맞게 머리만 좋아가지고는. 그런데 말이야."

미옥은 뒷말을 길게 빼며 세현을 빤히 쳐다봤다.

"아들, 혹시…… 진짜 엄마가 모르는 가슴 아픈 과거가 있었던 거니?"

"주현이, 어머니 아들이거든요?"

역시나 장난스럽게 되받아치는 세현을 얄팍해진 눈으로 흘겨봤다. 그녀가 보기엔 흠 하나 없는 아들인데 어째서 여태 혼자인 것인지 속이 타다 못해 문드러질 지경이었다. 이러다 작은아들에게서 먼저 손주 볼까 싶었다.

"너, 아무리 그래도 주현이보다는 먼저 애 낳아야 한다."

"설마 주현이에 뒤질까요."

"어머! 네가 웬일이니? 싫다 소리는 이제 안 하네?"

저도 모르는 사이에 미소를 짓고 있던 세현의 입가에 경련이 일었다. 어느새 웃음기 가셔 버린 입술이 단단하게 닫혔다.

"작전을 바꾼 거니?"

"……."

둔기로 얻어맞은 양 순간적으로 멍하고, 얼얼했다. 전혀 생각지도 못한 공격을 일순간에 제대로 당한 것처럼 당황스러웠다.

"아니면 혹시…… 요즘 애들 말로 뭐라더라? 그…….”

생각이 날 듯 말 듯한 단어를 떠올리던 미옥은 옳거니 박수를 쳤다.

"맞다, 썸! 썸 타는 여자라도 있는 거야?"

"……."

"애! 말 좀 해봐.”

퍼뜩 정신을 차린 세현은 조금은 다급히 국그릇을 비웠다.

"아닙니다.”

"아니야? 없어?"

"잘 먹었습니다.”

혹시라도 어머니에게 잡힐까 싶어 빠르게 주방을 빠져나왔다. 습관처럼 자신의 오른손 손바닥을 엄지로 어루만지고 있다는 것을 미처 깨닫지 못한 채.

수인은 손이 모자란 탓에 온몸을 이용해 출입문을 밀고 회사 건물로 들어섰다. 한 손에는 생과일주스가 든 캐리어, 또 다른 한 손에는 도시락이 담긴 비닐봉투를 들고 있었다.

점심때가 훌쩍 지났음에도 불구하고 처리할 일이 산재한 보스는 점심 한 끼 먹을 여유도 없는지 집무실에서 나오질 않았다. 어쩐 일인지 그답지 않게 늦게 출근하더니 잠시 잠깐 쉬지도 않고 일을 몰아서 하고 있었다. 지금 당장 처리해야 할 일은 없었음에도 불구하고 발등에 불이 떨어진 양 꼼짝도 않고 일만 했다.

뭔가 집중할 것이 필요한 사람처럼 다른 생각이 들어올 틈 자체를 주지 않으려고 무던히 애를 쓰는 것 같았다. 분명 주말 동안 무슨 일이 있었던 게 틀림없었다. 출근 이래 처음 보는 묵직한 모습이었다. 혹시 그 끊긴 필름 속에 그녀가 대단히 큰 잘못이라도 한 것은 아닐까 의심케 했다.

"수인 씨, 집에는 잘 들어갔어요? 내가 계산하고 온 사이 바람처럼 사라졌더라고."

"아, 그럼요. 아침에 눈떠보니 제집, 제 침대에서 편히 자고 있더라고요."

"와아. 보스 버리고 가서는 두 발 딱 뻗고 잤단 말이에요? 늘 옆에 있어야 하는 비서가 말도 없이 사라져서 내가 얼마나 서운했는데."

늘 그랬던 것처럼 우스갯소리를 건네왔지만 뭔가 평소와 느낌이 사뭇 달랐다. 묘하게 원망이 섞여 있는 것 같다면 자신만의 착각이었을까. 마치 네가 말 없이 사라지는 바람에 일이 크게 어긋나 버렸다는 듯한 느낌이었다. 괜스레 그녀가 대단한 잘못을 한 것 같았다.

그리고 한 가지는 확실해졌다. 냉장고를 그토록 깔끔하게 정리해 놓은 사람이 결코 그는 아니라는 것. 정말 말도 안 되는 추측이긴 했지만 혹시나 친절하신 사장님께서 친히 데려다 주었다가 너무도 엉망인 냉장고를 보고 친절모드 발동하셨던 것은 아닐까, 얼토당토않는 생각을 아주 잠깐 했지만 역시나였다.

"그럼 대체 누가 정리한 거냐고."

주말 내내 토해냈던 한숨이 또다시 뜨겁게 쏟아졌다. 미인에게 전화해 냉장고의 정체에 대해 물어봤지만, 아직 술이 덜 깼냐고 자다가 봉창 그만 두드리라는 타박만 들어야 했다. 미인도 아니라면 더 이상 예상 답안이 없었다. 그녀의 집에 들어올 수 있는 사람은 미인 외에는 아무도 없으니까. 혹시나 했던 0.001%의 가능성마저 서재민 사장님이 깨끗이 지워주셨으니 납득할 만한 것이라고는 딱 하나였다.

"술 먹고 냉장고 정리하는 새로운 주사가 생긴 건가?"

결국, 3일 만에 내린 결론이었다. 그 모습을 상상하니 절로 헛웃음이 나왔다. 술 취해 냉장고 문을 열고 실례를 하는 남편 이야기는 가끔 들었어도, 한 치의 오차도 없이 정리를 하는 사람은 처음이었다.

"잘나셨어, 정말. 되지도 않은 깔끔을 술 먹고 떠는 건 또 뭐니."

그렇게 어렵게 결론을 내리는 사이 엘리베이터 앞에 도착했다.

역시나 이번에도 노는 손이 없었기에 버튼을 누르려면 적당히 손등을 이용해야 했다. 그러나 참도 고맙게도 이미 올라가는 버튼에 불이 들어와 있었다. 고개를 들어 버튼을 눌렀을 법한 사람을 찾았다. 그러다 흠칫 저도 모르게 한발 물러서고 말았다. 그걸 상대방도 봤는지 미간에 힘이 들어가며 작은 눈이 더 가늘게 그녀를 내려다봤다. 정말 의도치 않은, 몸이 먼저 보인 반응이었다. 그래서 자신을 향해 쏟아지는 못마땅한 시선이 자못 억울했다. 하지만 어쩌겠는가, 이미 찍힐 대로 찍혀서 더 이상 깎아먹을 이미지도 남아 있지 않는데.

"식, 식사는 하셨어요?"

"식사 여부를 묻기엔 많이 늦은 시간이라고 생각되지 않나요?"

예의상 묻는 질문임을 아는지 모르는지 강 박사님은 역시나 오늘도 까칠하게 대답해 왔다.

"그…… 런가요?"

수인은 반사적으로 왼쪽 손목을 돌려 시간을 확인했다. 손에 생과일주스 두 잔을 담은 캐리어를 들고 있다는 것도 잊고.

"시간이…… 엄마야!"

덕분에 그녀의 손에 들린 생과일주스 잔이 그대로 쏟아지려 했다. 하지만 그보다 빠르게 움직인 손 하나가 있었다. 세현이 잽싸게 손을 뻗어 엎어지려는 주스 잔 캐리어를 붙잡았던 것이다.

수인은 또다시 뒤로 물러섰다. 하지만 이번에는 조금 전과는 달리 살짝 상체만 뒤로 빼는 정도였다. 참 아이러니했다. 그가 가만히 서 있을 때는 한 걸음 성큼 물러섰으면서, 오히려 예고도 없이 갑자기 몸을 들이대는 지금은 물러서는 정도는 훨씬 덜했다.

하지만 지금은 동작의 크고 작음의 정도를 비교할 때가 아니었다. 하마터면 보스의 점심식사를 바닥에 내동댕이칠 뻔했다. 그것도 그녀가 하는 모든 행동에 못마땅한 심경을 여과 없이 드러내는 사람 앞에서. 만약 그가 주스 잔을 잡아주지 않았더라면 생과일주스는 회사 로비 바닥 차지가 되었을 것이다.

'왜 자꾸 이 사람 앞에서는 무한 실수만 하는 거야!'

수인의 얼굴이 이루 말할 수 없을 정도로 사정없이 일그러졌다. 톡 건드렸다간 눈물이라도 쏟을 만큼 절망 가득한 얼굴이었다. 어려운 일에서 한 실수라면 또 모를까, 매번 참도 어처구니가 없는 상황에서 나오는 실수들이었다, 지금 이 순간처럼. 그랬기에 스스로에게도 너무 화가 났다. 얼토당토않은 실수들을 남발하는 자신이 한심하기 짝이 없었다. 어쩌면 무능력한 사람을 쳐다보는 듯한 그의 시선이 정확한 것인지도 모르겠다.

"감사합니다."

차마 세현의 눈빛을 감당할 자신이 없던 수인은 그의 시선을 피한 채 감사의 인사만 던졌다. 곧 쏟아질 그의 타박을 각오하면서. 하지만 어찌 된 일인지 한참이나 시간이 지났음에도 불구하고 그의 잔소리는 들려오지 않았다. 의아함에 고개를 들어 그를 쳐다봤다. 흠칫 놀라는 것 같다면 그녀만의 착각이었을까.

"조심하세요. 사장실 비서가 회사 바닥 청소나 하고 있으려고요?"

그리고는 휙 열린 엘리베이터를 타버렸다. 잠깐 동안 멍해 있던 수인 역시 퍼뜩 정신을 차리고 잽싸게 엘리베이터에 올랐다. 하지만 그를 향한 시선은 쉽사리 거둬지지 않았다.

'조심하세요.'

그 한마디가 너무도 강하게 뇌리에 박혔다. 까칠하신 강 박사님께서 한 말이었다. 다른 누구도 아닌 그녀, 진수인에게. 그에게 있어서는 못하면 타박이 일쑤고, 잘해야 본전이었던 그녀에게 말이다.

"내가 진 비서 갈 곳까지 눌러줘야 합니까?"

"네? 아, 네. 아닙니다. 제가 누르……."

괜히 주눅이 들어 움츠러들려던 수인은 잠시 말을 끊고 숨을 골랐다. 빤히 그녀가 어디로 가는지 알게 분명했다. 그런데 그 작은 버튼 하나 눌러주는 게 그렇게 싫었을까. 하마터면 '조심하세요.'에 혹해서 착각할 뻔했다. 그가 자신을 걱정하다니, 지나가는 개가 웃을 일이었다.

'작아질 필요 없어! 뭐 대단한 실수라고, 누구에게나 일어날 수 있는 해프닝에 불과해. 중요한 바이어가 앞에 있었던 것도 아니고. 회사에 막대한 손해를 입힌 것도 아닌데, 뭘. 쫄지 마, 진수인!'

굳게 다짐한 수인은 마음을 다잡고 생긋 웃었다. 형식적인 미소가 분명한, 보는 이도 충분히 그렇다는 것을 느낄 수 있을 만큼 티가 나는 억지 미소를 지어 보였다.

"에이, 강 박사님. 인심 한번 써주세요. 보시다시피 제가 노는 손이 없어서요. 이왕 움직인 손가락인데 살짝만 위로 올려서 한 번 더 누른다고 손가락 지문 닳지 않아요. 부탁드리겠습니다."

싱긋 웃으며 버튼과 세현을 번갈아 쳐다봤다. 제 양손을 그의 앞에 보란 듯이 보여주면서.

"샷대질 한번 해보니까 이제 막 부려먹겠단 심보인가 보죠?"

"막 부려먹다니요. 그런 하극상을 벌일 만큼 개념 없지 않아 요."

"샷대질은 하극상이 아니고?"

"사, 샷대질이라니요. 그, 그건……."

"그건?"

세현은 팔짱을 끼며 어디 한번 말해보라는 듯 그녀를 빤히 쳐다 봤다.

"그건, 그러니까…… 그렇지! 그저 노래 가사에 심취해서 나온 행동이에요. 강 박사님께서 워낙에 잘 웃질 않으시니까."

어색하기 짝이 없는 억지웃음을 지어 보였다. 하지만 그는 전혀 납득하지 못한 얼굴이었다. 되도 않은 핑계대지 말라는 듯.

"누구 앞이라고 감히 샷대질을 했겠어요."

"발길질까지 했다고 하면 억울해서 뒤로 넘어지겠네."

"네? 발길질이요? 저 진짜 그런 짓은 안 했어요!"

정말 억울하다는 듯 두 눈 동그랗게 뜨고 올려다보는 눈빛이 애

처롭기 그지없었다. 그런데도 웃음이 나오려 했다. 아무래도 노래
방 이후의 기억은 살아 돌아오지 못한 모양이었다. 조금은 아쉬웠
다. 그것으로 그녀를 괴롭히지 못한 것이 아쉬운 것인지, 그 시간
을 오직 그만 기억하고 있는 것이 서운한 것인지는 정확하지 않았
다. 그럼에도 불구하고 오롯이 그에게 향해 있는 눈빛이 싫지 않
았다. 이상하게 손끝이 간질거렸다. 팔짱을 꼈던 손을 푸는 세현
의 입가에 작은 미소가 몰래 숨어 있었다.

"몇 층? 사장실로 갑니까?"

"그럼요. 제가 갈 곳이 또 어디……."

그 순간이었다. 수인은 갑자기 덤벼든 기시감에 멈칫했다. 뭔가
지금 이 상황이 낯설지 않았다.

"몇 층?"

"12층. 아름다운 나의 집은 12층 1206호!"

잔뜩 짜증 섞인 굵직한 목소리가 머리맡에서 짓눌리듯 번졌다.

"이봐요, 진수인 씨. 정신 좀 차려봐요."

"으응. 집에 가자."

"집에 왔으니까 비밀번호 누르라고."

"비밀번호?"

한 여자가 뚫어지게 뭔가를 쳐다보다 쿵, 하고 머리까지 들이받 았다. 그리고 그 여자는 다른 누구도 아닌 진수인, 바로 그녀였다.

너무도 갑작스럽게 끼어든 기억이었다. 그랬기에 너무나 놀라 웠다. 정말 말도 안 되는 상황이 일어난 것이다. 재민이 0.001%의 가능성이었다면, 세현은 아예 가능성 자체도 없었다. 누가 감히 상상이라도 했겠나. 그 까칠하신 강세현 박사님께서 평소 못마땅 해 마지않은 직원을 집까지 데려다줄 거라고. 그의 말대로 삿대질 까지 한 하극상의 표본인 직원을 말이다. 그래서 그랬던 모양이었 다. 정리된 냉장고를 보며 저도 모르게 세현의 연구실을 떠올린 것도 어쩌면 그녀를 바래다준 세현이 그녀는 기억하지 못할지라 도 이미 머릿속 어딘가에는 남아 있었던 탓에.

수인은 번쩍 고개를 들었다. 말을 하다 만 그녀 탓에 세현의 시 선은 벌써부터 그녀에게 머물고 있었다. 마치 처음부터 그랬던 것 처럼.

그녀의 머릿속이 바쁘게 돌아갔다. 이 상황을 어찌 헤쳐 나가야 할는지. 어떻게 대처하는 것이 가장 현명한 방법일지.

'일단은 부정하자. 모른 척하자!'

무슨 이유에서 그녀를 바래다줬는지는 모르겠지만 그랬다는 것 은 그는 정신이 멀쩡했다는 것이다.

'아닌가? 제정신이 아니라서 나를 바래다줬을 수도 있잖아.'

그래서 그녀에게도 고작 삿대질 이야기만 했음이 틀림없었다. 그렇다면 이제 와서 아는 척하는 것도 우스웠다. 어차피 알아봤자 손해인 것은 그녀일 테니까.

'그럼 발길질 이야기는 뭐지? 정말 내가 그랬단 말이야? 박사님은 멀쩡했다고?'

그렇다면 더욱 모를 일이었다. 그라면 충분히 한 소리 하고 넘어갔을 것이다. 방금 전처럼 그렇게 간단히 혼잣말하듯 넘어가지 않았을 것이다. 오히려 조금 전 주스 잔을 떨어뜨릴 뻔했을 때, 아직도 술이 덜 깼냐고 타박을 줄 수도 있었다. 더군다나 제정신이었다면 남의 집 냉장고를 어떻게 정리를 했겠나.

그 짧은 순간에 오만 가지 생각이 머릿속을 드나들었다. 그리고 마지막에 내린 결론은 하나였다.

'그래. 까칠하신 강 박사님도 그날 취하신 거야. 그래서 기억을 못하는 게 틀림없어.'

그렇게 믿기로 한 수인은 세현에게 싱긋 형식적인 미소를 지어 보이고는 손등으로 직접 자신이 갈 곳의 버튼을 눌렀다.

"제가 직접 누르는 게 빠르겠네요."

세현의 미심쩍은 눈빛이 와 닿았지만 수인은 끝까지 모른 척했다. 사실은 더 이상의 민폐는 끼치고 싶지 않다는 것이 더 컸다.

술에 취해 그에게 신세를 진 것도 모자라, 냉장고 정리의 범인인 우렁각시도 그였다는 것인데 그렇다면 더욱더 비참했다. 분명 출근 전에 너저분하게 늘어놓고 갔던 집 안도, 형편없는 냉장고 사정도 전부 다 봤을 테니까.

절대로 들키고 싶지 않은 사람에게 내 모든 걸 보여준 기분이었다. 좋은 모습만 보여도 시원찮을 판에 진상의 최고봉을 보여준 듯했다. 민낯으로 외출했는데 짝사랑하는 남자를 마주쳤을 때, 잠옷 입고 집 앞 슈퍼에 갔다가 잘나가는 엄마 친구 딸을 만났을 때, 옷 갈아입는데 누군가 휙 문을 열고 들어올 때의 기분.

'결국 이렇게 하늘님에게 버림받는구나.'

결국 수인은 툭 고개를 떨구고 말았다. 회피가 아닌 절망이었다. 이미 엎질러진 물을 어떻게 하겠는가. 술에 취해 잠든 사람이라면 가차 없이 버리고 갈 것 같은 까칠하신 강 박사님의 의외의 모습을 확인한 것에 대한 값을 치른 것이라고 세뇌시켰다.

그러는 사이 엘리베이터는 세현이 내려야 할 곳에서 문을 열었다.

"그럼 살펴 가세요."

수인은 더욱 씩씩하게 꾸벅 절을 하고는 잽싸게 닫힘 버튼을 눌렀다. 노는 손은 없었지만 손가락 하나쯤은 충분히 뺄 수 있었다. 어서 빨리 그의 시야에서 벗어나고픈 욕망은 손가락이 힘들었다면 발가락으로도 닫힘 버튼을 누를 수 있을 정도였다.

그리고 그렇게 문이 닫히는 그 순간, 수인은 서서히 형체를 드러내는 또 다른 장면에 절망하고 말았다.

거리 한복판에서 고래고래 소리 지르며 몸도 제대로 가누지 못하는 여자가 어둠을 찢고 튀어나왔다. 택시기사님에게 실실 웃으며 노래 불러준 여자도, 내가 뭘 그렇게 잘못했냐고, 왜 나만 보면 못 잡아먹어서 안달이냐고 대들던 여자도 전부 다 그녀의 모습을 하고 있었다.

"으아악! 오, 하느님 맙소사!"

이왕 끊긴 필름이면 끝까지 끊어진 채로 있을 것이지 왜 이제
와 형체를 드러내는 것인지 모를 일이었다. 그녀는 믿지도 않는
하나님, 부처님, 알라신 등 온갖 신들을 참으로 오랜만에 원망해
야 했다.

엘리베이터에서 내린 세현은 걸음을 옮겼다. 한 걸음, 두 걸음,
그리고 세 걸음. 복도를 울리던 발소리가 그 자리에 멈춰 섰다. 조
용히 고개를 돌려 방금 자신이 내렸던 엘리베이터를 빤히 쳐다봤
다. 흘러내린 안경을 밀어 올리는 그의 손끝에 미련이 남았다.

"제가 직접 누르는 게 빠르겠네요."

그녀가 일하는 6층을 누르려던 손가락이 무안하게 갈 길을 잃
어버린 탓이었을까. 아니면 지난밤의 그의 노고를 알아주지 않았
기 때문이었을까. 그것도 아니면 너무나 형식적인 미소 때문이었
을까. 그것마저도 아니면 그냥, 아쉬운 걸까.

연구실로 향하는 세현의 두 어깨에 풀지 못한 숙제의 무게가 내
려앉아 있었다.

4. 꽃을 피우려거든 ✦

요 근래 계속 저기압인 보스의 눈치를 보느라 자리 한번 비우기가 조심스러웠다. 특히, 개인적인 외부 일정이 있는 경우 복귀 시간을 대충은 알려주었던 평소와는 달리 오늘은 아무런 연락이 없다가 점심때가 거의 끝날 즈음에서야 자신의 부재를 알려왔다. 덕분에 수인은 다른 날에 비해 유독 점심이 늦을 수밖에 없었다. 그래도 평소라면 시끌벅적하고 앉을 자리를 찾아 헤매야 할 식당이 텅 비어 오랜만에 차분한 점심을 먹을 수 있을 것 같았다. 하지만 그건 어디까지나 창문가 구석진 곳에 홀로 앉아 식사 중인 한 사람을 발견하기 전까지였다. 흰 가운을 입은 남자가 꼿꼿하게 앉아서 식사 중이었다. 바로, 강세현 박사님 되시겠다.

"남들 밥 먹을 때 뭐 하고 이제야 먹는 거야?"

언뜻 들으면 끼니도 제때 챙겨 먹지 못한 사람에 대한 걱정이었지만, 수인의 혼잣말은 원망에 가까웠다. 아주 잠깐 식당 밥 대신 다른 것으로 대신할까도 생각했지만, 아침도 굶은 탓에 쌀밥에 대한 열망이 더 컸다.

수인은 배식대에 있는 반찬을 자신의 식판에 최대한 천천히 담았다. 어떻게든 그가 자리에서 일어날 때까지 조금이라도 시간을 벌기 위한 수작이었다. 그 와중에도 힐끔힐끔 눈을 흘겨 살폈지만 그는 좀처럼 일어날 기미를 보이지 않았다.

"아이고, 점심이 늦으셨네요?"

"네, 그렇게 됐어요. 정리하셔야 하는데 죄송해요."

"뭘요. 아직 점심시간인데."

조리사님 한 분이 기척을 느끼고 나와서 수인의 식판에 반찬을 올려주었다.

자신의 몫을 모두 식판에 담아 앉을 자리를 찾는 수인의 두 눈에 큰 갈등이 담겼다. 전혀 안면이 없는 것도 아니고, 더욱이 노래방에서 자리 깔고 잠들어 버렸을지도 모를 그녀를 버리지 않고 손수 집까지 데려다준 사람이었다. 어떻게 보자면 자신이 직접 모시는 보스보다도 더 개인적인 곳까지 들여 버린 사람이었다. 그런 사람을 모른 척 외면하고 혼자서 밥을 먹을 정도로 그녀는 냉정하지 않았다.

하는 수 없이 터벅터벅 식당 내 유일한 사람에게로 다가가는 그녀의 발걸음이 무거웠다. 하지만 한 발, 두 발 이어지던 걸음은 이내 멈춰 섰다. 불현듯 얼마 전 그의 차를 얻어 타고 서울까지 올라오던 때가 떠올랐다. 그 불편하기 짝이 없던 시간을 또다시 재연해야 한다는 생각이 들자 온몸이 절로 부르르 떨렸다. 그때는 최소한 잠자는 척이라도 할 수 있었다지만 오늘은 밥 먹다 체할지도 몰랐다.

'안 되지, 안 되고말고!'

누구 좋으라고 비싼 밥 먹고 체하는 불상사를 만들겠나. 세차게 고개를 가로저으며 마음을 다잡은 그녀가 그의 눈치를 보며 막 다른 자리로 향하려던 그때였다. 불행히도 세현과 떡하니 눈이 마주치고 말았다. 반사적으로 움찔했지만 순간일 테니 그리 문제 되지 않을 것 같았다. 그러나 금방 시선을 피할 줄 알았던 세현은 꽤 오랫동안 그녀를 빤히 쳐다보고 있었다. 덕분에 수인은 빼도 박도 못하고 어쩔 수 없이 그가 앉은 테이블로 향할 수밖에 없었다. 최소한 버르장머리 없고, 사회성 모자란단 소리는 피해가야지 싶었다. 그러면 충분히 그런 얼토당토않은 트집을 잡을 수 있으니까.

불행 중 다행인 것은 그는 이미 식사가 거의 다 끝나가고 있다는 것이었다. 식판에는 한두 수저면 충분히 없어질 양만 남아 있었다. 그 작은 발견에 안도의 한숨과 함께 미소도 만들어졌다.

"점심이 많이 늦으셨네요?"

"진수인 씨도 많이 늦었네요? 재민이가 밥도 제때 안 먹입니까?"

막 수저를 들어 국물을 떠먹으려던 수인은 멈칫하고 세현을 쳐다봤다. 대답을 바라고 던진 질문도 아니었고, 설사 그랬다 하더라도 그가 고분고분 대답을 해줄 거라고 생각지도 않았다. 그런데 이 예상치 못한 전개라니. 보통의 그라면 제때 밥도 못 먹을 정도로 일을 못한다고 꾸중하고도 남을 사람이었다. 그런데 그녀를 향한 질책이 아닌, 재민을 향한 추궁이라니. 뭔가 그녀가 어떻게 손 쓸 수 없는 방향으로 흘러가는 기분이었다.

"아니요, 그건 아닙니다. 식사, 하세요."

어디로 흘러갈지 모르는 상황에서는 그냥 침묵하는 것이 상책이었다. 수인은 조용히 식사를 했다. 최대한 앞에 앉은 그를 의식하지 않으려고 애를 쓰며. 하지만 쉽지 않았다. 의식하지 않으려 애를 쓰면 쓸수록 더 의식되는 모순이라니. 그러다 문득, 그런 생각이 들었다.

'언제부터 내가 이 사람을 이렇게 의식했지?'

가만 보면 입사할 때부터 유독 그의 눈치를 봤던 것 같다. 잘하면 잘하는 대로 여봐란듯이, 못하면 못하는 대로 혹시나 타박을 듣지나 않을지.

'아, 역시 갑의 존재감은 대단하구나.'

결국은 그렇게 결론을 지어버린 수인이었다. 그 누가 보더라도 남녀 간의 묘한 기류라고 결론 내릴 수 있는 것을 그녀였기에 고작 고용주와 피고용인의 관계로 결론짓고 말았다.

자신의 식판을 야금야금 비워가던 수인은 여전히 움직일 생각이 없는 세현에게로 다시금 고개를 들었다.

"먼저 일어나세요."

"이젠 밥도 내 맘대로 못 먹습니까?"

"아니…… 저 때문에 기다리시는 줄 알고……."

그는 기껏 해봐야 한두 숟가락이면 먹어 해치울 양을 가지고 그녀가 자신의 밥을 반이나 먹어 없앨 동안 버티고 있었다. 그런 사람에게 그녀가 건넬 수 있는 말이 또 뭐가 있겠나.

"내가 진수인 씨를 기다려 줘야 할 이유라도 있습니까?"

"아니요. 전혀 없죠."

이딴 말꼬리 잡는 식의 대화 아닌 대화는 더더욱.

'그러니까 어서 일어나서 가시란 말입니다.'

하지만 수인의 입안에서만 맴도는 말이었다. 그녀는 고개를 푹 숙이고 마저 식사를 했다. 다 먹고살자고 하는 짓인데 괜한 사람 때문에 굶을 수는 없었으니까. 하지만 묘하게 자신에게 쏟아지는 것 같은 시선에 좀처럼 편하게 밥이 넘어가질 않았다. 이럴 줄 알았으면 그냥 버르장머리 없고, 사회성 모자라단 소리를 듣더라도 강 박사님과 멀찌감치 떨어진 자리에 앉을 것을 그랬다.

그러다 얼핏 시선을 돌리는데 눈에 확 들어오는 것이 있었다. 그의 식판 가장 오른쪽 반찬 칸에 쌓인 당근 듬뿍 담긴 소스였다. 점심 메뉴로 나온 탕수육 소스임이 틀림없었다. 이 사람, 정리벽도 모자라 심지어 편식까지 하는 모양이었다.

개인적인 식습관이기에 편하게 대화를 주고받는 사이가 아니고

서야 모른 척해주는 것이 예의였다. 그러나 자신의 밥맛에 극대한 악영향을 끼친 그에게 괜한 심통이 이는 것은 인지상정.

"어머! 당근 안 드시나 봐요?"

"……!"

일부러 더 과장하여 놀란 척 묻자, 순간적으로 흠칫하는 그가 보였다. 왠지 모를 희열감이 온몸을 지배하는 듯했다. 자신도 뭔가 그의 약점을 잡은 것 같아 괜스레 뿌듯함마저 감돌았다.

"당근이 얼마나 맛있는데요. 우리 몸에도 엄청 좋다는 거 모르지 않으실 텐데."

"……."

"눈도 안 좋으신데, 혹시…… 야맹증은 없으신 거죠?"

"없습니다."

다소 화난 듯한 어투였지만 오히려 그래서 수인은 기분이 더 좋았다. 이런 소소한 즐거움에 그가 자꾸 자신에게 시비 아닌 시비를 거는 건가 싶은 생각이 들 정도로.

"정말 다행이네요. 야맹증엔 당근이 최고인데 그 걱정은 안 해도 되니 말이에요."

수인은 싱긋 웃어 보이며 밥 한 수저 떠먹고, 반찬도 아주 맛있게 씹어 먹었다. 이제야 제대로 된 점심을 먹는 기분이었다. 오늘은 조리사님들의 컨디션이 좋으셨는지 다른 날에 비해 더 맛있는 것 같았다. 그렇게 즐겁게 음식 맛을 음미하는데 뒤늦은 변명이 들려왔다.

"소스가 좀 남은 것뿐입니다."

"아아, 네."

대답은 그렇게 했지만 전혀 믿지 않는다는 것이 여실히 티가 났다. 그런 거들먹거리는 대답에 괜한 심술이 돋은 세현은 수인의 식판에 있는 탕수육 고기를 젓가락으로 한 움큼 집어 당근만 남아 있는 탕수육 소스에 푹 담갔다.

"뭐 하시는 거예요?"

"가만 보니 탕수육은 안 먹는 것 같아서 말입니다. 그럴 거면 왜 그렇게나 많이 가져왔습니까?"

그러고는 보란 듯이 고기를 뒤적이며 소스를 흠뻑 발라 우적우적 씹어 먹었다. 반찬 칸에 있던 당근들도 함께 입안에 넣고 맛있게 씹어 먹었다. 마치 자신의 말을 증명해 보이려는 듯. 자신은 절대 되도 않은 변명은 하지 않는다는 듯.

하지만 그런 세현의 태도에 수인의 넋은 이미 반쯤 나간 상태였다. 이건 무슨 어른인 척하는 초딩생도 아니고. 편식 지적질 좀 했다고 이렇게 대놓고 앙탈을 하는 어른이 어디 있겠냐 싶었다.

"이젠 내 말 믿습니까?"

"누가 못 믿는다고 했어요?"

"전혀 믿지 못하는 눈빛이었는데, 부정할 겁니까?"

"언제부터 제 눈빛을 그렇게나 잘 읽으셨대요?"

그렇게 눈빛 하나 칼같이 읽어내시는 분이 그동안 그를 향했던 자신의 원망은 어찌하여 못 읽으셨는지 모를 일이었다.

"전 분명 알았다고 했어요. 괜히 박사님께서 안 믿으셔 놓고, 제 탓으로 돌리지는 않으셨으면 좋겠습니다."

세현의 얼굴이 단번에 일그러졌다. 칭찬을 바라 마지않던 아이가 당연한 걸 했다고 대수롭지 않게 여긴 어른을 보듯이.

"그리고 저, 탕수육 엄청 좋아해요. 맛있는 건 밥 다 먹고 마지막에 먹으려고 아껴둔 거예요!"

"……."

세현은 또다시 할 말을 잃은 듯 벙찐 얼굴로 그녀를 빤히 쳐다보았다. 그 눈빛이 너무도 오롯이 그녀만을 향해 그 시선 끝에 있던 수인은 저도 모르게 시선을 피해 버리고 말았다.

왠지 모르게 얼굴이 화끈거렸다. 아껴뒀다 나중에 먹을 거란 유치하기 짝이 없었던 자신이 던진 말이 창피했기 때문이었는지, 아니면 전혀 예상치 못하게 자신을 너무도 그윽하게 바라보는 눈빛에 당황했기 때문이었는지는 확실하지 않았다. 어쩌면 둘 다였을지도 모르겠다.

그녀를 향했던 강 박사님의 시선은 늘 못마땅함을 담고 있었다. 방금 전과 같은 깊이 있는 시선은 단언컨대 한 번도 없었다.

'진짜 한 번도 없었던 것 맞지?'

분명 확실한데 이상하게 처음이 아닌 듯한 이 꺼림칙한 기분은 뭘까.

수인은 복잡한 생각을 떨치려는 듯 고개를 세차게 흔들고는 다시금 수저를 놀렸다. 그와 동시에 앞자리에 앉아 있던 그가 일어서는 기척이 느껴졌다. 저도 모르게 고개를 들어 그를 쳐다봤다.

"식사 다 하셨어요?"

하지만 그는 대답 없이 제 식판을 들고 자리를 떠났다.

'그래, 그렇지! 바로 이게 강 박사님의 진정한 모습이시죠.'

수인은 점점 멀어져 가는 세현의 뒤통수 사정없이 째려봐 주었다. 이제야 마음 편히 밥을 먹을 수 있겠다 싶어 밥 더미에 숟가락을 푹 찔러 넣었다. 하지만 정작 입안으로 들어가는 숟가락에 올라온 밥은 그리 많지 않았다.

그렇게 식사에 집중하려는 찰나, 또다시 갑작스럽게 그녀를 방해하는 것이 있었다. 그녀의 식판 옆으로 대접 하나가 불쑥 들어왔던 것이다. 탕수육이 가득 담긴 채.

"아껴뒀다 밥 다 먹은 후에 먹어요. 천천히, 아주 많이 먹고 와요."

그 한마디를 남긴 채 강 박사님은 가운 자락 휘날리며 유유히 식당을 빠져나갔다.

수인은 그런 그의 뒷모습과 탕수육 가득 담긴 대접을 한참 동안이나 번갈아 쳐다봤다. 더 이상 그의 뒷모습마저도 보이지 않게 되자, 그제야 시선이 자연스레 대접에 머물렀다. 탕수육에 끼얹어 있는 소스에 유독 당근이 많아 보인다면 그건 자신의 착각일까.

그렇게 수인의 점심은 배는 부르지만 왠지 포만감은 충분히 만끽하지 못한 채 끝이 났다.

세현 덕분에 본의 아니게 탕수육으로 배를 채운 수인은 예상보다 지체된 점심에 서둘러 사무실로 돌아왔다. 점심시간이 이미 지나 버린 터라 혹시나 내방객이나 사장님을 찾는 전화가 있을까 싶어 초스피드로 양치를 하고 자리에 앉았다. 급한 마음에 화장실에서 고쳤어야 할 화장도 자리에 앉아서야 슬그머니 립스틱 하나 바르는 것으로 마무리해야 할 듯했다. 그렇게 막 아랫입술에 립스틱을 바르는데 사무실 문이 열리며 재민이 들어왔다.

"진 비서, 누구에게 잘 보이려고 그렇게 예쁘게 화장을 고쳐요?"

"사장님, 오셨어요."

수인은 서둘러 자리에서 일어나며 윗입술과 아랫입술을 대중없이 비볐다. 거울을 보지 않았는데도 얼추 고르게 립스틱이 분배되어 발렸다.

"나 때문에 점심 이제 막 끝내고 올라온 모양이네?"

"덕분에 탕수육 배부르게 먹었습니다."

뒤끝이 충분히 담긴 말이었지만 그건 어디까지나 자신의 연구실에서 열심히 데이터 분석 중일 세현을 향한 것이었고, 앞에 서 있는 재민에게는 진심으로 점심을 아주 잘 먹었다는 뜻이었다.

"아! 오늘 탕수육 나온 모양이네요? 강 박사 싫어했겠는데."

"네? 강 박사님이 왜요?"

"구내식당 영양사님 당근 엄청 좋아하시는 거 아직 파악 못했죠?"

"당근, 이요?"

'당근'이라는 단어 하나에 뭔지 모를 불길한 기운이 엄습해 왔다.

"매 식단마다 당근 들어간 메뉴 하나씩은 꼭 들어가잖아요. 나야 밖에서 먹어서 잘 몰랐는데 어느 날 세현이가 말해주더라고요. 진심으로 부탁하는데 영양사 바꾸면 안 되겠냐고. 그래서 알았죠."

"혹, 혹시……."

수인은 불안한 얼굴로 재민을 뚫어져라 쳐다봤다. 부디 자신의 예상이 틀리기를 바라는 간절한 마음으로. 부디 자신이 알레르기가 있는 사람을 편식쟁이로 몰아가는 우(愚)를 범하지 않았기를 바라는 마음으로.

"네. 당근 알레르기 있거든요."

하지만 그녀의 바람은 입구 열린 풍선처럼 방향을 잃고 어디론가 사라지고 말았다.

"거기다 친절하신 조리사님들은 손수 반찬까지 얹어주시니. 가타부타 말하기 싫어하는 세현이만 졸지에 반찬 투정하고, 잔반 엄청 남기는 사람으로 찍혔잖아요."

"아…… 네."

"아마 오늘도 탕수육 고기만 먹고 소스는 죄다 버렸을걸요?"

"아…… 네."

"그럼 맛있는 것도 배부르게 먹었으니까 오후도 힘내서 일해볼까요?"

"아…… 네."

수인은 넋을 놓은 채 영혼 없는 대답만 반복해서 내놓았다. 실상 '알레르기'라는 재민의 말 이후에 다른 어떤 말도 들어오지 않았다.

"수인 씨?"

"아…… 네."

그런 수인의 상태를 이상하게 여긴 재민이 조금은 큰 소리로 수인의 정신을 일깨웠다.

"진 비서님!"

퍼뜩 정신을 차린 수인은 자신을 이상하게 보고 있는 재민을 쳐다봤다.

"괜찮아요?"

"네? 저요? 그럼요, 괜찮죠. 저는 당연히 괜찮죠. 다만……."

강 박사님은 괜찮지 않을 뿐.

"저 잠시만 자리를 비워도 될까요? 급히 다녀올 곳이…… 아주 잠시면 돼요!"

"그렇게 해요. 근데 뭐 때문에……."

"감사합니다. 휘리릭 다녀올게요."

수인은 재민이 이유를 묻기도 전에 후다닥 비서실을 빠져나왔다. 다른 생각은 나지 않았다. 일단은 그가 괜찮은지, 혹시나 큰일이라도 난 것은 아닌지 확인해야 했다. 알레르기의 경중에 따라

증상에도 차이는 있겠지만, 어찌 됐든 괴롭다는 것만큼은 확실했다.

"이 사람이 진짜! 애도 아니고 뭐 하자는 거야? 편식쟁이 한번 되고 말지, 어디서 되도 않을 호기를 부려, 부리긴!"

마음이 급해서일까. 그녀가 타려는 층에 멈춰 있던 엘리베이터가 고맙긴 했지만, 오늘따라 문도 늦게 닫히는 것 같고, 오늘따라 움직이는 속도도 느려 터진 것 같았다.

그렇게 다급하게 내려왔으나 정작 연구실 문 앞에 선 수인은 지문인식 시스템 앞에서 머뭇거렸다. 일단은 마음이 급해 내려오긴 했지만 그를 마주할 생각을 하자 자신감이 급격히 감소했다. 그런 유치하기 짝이 없는 행동을 한 것은 그 스스로가 선택한 것이었지만, 어떻게 보면 그렇게 만든 것은 그녀의 영혼 없는 대꾸 때문이라는 생각을 지울 수가 없었다.

"그러니까 대체 왜?"

깊은 한숨이 폭포수처럼 쏟아졌다. 물끄러미 지문인식 시스템을 쳐다보았다. 검지를 갖다 대려다 말고, 대려다 말고를 반복했다. 그리고는 끝내 체념했다.

"뭔 일 났으면 연구실 직원들이 어련히 알아서 수습했겠어? 설마 내가 확인한다고 뭐 달라질 게 있겠어?"

괜히 그의 성질만 건들 것이 분명했다. 결국 수인은 조용히 뒤돌아섰다. 아쉬운 듯, 걱정스러운 듯 꼭 닫힌 연구실 문을 쳐다봤지만 거기까지였다. 이제 와서 뒤늦게 그녀가 할 수 있는 일은 아무엇도 없었다.

"그러게 잘하는 짓이다. 말은 함부로 하는 게 아니라고, 그렇게 뼈아픈 경험을 했으면서 또 그랬니? 아직 멀었다, 진수인."

걱정 가득했던 얼굴이 이제는 어둡게 가라앉았다. 터벅터벅 걸음을 옮기는 그녀의 어깨가 유독 축 처져 있었다.

"진수인 씨?"

번쩍 고개를 든 수인의 두 눈에 맞은편에서 성큼성큼 걸어오는 세현의 모습이 선명하게 박혀들었다.

"어? 강 박사님!"

너무도 반갑게 그를 불렀을까. 그는 무척이나 놀란 얼굴로 그녀를 보며 안경 속에 숨어 있는 작은 두 눈을 깜빡였다.

"여긴 무슨 일입니까?"

후다닥 그의 앞으로 달려간 수인은 이리저리 고개를 움직이며 그의 몸 이곳저곳을 살폈다. 차마 만지지는 못하고 우선 눈에 보이는 곳만 조심스럽게. 예상대로 목 언저리에 붉은 반점들이 드문드문 번져 있었다.

"괜찮으세요?"

그녀가 자신의 알레르기를 알 것이라고는 꿈에도 생각지 못한 세현이었기에 그녀가 던져 오는 물음이 어떤 것에 대한 안부인지 그로서는 알 수가 없었다.

"뭐가 말입니까?"

다행히 숨 쉬는 것을 힘들어하지도 않고, 움직이는 것을 버거워하지도 않고 대화도 제대로 이어가고 있었다. 생각보다 당근 알레르기가 심한 것은 아닌 모양이었다. 절로 안도의 한숨이 쉬어졌다.

'그래도 그렇지, 대체 뭘 믿고 그런 호기를 부린 거야? 자기가 무슨 반항하는 10대 청소년이야?'

수인은 뾰로통한 표정에 원망이 서린 눈빛으로 그를 빤히 쳐다봤다.

"이제는 상사도 막 째려보나?"

"안 그렇게 생겼어요?"

반갑게 그를 불렀다, 이제는 무섭게 흘겨보는 그녀의 오락가락하는 태도에 세현만 어리둥절했다. 하지만 좀처럼 설명할 기색을 보이지 않는 그녀였기에 그가 할 수 있는 행동은 현실을 인지하게 해주는 것뿐이었다. 아니, 사실은 그녀의 그 헷갈리는 태도에 어떻게 반응해야 할지 그로서는 알 수 없다는 것이 더 정확한 표현이었다.

"하극상 제대로 한번 보여보자, 마음먹은 겁니까?"

"아닙니다! 죄송합니다. 그럼, 수고하십시오."

수인은 당황해 금방 고개를 숙이고 그를 스쳐 지났다.

그 아무것도 아닌 작고 무심한 행동이 세현의 가슴에 불현듯 바람을 일으켰다. 그 바람을 타고 그 누구도 예상치 못했고, 자기 자신도 명확히 알지 못했던 꽃봉오리 하나가 불쑥 고개를 내밀었다. 그러고는 그로 하여금 그녀를 붙들어 돌려세우게 했다.

"진수인 씨."

갑작스런 그의 손길에 놀란 것인지 수인이 두 눈 동그랗게 뜬 놀란 얼굴로 그를 올려다봤다.

"내가 그렇게 싫습니까?"

"그게 무슨…… 제가 언제 싫다고 했어요?"

얄밉긴 했지만 싫어하진 않았다. 싫어하는 사람 걱정돼 굳이 여기까지 내려왔겠나.

"싫은 게 아니면 왜 자꾸 나만 보면 움찔움찔하고, 뒷걸음질 치기 바쁩니까?"

"그야……."

자꾸 별것 아닌 거 가지고 괜한 트집을 잡으니까 그런 거 아닙니까, 라고 말하고 싶었지만 차마 솔직하게 말할 수는 없었다. 할 말 못할 말도 가리지 못하는 팔불출은 아니었으니까.

"제가 본의 아니게 박사님 앞에만 서면 자꾸 실수를 하다 보니 저도 모르게 의식이 된 모양이에요."

"내 앞에서만?"

"그럼요! 절대 다른 곳에서도 그렇진 않아요."

"날 의식하고 있다고?"

"네? 아, 그게 그러니깐…… 다른 뜻이 있는 건 아니고……."

이번에도 역시나 뭔가 그녀의 의도와는 전혀 다른 방향으로 이야기가 전개되고 있었다. 이래서 돌려 말하면 자칫 오해를 불러일으킬 수 있다고 하는 건가 싶었다.

수인은 굳은 다짐을 하듯 마음을 가다듬고 크게 심호흡을 했다.

"그러는 강 박사님이야말로 저만 보면 못 잡아먹어서 난리시잖
아요."

"난리?"

조금은 부드럽게 풀려 있던 그의 얼굴이 이내 마음에 들지 않는
다는 듯 찌푸려졌다.

"그게 아니라, 자꾸 뭘 잘못했나 꼬투리만 잡으려고 하시니
깐……."

자신 있게 입을 열긴 했지만, 그가 했던 지적질이 전혀 근거 없
는 사항들은 아니었기에 목소리가 점점 기어들어 갈 수밖에 없었
다.

"그만큼 자세히 지켜봤다는 뜻이겠지."

"그러니까요! 다른 사람들에겐 안 그러신다면서 저한테만 유독
그러시니까 저도 자꾸 눈치를 보게 되고, 그렇다 보니 얼토당토않
은 실수를 하게 되고……."

"그러니까 유독 진수인 씨에게만 그런다니까."

"그러니까 왜 꼭 저한테만……!"

불현듯 어떤 생각 하나가 그녀의 머릿속으로 파고들었다. 빨간
불이 반짝이며 경고음을 날렸다. 그를 쳐다보던 눈동자가 파르르
떨렸으며 목소리도 점점 힘을 잃어갔다. 뭔가 엄청난 것으로 머리
를 한 대 얻어맞은 듯 머리가 묵직해지고 멍해졌다.

"왜 그러는지 모르겠습니까?"

"에이, 설마."

세현은 그 설마가 맞을 거란 눈빛을 하고 있었다.

"설마…… 저를……. 그러니까 저를……."

수인은 꿀꺽 침을 삼켰다. 정신만 차리면 호랑이 굴에서도 살아 돌아올 수 있다고 했다. 하물며 이곳은 호랑이 굴도 아니고, 엄연히 사람들이 모여 일하는 회사였다. 제 한 몸 건사하지 못할 일은 없었다. 정신만 바짝 차리면 말이다.

"저를, 자르시려고요?"

"……."

"안 돼요. 안 됩니다, 강 박사님. 그러지 마세요. 앞으로 더 열심히 일하겠습니다. 강 박사님 눈에 띄지 않도록 더욱 성심성의껏 정성을 기울일게요. 그러니 부디 자비를 베푸소서."

"하아!"

너무도 어이없는 탄식이 세현의 입에서 터져 나왔다.

"그럼 그렇게 믿고 저는 제 맡은 바 임무에 충실하기 위해 이만 올라가 보겠습니다. 안녕히 계세요, 강 박사님."

세현이 뭐라 대꾸도하기 전에 그녀는 후다닥 그 자리를 벗어나 사라져 버렸다. 마치 무언가로부터 있는 힘껏 도망치는 것처럼.

"거 봐요, 진수인 씨. 또 도망치잖아."

한숨 섞인 세현의 읊조림이 조용한 복도에 나지막하게 번졌다. 그녀는 다급히 떠났지만 그의 손안에는 여전히 그녀의 온기가 남아 있었다. 그 작은 흔적을 놓치지 않으려는 듯 천천히 주먹을 그러쥐었다. 우연찮게 처음 그녀와 만났던 날, 그녀가 선명하게 제 번호를 손안 가득 남겨놨던 그 손이었다. 왠지 모르게 그러쥔 손바닥 안에서 간지러운 기운이 스멀스멀 올라오는 것 같았다.

그는 다급히 손을 폈다. 괜스레 다른 손가락으로 손바닥을 긁적이다가 급히 목 언저리를 긁었다. 그제야 자신이 알레르기 때문에 약을 먹었다는 사실이 떠올랐다.

"제정신이 아니야."

한탄에 가까운 혼잣말이었다. 구내식당에서 나오자마자 약국에 들러 약을 사먹었기에 그나마 이 정도에서 그쳤던 것이다. 조금만 더 여유 부렸다가는 응급실에 실려갔을지도 모를 일이었다. 이런 증상이 나타날 거라는 것을 빤히 알면서도 재고 따지고 할 수가 없었다. 이상하게 그 순간에는 음식 알레르기가 있단 것이 자존심이 상했다. 체질적인 것이라 그의 의지로 조절할 수 있는 것도 아니었고, 그러므로 당연히 창피해할 것도 아니었다. 그럼에도 불구하고 무엇 하나 모자란 사람으로 비쳐지고 싶진 않았다. 대단히 뛰어난 사람은 아닐지라도 그저 남들과 똑같이 평범한 사람 정도로는 비쳐지길 바랐다.

그렇잖아도 그를 싫어하는 그녀였다. 그렇잖아도 그에 대한 이미지가 극악일 텐데 굳이 거기에 또 하나를 추가하고 싶진 않았다. 좋은 점이라면 모를까, 썩 좋지도 않은 점을 굳이 알릴 필요가 없었다. 구구절절 설명해 봤자 오히려 뭐가 그리 까다롭냐는 눈빛만 받을 게 분명했다.

그렇다고 다 큰 어른이 편식이나 하는 그런 사람으로는 더욱더 비쳐지고 싶지 않았다. 그랬기에 그런 얼토당토않은 호기를 부렸다. 물론 어이없는 객기에 불과했을 테지만.

그리고 자리에서 일어나 걸어나오는 순간 아주 극명하게 깨달았다. 그녀를 향한 감정의 크기를. 별것도 아닌 아주 사소한 것에 자신의 몸을 걸면서까지 잘 보이고 싶을 만큼 그녀를 향한 감정이 커져 있다는 걸 그 순간 선명하게 느낄 수 있었다.

그랬기에 되돌아온 그녀의 반응이 실망스럽다 못해 서운할 지경이었다. 정말 몰라서 그딴 소리나 내려놓고 도망치듯 사라진 건지, 아니면 정말로 싫었던 건지. 하지만 이내 고개를 가로저었다. 분명 싫은 것은 아니라고 했다.

아쉽긴 했지만 그 정도로 충분했다. 앞으로 뭔가 보여주면 될 테니깐.

연구실 문을 열고 들어가는 그의 걸음이 사뭇 가벼워져 있었다. 피부 곳곳이 가려운 것처럼 몸속 어딘가도 괜스레 간질거렸다. 그곳이 심장이 있는 가슴 언저리인 것도 같고, 손끝 발끝으로 이어지는 말초신경계 어디 한곳인 것 같기도 했다. 명확히 어디인지는 알 수 없었지만 하나만은 확실했다. 조금보다는 조금 많이 즐겁다는 것.

❖

자신의 집무실 문을 열고 나온 재민은 평소와 다르게 한쪽 턱을 괸 채 반쯤 넋을 놓고 있는 수인을 발견했다.

　자신의 기척은 귀신같이 알아내던 그녀였는데, 오늘 점심시간 이후론 줄곧 저런 상태였다. 인터폰을 하면 한 템포 늦게 놀란 듯한 목소리가 들려오고, 지시를 내리면 한참이나 걸려서야 결과물을 가져왔다. 뭔가 열심히 일을 하고 있는 듯 보이지만 머릿속엔 온통 다른 생각이 가득 차 보였다. 마치 지금의 그처럼.

　"진 비서?"

　"……."

　"진수인 씨?"

　"네? 아, 사장님."

　"그만 퇴근해도 됩니다."

　"벌써 시간이 이렇게 됐네요. 지금 퇴근하시는 건가요?"

　"네. 진 비서도 오늘은 그만 들어가 봐요. 컨디션이 썩 좋아 보이지 않는데."

　"죄송합니다. 괜히 걱정을 끼쳐 드렸네요."

　수인은 입 안쪽 볼을 살짝 깨물며 목례를 했다. 자신의 심기가 불편한 걸 본의 아니게 상사에게까지 들켜 민망하기도 했고, 스스로에게 실망스럽기도 했다.

　"그렇지 않았으니깐 마음에 담아두지 말고요."

　"네. 그럼 조심해서 들어가세요."

　수인의 작별 인사를 받으며 재민은 사무실을 빠져나갔다. 그녀는 자리에 털썩 주저앉았다. 반나절 내내 한 사람의 목소리가 귓가에서, 아니, 머릿속에서 끊임없이 맴돌았다.

"왜 그러는지 모르겠습니까?"

"이럴 땐 눈치라도 없었으면 좀 좋아?"

미인이 들었으면 '네가 무슨 눈치가 있다고?' 반박하며 뒤로 넘어갈 헛소리였지만, 수인의 혼잣말에는 나름 많은 고뇌가 담겨 있었다.

왜 그러는지 알아도 아는 척할 수 없는 사람의 고뇌라고나 할까. 그 진중했던 눈빛만 보지 않았어도 모른 채 그저 자신이 마음에 들지 않아서 그러는 것뿐이라고 믿고 살 수 있을 텐데. 또다시 자신을 빤히 내려다보던 세현의 작은 두 눈이 선명하게 떠올랐다.

그러고 보니 새삼 또 하나 깨달은 것이 있었다. 두꺼운 안경알 뒤에 있는 그 단춧구멍 같은 작은 눈이, 아주 가까운 거리에서 마주 보니 생각보다 그렇게 작지 않은 듯했다.

"아니야, 아니야! 뭐가 작지 않아! 작다고, 작아! 완전 작아!"

괜스레 그를 좋게 보기 시작한 것 같아 제 발 저린 그녀는 다급하게 부정했다.

"나 때문에 큰일 치렀을지도 모른 사람이니깐 괜히 미안해서 그래! 별것 아닌 게 썩 괜찮아 보이는 건 그래서 그런 것뿐이야. 그럼 당연한 거지!"

이제는 저 혼자서 스스로에게 변명까지 늘어놓을 지경이었다.

"왜 그러는지 모르겠습니까?"

"알아, 알아. 알겠다고!"
대체 그 한마디가 뭐라고.
"그래서 나보고 어쩌라고?"
대놓고 좋아한다는 말을 들은 것도 아닌데 왜 자꾸 열이 나는
것처럼 더운지 모르겠다. 왜 이렇게 못된 일 저지르고 몰래 숨어
있는 사람처럼 초조한지는 더욱 모를 일이었다.
수인은 조그마한 손으로 열심히 손부채질을 했다가, 블라우스
깃을 펄럭이며 열을 식히려 부단히 애를 썼다. 그러다 좌절하듯
철퍼덕 책상 위로 엎어졌다.
"진 비서님?"
책상에 이마를 쿵쿵 찧으며 자신의 고뇌를 표현하는데 갑자기
끼어든 목소리였다. 놀란 수인은 벌떡 자리에서 일어나 흐트러진
머리와 옷매무새를 다듬었다.
"네, 사장님!"
한번 퇴근하면 급한 일이 아니고서야 다시 회사로 들어오는 일
은 없었던 재민이 다시금 들어오자 그녀는 놀란 얼굴로 그를 맞았
다.
"뭐 두고 가신 거라도 있으셨어요?"

"술친구 좀 해줄래요? 지난번에 보니까 술 잘 마시던데."

"잘 마시진 못해요."

'잘 마셨으면 제 발로 집에 들어갔겠지요. 그랬다면 까칠하신 강 박사님 앞에서 부끄러워할 필요도, 그렇게 소심해지지도 않았겠지요.'

하지만 그저 속마음일 뿐, 수인이 보일 수 있는 마음은 그저 어색하지 않게 웃는 것이 전부였다.

"시간 외 수당 청구하면 지급해 줄게요."

그렇게 수인은 재민과 단둘이 술집으로 향했다. 어쩌면 그녀에게도 지금 알코올의 힘이 조금 필요했는지도 모를 일이었다.

"사장님, 정신 차려보세요. 사장님!"

일반적으로 술친구라 함은 술기운에 힘입어 가슴속 깊이 쌓아둔 답답함을 털어놓음으로써 마음의 무게를 조금이나마 덜어주도록 도와주는 친구가 아니었던가.

하지만 수인은 오늘 그 의미를 다시 써야 할 듯했다.

그가 단골집이라면서 데려온 곳은 회사에서 멀찌감치 떨어져 있고, 그녀 같은 소시민은 특별한 날에야 겨우 와볼 수 있을 만큼 고급스럽기 그지없는 술집이었다. 이런 곳은 바이어들과의 미팅 때만 종종 들를 것이라는 순진무구한 생각은 대체 어디에서 나온 것인지, 그녀는 근거 없는 자신의 생각에 쯧쯧 혀를 찼다. 하지만 더 난감한 것은 술친구가 필요하다고 해서 따라 나온 그녀를 꿔다

놓은 보릿자루마냥 내팽겨 두고 혼자서 야금야금 양주 한 병을 비워 버린 서재민 사장님 되시겠다.

말 상대가 필요하기보다는 단순히 혼자 마시는 것이 싫어서 옆에 누구 한 명이라도 있어주길 바라는 마음에 데려온 것일 수도 있다. 혼자서 술 마시는 것만큼 외로운 것도 없다는 것을 누구보다 잘 아는 그녀였기에 충분히 이해할 수 있었다.

그녀를 난감하게 하는 것은 가타부타 말도 없이 술에 취해 잠들어 버린 보스의 존재였다.

"사장님, 정신 차려보세요? 집에 가서 주무셔야죠."

아무리 흔들어 깨워봤자 돌아오는 것이라고는 알아들을 수 없는 옹알이뿐이었다. 요 근래, 정확히 말하자면 지난번 회식 이후로 뭔가 심상치 않은 분위기가 계속되더니 결국은 이렇게 술의 힘을 빌리고 싶을 만큼 곪을 대로 곪은 모양이었다.

아직은 사적인 부분까지 비서에게 알리고 싶진 않은 것이라 치부하고 있긴 했지만 내심 자신의 능력이 아직 그 정도까진 아닌 것인지, 그에게 그만큼의 신뢰를 주지 못한 것이 못내 서운하고, 속상했다.

'언제쯤이면 인정받으려나?'

고작 입사 몇 개월 만에 꿈꾸기에는 너무 거대한 바람인가도 싶었다. 아직은 첫 술에 배부르려는 욕심이었다.

"여기요, 계산 좀 해주세요."

"아까 사장님께서 미리 하셨어요. 추가 요금은 후에 다시 지불

하신다고 하셨는데, 추가된 건 없고요."

"그래요? 알겠습니다."

이런 모습을 보면 확실히 기본적인 매너는 최고였다. 취하기 전에 자신이 해야 할 일은 미리 처리해 놓고, 혹시라도 모를 뒷일까지 깔끔하게. 누구와 비교하면 정말 갑의 최고봉이었다.

"어이쿠! 누구랑 누구를 비교해!"

수인은 자연스럽게, 저도 모르게 비교하게 되면서 떠올린 세현의 존재에 세차게 고개를 가로저었다. 불쑥불쑥 끼어들기 시작하는 그의 존재를 억지로 떨어뜨리고 테이블 위에 놓아둔 휴대폰을 들었다. 그래도 명색이 술친구라고 그녀도 홀짝홀짝 마신 술이 꽤 되기에 직접 운전하기에는 무리였다. 일단, 대리기사를 부른 후, 그의 도움을 받아 재민을 차에 실어 그의 집으로 모신 후 돌아가면 되겠다고 빠르게 생각을 정리했다.

그녀가 막 통화버튼을 누르려는 찰나, 테이블 위에 있던 재민의 휴대폰이 부르르 몸을 떨며 빛을 밝혔다. 화면에는 11자리의 번호만 뜰 뿐 발신인에 대한 정보는 없었다. 대신 받을까 하다가, 남의 전화를 말도 없이 대신 받는 건 예의가 아닌 것 같아서 모른 척했다. 하지만 한참을 울다 조용해진 휴대폰은 또다시 같은 번호를 띄우며 울려댔다. 그렇게 끊임없이 반복하며 울려대는 휴대폰이었기에 수인은 혹시나 급한 일인가 싶어 대신 전화를 받았다.

"네, 서재민 사장님 전화입니다."

[누구시죠?]

휴대폰 너머에서 들려오는 목소리는 차갑고도 단호한 여자의 음성이었다. 받는 사람으로 하여금 '네가 뭔데 지금 남의 남자 전화를 받아?' 라는 느낌이 들 정도로 무척이나 기분 나쁘다는 투였다. 어떻게 단 네 음절에 그 느낌을 실어서 말할 수 있는지 신기할 정도였다.

그러나 상대방이 어떤 사람인지도 모르고, 더욱이 자신의 휴대폰이 아니었기에 수인은 일단 자신의 신상을 먼저 밝혔다.

"서재민 사장님 개인비서입니다. 사장님이 지금 통화하기 곤란하여 대신 받았습니다. 누구시라고 전해 드릴까요?"

[통화하기 곤란하다? 개인비서가 이 시간에 자신이 모시는 상사와 같이 있는 것으로도 모자라 통화하기 곤란하기까지 한 상황이다? 요즘 비서는 상사 밤 시중까지 드나 봐?]

순간 수인의 얼굴이 확 구겨졌다. 상대방이 어떤 상상을 하는지 단번에 알 것 같았다. 그리고 그 지저분한 상상 속에 그녀와 재민을 동시에 집어넣었다는 것이 무척이나 불쾌했다. 더군다나 초면에 반말까지 하고 있었다, 더 기분 나쁘게. 분명 그녀가 알기론 자신에게 이렇게 불쾌감을 표현할 위치에 있는 사람, 정확히 말해서 서재민 사장의 여자는 없었다. 그런데 이게 무슨 생뚱맞은 연인 코스프레인가.

"실례지만 누구신지 다시 한 번 묻겠습니다."

[실례인지 알면 묻지 않고 당연히 알아야 하는 거 아닌가?]

"그쪽에서 누구신지 밝히지 않으셨고, 사장님 또한 딱히 언질

을 주신 게 없으시고, 휴대폰에 저장된 번호도 아니니 당연히 알
수는 없습니다."

[저장이…… 안 돼 있다고?]

당장 그녀의 머리카락이라도 휘어잡을 것 같은 기세가 훅 누그
러졌다. 목소리에 담겼던 힘이 순식간에 빠져나갔다고 하는 것이
더 정확했다.

[거기 어디예요?]

"상대방이 누구인지도 모르는데 어떻게 사장님의 위치를 함부
로 노출시킬 수 있겠습니까. 그건 비서로서 직무 태만이죠. 말씀
하신 대로 상사 밤 시중까지 드는 지극 정성인 개인비서로선 말이
죠."

수인은 일부러 '밤 시중'에 힘을 줘 말했다. 그 어떤 상황에서
도 당황해서는 안 되고, 흥분해서도 안 되는 것이 비서로서의 기
본 자세였다.

"죄송합니다만, 내일 날 밝는 대로 다시 연락을 주시겠습니까?
아! 참고로 오늘은 과음을 하셨으니 너무 이른 시간에 전화는 삼
가주셨으면 합니다."

[……]

"사장님께는 이 번호로 전화 왔었다고 메모 남겨 드리겠습니
다."

수인은 종료 버튼을 누르고 휴대폰을 원래 자리에 내려놓았다.
그리고는 한참을 휴대폰을 째려봤다. 아무리 생각해도 기분이 나

빴다. 꼭 임자 있는 남자 꼬여내 바람 피는 여자 취급을 받은 듯한 기분이었다.

"목소리만 예쁘면 다야? 전화 기본 예절도 몰라? 엄마야!"

괜스레 재민의 휴대폰에 한소리 하던 수인은 다시금 빛을 밝히며 울리는 휴대폰에 지레 놀라 움찔했다. 또 그 여자인가 싶어 화면을 보는데 이번에는 다행히 아는 사람의 이름이 떴다. 그 순간 다행이라는 생각이 드는 건 또 뭔지.

"다행은 무슨 다행이야."

수인은 휴대폰을 들어 아무 감정을 담지 않으려 애쓰며 무덤덤하게 전화를 받았다.

"네, 서재민 사장님 휴대폰입니다."

[어? 누구시죠?]

휴대폰의 주인에게 걸었는데 다른 사람이 받았으니 누구냐고 묻는 건 당연한데도 왜 이토록 언짢은지 모를 일이었다. 조금 전 여자와는 달리 그녀에게 따지는 어투도 아니었는데 말이다. 화면에 뜬 그의 이름을 보며 잠시 잠깐 스쳤던 안도감이 그녀의 목소리를 알아차리지 못한 그에 대한 실망감으로 바뀐 탓이었을까. 그래서 빤히 세현의 전화라는 것을 알면서도 무미건조하게 전화를 받았다.

"저는 서재민 사장님 개인비서 진수인이라고 합니다. 무슨 일이십니까?"

[진수인 씨가 이 시간에 왜 재민이 전화를 받습니까?]

수인은 대답 대신 휴대폰을 살짝 귀에서 떼어내곤 그것이 마치 누구라도 되는 양 확 째려봤다. 정말 어찌도 비슷한 질문이신지.

"사장님께서 잠드시는 바람에……."

[자, 잠…… 잠이 들어?]

말까지 더듬으며 놀라 묻는 목소리에 당황했음이 고스란히 묻어났다. 그에 아차 싶은 수인이 다급히 말을 이었다.

"아니, 그냥 잠드신 게 아니라 술에 많이 취하셔서……."

[술까지 마셨습니까? 둘이서?]

"둘이 마시긴 했는데요. 그러니까 어떻게 된 거냐 하면, 사장님 께서……."

조금 전 상황과 묘하게 닮아 있었지만, 또 묘하게 조금 전과는 달랐다. 분명 조금 전에는 이쪽이 우위를 선점했는데, 이상하게 지금은 상대방에게 주도권을 뺏기고 있는 듯했다. 휴대폰 너머에서 들려오는 목소리와 그 목소리에 실린 놀란 숨소리는 정말로 자신이 뭔가 큰 잘못이라도 한 듯했다. 잘못한 것은 하나 없는데 말이다.

[거기 어딥니까?]

이 사람이나 저 사람이나 어찌나 질문은 일관적이신지. 하지만 강 박사님은 그 여자처럼 모르는 사람이 아니었으니 장소를 말하지 않을 이유가 없었다. 오히려 자신보다는 그가 와주는 것이 재민을 위해서도 더 좋을 듯했다. 더군다나 말을 안 했다가는 오히려 상황이 이상하게 돌아갈지도 모를 일이었으니까.

결국 그녀는 자신이 있는 위치를 알려주고 전화를 끊었다. 그리고 그는 불과 30분 만에 도착했다. 도착해서는 제일 먼저 그 작은 눈으로 그녀를 사정없이 째려보는 일부터 했다.

"왜 그렇게 보세요?"

"왜? 왜 그러는지 몰라서 묻습니까?"

또 저 소리였다. 오늘 하루 종일 그녀의 뒤를 졸졸 따라다녔던 질문. 그럼 몰라서 묻지, 알면서 물어볼까.

"네! 정말로 몰라서 묻는 겁니다. 제가 무슨 대단한 잘못이라도 했어요?"

"그럼 이 시간에 외간남자랑 술 마시는 게 잘한 일입니까? 그것도 이렇게나 고주망태가 될 때까지?"

"외간남자가 아니라 우리 회사 사장님이시잖아요."

"회사 사장은 남자 아닙니까?"

"남자이기에 앞서 사장님이죠. 그리고 고주망태는 제가 아니라 사장님이 되셨거든요? 전 비서로서의 임무에 충실하고 있는 것이고요. 칭찬은 못해줄망정 그런 눈빛으로 보시는 건 아닌 것 같습니다."

"그런 눈빛이 어떤 눈빛인데요?"

"꼭 무슨…… 아닙니다."

수인은 짧은 한숨과 함께 시선을 피하며 입을 닫았다. 이러다가는 정말 그가 자신의 직장 상사, 그것도 자신이 다니는 회사의 대표라는 것도 망각하고 제멋대로 할 것 같았다. 매번 그와의 대화는 위아래도 없이 싸우자는 식으로 이어지곤 했다. 지위 고하를 불문하고 자신보다 나이가 많은 사람에게는 그만한 대접을 해주는 것이 도리라 여겨온 수인이었다. 그런데 정말 이상하리만치 그의 앞에서만큼은 그게 잘되지 않았다. 분명 첫 단추가 잘못 끼워져서 그럴 것이리라.

"서 사장님 좀 댁까지 부탁드리겠습니다. 저는 그럼 이만 들어가 보겠습니다."

수인은 휴대폰과 핸드백을 챙겨 서둘러 자리에서 일어났다. 하지만 세현에 의해서 다시금 되돌려 세워졌다.

"대답, 하지 않았습니다."

"무슨……."

"그런 눈빛이 어떤 눈빛이냐고 물었습니다."

"본인이 더 잘 아시잖아요."

"아니요. 난 잘 모르겠습니다. 그러니 말해봐요."

오늘따라 왜 이렇게 같은 상황이 반복되는지 모를 일이었다. 그런데 반복되는데도 보여줘야 하는 가장 적절한 반응은 도통 알 수가 없었다. 정말 일진이 사나운 게 틀림없었다. 이럴 줄 알았으면 재민이 술을 마실 때 같이 벌컥벌컥 마실 걸 그랬다. 그랬으면 자신 역시 고주망태가 되어 이런 상황쯤은 술김에 거뜬히 넘어갈 수 있었을지도 모르니까.

수인은 마시다 반쯤 남겨놓았던 언더록 잔을 손에 들더니 숨도 쉬지 않고 벌컥벌컥 들이켰다. 그리고는 보란 듯이 소리 내어 테이블 위에 내려놓고는 세현 앞에 꼿꼿한 자세로 반듯하게 섰다.

"제가 못 만날 사람과 만나면서 바람이라도 피우나요? 직장 상사가 술친구 좀 해달라고 했고, 요 며칠 힘들어 보이길래 조금이나마 힘이 되어드릴 수 있을 것 같아서 술 한 번 같이 마셨습니다. 그게 뭐 그리 대단한 일이라고 여기저기서 난리인지 정말 모르겠습니다!"

"여기저기? 나 말고 또 다른 남자도 있어요?"

"네?"

"나 말고 진수인 씨 좋단 남자가 또 있냐는 말입니다!"

순간 정적이 찾아들었다. 하필이면 또 은은하게 이어지던 음악이 끝나고 다음 곡으로 이어지는 잠깐의 순간이었다. 그 짧은 순간에 세현의 말이 정확히 수인의 귓가에 꽂혔고, 수인은 너무 놀라 할 말을 잃고 말았다. 입이 절로 떡 벌어지고, 두 눈은 못 볼 것이라도 본 양 껌뻑껌뻑 제자리걸음이었다.

그리고 그 짧은 정적 속에서 세현은 뒤늦게 자신이 뱉어낸 말을 인지했다. 저도 모르게 토해낸 말이 본의 아니게 고백이 되어버린 것이다. 이토록 무드 없는 남자라니, 동생 주현이 알면 '형이 그러면 그렇지.' 하고 혀를 찰 일이었다.

"어? 강세현? 우리 강 박사 맞아?"

두 사람의 고개가 획 돌아 테이블로 향했다. 비틀비틀 대며 상체를 일으키는 재민이 게슴츠레한 눈을 하고는 손가락 끝으로 세현을 가리키고 있었다.

"사장님, 정신이 좀 드세요?"

수인은 냉큼 들고 있던 핸드백과 휴대폰을 내려놓으며 자리에 앉았다. 물을 따라 내밀자 재민이 싱긋 웃으며 손을 뻗었다. 술에 취한 터라 몸을 잘 가누지 못했던 그는 그 물 잔 하나 받는데도 몸을 휘청거렸다. 덕분에 물 잔에서 쏟아진 물이 그녀의 손등과 블라우스 끝자락을 적셨다. 그것을 알 리 없는 재민은 힘겹게 받아들어 목을 축였다.

"진 비서가 불렀나? 에이, 난 진 비서랑 단둘이 마시는 게 더 좋은데."

"헛소리 그만하고 일어나."

"헛소리라니! 난 사실을 말한 거다. 우리 진수인 씨!"

"네, 사장님!"

"그거 알아요? 나 진수인 씨에게 은근히 관심 있었다는 거?"

"네? 아…… 그러니까…… 하하."

놀라 뭐라고 대꾸해야 할지, 술 취한 사람 말에 일일이 반응을 해줘야 하는 것인지 좀처럼 감히 잡히질 않았다. 오늘따라 다들 왜 이리 비슷한 뉘앙스의 말들을 하는 것인지.

"많이 취했다. 나가자."

세현이 급히 끼어들며 재민의 말을 끊으려 했지만 재민은 그의 손을 뿌리치고는 말을 이었다.

"이상하게 수인 씨랑 대화를 하면 딴 사람 생각이 안 나거든. 수인 씨랑 있으면 무척 유쾌해서 재고 따지지 않아도 되거든."

"가, 감…… 감사합니다."

수인은 얼떨결에 인사를 했다. 그에 세현이 휙 고개를 돌려 그녀를 째려봤다.

"이게 감사할 일입니까?"

그러면서도 아까부터 신경 쓰였던 수인의 젖은 손에 자신의 손수건을 반강제로 쥐어줘 물기를 닦게 했다.

"가, 감…… 감사합니다."

역시나 이번에도 그녀는 얼떨결에 인사를 했다. 그사이 재민은 다시금 잔을 기울였다. 술잔인 줄 알고 기울였던 잔은 다행히 물이 들어 있었다.

"나도 이제 좀 끈질기게 따라붙는 미련에서 벗어날 수 있을까 싶었는데 말이지."

세현과 수인이 처음으로 동시에 같은 마음으로, 같은 눈을 하고 서로의 얼굴을 마주 봤다. '끈질기게 따라붙는 미련'의 주인공이 있었느냐는 놀라움이 담긴 얼굴이었다. 하지만 이어지는 재민의 말 때문에 그 표정은 그리 오래가지 않았다.

"근데 이놈 때문에!"

두 사람의 표정이 극명하게 갈렸다. 한 명은 묘한 호기심을, 한 명은 강한 불안감을 담았다.

"내가 뺑소니 운운하며 번호 따갈 때부터 뭔가 심상찮다 했어."

"진짜 취했다. 정신 차리고 일어나."

세현은 실실 웃으며 그가 했던 의심 행동들을 일일이 나열할 생각인 재민을 다급히 일으켜 세웠다.

"수인 씨, 내가 말이지……."

"닥치고 집에나 가자."

그는 자꾸만 미끄러지는 재민을 여러 번 고쳐 안으며 힘겹게 부축했다.

"수인 씨는 그만 들어가 봐요."

"아, 네……."

"내일 봅시다."

"네, 조심히…… 들어가세요."

갑작스런 고백의 여파였을까. 손끝이 미미하게 떨렸다. 술김이긴 하지만 사장님이 내던진 말들은 그의 고백이 결코 가벼운 것이 아님을 은근슬쩍 뒷받침하고 있었다.

수인은 손안의 손수건을 움켜쥐고는 멀어지는 두 사람을 한참 동안이나 쳐다봤다. 하지만 두 사람을 향한 듯한 시선이 실상은 오롯이 세현의 뒷모습에 가 있었다.

"등이 저렇게나 넓었었나?"

그녀의 손안에는 손수건만이 아니라, 그 손수건을 쥐어주었던 세현의 세심한 손길도 함께 담겨 있었다.

"안녕히 가세요."

택시 운전기사에게 친절히 인사를 하고 내린 수인은 빨간 뒤꽁무니를 보이며 멀어져 가는 택시를 한참 동안 바라보았다.

"이미 계산하셨는데요."

"네?"

"아가씬 좋겠어. 몰래 뒤에서 챙겨주는 사람도 있고. 사람 괜찮아 보이구만 그 사람 꽉 잡으쇼."

"저 말씀이에요?"

"그럼 여기 아가씨 말고 또 있소? 어떤 남자분이 아가씨 인상착의 알려주면서 여기로 데려다 달라고 합디다. 그래도 안심이 안 됐는지 차량 번호랑 내 이름까지 꼼꼼히 메모하더라고."

"어떤 남자분이요?"

"낸들 알겠소. 어찌나 조심하라고 거듭 강조하던지. 그분이 미리 계산까지 했소."

누군지 알 것 같았다. 만취한 서 사장님이 갑자기 정신이 든 것이 아닌 이상, 그 술집을 나오는 그녀를 아는 사람은 한 사람뿐이었으므로. 딱 맞춰 택시가 눈앞에 지나가서 오늘은 운이 좋다 싶었는데 알고 보니 그가 이미 손써놓은 것이었다. 사람이 죽을 때가 되면 변한다고 하더니, 혹시 그의 신변에 무슨 문제라도 생긴 건가 싶었다.

"나 말고 진수인 씨 좋단 남자가 또 있냐는 말입니다!"

그의 갑작스런 고백이 떠오르자 다시금 온몸에 열이 오르는 것 같았다. 재빨리 손등으로 양쪽 볼을 톡톡 두드렸다. 조금이라도 열을 식혀보고자 하는 노력이었으나 그 순간 손안에서 울리는 휴대폰 진동음에 흠칫 놀라 손을 뗐다. 그리고는 화면을 보고 또 한 번 화들짝 놀랐다.

"뭐야? 대체 이 사람이 오늘 왜 이래. 가슴 떨리게."

그 떨림이 불안으로 인한 떨림인지, 정말 예상치도 못했던 사람에게서 받은 고백 때문이었는지는 정확히 알 수 없었다. 그녀 스스로는 전자라고 믿고 있었지만 후자의 경우도 완벽히 무시하지는 못했다.

"받아야 하는 거겠지?"

손안에서 진동이 끊임없이 울어댔다. 그동안은 그렇게 있는 대로 면박을 주더니, 좋아한다는 말, 그것도 대놓고 한 것도 아니고 얼렁뚱땅 투척해 버리고는 곧바로 훅 치고 들어왔다, 사람 정신없게. 분명 죄지은 것도 없는데 왜 이렇게 심장이 터질 듯 콩닥대는 건지 모를 일이었다.

"여보세요."

[집에 도착했습니까?]

"네, 방금이요."

[……]

저쪽에서는 별다른 말이 없었고, 수인 역시 무슨 말을 해야 할지 몰라 조용히 휴대폰을 귀에 댄 채 걸음만 옮겼다. 그렇게 침묵이 이어졌다. 불과 몇 초에 지나지 않았을 테지만 그녀가 느끼기엔 몇 분은 됐음직한 시간이었다. 또각또각 구두 소리가 유독 크게 들렸다. 그 소리가 휴대폰 너머에서도 들린 모양이었다.

[아직 집에 들어가지 않았습니까?]

"아, 네…… 집 앞이에요. 이제 엘리베이터 타려고요."

또다시 잠깐 동안 침묵이 이어졌다. 엘리베이터에 오르고 그녀의 집이 있는 층을 누를 때까지. 이렇게까지 말주변이 없는 사람은 아니었는데, 딱히 무슨 말을 해야 할지 선뜻 떠오르지가 않았다.

아니, 사실은 어떻게 그를 대해야 할지를 몰랐다. 저쪽에서 평소처럼 까칠하게 대하면 그녀 역시 아무렇지 않게 대꾸하면 그만이었다. 그런데 뭐랄까, 저쪽에서 무척이나 챙겨주고 있다는 느낌이 너무나 강하게 들었다. 그래서 어떻게 반응을 보여야 할지 난감했다. 더군다나 마주 보고 있는 것도 아니고, 휴대폰을 붙들고서, 더욱이 처음으로 하는 통화여서.

"서 사장님은 괜찮으신가요?"

겨우 꺼낸 말이 그나마 공통분모인 재민이었다. 술에 취한 그를 힘겹게 데리고 갔으니 어찌 됐는지 물어보는 게 인지상정. 나름대로 좋은 질문이었단 생각에 저도 모르게 안도가 되었다. 하지만 어찌 된 일인지 저쪽에서는 대답이 없었다.

"박사님?"

[네.]

"아! 운전 중이신데 제가 방해가 됐나 보네요. 죄송합니다."

[내가 전화했는데 왜 진수인 씨가 죄송합니까?]

그래, 그건 그렇다. 그녀는 엄연히 걸려온 전화를 받은 것뿐이었다.

"그럼 덜 미안해할게요. 안전 운전하시고 조심히 들어가세요."

[진수인 씨!]

그렇게 운전을 핑계 삼아 전화를 끊으려던 수인은 그녀를 부르는 다급한 목소리에 휴대폰을 다시금 귀에 가져다댔다.

"네."

[……]

"말씀하세요."

수인은 현관 앞에 도착해 도어락을 열고 번호를 눌렀다. 잠금 해제 소리와 함께 문을 열고 들어서자 주황빛 현관 등이 그녀를 맞았다.

[집에 들어갔습니까?]

"네, 지금 막 들어왔어요."

[됐습니다, 그럼.]

수인이 조금만 눈치가 빠른 사람이었다면 그녀가 걱정돼 일부러 집 안으로 들어갈 때까지 전화기를 붙잡고 있었다는 것을 알아차렸을 것이다.

하지만 그러지 못한 수인은 미간을 좁히며 손에 든 휴대폰이 그라도 되는 듯 쳐다봤다. 다급히 부른 사람치고는 너무 싱거운 대답이었다. 그렇다고 해서 굳이 되묻지 않았다. 또 감당 못할 말을 대뜸 내뱉으면 어쩌나 싶은 탓이었다. 그러나.

[잘, 자요.]

"……."

감당 못할 한마디를 툭 던져 놓고 전화는 끊어졌다. 하지만 수인은 꼼짝도 못한 채 여전히 현관에 서서 휴대폰만을 물끄러미 내려다보고 있었다. 이미 화면은 어두워지고 현관 센서 등도 기다렸다는 듯 꺼졌다. 어둠 속에 갇힌 수인은 그대로 어둠에 스며들 듯 한동안 꼼짝도 안 했다. 그리고 그녀가 털썩 현관 앞에 주저앉음과 동시에 센서 등이 켜지며 다시금 그녀를 밝혔다.

"대체 내가 지금 누구에게 무슨 소리를 들은 거니?"

반쯤 넋이 나간 목소리였다. 오늘 하루가 유난히도 길게만 느껴졌다. 다른 날과 똑같은 24시간일진대 유독 많은 일이 벌어진 날이었다. 어느 날 갑자기 이게 무슨 일인지 모를 정도로.

"대체 뭘 보고? 아니, 설사 진짜 좋아한다 치자. 좋아하는 여자에게 그렇게 행동하는 사람이 세상천지에 어디 있어?"

일반적으로 누가 누구를 좋아하면 티가 나는 게 아니었던가. 사랑이란 건 애쓴다고 해서 감출 수 있는 게 아니었으니까. 그런데 겨우 누군가의 감정을 눈치챈 날 단기 속성으로 고백을 받고, 마음의 준비도 못한 상태에서 왠지 연인들 사이에서나 가능할 법한 멘트까지 듣게 될 줄이야.

그럼 평소에 구박을 말던가. 면박은 있는 대로 다 주고, 이제 와서 내가 널 좋아해서 그랬다는 식의 태도가 그녀로선 혼란스러울 뿐이었다.

"혹시…… 그런 건가? 초등학교 남학생들이 좋아하는 여학생에게 더 장난치고, 괴롭히는 거?"

수인은 저도 모르게 피씩 웃고 말았다. 자신에게 워낙에 으름장을 놓았던 사람이라 뭐든 완벽할 것 같았는데, 그런 사람의 빈틈을 발견했다고나 할까.

그러다 흠칫 놀라 벌떡 자리에서 일어섰다. 그를 생각하며 웃고 있다니, 스스로에게 너무 놀란 탓이었다.

"미쳤지, 내가! 어디 웃을 일이 없다고 그 사람 생각을 하며 웃어!"

다급히 신발을 벗고 방으로 들어선 그녀는 후다닥 욕실로 몸을 감췄다.

침대에 재민을 눕힌 세현은 흘러내린 안경을 밀어 올리며 숨을 골랐다. 요즘 들어 만취한 사람 뒤처리를 부쩍 자주 하는 듯했다. 자연스럽게 생각이 수인에게 닿았다. 어딘가에 부딪치거나 직접 뭔가를 때리거나, 둘 중 하나였던 엉뚱한 주사까지. 그의 입가에 자연스레 미소가 잡혔다.

재민에게 건 전화였는데 수인의 목소리가 들려왔을 때, 잠든 재민과 함께 있다고 했을 때, 거기에 술까지 마셨다고 했을 때 그를 강타했던 충격과 불안은 실로 거대했다. 자신의 마음을 너무 늦게 깨달아 버린 것은 아닌지, 시작도 못해보고 이렇게 끝나 버리는 것인지 그 순간 얼마나 허망하고 화가 났는지 모른다. 그녀가 있는 곳으로 가는 거리가 얼마나 멀게 느껴졌는지, 그 시간이 어찌나 길게 느껴졌는지, 얼마나 초조했었는지.

"너무 성급했어."

안도는 됐지만 동시에 후회도 많이 남아버린 순간을 떠올리자 저도 모르게 한숨이 나왔다.

"술 한잔 더 하자."

갑작스레 파고드는 음성에 세현은 퍼뜩 정신을 차리고 재민을 내려다봤다. 그는 자리에서 몸을 일으키려다 다시금 털썩 드러누웠다.

"충분히 취했다. 그만 자."

"술 취해서 한 말 아니었다."

"무슨 말?"

"진수인 씨에게 정말로 관심 있었어."

"과거형, 맞지?"

재민은 미간에 잔뜩 힘을 주고 있는 세현을 보며 픽 웃었다.

'그래, 너 같은 놈에게 더 어울리지. 한번 마음먹은 것 앞에서는 따지고 재며 계산하기보다는 무조건 정성을 다하는 사람이니까, 너란 놈은.'

그래서 제 감정을 숨기는 것조차 서툰 놈이었다. 옆에서는 보이는데 정작 본인만 깨닫지 못하고 끝까지 시치미를 떼더니. 결국은 지금처럼 대놓고 바리케이드를 치는 날이 올 줄 알았다. 아마 그가 아닌 다른 놈이었다면 관심에만 그치지 않았을지도 모른다. 그랬다면 이렇게 술에 의지해 안간힘을 쓰는 날이 오지 않았을지도 모르고.

"인생은 타이밍이라고 하지? 그 타이밍에 누구를 대면하느냐에 따라 내일이 달라지는 법이지."

재민은 씁쓸한 표정을 지으며 등을 보이고 돌아누웠다. 그러다 다시금 자세를 고쳐 천장을 보고 누웠다.

"회식했던 날, 의리 없이 날 버리지 말았어야지."

"무슨 뜬금없는 소리야? 그리고 네가 먼저 가버렸거든. 내가 그 날……."

발길질 당한 것도 모자라 때 아닌 냉장고 정리까지 했다는 건 차마 말하지 못했다. 본인이 생각해도 꽤나 쪽팔리는 일이었다. 설핏 미소를 머금으려던 그의 입술이 뜬금없이 나온 이름에 딱딱하게 굳었다.

"세라……."

"그 이름이 갑자기 왜 나와? 결혼해서 잘살고 있는 남의 여자 이름 부르지 말고 잠이나 처 자."

세현은 일말의 재고할 가치도 없다는 듯 단칼에 잘라 버리고는 뒤돌아섰다. 하지만 너무도 힘이 없는 재민의 목소리에 다시금 돌아서야 했다.

"한국 들어왔어."

"대한민국 국민인데 들어올 수도 있지. 그게 무슨 큰일이라도 돼?"

"날 찾아왔더라."

"무슨 낯짝으로 찾아와? 야멸차게……."

"잤어, 그날."

"미쳤구나?"

"그런 것 같다."

재민은 팔을 이마에 올리며 동시에 그에게로 쏟아지는 세현의 비난의 눈빛도 차단했다.

"헤어질 땐 그렇게 쿨하게 헤어지더니, 이제 와서 그렇게 지저분해지는 건 또 뭔데?"

"흔들리더라."

"미친놈. 잠이나 처 자."

"……."

"그리고 다시 눈떴을 땐 정신 제대로 찾아. 난 내 친구가 간통으로 고소당하는 꼴은 못 보니까."

세현은 그대로 뒤돌아섰다. 전등 스위치를 끄고, 걱정되는 마음에 뒤돌아볼 때까지도 재민은 이마에 팔을 얹은 자세 그대로였다. 그리고 그가 방을 빠져나가려는 찰나 미련스런 미련 한 자락을 조용히 꺼내 보였다.

"이혼했대."

방문을 닫는 세현의 입에서 조금 전과는 비교도 할 수 없는 묵직한 한숨이 쏟아져 나왔다. 5년 전에 치렀어야 할 홍역을 이제야 앓기 시작한 친구에 대한 걱정과 불안에서 기인된 것이었다. 10년을 사귄 여자와 헤어지고도 아무렇지 않았던 재민이었다. 사실은 아무렇지 않은 척했던 것뿐이지 않을까 짐작만 했었다. 그 짐작을 5년이 지난 지금에서야 확인하게 될 줄은 몰랐다.

늦은 밤 집으로 향하는 세현의 발걸음이 가벼울 수만은 없었다.

5. 사랑은 은하수 다방에서

막 화장실을 나서 모퉁이를 돌던 수인은 잽싸게 뒷걸음질 쳐 몸을 숨겼다. 그리 멀지 않은 곳에서 성큼성큼 걸어오는 남자를 발견한 것이다. 똑같은 상황이 언젠가 한번 있었다. 화장실 앞, 그를 발견하고는 머리가 판단하기도 전에 몸이 제 알아서 도망쳤다가 등 뒤에 선 재민 때문에 소스라치게 놀란 날.

하지만 오늘은 뭔가 달랐다. 지은 죄도 없이 괜스레 움츠러드는 조건반사적인 행동이라기보다는 감당하기 어려운 무언가를 피해 도망치는 것에 더 가까웠다.

"미치겠다, 진짜. 내가 왜 숨어, 왜?"

그러면서도 선뜻 아무렇지 않은 척 그를 스쳐 지나갈 자신은 없었다. 좋아한다는 고백을 듣고 아무렇지 않게 그 사람을 볼 수 있는 드라마 속 여주인공들이 새삼 대단하게 느껴졌다. 자신은 이렇게 어찌할 바 몰라 피해 다니는데 말이다.

수인은 결국 화장실에서 한참을 더 머물다가 나왔다. 그사이에 재민이 찾으면 어쩌나 걱정을 하지 않은 건 아니었지만, 자신이 변비 환자라는 소리를 듣더라도 지금 당장 세현을 볼 자신은 없었다. 아무렇지 않은 척 그의 얼굴을 볼 자신이 없었다. 그랬기에 여전히 그의 손수건이 그녀의 핸드백 안을 벗어나고 있지 못하고 있었다.

"언제까지 그럴 겁니까?"

"엄마야!"

당연히 아무도 없을 거라 생각하고 화장실을 나와 모퉁이를 돌던 수인은 갑자기 그녀의 앞길을 가로막고 선 세현 때문에 소스라치게 놀라 뒤로 물러섰다. 그에 세현의 미간에 강한 주름이 잡혔다. 못마땅하다는 뜻이었다. 워낙에 그 표정은 익숙했던지라 수인은 단번에 그 표정을 읽어낼 수 있었다.

"강 박사님, 6층엔 무슨 일로 오셨어요? 서 사장님 뵈려고요?"

"말 돌리지 말아요."

이 사람 집요한 구석이 있단 것도 요 며칠 사이에 깨달았다. 그러고 보니 그에 대해 꽤 많은 것을 순식간에 알아버린 것 같았다. 그와의 대면을 피하기 위해, 출퇴근 시간을 비롯하여 구내식당을 자주 이용한다는 것과 항상 점심시간이 끝날 즈음 그곳에서 식사

를 한다는 것을 파악하고 있었다. 더불어 요즘은 그의 트레이드마
크인 폴로 티와 청바지를 덜 즐겨 입는다는 것까지 본의 아니게
알게 되었다.

그녀 스스로는 본의 아니라고 하지만, 실상은 그날 이후로 그녀
의 안테나는 거의 그를 향해 움직이고 있었다. 피하고자 향했던
안테나가 그의 일거수일투족을 관찰한 셈이 되어버린 것이다.

"제가 뭘요. 저는 그저……."

수인은 적당한 말을 찾지 못해 말을 잇지 못했다. 하지만 생각
지도 못한, 아니, 생각은 했지만 그에게서 들을 것이라고는 전혀
예상치 못한 말에 대한 대답은 숨도 쉬지 않은 채 너무도 즉각적
으로 나왔다.

"변빕니까?"

"아니요! 절대 아니에요! 저 화장실 하나만큼은 속 시원하게 다
녀…… 이게 아닌데."

단번에 그녀의 얼굴이 일그러졌다. 재민에게 변비 환자로 비쳐
지는 것쯤이야 대수롭지 않게 여겼던 것이 방금 전인데, 세현에게
는 왜 이토록 강하게 부정할 만큼 싫은지 모를 일이었다.

"그래요, 변비 아니라고 합시다."

"아니라고 하는 게 아니라, 정말로 아니라니까요."

"알겠습니다. 그럼 이제 내 물음에 대한 답을 좀 듣고 싶은데."

"무슨…… 아, 음…… 그러니까…… 제가 뭘 그런다고 그러시
는지."

"몰라서 묻습니까?"

저놈의 몰라서 묻냐는 말이 그의 지정 멘트도 아니고, 왜 그는 자신만 보면 그러는지 모르겠다.

'알아도 모른 척하고 싶어서 묻는 거잖아!'

크게 외치고 싶지만 어찌 된 영문인지 말이 소리가 되어 나오지 않았다.

"왜 자꾸 나를 피합니까?"

"제가요? 언제요?"

모 개그 프로그램 술 취한 여자 성대모사도 아니고, 태연하게 되묻는 용기와 뻔뻔한 표정이 세현의 입술에서 어이없는 헛웃음을 이끌어냈다. 그리고는 이내 표정을 정돈하고 조목조목 따지기 시작했다.

"분명 재민이, 아니, 서 사장이 재무제표 가져다주라고 했을 텐데 왜 난 아직도 받아보지 못한 거죠?"

"아, 그건 제가 화장실 다녀와서 바로 가져다 드리려고 했습니다."

"화장실에 반나절 동안 있었습니까? 그 정도면 병원 가야 하는 거 아닙니까?"

"무슨!"

"분명 연구 최종결과 확인차 서 사장에게 들른다고 안내됐을 텐데, 비서실은 왜 비웠습니까?"

"서 사장님 스케줄 조정 때문에 불가피하게 외근을 나가게 됐습니다."

"재민이도 모르게?"

"……."

수인은 등 뒤로 식은땀이 주르륵 흐르는 것 같았다. 자신이 왜 직속상관도 아닌 사람에게 자신의 부재를 설명하고 있어야 하는지 모를 일이었다. 그것도 화장실 앞에서. 마치 꼭 진짜 잘못해서 변명 아닌 변명을 하는 듯했다. 자신이 한 잘못이라고는 그를 피했다는 것뿐인데.

'그게 그렇게 큰 잘못이야?'

"왜 내 전화는 안 받습니까?"

"그건…… 전화 온 것을 몰랐습니다. 무음으로 해놔서요. 급한 일이셨어요? 그럼 사무실 전화로 하셨어도 됐는데."

괜한 심통이 일어 마지막 말을 덧붙인 것인데, 세현의 그 작은 눈이 옆으로 쫙 찢어지며 더 작아졌다. 수인은 괜스레 눈길을 피하며 옷가지를 정리하는 척했다.

"그럼, 방금 전에는 왜 도망쳤습니까?"

"도망이라니요. 전 그저 화장실이 급해서……."

"화장실에서 나오는 길 아니었습니까?"

"그건 그런데…… 다시 신호가 와서……."

수인은 뭔가 구차한 변명이 이어지려던 입술을 닫았다. 지금 상황이 꼭 정말 대단한 잘못을 해놓고선 모른 척하는 사람에게 꾸중하는 모습과 같았다. 아무리 생각해도 많이 억울했다. 불편한 상황을 피하고자 하는 것이 뭐 그리 큰 잘못이라고.

세상에 모두가 대인배처럼 고난과 역경이 와도 당당히 맞서 싸워 나가는 것은 아니었다. 그녀처럼 적당히 타협하고, 피할 수 있는 건 피해가며 현실을 살아가는 소시민이 훨씬 많았다.

"네, 맞아요! 박사님 피하는 거 맞습니다."

"……."

너무도 당당히 외치는 수인의 태도에 이번엔 세현의 말문이 막히고 말았다. 내가 뭘 그리 잘못했다고 그렇게 도끼눈을 하고 보냐는 눈빛이 고스란히 읽혀졌다. 그리고 순간 아차 싶었다. 이번에도 그녀를 타박하는 것처럼 보였던 모양이었다. 그녀로서는 오히려 어이없어하는 것이 더 정상적인 반응일 수 있었다. 그녀는 좋다, 싫다 말도 안 했는데 저 혼자 좋다고 해놓고선 밀어붙이는 꼴이었으니 말이다.

"내가, 부담스럽습니까?"

"네. 강 박사님도 부담스럽고, 저도 부담스러워요."

세현의 눈이 가늘게 변하며 고개가 갸우뚱했다. 수인의 말뜻을 정확히 이해할 수가 없었다. 그가 부담스럽다는 건 이해하겠는데, 그녀가 부담스럽다니. 본인이 부담스러운 것은 무슨 뜻인지 그로서는 도무지 해석이 되지 않았다. 하지만 그럼에도 '부담'이라는 단어가 가져다주는 실망감 때문에 뒷말의 의미를 깊이 생각할 수가 없었다.

"그래서 피해 다닌다는 겁니까? 그럼 언제까지 그렇게 피해만

다닐 생각이었습니까?"

"언제가 될지 제가 어떻게 알아요! 강 박사님만 보면 자꾸 가슴
이 쿵닥거리는데!"

"……!"

순간, 두 사람 사이에 정적이 흘렀다. 수인은 저도 모르게 너무
나 큰 소리를 질러 버린 것에 놀라 할 말을 잃어버린 것이었고, 세
현은 그 큰 소리에 담긴 의미에 놀라 적당한 말을 찾지 못한 것이
었다. 그리고 한참 만에 세현이 먼저 입을 열었다.

"그건 부담스러운 게 아닙니다."

"그러면요?"

정말 궁금하다는 얼굴로 수인은 그를 빤히 쳐다봤다.

"좋은 거지."

"좋, 좋은 거…… 요?"

세현은 대답 대신 미소를 머금었다. 아주 작은 미소라 자세히
보지 않으면 티도 나지 않을 미미한 미소였지만 이상하게 수인의
눈에는 아주 명확하게 보였다.

"좋은 거…… 좋은 거……."

미간을 잔뜩 좁힌 채 혼잣말을 중얼거리던 수인에게 미지의 감
각이 벼락처럼 떨어졌다. 고개를 획 치켜들고 그를 마주 보게 했
다.

"뭐가요? 그러니까 제가……."

"네. 진수인 씨는 내가 좋은 겁니다."

그리곤 이번에는 제법 크게 싱긋 웃었다. 그 웃음은 승리한 자의 성취감과 그에 수반되는 기쁨이 담겨 있었다.

"제가요? 왜요?"

수인은 손가락 하나를 세워 자신을 가리켰다. 정말 이해할 수도 납득할 수도 없다는 표정이었다.

"좋아하는데 이유가 필요합니까? 그냥 좋은 거지."

수인은 눈만 금붕어 입마냥 깜빡였다.

"이따 퇴근 후에 밥이나 같이 먹읍시다."

"둘이서요?"

"그럼 또 같이 먹을 사람 있습니까?"

"그건 아니지만…… 왜요?"

내가 왜 당신과 밥을 또 먹어야 하냐는 얼굴이었다. 정말로 이유를 몰라서, 진심으로 궁금해서 묻는 얼굴이라 순간적으로 어떤 말을 해야 할지 그도 말문이 막혔다. 그냥 '데이트 신청입니다.' 한마디 하면 될 것을 당신과 밥 먹을 이유가 하등 없다는 듯한 얼굴에 할 말을 잃어버린 것이다. 그렇게 선뜻 이유를 대지 못하던 그는 한참 만에야 그럴듯한 이유를 갖다 붙였다.

"손수건 빌려준 값입니다."

"그건 박사님께서 반강제로 쥐어주셨잖아요!"

"어찌 됐든 도움이 되지 않았습니까."

"그런 게 어디 있어요?"

"그럼 퇴근 후에 봅시다."

세현은 그렇게 제 할 말만 남겨두고 부리나케 그곳을 떠났다. 하지만 수인은 그런 세현을 멍하니 바라보기만 할 뿐 그 어떤 행동도 하지 못했다. 그저 혼잣말만 읊조릴 뿐이었다.

"좋은 거라고? 내가 당신이?"

두 손으로 자신의 양 볼을 감쌌다. 갑자기 찾아온 깨달음에 얼굴이 확 불타올랐다.

"오, 맙소사! 세상에 이런 일이!"

그래서 그랬던 걸까. 아침에 출근을 할 때도, 점심때 밥을 먹을 때에도, 심지어는 이렇게 화장실을 갈 때에도 혹시나 그와 마주치지는 않을까 노심초사했었다. 분명 불편한 상황을 피해보고자 그런 것이라 철석같이 믿었다. 그런데 그렇다고 하기엔 지금 이 순간, 그녀의 심장은 너무도 빠르게 콩닥거리고 있었다. 어쩌면 은연중에 혹시나 한 번이라도 얼굴을 마주치는 것은 아닐까 하는 기대감이 깔려 있었는지도 모른다는 생각이 불현듯 그녀를 덮쳐 왔다.

"나 정말 취향이 독특한가 봐. 그토록 나를 구박한 사람인데. 그런 사람을 좋아한다니. 말도 안 돼."

툭, 떨어진 그녀의 고개와 두 어깨가 유독 절망감에 젖어 있었다.

"진 비서, 퇴근 안 해요?"

"해야지요."

대답은 그렇게 했지만 퇴근하는 사람의 자세가 아니었다. 각종 서류와 자료들이 널려 있는 책상은 여전히 그대로이고, 그 자료들을 정리할 생각 역시 없어 보였다.

"할 일이 많이 남았어요? 나 퇴근 시간도 지키지 못하게 할 만큼 악덕 고용주 아닌데."

슬쩍 책상 위를 살펴보니 다음 달 일본에서 있을 세미나 참석을 위해 필요한 자료들 같았다.

"급한 거 아니면 퇴근하고 내일 해요. 자꾸 시간외수당 챙겨가면 우리 회사 적자 날지도 몰라요."

"시간외수당 같은 건 청구하지 말라는 소리는 아니시죠?"

"그럴 리가. 나갑시다. 오늘은 제가 밥 살게요. 지난번에 술친구 해준 보답으로."

"아…… 그게……."

"선약 있어요?"

수인은 선뜻 대답하지 못했다. 세현의 일방적인 통보였지, 그녀가 승낙한 것은 아니었으니까. 그렇다고 모른 척할 수도 없었고, 또 그렇다고 선뜻 같이 밥을 먹기도 애매했다. 무엇보다 단둘이 마주 앉아서 밥을 먹는다는 건 아직은, 더군다나 오늘은 자신이 없었다. 그러다 문득 좋은 생각이 떠올랐다.

"사장님! 보답이 필요한 건 저뿐만이 아닌 것 같은데요?"

"무슨……."

의아해하는 재민을 쳐다보는 수인의 입가에 만족스런 미소가 번졌다. 그리고 마침 기다렸다는 듯 그녀의 전화기가 드르륵 몸을 떨었다.

"그러니까 진 비서 말인즉슨, 세현이에게도 보답을 해야 한다?"

"그럼요! 그날 사장님을 댁까지 무사하게 모셔다 드린 게 강 박사님이신데요."

"하아!"

한탄에 가까운 어이없는 한숨은 재민이 아닌 세현의 입에서 터져 나왔다.

빵빵한 풍선이 뻥 하고 터지면 이런 기분일까. 잔뜩 기대를 하고 나왔다가 뒤통수를 제대로 맞은 기분이랄까. 뒤통수까지는 아니더라도 뒷북은 제대로 친 것 같았다. 갑작스런 저녁 약속에 당황했을 그녀의 마음을 전혀 모르는 것은 아니지만 내심 퇴근 시간을 손꼽아 기다렸던 그에게 이렇게 배신감을 안길 줄은 꿈에도 생각 못했다. 그렇다고 여기서 싫다고 했다가는 그만 빼고 둘이서만 맛있게 밥을 먹을 것 같아서 빠질 수도 없었다.

"근데 둘이 선약이 되어 있었던 거야?"

재민은 수인과 세현을 번갈아 쳐다보며 물었다.

"알면 좀 빠지던가."

세현이 무심히, 하지만 감정을 듬뿍 담아 툭 내던진 말에 놀란 수인과는 달리 재민의 얼굴엔 놀람과 동시에 호기심이 더해졌다. 이번에는 흥미로운 눈길로 두 사람을 번갈아 쳐다봤다.

"어라? 지금 이거 무슨 상황인 거지?"

"아무 상황도 아니에요. 어서 밥, 밥 먹으러 가요!"

수인은 두 손을 세차게 가로젓고는 발길을 돌렸다. 하지만 그냥 넘어갈 재민이 아니었다. 세현이 이렇게 추진력이 좋을 줄이야.

"혹시 두 사람……."

"재민아!"

갑자기 끼어든 목소리에 로비에 서 있는 세 사람의 시선이 일제히 출입구로 향했다. 그곳엔 누구나 한번쯤은 돌아볼 만한 미모의 여성이 우아한 미소를 띤 채 손을 흔들고 있었다.

"태세라?"

대답은 이름이 불린 재민이 아니라 세현의 입에서 나왔다. 수인은 확인할 수 있었다. 급격히 어두워지는 재민의 얼굴을. 단순히 싫다거나 꺼려져서 어두워진 것이 아니었다. 싫은 게 아니라 시름이 드리워진 것이었다. 그리고 깨달았다. 요 며칠 서재민 사장을 저기압에 빠뜨린 사람이 저 여자라는 것을. 어쩌면 며칠 전 그녀가 받았던 재민의 휴대폰 너머에서 들려온 목소리의 주인공 역시 저 여자일지도 모르겠다는 생각이 들었다.

"오랜만에 서프라이즈해 주려고 연락 없이 왔는데, 괜찮지?"

성큼 다가와 대뜸 내뱉는 말투에는 상대방의 의사를 묻기보다는 당연히 괜찮을 것이라는 확신이 담겨 있었다. 대단한 자존감과 자신감이 담겨 있는 말투, 당당함을 담은 밝은 표정이 사뭇 재민과 닮아 있었다. 단지 차이라면 재민이 유들유들한 성격과 겸손으로 그것들을 교묘히 숨긴다면 여자는 전혀 그렇지 않다는 것 정도였다.

"표정 보니깐 내 계획이 성공한 것 같다. 옆에 있는 분들은······ 강세현! 세현이 맞지?"

"오랜만이다."

"정말 오랜만이야. 넌 진짜 하나도 안 변했다. 어쩜 이렇게 그대로니?"

세 사람은 대학 동기로 처음 만났으니 횟수로만 따지자면 자그마치 15년이나 된 친구들이었다. 비록 그사이에 5년이라는 공백이 있긴 했지만, 10년이라는 추억 아닌 추억도 존재는 했으니 결코 먼 친구 사이는 아니었다. 하지만 너무도 긴 시간을 떨어져 있었기 때문인지, 더 이상의 긴밀함을 유지할 명분이 없었기 때문인지 세현이 느끼는 어색함은 쉽게 떨쳐 낼 수 있는 것이 아니었다. 썩 반갑지 않은데 반가운 척 인사치레하는 사람은 더욱 아니었기에 그는 침묵을 선택했다.

그녀 역시 그런 세현이 익숙한 듯 크게 개의치 않았다. 그녀의 관심은 금세 옆에 있는 수인에게로 향했다.

"이분은 누구실까?"

하지만 그 자리에 있는 누구도 선뜻 수인에 대해 나서서 설명하지 않았다. 어쩔 수 없이 수인 스스로 자기를 소개했다. 시키지도 않은 짓을 잘하는 것은 아니었지만, 여자가 고스란히 드러내고 있는 그녀를 향한 적개심을 모른 척하고 싶진 않았다. 참 이상한 일이었지만 그런 종류의 미움은 아무 관계 없는 그녀라고 해도 썩 내키지 않았다.

"서재민 사장님 비서, 진수인이라고 합니다."

"아! 그때 전화 받았던 분?"

"네, 그렇습니다."

"그때 나, 조금 기분 나빴는데. 재민이 휴대폰에 전화를 걸었는데 다른 여자가 전화를 받았어요. 그 상황에서 누구냐고 물어본 게 잘못된 건가요?"

"아니요. 그건 아니지만⋯⋯."

네 말투가 나를 꼭 이상한 여자 취급하는 것 같아서 그랬다, 라고 말할 수는 없는 노릇이었다. 어디까지나 수인이 혼자서 느낀 감정이었고, 그녀가 한 말이 틀리지 않기도 했기 때문이었다.

"하지만 뭐⋯⋯ 다음날 말씀했던 것처럼 재민에게 아주 정확하게 전달했더라고요. 그런 것 보면 다른 마음이 있었던 건 아니란 걸 확인했으니까 더 이상 왈가왈부하지 않을게요."

재민은 여자가 하는 것을 더 이상 지켜보고만 있지 않았다.

"수인 씨, 오늘은 세현이랑 저녁 먹어야겠는데요. 나, 두 사람 선약에 끼어들지 않은 겁니다. 그러니 자세한 사항은 다음 기회에. 가자."

재민은 생긋 웃어 보이고는 뒤돌아 성큼성큼 걸음을 옮겼다. 분명 여자에게 같이 가자는 의미였지만 그 여자를 살뜰히 챙기는 모습은 아니었다.

"그럼 다음에 또 봬요."

여자 역시 생긋 웃어 보이고는 그의 뒤를 따랐다. 도도하게 걸음을 옮기고는 있지만 우위를 선점하고 있는 건 확실히 앞서 걷고 있는 재민이라는 것을 뒤에 남겨진 두 사람은 무의식적으로 인지하고 있었다. 그것이 두 사람 사이에 있었던 어떤 일 때문인지, 아니면 재민만이 가지고 있는 지배자의 위엄인 것인지는 확실하지 않았다.

"누구예요?"

수인은 함께 출입구를 벗어나는 두 사람의 뒷모습을 바라보며 물었다. 하지만 기다리는 대답 대신 덥석 손만 붙들렸다. 깜짝 놀라 다급히 손을 빼내려 했지만 붙든 손의 힘이 더 커 오히려 더 꽉 붙들리고 말았다.

"뭐 하시는 거예요?"

"보면 몰라요? 손잡는 겁니다."

"남들이 봐요."

수인은 제 손을 빼내려 애를 쓰며 혹시라도 누가 보는 건 아닌지 주변을 빠르게 살폈다. 하지만 그녀와 달리 세현은 참도 태연했다. 주변의 시선 따위는 아랑곳하지 않았다.

재민과 함께 나타난 그녀의 모습을 보는 순간 위기의식이 느껴졌다. 확실한 영역 표시를 해야겠다는 생각이 불현듯 들었다. 수컷의 본능이라고 해도 어쩔 수 없었다.

"보면 좀 어때서요? 한두 살 먹은 애도 아니고, 다 큰 성인이 연애 좀 한다는데 손잡는 게 뭐 대수라고."

놀란 그녀의 두 눈이 동그랗게 커지며 세현을 향했다. 지금 무슨 소리를 하는 거냐고 따져 묻는 얼굴이었다.

"연…… 연애…… 라고요? 전 그런 말 한 적 없는데요!"

"나 좋다면서요?"

"제가요? 언제요? 전 그냥 가슴이 콩닥거린다고만 했어요."

"그게 그 말이란 거 알려줬잖아요. 은근히 머리가 나쁜가 봐."

수인의 두 눈이 금세 얄팍해졌다. 기분이 나빠 세현을 흘겨보는 눈에서 뭐라도 발사할 기세였다.

"저 똑똑하단 소리를 들으면 들었지 어디 가서 멍청하단 소리는 안 듣거든요!"

"그럼 됐네. 너 좋고 나 좋으면 그게 시작이지 '오늘부터 1일.' 이래야 하는 겁니까?"

누가 그렇다고 했나. 단지 아무것도 준비되지 않은 그녀로서는 너무 갑작스럽다는 것이지. 마음의 준비 정도는 해야 한다는 말이었다. 하지만 그의 행동을 보아하니 씨알도 안 먹힐 말이 분명했다.

수인은 결국 포기하고 그의 손에 이끌려 걸음을 옮겼다. 그런데 생각보다 따뜻했다. 그의 손도, 그의 몸짓도. 툭툭 던지는 말과는 달리 그녀의 발걸음에 속도를 맞추고, 저도 모르게 한 걸음 뒤에서 걷는 그녀를 나란히 서게 하는, 아무것도 아닌 그 작은 행동에 기분이 좋았다. 참도 이상한 일이었다.

"먹고 싶은 거 있습니까?"

"뭐든 다 사주려고요?"

"뭐든 다 사주면 버릇 나빠지는 거 모릅니까?"

수인은 밉지 않게 그를 흘겨봤다. 저 얄미운 말투는 아무리 좋아하는 여자라 해도 버릴 수 없는 모양이었다.

'아니면 그 정도로는 좋아하지 않는단 거야, 뭐야?'

왠지 모르게 기분이 나빴다. 유치하게 심통이 난다고나 할까.

"당근 요리 먹으러 가요."

흠칫 놀라며 걸음을 멈춘 세현이 그녀를 내려다봤다. 잔뜩 인상쓴 얼굴이 진심으로 하는 말이냐고 묻고 있었다. 그녀는 해사하게 웃으며 고개를 끄덕였다.

"다른 거 먹고 싶은 거 없습니까?"

"왜요? 당근 잘 드시던데."

"그야……."

"그러게 왜 오기를 부려요? 애도 아니고. 목숨이 9개라도 돼요?"

"어떻게 알았습니까?"

"사장님이 가르쳐 줬어요."

그렇다는 건 그날 연구실 문 앞에서 뭐 마려운 고양이마냥 어슬렁거렸던 것도 자신이 걱정돼서 내려온 모양이었다. 그를 향한 관심, 그리고 마음이었단 생각에 괜스레 기분이 좋아졌다.

"당근 빼고 다른 건 다 잘 먹습니다. 그러니 아무거나 다 말해

봐요."

"버릇 나빠진다면서요."

"애도 아니고, 그 정도 조절도 못합니까?"

"내가 말을 말지."

다시 걸음을 옮기는 두 사람의 뒤로 살랑, 가을바람이 불었다. 소리도 없이 다가와 기분 좋게 스치는 상쾌한 바람이었다.

❖

"혀…… 엉……."

요란하게 문을 열며 세현을 부르려던 주현은 눈앞에 보이는 광경에 놀라 얼버무리고 말았다. 그의 19년 인생 동안 자신의 형이 거울 앞에 서서 옷을 고르고 있는 장면은 처음이었다. 물론, 그가 기억하는 생애는 그것보다 짧을 테지만 기억하지 못하는 시간에도 형의 모습은 크게 다를 것 같지 않았으므로 19년 만임은 분명했다.

"왜?"

세현은 거울에 비친 자신의 모습에서 시선을 돌리지 않은 채 무심하게 대꾸했다. 형 방해하지 말고 용건만 간단히 끝내고 빨리 나가라는 무언의 압박이었다.

"지금 뭐 하는 거야?"

"보면 몰라? 옷 고르잖아."

"오, 맙소사! 엄마아아아!"

주현은 세현의 방에 들어왔던 것만큼이나, 아니, 그보다 더 **빠른** 속도로 방을 빠져나오며 큰 소리로 엄마를 찾았다. 그에게는 더 이상 자신이 왜 형의 방을 방문했는지는 중요하지 않았다. 지금 중요한 것은 이 대단한 상황을 어서 빨리 누구 한 사람에게라도 더 알려야 했다. 그리고 그 한 사람은 형을 가장 잘 아는 사람, 그래서 현재 자신이 느끼는 감정을 가장 잘 이해할 그들의 어머니였다.

"이 이른 아침부터 웬 호들갑이야?"

아침상을 차리던 미옥은 무너져라 계단을 밟고 내려와서는 큰일이라도 난 것처럼 야단법석인 주현을 얄팍한 눈으로 쳐다봤다.

"형이, 형이 아니야!"

"네가 아직 잠이 덜 깼구나. 오늘은 너무 일찍 일어났다 싶더라니."

"형이 지금 거울 앞에서 옷을 고르고 있다니까!"

"출근하려면 당연히 옷을…… 뭐라고?"

미옥이 방금 전 주현이 세현의 모습을 발견했을 때와 얼추 비슷한 표정을 지었다.

멋이라고는 알지도 못하고, 외모에는 눈곱만큼도 관심이 없던 아들이 아니던가, 자신의 큰아들은. 옷은 그저 세탁된 옷 중에서 아무거나 주워 입는 사람이었다. 물론, 죄다 흰색 티셔츠나 폴로 티에 청바지나 검정색 면바지 일색인지라 골라 입을 것도 없긴 했다.

얼굴에 뭔가 꼼꼼히 챙겨 바르는 일도 없었다. 생각나면 바르고 그렇지 않으면 건너뛰기 일쑤였다. 오죽했으면 스킨로션을 다 써서 바꾸는 게 아니라 유통기한이 지나서 반강제로 엄마인 미옥이 바꿔줘야 했을까.

머리 또한 머리카락이 한참 길어 눈을 찔러야지 불편함을 느끼고 자르는 사람이었다.

그녀의 아들 강세현은 그런 사람이었다. 겉모습 치장에 전혀 관심이 없고, 거울 보는 일은 면도할 때가 다인 사람. 그런 아들이 거울 앞에서 옷을 고르고 있다니 놀라지 않을 수가 없었다.

"엄마도 그런 표정일 줄 알았어. 형한테 무슨 일이 있는 게 틀림없어."

"어디 크게 아픈 건 아니겠지?"

주현은 대답 대신 골똘히 생각에 잠겼다. 그러다 뭔가 떠오른 듯 엄지와 중지를 튕기며 '딱' 소리를 냈다.

"여자! 틀림없이 여자가 생긴 거야!"

"에이. 다른 사람도 아니고 네 형, 강세현이?"

"틀림없어! 드디어 우리 형도 여자에 눈을 뜬 거야. 외모에 신경 쓰는 이유가 뭐겠어요? 누군가에게 잘 보이기 위함이지!"

"회사에서 무슨 행사가 있는 건 아닐까?"

"그렇다고 우리 형이 어디 거울 앞에서 이 옷 저 옷 대보며 고를 위인인가요?"

"그건 아니지."

끝까지 의심의 끈을 놓지 못하면서도 미옥의 마음은 조금씩 들

뜨기 시작했다. 서른다섯을 넘긴 후로는 아들이 아무 여자만 만나도 좋겠다 했었다. 워낙에 여자 자체를 만나려 하지 않았기에. 하늘을 봐야 별을 따듯, 누군가를 만나봐야 결혼도 할 것이지 않겠나.

"주현이 넌 왜 들어왔다가 그냥 나가? 형한테 할 말 있었던 거 아니야?"

세현이 주방으로 내려왔다. 세현이 여자를 만난다는 믿음에 잔뜩 들떠 있던 미옥과 주현은 그가 등장하자마자 머리끝에서 발끝까지 스캔부터 했다. 그러다 이내 실망스런 표정을 지었다. 평소와 전혀 다를 것 없는 복장이었다.

미옥은 얄팍해진 눈으로 주현을 째려봤다. 눈빛으로 대화가 오갔다.

'네가 지금 엄마를 놀리니?'

'아니에요! 진짜로 거울 앞에서 서서 옷을 골랐다니까!'

'근데 복장이 저래?'

'난들 어떻게 된 건지 어찌 알겠습니까.'

"오랜만에 우리 네 식구가 아침상에 함께 앉아보는구나."

가장 늦게 주방에 들어섰지만 가장 먼저 자리에 앉는 사람은 아버지였다.

"주현이 네가 웬일이니? 아침상에 얼굴을 비추고. 오늘은 해가 서쪽에서 뜬 모양이구나."

"그러게요, 아버지. 해가 서쪽에서 뜬 모양이에요."

아버지 신주의 눈이 주현을 향했고, 이내 주현의 시선이 향해 있는 세현에게로 옮겨졌다. 그러다 아내인 미옥에게로 시선을 움직였으나 미옥 역시 큰아들에게서 눈길을 돌릴 줄 몰랐다. 자연스레 그의 눈길 역시 다시금 세현에게로 향했다. 영문을 모르는 신주의 눈길, 뭔지 상황을 파악하고자 하는 의심의 눈길, 그렇게 모두의 시선이 세현에게 닿았다.

"왜요?"

"으응? 아니다. 어서 먹어라. 출근 늦겠다. 당신도 어서 드세요. 주현이 너도 빨리 먹고 오늘은 일찍 좀 등교해."

미옥은 재빨리 시선을 거둬들이고는 각자의 시선들도 흐트러뜨렸다. 궁금증이야 하늘을 찌를 것 같지만 괜히 긁어 부스럼 낼 것 없었다. 뭔가 확실해진 후에 추궁해도 늦지 않으니까.

뒤늦게 세현과 신주가 무슨 일이냐고 눈빛을 교환했지만 그들로서는 알 길이 없었다. 필요하면 어련히 알아서 말하겠거니 여기며 둘 다 식사에 집중했다. 특히, 세현은 평소와 달리 제법 빠른 속도로 제 몫의 밥을 비워냈다.

"먼저 일어나 보겠습니다."

"벌써 다 먹었어? 바로 출근하려고?"

아버지가 먼저 식사를 끝내기 전에는 좀처럼 일어나는 법이 없는 세현이었다. 그런 그가 오늘은 제법 서두르는 눈치였다. 역시나 미옥과 주현이 빠르게 눈빛을 교환했다. 미옥이 주방에 걸린 시계를 확인하며 물었다.

"좀 이르지 않니? 평소보다 30분은 빠른데."

"일이 좀 있어서요. 그럼, 맛있게들 드세요."

"형! 그럼 나 좀 태워줘! 가는 길에 지하철역에 버려도 충분히 땡큐인데."

자리에서 일어서는 세현에게 주현이 잽싸게 따라붙었다.

"됐어. 집 앞에서 버스 타면 될 걸 무슨 지하철역까지 가려고 그래?"

"에이, 집 앞에서 타는 버스는 계속 서서 가야 한단 말이야. 형 좋다는 게 뭐 있겠어, 이럴 때 차라도 얻어⋯⋯."

"내가 널 몰라? 지하철역 다 와서는 이왕 인심 쓴 김에 학교 앞까지 데려다 달라고 할 것 뻔하지. 됐다."

"어우, 형!"

"너랑 입씨름할 시간 없어."

세현은 잔뜩 불쌍한 표정을 짓고 있는 주현을 단칼에 잘라내고는 2층으로 올라갔다.

최대한 빠르게 양치를 끝내고 서류 가방을 챙겨서 조금은 설레는 마음으로 집을 나섰다. 하지만 그의 까만 자동차 앞에 삐딱하게 기대선 교복 입은 남학생을 발견하는 순간, 설렘 가득했던 얼굴에 빠직, 금이 갔다.

"뭐야, 너."

"아까 형한테 할 말이 있어서 방에 갔었는데 깜빡했지 뭐야."

"할 말? 용돈 떨어졌냐?"

"역시, 우리 형 귀신이야."

"소용없다. 학교나 가."

"그냥 주는 게 안 되면 빌려주라. 매달 분납해서 갚을게. 혀어어엉!"

잔뜩 애교를 섞어서 형을 불렀지만 세현은 모른 척하고 차에 올랐다. 하지만 그 순간을 놓칠세라 주현 역시 잽싸게 보조석에 올라탔다.

"우리 형제끼리 이러지 맙시다. 서로 돕고 사는 게 형제지."

"너 혹시 왕따야?"

"뜬금없이 뭔 소리래?"

"일진들이 패면서 돈 가져오라고 협박해?"

"무슨 말도 안 되는 소리를! 내가 어디 가서 맞고 다닐 애처럼 보여?"

주현은 어디 그런 말도 안 되는, 자존심에 스크래치 팍팍 나는 소리를 하냐는 얼굴이었다.

"때리면 때렸지 맞을 애가 아니긴 하지. 근데 왜 그렇게 용돈이 빨리 떨어져?"

"그게 그러니까 말이지."

선뜻 말을 하지 못하고 얼버무리는 동생을 보며 세현은 손목에 찬 시계를 확인했다. 1분 1초가 아까운 이 아침에 이 얼토당토않은 말씨름이라니.

"정당한 이유 없는 것 같으니깐, 내려."

"그러지 말고, 우리 일단 출발하자. 차 타고 가면서 차분히……."

"너 다음 달 용돈 주지 말라고 어머니께 말씀드릴까?"

"에이! 그건 배신이지! 좋아! 그럼 배 째! 나도 몰라. 줄 때까지 이렇게 버틸 거니깐!"

"강주현! 네가 애야? 네가 네 용돈 관리 못해놓고 어디서 생떼를 써? 이게 늦둥이라고 어머니, 아버지께서 너무 오냐오냐 키우셨지."

"어우 씨. 됐어!"

주현은 팽 하고 토라져서는 차에서 내렸다.

"돈 번다고 유세야? 그럴 만한 사정이 있어서 좀 달라는데, 그게 그렇게 어렵냐? 형은 형도 아니야!"

차 문을 부술 듯 세게 닫아버리고는 씩씩거리며 앞으로 걸어가 버렸다. 조금 신경이 쓰이긴 했지만 그렇다고 여기서 동생이 원하는 대로 용돈을 쥐어줄 수는 없었다. 정말 간절히 원하는 무언가 있다면 저렇게 토라지고 화를 낼 것이 아니라 그를 설득하는 게 맞으니까.

세현은 차를 출발시켰다. 그리고는 코에서 불이라도 뿜을 기세로 씩씩거리며 걷고 있는 주현 옆에 잠시 차를 멈추고 보조석 창문을 내렸다.

"이따 밤에 형을 설득해 봐. 네가 돈이 필요한 이유도 명확히 설명하지 못하면서 무작정 떼쓰는 건 논리적 사고가 불가능한 어린 애들이나 하는 짓이야."

주현이 휙 그를 쨔려봤다.

"거창한 이유를 대라는 게 아니라, 네 진심을 전하라는 거다. 이유조차 떳떳하게 밝히지 못할 용도라면 주지 않는 게 당연한 거고. 형은 내 동생이 그런 곳에 돈을 아무렇게나 쓰는 사람은 아니라고 믿으니까 다시 한 번 기회를 주는 거야."

세현은 그 말을 남기고 다시금 차를 출발시켰다. 룸미러로 멀어지는 그의 차를 빤히 쳐다보는 동생의 시선이 고스란히 전달됐다. 그리고 이내 띵동, 소리를 내며 문자 하나가 도착했다.

「늦게 퇴근하기만 해봐. 동생한테 용돈 주기 싫어서 도망간 쪼잔한 놈이라고 생각하겠음.」

문자를 확인한 세현의 입가에 잔잔한 미소가 번졌다. 다 큰 어른인 척해도 아직은 애인 모양이었다. 조금은 가벼워진 마음으로 가속페달을 밟은 발에 더욱 힘을 실었다. 지체된 시간을 만회하기 위해선 조금 서두를 필요가 있었다.

잠시 후 그가 도착한 곳은 불과 10시간 만에 다시 찾은 한 건물 앞이었다. 어젯밤 주차했던 자리에 차를 세우고 휴대폰을 들었다. 7자리까지 입력한 그는 이내 휴대폰을 내려놓았다. 전화를 거는 대신 차에서 내려 기다리는 것을 택했다.

그리고 얼마 되지 않아, 수인이 오피스텔 현관에 모습을 드러냈다. 오늘도 어김없이 단정하게 묶은 머리에, 무릎에서 한 뼘 정도 올라간 H라인 스커트와 블라우스 차림. 흐트러짐 하나 없이 바르고 단정한 모습이었다. 매일 보지는 못했지만 늘 그녀가 보여온 모습과 크게 다르지 않았다. 그것이 이상하게 조금은 아쉬웠다. 분명 오늘은 어제와는 다른 아침인데 말이다.

세현은 저벅저벅 걸음을 옮겨 그의 존재는 꿈에도 짐작하지 못할 수인의 앞을 가로막고 섰다.

역시나 수인은 놀란 얼굴로 그를 쳐다봤다.

"강 박사님? 아침부터 여기까지 어쩐 일이세요?"

"아침부터 진수인 씨 집 앞까지 왜 왔겠습니까?"

"저한테 무슨 할 말이라도……."

수인은 정말 이유를 짐작하지 못한 얼굴이었다. 오히려 너무도 갑작스런 등장에 당황한 눈치였다. 그러다 뭔가 퍼뜩 생각난 듯 움찔하더니 급하게 시선을 피했다. 손으로 입술 근처를 가리며 고개를 돌려 그의 시야에서 벗어나려고 했다.

"타요."

"네?"

전혀 예상하지 못한 말이 들리자 놀란 수인이 고개를 들어 그를 쳐다봤다. 그는 자신의 차를 가리켰다.

"출근하자고요, 같이."

"저 태우러 오신 거예요?"

"그럼 얼굴만 보고 가려고 왔겠습니까?"

"……."

쉽게 말을 잇지 못하고 멍하니 서 있던 수인은 세현에게 이끌려 보조석에 올라탔다. 편하게 가는 것은 좋았다. 내릴 때 빈틈 하나 없는 사람 장막을 뚫지 않아도 되고, 혹시나 깜빡 졸아서 내려야 할 정거장을 지나치는 것은 아닌지 걱정하지 않아도 되고. 그러나 그럼에도 불구하고 가장 큰 문제가 하나 있었다. 아직 마무리되지 못한 눈 화장과 입술이었다. 어젯밤 잠을 설친 탓에 아침에 늦잠을 자버렸고, 더 이상 지체할 시간이 없어 남은 화장은 지하철에서 마저 하고자 마음먹고 집을 나선 터였다. 그나마 아이라인이라도 그리고 나와서 얼마나 다행인지.

그녀는 곁눈질로 슬쩍 세현을 살폈다. 마침 그는 사이드미러를 확인하며 차선을 변경 중이었다. 좋은 차라 그런지 흔들림 하나 없는 승차감이 기가 막혔다. 남은 화장을 하기엔 최적의 조건이었다. 하지만 그를 옆에 두고 막상 화장품을 꺼낼 용기는 나지 않았다. 어떻게 해야 하나 치열한 고민을 하는 사이 그가 훅 말을 던져왔다.

"잠은 잘 잤습니까?"

"네? 아, 네…… 조금."

"잘 잤다는 겁니까, 잘 못 잤다는 겁니까?"

"어정쩡했다는 겁니다."

"잘 못 잔 거네, 그럼."

"그러는 강 박사님은요?"

"난 잠은 잘 잡니다."

수인은 괜히 세현을 흘겨봤다. 괜스레 저만 설레서 잠 못 이루

는 밤을 보낸 것 같아 억울하기도 했고, 약이 오르기도 했다. 일을
저지른 건 저쪽인데, 왜 당하는 건 이쪽인가 싶었다. 그런데.

"대신 아침에 평소보다 훨씬 일찍 눈이 떠지던데요."

"일찍 일어나서 괜히 시간 남아 태우러 온 것 같아요."

괜한 심통에 새침하게 쏘아붙인 것이 무안하게 그는 그녀의 말
을 명확하게 정정했다.

"태우러 오려고 일찍 일어난 겁니다."

아래로 삐쭉했던 그녀의 입꼬리가 티나지 않게 위를 향하며 상
승곡선을 그렸다. 잘 잤다고는 하지만 그 역시도 깊은 잠은 이루
지 못한 것이 틀림없었다. 아니면 그녀에게 오기 위해 더 일찍 잠
이 들었거나. 이도저도 나쁠 것은 없었다. 오히려 기분이 좋았으
면 좋았지.

"우리 호칭 정리부터 합시다. 강 박사님이 뭡니까?"

"그게 뭐 하루아침에 되나요?"

"사귀는 것도 하루아침인데, 호칭쯤이야, 뭐."

"그러게요, 어찌나 속전속결이신지."

"그래서 싫습니까?"

"누가 싫…… 근데 혹시 흑백논리 신봉자예요?"

"갑자기 무슨 뜬금없는 소립니까?"

"가만 보면 둘 중 하나만 고르게 하는 것 같아요. 좋다, 싫다. 감
정이 딱 그거 두 개만 있는 것도 아닌데. '싫어하다.'의 반대말은
'싫어하지 않다.'이지, '좋아하다.'가 아니란 걸 모르는 것 같아요."

"누굴 바보로 알아요? 그렇게 따지고 들자면 '싫어하지 않다.'는 반대말이 아니라 부정어입니다."

수인이 어이없는 표정으로 그를 돌아봤다. 그 눈빛을 느낀 것인지 세현 역시 헛기침을 하며 자신이 한 말이 상당히 유치했음을 인정했다.

"근데 어디 아픕니까?"

"아니요. 멀쩡한데요."

"입술색이 파리한 게 아파 보입니다."

수인은 잽싸게 손등으로 제 입술을 가렸다.

"이런 건 그냥 모른 척하는 거예요."

"아파 보이는데 어떻게 모른 척합니까?"

말이 되는 소리를 하라는 듯 세현이 핀잔을 줬다. 수인은 결국 포기하듯 한숨을 내쉬고는 립스틱을 찾아 꺼내 들었다. 거울도 보지 않은 채 대충 바르며 자포자기한 심정으로 이실직고했다.

"아파 보이는 게 아니라 입술을 안 바른 거예요. 아직 화장을 끝마치지 못했답니다. 하필이면 오늘 같은 날 태우러 올 건 또 뭐야."

끝말은 거의 혼잣말에 가까웠다. 그렇다고 세현이 듣지 못할 정도는 아니었다.

"충분히 예쁘니까 걱정 안 해도 됩니다."

살짝 미소를 띠는 그를 수인이 살짝 놀란 얼굴로 쳐다봤다. 그토록 핀잔을 주던 그가 이토록 듣기 좋은 말도 할 줄 안다는 게 신기했다.

"생각해 봐요."

"뭘요?"

"뭐라고 부르면 좋을지. 이따 퇴근할 때 들을 테니까."

"퇴근할 때요?"

"왜요? 약속 있어요?"

"아니, 그건 아닌데……."

'출근도 같이하고, 퇴근도 같이하고. 이거 너무 사내 커플 티내는 거잖아.'

하지만 그럼에도 불구하고 그녀의 입가엔 숨기지 못한 미소가 잔잔히 머물고 있었다.

참 이상할 일이었다. 어제와 특별히 다를 게 없는 오늘이었다. 그녀가 해야 할 일도, 그녀가 보내야 하는 하루도. 그나마 달라진 것을 하나 꼽자면 한번도 해보지 못했던 '연애'를 시작했다는 것이다.

연애라는 것을 시작하게 되면 뭔가 대단히 새로운 하루를 맞이할 것 같았다. 하지만 그 막연한 추측은 그저 추측에 불과했다는 것을 아침에 눈을 뜨며 깨달았다. 새 역사가 쓰일 것 같은 아침은 여느 때와 크게 다를 것 없었다.

가슴이 주체할 수 없을 만큼 콩닥거리고, 온몸은 열병이라도 난 듯 화끈거리고, 밥을 먹지 않아도 배부른 하루가 될 것이라고 어렴풋이 꾸었던 꿈은 그저 꿈일 뿐. 밥을 먹지 않은 배는 여전히 허기졌다. 그것도 아주 많이.

"오늘따라 왜 이리 더 배가 고픈 거야."

수인은 꼬르륵 소리를 내는 자신의 배를 움켜쥐었다, 조금이나마 요란한 소리를 줄여보고자. 그러나 천둥이라도 치듯 요란하게 울려대는 배고픈 신호는 쉽사리 잦아들지 않았다. 그녀의 시선이 책상 위에 놓인 휴대폰에 닿았다. 특별히 연락 올 곳이 있는 것도 아닌데 괜스레 휴대폰을 내려다보는 게 벌써 여러 번이었다.

"평소에는 잘만 물어보더니 오늘은 왜 물어보지도 않아?"

늦어서 화장도 못했다고 했으면 당연히 '밥도 안 먹었겠구나.' 하고 생각해야 하는 것이 인지상정 아닌가. 하지만 그는 그에 관해서는 일언반구도 없었다.

"됐다. 사람이 하루아침에 변하면 그게 이상한 거지."

출근길에 그녀를 태우러 왔다는 사실만으로도 충분히 놀랄 일이었다. 그런데 딱 하루 만에, 아니, 정확히 이틀 만에 너무 많은 것을 바라는 것 같았다.

"진수인, 네가 이렇게 의존적인 인물은 아니잖니?"

스스로를 타이르며 서랍을 열었다. 낱개 포장된 쿠키가 귀퉁이에 차곡차곡 정리되어 있었다.

'내 몸은 내가 지키는 법이니까.'

그중 하나를 꺼내 먹는 그녀의 얼굴에 그제야 만족감이 번졌다.

그렇게 배를 채우고 동분서주하다 보니 어느덧 퇴근 시간이었다. 하지만 그녀의 휴대폰은 아주 조용했다. 퇴근할 때 보자고 했으면 연락을 해야 하는 것이 당연한데, 그는 깜깜무소식이었다. 괜스레 휴대폰을 들여다봤다가, 몇 번이나 문자메시지 창을 열었다가 닫았다를 반복하고 있었다. 이미 깔끔하게 정리된 일정표를 괜히 다시 한 번 확인하는 척하다가도 이유 없이 사내 메신저 창을 열어 누군가의 이름을 뚫어지게 쳐다보기도 했다. 여전히 노란 불이 켜진 채로 로그온을 알리고 있는 이름을 얄밉게 쳐다보기까지 했다.

그렇게 또다시 15분이 지났을 때였다. 위에 올려놓은 휴대폰이 바르르 몸을 떨며 발신자를 알려왔다. 그녀의 얼굴에 절로 미소가 번졌다. 수인은 목소리를 가다듬고 일부러 더 차분히 전화를 받았다. 마치 상대방이 누구인지 모르는 것처럼.

"여보세요."

[아직 일 많이 남았습니까? 재민이도 퇴근한 지 꽤 됐는데.]

수인은 대답 대신 휴대폰을 귀에서 떼고 살짝 흘겨봤다. 누구 때문에 퇴근도 안 하고 이렇게 기다리고 있었는데 도리어 나 때문에 늦어지는 것처럼 말하다니.

"거의 다 끝났어요. 어디예요?"

메신저에 여전히 로그온 상태로 표시되고 있는 것을 보아 아직 그의 연구실이라는 걸 빤히 알면서도 모른 척 물었다.

[문 앞입니다.]

"네?"

수인의 시선이 절로 출입문으로 향했다. 그리고 기다렸다는 듯이 문이 열리며 세현이 모습을 드러냈다. 수인은 놀란 눈으로 자신이 방금까지 쳐다보고 있던 메신저 창과 문을 열고 들어선 세현을 번갈아 쳐다봤다. 어리둥절한 표정이 고스란히 세현에게 닿았다.

"뭘 그렇게 놀랍니까? 들키면 안 되는 거라도 보고 있었나?"

"아니, 그게 아니라……. 여기까지 어쩐 일로…… 아니, 컴퓨터는 어떻게 하고……."

"컴퓨터?"

"아니, 그러니까……."

당신이 여전히 로그온 중이라고 말할까 싶다가도 괜히 일은 안 하고 그의 상태만 지켜보고 있었던 것처럼 여겨질까 싶어 선뜻 뒷말을 잇지 못했다. 왠지 그 말을 하기엔 자존심이 허락지 않았다. 괜히 안달 난 사람처럼 비쳐질 것 같은 느낌이었다. 수인은 재빨리 말을 돌렸다.

"저 데리러 온 거예요?"

세현은 대답 대신 고개를 살짝 끄덕였다. 수인은 절로 올라가려는 입술 끝을 겨우 붙잡으며 재빨리 책상을 정리했다. 아니, 정리하는 척했다. 이미 조금은 설레는 마음으로 퇴근 준비를 마친 상태라 컴퓨터를 끄는 것 말고는 특별히 정리할 게 없었다.

"됐어요. 가요."

그녀가 먼저 앞장서 걸었지만 그녀의 신경은 여전히 전원이 들어와 있을 컴퓨터에 가 있었다. 컴퓨터야 일정 시간이 지나면 제 알아서 절전모드로 전환된다고는 하지만 그래도 사용하지 않을 때에는 전원을 완전히 끄는 게 옳다는 일종의 강박이었다. 그렇다고 사실대로 말하자니 망설여졌다.

그렇게 고민하는 사이 그들이 탄 엘리베이터는 1층에 도착했고, 그들은 로비를 가로질러 출입구를 향하고 있었다. 그리고 막 출입문 앞에 섰을 때 수인은 자리에 멈춰 섰다. 모르면 몰라도 일단 안 이상 간과할 수 없는 일이었다.

"컴퓨터는 끄고 가야 하지 않을까요? 보안상의 문제도 있고."

"컴퓨터? 아까부터 자꾸 컴퓨터 이야기하는 것 같은데 컴퓨터에 무슨 문제 있어요?"

"아니요. 제 컴퓨터는 무사하고, 전원도 끄고 나왔어요."

"그러면?"

모르겠다는 얼굴로 수인을 마주 보던 세현의 두 눈이 커졌다. 그래 봤자 두꺼운 안경알 너머에 있는 작은 눈이라 별 차이는 없었지만.

"내 컴퓨터 말입니까? 그건 어떻게 알았어요?"

"그냥 뭐……."

"아! 메신저."

세현의 입가에 엷은 미소가 번졌다. 그 미소 하나에 그녀가 얼마나 부끄러워하는지는 그에게 중요하지 않았다. 단지, 자신을 향한 그녀의 관심이 즐거울 뿐이었다.

"나 때문에 전기세 많이 나올까 봐 걱정되나 봅니다? 애사심이 매우 투철하네."

"장난치지 마세요."

뾰로통하게 입술을 내미는 모습마저도 그의 눈엔 참 예뻤다.

"걱정 말아요. 연구실 보안은 그렇게 허술하지 않으니까. 자료 분석 프로그램이 실행 중이라 켜놓고 가는 겁니다."

그렇게 저녁식사를 하러 가는 세현의 마음은 바람결에 흘러가는 뭉게구름과도 같았다. 그리고 식사가 끝나갈 무렵이었다. 들고 있던 포크와 나이프를 내려놓으며 불쑥 물어왔다.

"호칭은 생각해 봤나?"

"그걸 꼭 정해야 해요? 지내다 보면 자연스럽게 불러지는 거 아닐까요?"

"부르다 보면 자연스러워지는 거 아닌가?"

수인은 새초롬하게 세현을 흘겨봤다. 그가 이토록 말을 잘하는 사람이었나 싶었다.

'하긴. 말꼬리를 잡고 늘어지는 거 은근 잘하긴 했지.'

"그래서 듣고 싶은 말이 뭔데요?"

"부르고 싶은 건 뭔데?"

그녀는 그가 은근히 말을 놓고 있다는 것을 깨닫지 못했다.

"자꾸 말꼬리 잡지 말고요."

"강 박사님은 확실히 아니야."

"좋아요."

수인은 인심 쓰듯 고개를 끄덕이며 수긍했다. 하지만 거기까지였다. 이내 식사를 계속하는 그녀를 세현이 빤히 쳐다봤다. 수인은 그런 그가 이상하다는 듯 물었다.

"더 안 먹어요? 특별히 당근이 들어간 음식은 없는데."

"그래서?"

"뭐가 그래서?"

"뭐라고 부를 거냐고."

확실히 하나에 꽂히면 그것이 무엇이 됐든 일단 결론을 내야 하는 사람이었다. 마음먹은 것은 끝까지 이뤄내고 마는 의지의 한국인 스타일. 그랬기에 아직 답을 찾지 못한 문제를 끌어안고 있듯 미간에 미세한 주름이 잡힌 상태였다.

"부를 일 생기면 자연스럽게 나오겠죠. 그때 들어요."

수인은 뭔가 다음을 기다리듯 기대에 찬 눈빛을 하고 있는 그에게 생긋 웃어 보였다. 그가 인상을 확 찌푸리는 것이 보였지만 모른 척했다. 사귄 지 고작 이틀밖에 되지 않았는데 처음부터 원하는 대로 쉽게 들어주는 것은 아닌 것 같았다. 자고로 여자는 튕기는 맛이 있어야 하는 법이니까.

'이런 걸 밀당이라고 하는 건가?'

무엇보다 컴퓨터로 인해 무너졌던 자존심 아닌 자존심을 조금이나마 회복한 것 같아서 살짝 기분이 좋아졌다. 그녀의 한마디에 변화무쌍한 그의 모습을 보는 것 또한 큰 즐거움이었다. 스스로가 특별한 사람이 된 듯했기에.

6. 달빛 무지개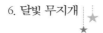

"그러니까 지금 네 말은 진 비서를 데려가겠다고?"

"당연한 거 아니야? 출장 가는데 비서가 따라가지 그럼 누가 가?"

그건 그랬다. 단순 세미나 참석에만 그치는 것이 아니라, 새로운 판로 개척을 위한 투자자 미팅은 필수였다. 따라서 스케줄 조정을 비롯한 여러 가지 잡다한 업무처리를 위해서라도 개인비서가 필요한 건 당연했다. 그럼에도 불구하고 세현으로서는 썩 내키지 않았다. 그 누가 자신의 여자를 다른 남자랑 단둘이 동행하게 하겠는가. 국내도 아니고 해외를. 목적이 아무리 업무차 출장이라고 해도 말이다.

"일본어가 되는 직원을 데리고 가는 게 낫지 않겠어?"

"어차피 통역사 있는데 뭘. 그리고 진수인 비서 기본적인 일본어는 할 줄 알아. 채용할 때 외국어 한두 개 정도는 하는 사람으로 뽑았잖아."

그랬다.

'왜 하필 일본어는 할 줄 알아가지고는.'

세현은 막 들어와 커피 잔을 내려놓는 수인을 원망하듯 흘겨봤다. 그 눈빛을 느낀 수인은 역시나 움찔하며 그의 눈치를 살폈다. 연인 관계가 되었어도 그의 잔소리를 가장한 타박은 없어지지 않았다. 단지 잔소리의 객체만 달라졌을 뿐.

"고마워요, 진 비서."

세현에게 가 있던 시선을 재민이 금세 자신 쪽으로 끌어오며 생긋 웃어주었다. 따가운 눈빛이 느껴졌지만 그는 아주 가뿐히 무시하고 그녀가 집무실을 나갈 때까지 시선을 놓지 않았다.

"아까워, 아주 많이. 진 비서에게 다시 생각해 보라고 해야겠어."

고개를 설레설레 젓는 재민이 세현으로서는 그렇게 얄미울 수가 없었다. 하지만 지금은 재민을 구워삶아 어떻게든 수인을 여기에 남겨놓게 하는 것이 급선무였다.

"차라리 전략지원팀 오지원 대리를 데려가는 게 낫지 않겠어? 몇 달 전까지 비서실에서 일했잖아."

재민은 조용히 세현의 말을 경청했다. 아니, 경청하는 척했다.

자기 업무나 연구 외에 타인의 일에는 전혀 관심을 두지 않던 친구가 남의 일에 이렇게 발 벗고 나서는 것을 직접 보게 되다니. 참으로 즐거운 일이었다. 오래전 자신에게 큰일이 있었을 때도 그저 스스로 헤쳐 나가도록 지켜봤던 친구가 말이다.

"이번 세미나는 다른 때보다 그 중요도가 매우 높다는 거 알지? 입사한 지 고작 몇 달밖에 안 된 진수인 씨보다는 요령이 좀 있는 사람을 데려가는 게 좋을 것 같지 않아?"

"어차피 진수인 씨가 앞으로 쭉 해야 할 일인데, 처음부터 큰일을 도맡아 처리해 보면 그다음은 훨씬 수월해질 거야."

"하지만 요령이란 게 있어야 하잖아."

"진수인 씨 정도면 충분히 있어."

"……"

그것도 알고 있었다. 수인이 일을 배우는 속도나 처리 능력이 매우 뛰어나다는 것. 그가 괜스레 타박을 하긴 했었지만, 비서로서의 능력은 인정할 만했다. 실수를 한다 해도 그 실수를 두 번은 하지 않았다. 잘못된 것은 인정하고 고쳐 나가기 위해 끊임없이 노력했다.

"너 수인 씨한테 이른다, 네가 수인 씨 능력을 매우 과소평가하고 있다고."

그래서 그에게 더 인정받고 싶어한다는 것까지도 알고 있었다.

'정말 소인배 같다.'

밴댕이 같은 스스로의 모습에 나오는 것은 한숨뿐이었다. 그때

몸을 낮춰 그에게 바짝 다가선 재민이 은밀하게 속삭였다. 마치 악마의 속삭임처럼.

"그거 알아? 해외 출장지에서의 일탈은 꿀맛이라는 거."

"무슨……."

"낯선 땅, 낯선 사람들. 나를 아는 사람도 없고, 그러니깐 구속받을 것도 없고. 끊임없이 억누르며 인내했던 나를 버리고 자유로워지는 시간. 본능과 감성에 취해 일탈을 꿈꾸는 시간."

마지막으로, 쐐기라도 박듯 그렇잖아도 걱정만 잔뜩인 세현이 충분히 안절부절못할 말을 툭, 던졌다.

"특히, 남녀 사이에는 말이지. 알게 뭐야, 돌아오면 그만인데."

"너 지금 무슨 소리를 하는 거야?"

"아니, 그렇기도 한다고. 걱정하지 마. 수인 씨는 내가 아주 잘 지킬 테니까."

그렇기도 하면 데려가지 않을 생각을 해야 할 것 아닌가.

여유로운 미소를 짓는 재민의 입술이 악마의 그것처럼 보였다.

수인은 재민의 출장 일정을 다시 한 번 꼼꼼히 점검하기 위해 통화 중이었다. 재민의 집무실 문이 열리며 무척이나 어두운 얼굴의 세현이 나왔다. 그녀와 눈이 마주치자 그는 시름 가득한 눈빛으로 한참을 그녀를 쳐다보았다. 통화가 한창 진행 중인 터라 갑자기 전화를 끊을 수도 없는 상황이었다. 어쩔 수 없이 수화기를 든 채로 그에게 잠깐만 기다려 달라는 신호를 보냈다. 하지만 그는 통화를 계속하라는 손짓만 남기고 그곳을 빠져나갔다.

모든 일정 확인을 끝내고 전화를 끊은 그녀는 휴대폰을 들어 문자를 남겼다.

「화났어요?」

잔뜩 궁금하다는 표정의 복숭아 이모티콘과 함께 보낸 문자에 대한 답장은 금방 날아왔다. 아주 짧은 내용을 담은 채.

「아니.」

「그럼 언짢은 일이라도 있어요?」

「응.」

「뭔데요?」

「내 뜻대로 되는 게 없어.」

「원래 세상이 그런 법이에요. ㅠ_ㅠ」

「그걸 위로라고 하는 건가?」

「ㅎㅎㅎ.」

「정말 내 뜻대로 되는 게 없다. 일해.」

수인은 대화가 단절되어 버린 메시지 창을 한참이나 내려다봤다. 깊은 한숨을 내쉬는 세현의 모습이 고스란히 그려졌다.

"진짜 뭐야? 기분 좋게 올라와 놓고선 왜 똥 씹은 얼굴로 내려가? 사장님이랑 무슨 일 있었나?"

수인은 재민의 집무실 문을 쳐다봤다. 문득 그런 생각이 들었다. 재민과 세현 사이에 문제가 생기면 자신은 누구의 편을 들어야 하는 건지. 두 사람이 싸우면 누구를 응원해야 하는 것인지.

"애도 아닌데 편은 무슨."

수인은 엉뚱한 상상을 내려놓고 통화버튼을 눌렀다. 통화음이 얼마 울리지 않고 바로 상대방 목소리가 들려왔다.

"그럼 기분 좀 풀라고 제가 점심 살게요. 조금 있다 로비에서 봐요."

그렇게 점심시간을 기다려 로비에 도착한 수인은 혹시나 먼저 나와 있을지도 모를 세현을 찾았다. 재민의 점심 약속이 늦어지는 바람에 덩달아 그녀도 늦어졌던 터라 로비에는 식사를 끝내고 들어오는 사람들이 더 많았다. 그 사이로 세현이 보였다. 그에게 있어서는 유니폼이나 마찬가지인 가운을 입지 않은 채였다.

"점심 산다고 해놓고는 너무 늦은 거 아니야?"

괜한 투정을 담은 말투가 조금 귀엽다고 하면 그가 화를 낼까?

"미안해요."

생긋 웃으며 하는 사과가 자못 사람을 겸연쩍게 만든다는 걸 세현은 그 순간 깨달았다.

"가자."

"거기 말고, 요기로!"

출입구로 나가려는 세현을 수인이 붙잡아 반대쪽으로 이끌었다. 그녀의 눈짓이 가리키는 곳은 다름 아닌 구내식당이었다. 이래서 기대가 크면 실망도 크다는 말이 있는 모양이었다.

퇴근할 때가 되지 않고서야 결코 벗지 않는 가운을 벗고, 크게 달라질 것도 없을 텐데 몇 번이나 거울에 제 모습을 비쳐 봤던 조금 전의 모습이 떠올라 절로 한숨이 나왔다. 그리고 가운을 벗고 자신의 연구실을 빠져나올 때 그에게 쏟아지던 연구원들의 놀란 표정까지 떠오르자 실망감은 더 크게 다가왔다. 그렇다고 해서 수인에게 티를 내며 인상을 쓸 수도 없는 노릇이었다. 종로에서 뺨 맞고 한강 와서 화풀이하는 소인배밖에 더 되겠는가.

결국 세현은 바람 빠진 풍선처럼 힘없이 끌려 발걸음을 옮겼다. 식당 입구 앞에서 자신의 사원증을 그의 앞에 확인까지 시키고는 자랑스럽게 두 번 찍는 그녀를 조금은 허탈하게 내려다봤다.

"오후에 바로 외근 나가야 해서요. 이것도 미안해요."

그녀는 저도 꽤나 미안한지 멋쩍게 웃으며 살짝 혀를 깨물었다. 그리고는 참도 해사하게 미소를 지어 보였다. 그 작은 미소에 결국 피식 웃고 말았다. 이런 모습이 그녀에게 있을 것이라고는 상상조차 못했었다. 이 사소한 미소와 작은 행동은 무척 낯설면서도 참 좋았다.

못 이기는 척 그녀의 손에 끌려 들어간 세현에게 수인은 자신의 식판에 반찬을 담은 후 친절하게 그의 반찬도 직접 올려주었다. 조금은 빈약한 점심을 사는 사람의 자세를 직접 몸으로 보여주고 있었다. 그 소소한 모습에 방금 전까지만 해도 그를 옥죄어오던 걱정과 불안감이 조금은 상쇄되는 것 같았다. 배시시 웃으며 웃음으로 얼렁뚱땅 때우려는 모습임에도 그 미소에 넘어갈 수밖에 없었다. 사랑에 빠지는 건 정말 한순간인 모양이었다.

"어디야?"

[회사 들어가는 길이에요.]

세현은 손목에 걸린 시계를 확인했다. 이미 퇴근 시간이 한참 지나 있었다. 그런데도 회사로 돌아오려는 자세를 칭찬해야 하는 건지 요령이 없다고 해야 하는 건지.

"퇴근 시간 지났으면 바로 퇴근하면 되지 회사에는 왜 다시 들어와? 출근 시간이 지켜져야 한다면 퇴근 시간도 지켜져야 하는 것이 직장인의 권리라고 하지 않았었나?"

수인에게 말은 그렇게 하면서도 그 볼멘소리의 최종 목적지는 재민이었다. 평소 아랫사람을 어떻게 대했으면 이러나 싶었던 것이다. 개인비서라 옆에 딱 붙어 있어야 한다면서 출장지에도 꼭 데려가야 한다고 박박 우기던 놈이 아니었던가. 그런데 저는 사무실에 있으면서 비서는 밖으로 외근 보내 육체적으로 고되게 하고 있었다. 더군다나 조만간 일본까지 데려가서 고생을 시킬 것이면서 말이다.

세현은 휴대폰을 귀와 어깨 사이에 끼고 옷을 갈아입었다. 벗은 가운을 행거에 걸고, 옷걸이에 걸린 외투를 내려 번갈아 한쪽 팔에 끼워 넣었다. 수인이 회사에 들어오기 전에 낚아챌 심산인 것이다. 그녀라면 회사에 들어와 이런저런 일들 정리한다고 또 시간이 늦어질 것이 분명했으니까. 그런데.

[설마 벌써 퇴근했어요?]

"뭐?"

외투를 입고 소맷단을 정리하던 세현의 움직임이 순간 멈췄다.

[서두른다고 했는데 퇴근 시간과 맞물려서 도로가 꽉 막혀 버렸거든요.]

목소리에 묻어나는 안타까움이 고스란히 세현에게 전달되었다. 살짝 내밀어졌을 것이 분명한 그녀의 입 모양까지도 생생히 그려질 만큼 여실히. 낮게 한숨을 토해내는 숨소리까지도.

회사로 다시 들어오는 이유가 그를 보기 위해, 그와 함께 퇴근하기 위함이라는 것이었다. 그의 입가에 절로 잔잔한 미소가 스몄다.

[거의 다 왔는데…….]

"아직 퇴근 전이야. 그렇게 실망할 필요 없어."

[실망이요? 내가?]

"어. 네가."

[아니거든요!]

금세 발끈하는 모습마저도 고스란히, 너무도 선명히 그려졌다. 하루하루의 즐거움이란 별거 없었다. 그 안에 머무는 사람의 존재만으로도 매 순간이 새로울 수 있었고, 다음 순간이 기대될 수 있었다. 또한 전혀 그답지 않았던 뭔가를 하게 만드는 신비한 힘도 있었다.

통화를 끝내고 자신의 자리를 정리하는 세현의 손에 서두름이 묻어났다.

"이게 다 뭐예요?"

수인은 트렁크에서 한 짐을 꺼내고 트렁크 문을 닫는 세현에게 놀란 얼굴로 물었다. 그의 손에는 커다란 피크닉 바구니와 돗자리가 들려 있었다. 분명 그는 회사에서 바로 퇴근을 했고, 퇴근길에 버스 정류장에서 기다리다 그녀가 버스에서 내리자마자 차에 태우고 지금 이곳으로 온 길이었다. 그리고 피크닉을 즐기기엔 너무 많이 늦은 시간이었다. 진작 해는 넘어가고 주변엔 어둠이 깔려 있는 상태였으니까.

하지만 그는 아랑곳하지 않고 성큼성큼 걸음을 옮겼다. 수인은 종종걸음으로 그 뒤를 쫓으며 주변을 살폈다. 반포대교 아래를 흐르는 강물, 살랑살랑 불어오는 강바람, 어둠을 수놓은 가로등 불빛과 높은 건물 조명, 물결 위에 흐드러지는 빛의 잔상. 이 많은 것들이 한데 어우러져 밤의 아름다움을 만들고 있었다.

어둑해진 한강변 주변은 이미 많은 사람들로 북적였다. 가볍게 조깅하는 사람들, 자전거를 타는 사람들, 이미 자리를 잡고 앉아서 도란도란 이야기를 나누는 가족들, 알콩달콩 장난치며 산책하는 연인들. 그사이에 이제 막 시작하는 한 연인도 있었다.

"여기가 괜찮겠다."

강변가에 자리를 잡은 세현은 돗자리를 깔고 바구니에서 뭔가를 꺼내기 시작했다. 세현의 옆으로 따라 앉은 수인은 바구니에서 끊임없이 나오는 것들을 보며 점점 입이 벌어졌다.

"뭐가 이렇게 많아요?"

간단한 샌드위치에서부터 김밥에 초밥, 샐러드와 생과일주스는 물론이고, 마지막에 나온 것은 나들이 간식의 화룡정점이라고 할 수 있는 치킨과 맥주였다.

"밥은 먹어야 하지 않겠어?"

세현은 젓가락을 챙겨 수인의 손에 들려줬다. 그리고는 김밥과 초밥을 그녀 앞으로 끌어다 놓았다.

수인은 망설임 없이 하나를 집어 먹고는 그를 향해 싱긋 웃어주었다. 그리고는 또 다른 김밥 하나를 집어 그를 향해 내밀었다. 생각을 하고 움직인 것은 아니었다. 그저 전해진 마음이 고마워 반사적으로 나온 행동이었다. 그것을 뒤늦게 깨달은 수인과 전혀 예상치 못한 상황의 전개에 놀란 세현의 두 눈이 강바람을 사이에 두고 부딪쳤다.

"……."

"……."

많은 사람들이 큰 소리를 내며 왁자지껄 떠들고 있음에도 두 사람 사이에는 그 어떤 소리도 끼어들지 못했다. 고작 몇 초에 불과했을 그 잠깐의 침묵은 어색하게 수습하는 수인으로 인해 사라졌다.

"아, 그러니까…… 배고프죠? 박사님도 좀 먹어요."

수인은 허공에서 갈 길 잃어버린 자신의 손을 거둬들였다. 아니, 거둬들이려고 했다. 하지만 그보다 세현의 손이 더 빨랐다. 그는 재빨리 공기 중에서 갈 길 잃은 김밥을 제 입안에 넣었다. 만족스러운 미소를 함께 베어 물며.

"맛있네."

어느새 주변엔 진한 어둠이 깔렸다. 교량 위의 가로등은 은은하게 번지고, 강 건너 노란 조명들은 더욱 화려하게 빛을 밝혔다. 젊은 친구들의 웃음소리, 누군가에게 불리는 예쁜 이름, 여기저기서 들리는 음악 소리, 강물 위에 스며들어 몸을 흔드는 빛의 춤사위. 그 많은 것들이 시작하는 연인들을 축하하고 있었다.

"좋다. 얼마 만에 이렇게 밖에 나와 바람 쏘여보는지 모르겠어요."

뭐 얼마나 대단한 성공을 하자고 아무것도 아닌 이 작은 낭만을 느껴보지 못했는지 모르겠다. 멀리 가는 것도 아니고 같은 서울 하늘 아래 아주 잠깐 돌아서 들르면 이 좋은 풍경을 보며 잠시나마 무거웠던 마음을 달랠 수 있는 것을. 아등바등 애쓰며 숨 막히게 지내왔는지.

수인은 세현이 건넨 맥주 캔을 받아 들었다. 그가 제 몫의 맥주 캔을 딸 때까지 기다렸다가 '짠' 하며 부딪쳤다. 피식 웃으며 입가로 맥주 캔을 가져가는 그의 모습을 보며 그녀 역시 생긋 웃어 보이고는 목을 축였다. 오늘따라 유독 맥주가 시원했다.

"출장 가는데 아무렇지도 않아?"

어느새 맥주를 한 캔씩 손에 들고 있던 두 사람은 어깨를 나란히 하고 강물을 내려다보고 있었다.

"아무렇지도 않긴요. 얼마나 떨리는데요. 그것도 비행기 타고 하늘 날아, 물 건너 다른 나라로 가는 건데 아무렇지 않으면 그게 이상한 거지."

"그것뿐이야?"

"뭐 더 있어야 하는 거예요?"

너무도 천진한 얼굴로 되묻는 수인의 모습에 세현은 대답 대신 한숨을 토해냈다. 그리고는 반쯤 남은 캔 맥주를 꿀꺽꿀꺽 삼켜 비워냈다.

그런 세현을 수인은 모르겠다는 표정으로 쳐다봤다. 그의 손에 서는 죄 없는 맥주 캔만이 구겨져 가고 있었다.

"왜요? 내가 또 얼토당토않은 실수할까 봐 걱정돼요?"

"아니."

수인은 조금 놀란 눈으로 그를 빤히 쳐다봤다. 그동안 쭉 그녀를 미덥지 않게 여겼던 그가 아니었던가. 그런 그가 일말의 망설임도 없이 '아니'라는 말을 해오니 이상하기도 하고 낯설기도 했다. 그런 그녀의 눈빛을 느낄 법도 했지만 그의 시선은 잔잔한 강물 너머에서 밝게 빛나는 도심의 아름다운 조명들 어딘가에 닿아 있었다.

그렇게 한참이 지났을 때였다. 세현의 목소리가 강바람을 타고 불쑥 끼어들었다.

"보내기 싫다."

"……."

불쑥 끼어든 말의 의미를 바로 알아듣지 못한 수인은 방금 전까지 그들이 나누던 대화를 떠올려야 했다. 그제야 뒤늦게 그가 던진 말의 의미를 깨달았다. 그녀의 까만 눈동자가 화려한 조명 대신 오롯이 세현을 담았다.

하루 종일 불편했던 그의 심기의 원인이 이것인 모양이었다. 4박 5일 동안이나 보지 못할 아쉬움이 그녀만의 몫은 아니었던 것이다.

"그래서 그랬던 거예요?"

세현이 고개를 돌려 그녀를 마주 보았다. 그리고 그 순간이었다.

쏴아아아!

마치 기다렸다는 듯이 다리에서 분수가 쏟아져 나왔다. 두 사람의 시선이 약속이라도 한 듯 동시에 다리 위에서 쏟아지는 분수로 향했다. 시원한 물줄기가 화려한 조명과 함께 경쾌한 음악을 배경으로 아름다운 밤공기를 채웠다. 공중으로 솟구치는 물안개가 공기 중으로 화려하게 번졌다. 까맣게 변해 버린 한강 위에 예쁜 색상으로 반짝반짝 빛을 머금은 물보라가 펼쳐지자 여기저기 탄성이 울리고, 곳곳에서 카메라 셔터가 바쁘게 움직였다. 그 목소리에 수인의 것도 끼어 있었다.

"와아! 완전 멋지다!"

까만 밤하늘과 까만 공기를 채우는 아름다운 빛과 물의 향연. 음악의 흐름에 따라 위아래로, 좌우로 시시각각 변하는 형형색색 물빛의 우아한 몸짓은 보는 사람에게 감동을 선사했다.

그래서 지금 이 순간의 달빛 무지개는 처음 보는 것도 아닌데 마치 처음 보는 양 새로웠다. 예쁘고, 또 예뻤다. 행복하고 또 행복했다. 누군가를 애태우고, 누군가가 나를 그리워하며 보고파 할 수 있다는 게 그저 신기하고 감사했다. 그런 마음 같은 건 더 이상 제 것이 아니라고만 여기고 살아왔던 그녀에게는 큰 감동과도 같았다. 가슴 가득 채워진 벅찬 마음이 자꾸 차고 차다 넘쳐 흐르려 했다. 마음 안에만 담아놓기엔 너무 버거울 만큼 차곡차곡.

한강을 수놓은 아름다운 달빛 무지개 때문인지, 그녀를 향한 누군가의 마음이 닿아서인지 그녀의 입술이 아주 예쁜 미소를 머금었다. 누군가로 하여금 훔치고 싶은 마음을 갖게 할 만큼.

"진짜 예쁘다. 그렇죠?"

동의를 구하기 위해 고개를 돌리던 수인은 저도 모르게 흠칫 몸을 떨었다. 오롯이 자신에게만 향해 있는 눈빛, 그 안에 비친 자신의 모습이 너무도 선명했다.

"어. 참 예쁘다."

"……."

분명 분수가 예쁘다는 소리일 것이다. 그런데 왜 이렇게 심장이 뛰는 건지 모를 일이었다. 너무도 세차게, 너무도 빨리 뛰어대서 가슴을 뚫고 나올 것 같았다. 아니, 그대로 그 안에서 폭탄처럼 터져 버릴 것만 같았다. 요란한 박동 수가 너무도 크게 들렸다. 그럴 리가 없겠지만 그에게까지 들릴 것만 같았다. 들키지 않게 달래고 진정시키고 싶은데 손끝 하나 움직일 수가 없었다. 온몸의 신경이 더 이상 말을 듣지 않았다. 오롯이 자신을 향해 있는 그에게만 닿아서 움직일 줄 몰랐다. 점점 다가오는 그의 움직임만 보였다. 슬로비디오를 보는 듯한 착각이 들었다. 모든 게 느릿하게 다가왔다. 강바람에 실려 미세하게 흔들리는 그의 머리칼, 그의 향기, 그의 숨소리. 저도 모르게 눈이 감겼다. 그리고 느껴지는 그의 체온. 마주 닿은 입술에서부터 느껴지는 그의 온기는 목선에서도 허리에서도 느껴졌다. 방금 전까지 느껴졌던 강바람의 서늘한 기운은 감쪽같이 흔적을 감췄다. 입술에서 번진 열기가 서서히 온몸으로 번졌다. 조심스럽게 닿았다 부드럽게 겹쳐지는 입술, 그 사이로 전해지는 달뜬 마음이 닫힌 입술을 두드렸다.

수인은 저도 모르게 그의 가슴 언저리를 짚었다. 세현의 입술이 살짝 멀어졌다. 하지만 여전히 그의 뜨거운 입김은 고스란히 그녀의 입술 앞에서 번지고 있었다. 고작해야 주먹 하나도 들어가지 못할 만큼의 거리만 벌렸을 뿐 그는 그 이상 멀어지지 못했다. 물러서지 못했다. 그러기에 그녀는 참 예뻤으니까.

갈 길을 찾지 못하고 방황하던 수인의 눈빛이 마냥 기다리고만 있던 세현의 것과 마주했다. 간절함과 설렘이 섞였다. 그리고 마치 약속이라도 한 듯 입술이 만났다. 입술이 짓눌리고 마음이 녹아들었다. 켜켜이 쌓인 입술 사이로 숨이 섞이고, 타액이 젖어들었다. 달뜬 호흡을 삼키며 부드러운 마음을 주고받았다.

두 사람 너머로 화려한 불꽃이 피어올랐다. 지나가는 유람선에서 춤추는 무지개 분수가 터지는 시간에 맞춰 불꽃놀이를 시작한 것이다. 그 화려한 불꽃놀이보다 더 아름답고 황홀한 불꽃놀이를 즐기는 두 사람이 아름다운 한강공원을 수놓고 있었다. 주변에 얼마나 많은 사람들이 있는지는 그들에게 느껴지지 않았다. 그 순간만큼은 오로지 서로만 보기에도 충분히 아까운 시간들이었으니까.

두 사람의 입술이 멀어질 때는 이미 한참의 시간이 흐른 후였다. 아름답게 춤추던 무지개 분수도 자취를 감추었고, 급격히 늘었던 시민들도 상당수 자리를 뜬 후였다.

감성 충만했던 마음이 수습되고 이성이 돌아오자 수인에게 가장 먼저 찾아온 것은 부끄러움이었다. 수많은 사람들 사이에서 아무렇지 않게 애정행각을 했던 것도, 그의 얼굴을 아무렇지 않게 마주 보는 것도 어색하기만 했다. 그러나 달라진 그의 얼굴을 보는 순간 부끄러움 따위는 그대로 잊어버리고 말았다. 수인이 본 것은 아무것도 걸치고 있지 않은 세현의 얼굴이었다.

"어? 안경!"

언젠가 한번, 그의 연구실에서 자다 일어난 그의 모습을 본 이후로 처음이었다. 그때 사뭇 잘생겼다고 생각했었다가 무슨 얼토당토않은 소린가 했었는데 다시 보니 잘못 본 것은 아닌 모양이었다.

"아!"

세현은 잠시 벗어두었던 안경을 찾아 썼다. 뭔가 몽롱한 상태에 있다가 현실로 돌아온 기분이었다.

"안경 안 쓴 모습이 훨씬 보기 좋다는 소리 안 들어요?"

"남들 앞에서 벗어본 적이 없으니까."

"그럼 내가 처음 본 거네?"

수인의 얼굴에 즐거움이 묻어났다. 이 사람에 대해서 남들이 알지 못한 점을 자신만 알고 있다는 뿌듯함이랄까.

"안경 두께를 보니까 시력이 많이 안 좋은 것 같은데 수술하는 건 생각 안 해봤어요?"

"글쎄."

"제 친구도 시력이 너무 안 좋아서 수술했는데 정말 편해졌다고 하더라고요. 세상이 달라 보인달까? 뭐, 그 친구야 더 예뻐지려고 수술한 거지만."

"나도 했으면 좋겠어?"

"딱히 불편한 거 없으면 굳이 할 필요는 없죠. 아무리 간단하다고는 하지만 그래도 수술은 수술인데."

쌀쌀한 밤바람이 옷깃을 스쳤다. 얇은 블라우스 차림인 수인은 반사적으로 양팔을 감싸 문질렀다. 이미 꽤나 시간이 많이 지났다는 걸 알 수 있었다. 그럼에도 선뜻 일어나자는 말을 하지 못했다. 하루 종일 이리 뛰고, 저리 뛰며 정신없이 일을 하면서도 일이 끝난 후 보게 될 나를 기다릴 누군가와, 그 사람과 함께할 시간에 대한 기대로 오늘 하루를 보냈기 때문이었을까. 헤어짐이 아쉬운 것은 참 오랜만이었다. 아주 오래전 엄마와의 헤어짐 이후론 처음인 듯했다. 그 아쉬움을 달래듯 세현의 재킷이 그녀의 어깨 위로 내려앉았다.

"어? 괜찮아요."

"나도 괜찮아."

그녀의 시선이 절로 그에게 닿았다. 하지만 그는 별것 아니라는 듯 무심한 얼굴로 옷깃을 여며주고는 그녀를 일으켜 세웠다.

"추워. 그만 일어나는 게 좋겠다."

"그래요. 근데 술 마셨는데 차는 어떻게 하죠?"

"대리기사는 이럴 때 부르라고 있는 거지."

술자리에 자주 참석하는 것은 아니었지만 엄연히 회사의 공동 대표인 터라 빠질 수 없는 자리도 많았다. 더군다나 아주 가끔이긴 하지만 친구들과 만나면 술자리로 이어지는 것이 다반사였기에 대리기사 번호 하나 정도는 가지고 있었다.

"그래도 고작 맥주 한 캔 마시고 대리기사 부르는 건 너무 아깝다. 다음부턴 둘 중 한 사람이 안 마시던지, 아니면 아예 차를 가지고 나오지 말든지 해요."

"잊었나 본데, 나 명색이 대표이사야. 대리기사비 아까워할 정도는 아니라고."

"안 써도 될 곳에 쓰니깐 그렇죠."

"너랑 만나는데 안 써도 될 돈이 어디 있어?"

"네?"

"됐어. 가자."

수인은 뭔가 어리둥절한 표정을 지은 채 그의 손에 이끌려 걸음을 옮겼다.

'그러니까 이 사람 우리가 함께하는 모든 순간이 다 소중하단 말을 하는 거지?'

수인의 입꼬리가 자동으로 올라갈 수밖에 없었다. 그리고 그 마음이 너무 고마워 자신의 마음도 전하고 싶었다. 그리고 지금 이 순간 떠오르는 건 하나였다.

수인은 그에게 잡혀 있던 손에 힘을 주어 빼내려 했다. 왜 그러냐는 듯 쳐다보는 그에게 생긋 미소를 지으며 잡힌 손을 고쳐 잡으며 깍지를 끼었다.

"좋아서요."

"뭐라고?"

"못 들었으면 말고."

마주 잡은 손을 앞뒤로 살랑살랑 흔드는 그녀의 손짓에 행복감이 물들었다. 그 행복은 순식간에 세현에게도 전달되었다. 앞을 보며 걷고 있었지만 두 사람의 입가엔 똑 닮은 미소 꽃이 피어 있었다.

"오늘 정말 즐거웠어요. 고마워요."

대리기사가 운전한 세현의 차에서 내린 수인은 역시나 그녀와 함께 내린 그에게 작별의 인사를 했다. 하지만 그는 여전히 잡은 그녀의 손을 놓지 않고 있었다.

"집까지 또 한참 가야 하잖아요. 어서 가요."

수인이 잡힌 제 손을 빼내려 했지만 그는 이번에도 선뜻 놓아주지 않았다.

"어차피 내일 또 볼 건데 굳이 헤어져야 하나?"

"어차피 아침에 일어날 건데 잠은 왜 자고, 어차피 점심 먹을 건데 아침은 왜 먹으며, 어차피 죽을 건데 왜 살아요?"

"……."

"할 말 없죠?"

"그걸 지금 설득이라고 하는 건가?"

"조심히 들어가세요."

수인은 잽싸게 자신의 손을 거둬들이고 그를 향해 해맑게 손을 흔들었다.

"먼저 들어가. 들어가는 거 보고 갈 테니까."

"네. 도착해서 연락하고요."

수인은 다시 한 번 그에게 손을 흔들어 보이고는 잽싸게 오피스텔 건물 안으로 들어섰다. 그 순간 그녀의 심장이 얼마나 덜컹거렸는지 그는 알지 못했을 것이다. 요즘 애들 말로 '심쿵' 하는 순간이었다. 혼자 텅 빈 집의 문을 열고 들어서 까만 적막을 맞아야 하는 쓸쓸함을 너무 싫어하는 그녀였다. 그래서 아주 짧은, 찰나와도 같았던 그 순간에 엄청난 상상과 어마어마한 고민을 했다는 것을 그는 아마 짐작도 못했을 것이다. 어린아이에게 내밀어진 다디단 막대사탕의 유혹에 비교하기엔 너무 순수하지 못한 것일까.

조금은 무거운 마음으로 집으로 들어선 그녀는 혹시나 싶은 마음에 창가로 가 커튼을 젖혔다. 그리고 또 한 번 '심쿵' 했다. 세현이 아직 출발하지 않고 그 자리에 서서 건물을 올려다보고 있었다. 가방에서 빠르게 휴대폰을 찾아 전화를 걸었다.

"왜 아직 안 가고 있어요?"

[네 방이 어디쯤인가 찾고 있는 중이었어.]

"그래서 지금은 찾았어요?"

[어.]

정말 그렇다는 듯 두 사람이 서로를 마주 봤다.

"무사히 들어왔으니까 어서 가요."

[그래. 내일 보자.]

전화를 끊은 세현은 손을 한번 흔들어 보이고는 차에 올랐다. 수인은 세현이 그랬던 것처럼 그의 자동차가 멀어지고 그 후미등이 더 이상 보이지 않을 때까지 그 자리에서 지켜보고 있었다.

끝내 악마로부터 수인을 지키는 일에 실패하고 수인의 캐리어를 실은 트렁크 문을 닫는 세현의 얼굴에 시름이 가득했다. 이렇게 공항까지 직접 데려다주는 길이지만 내키지 않은 마음은 어쩔 수 없었다. 절로 한숨이 나올 만큼.

"아침부터 얼굴 보자마자 한숨부터 내쉬는 건 또 뭐래요?"

"빠뜨린 거 없이 다 잘 챙겼어?"

"그런 것 같긴 한데. 설레서 제대로 챙겼는지 잘 모르겠어요."

생긋 웃으며 대답하는 수인과 달리 세현의 미간엔 깊은 주름이 잡혔다. 못마땅함이 고스란히 드러났다. 만나자 이별이라더니, 연애를 시작하자마자 헤어져야 하는 현실이 그토록 속상한 그와는 달리 설레시기까지 한단다. 괜히 심통이 났다.

"설렌다고? 지금 놀러 가는 게 아니라 일하러 간다는 거 몰라?"

"누가 뭐래요? 그래도 일단 해외로 나가는 건 처음이니까 설렌다는 거지. 원래 처음은 뭐든 서툰 법이잖아요. 한 번도 안 겪어본 거니까 두렵기도 하고. 한국에서도 누구한테 만날 못한다고 타박만 들어서 그런지, 걱정부터 앞서네요."

그 '누구'가 세현임을 두 사람 모두 아주 잘 알았다. 세현은 조금은 비꼬는 듯한 말투와 밉지 않게 흘겨보는 눈매를 모른 척하고 차를 출발시켰다.

"낯선 나라에서 헤매지는 않을지 이래저래 걱정도 되고요."

"타박해도 꿋꿋이 잘해 나갔으면서 그런다."

"그거 칭찬인 거죠?"

해사하게 웃는 얼굴에 결국 그의 무거웠던 마음이 조금, 아주 조금 상쇄되었다. 그에게는 절대 향하지 않을 것만 같았던 마음에서부터 우러나오는 미소. 그 작은 미소가 세현의 매일매일에 큰 활력이 되고 있었다.

"촌스럽게 나 처음이다, 어리바리 티내지 말고."

"이미 몇 번이나 확인했어요. 가만 보면 날 참 시답잖게 생각하더라."

수인의 입술이 뾰로통하게 툭 튀어나왔다.

"시답잖게 생각하는 게 아니라 걱정하는 거야."

"그게 그거지, 뭐."

뾰로통하게 입술을 내밀었지만 입꼬리는 살포시 웃고 있었다. 하나에서부터 열까지 아쉬워하는 그의 어린아이 같은 모습이 너무도 티가 나 절로 미소가 지어졌다.

"박사님도 일 잘하고 있어요. 사장님 빈자리 티나지 않게."

"걱정되는 게 그것밖에 없어?"

"나 보고 싶다고 일 팽개치고 일본으로 날아오지 말고요."

수인은 제가 말해놓고도 우스운지 혼자서 키득거렸다. 괜스레 부끄럽기까지 해 창밖으로 고개를 돌렸다. 그런 탓에 세현이 어떤 얼굴로 그녀를 쳐다보고 있는지 미처 보지 못했다.

'그러게. 나도 그게 걱정이다.'

차마 입으로 내뱉지 못한 그의 입가로 또다시 깊은 한숨이 흩어졌다.

"누가 보면 네가 내 비서인 줄 알겠다."

"탑승 수속 정도는 네가 직접 해도 되잖아."

재민은 제 옆에 앉아 똥 씹은 얼굴을 하고 있는 세현을 쳐다보며 고개를 가로저었다. 별로 무겁지도 않은 캐리어를 직접 들어나르질 않나, 출국장 앞에 앉아 친히 배웅까지 해주질 않나.

"어련하시겠어. 그러다가 일본까지 따라가겠다."

"심각하게 고민하고 있어."

"아서라. K대학병원 임상병리과에서 내일 방문한다는 거 잊지 않았지? 사장도 없는데 연구소장도 없어봐라. 아주 회사 잘 돌아간다 하겠다. 연구 여기서 접고 싶지 않으면 회사 잘 지키고 있으라고."

정면을 향해 있던 세현의 고개가 삐딱하게 재민을 향했다. 재민의 목소리에 이상하게 흥이 묻어나는 것 같다면 그만의 착각일까. 재민은 아무렇지 않게 어깨를 들었다 놓으며 싱긋 웃어 보였다. 원래도 넉살이 좋은 녀석이지만 근래 들어 유난히도 밉상이었다.

"그다음 날에는 중국 쪽에서 샘플 실험결과 보내주기로 한 것도 잊지 않았고? 그거 바로 분석해서 최대한 빨리 다음 샘플 뽑아야 바로 가격 책정할 수 있다. 그거 지연되면 우리 회사 순이익이 얼마나 줄어들지 예상할 수 있지?"

일일이 스케줄을 읊어주며 협박을 섞어 약을 올리는 재민에게 세현은 그가 했던 말을 그대로 돌려주었다.

"누가 보면 네가 내 비서인 줄 알겠다."

"영광인 줄 알아. 이런 사장이 어디 있니?"

"어련하시겠어."

세현이 한층 비꼬는데 누군가 뒤쪽에서 그들의 어깨를 톡톡 두드렸다. 놀란 두 사람은 동시에 뒤를 돌아봤다. 전혀 그들과 또래로 보이지 않는 외모의 소유자 세라가 싱긋 웃으며 앉아 있었다.

"어머, 여기서 다 만나네?"

"무슨 일이야?"

재민이 미간에 힘을 주며 조금은 퉁명스럽게 물었다.

"공항에 무슨 일이긴 비행기 타러 왔지. 너희도? 어디 가는데?"

"알 거 없어."

"피이. 너무하네. 일단 나 탑승 수속 좀 하고 올게."

도도한 걸음으로 앞서 걸어가는 세라의 뒷모습을 물끄러미 바라보며 세현은 낮은 한숨을 쉬었다.

"너답지 않아."

"나다운 게 뭔데?"

"이렇게 은근슬쩍 모른 척해주는 거 네 스타일 아니잖아."

재민은 말없이 한참을 잠자코 있었다. 그러다 수인이 출국 수속을 마치고 그들에게 가까워지는 것을 확인하고는 그의 현재 감정이 담긴 한마디를 남기며 일어섰다.

"세라가 힘들었던 결혼 생활을 이야기하는데 말이야. 아프더라, 여전히."

그사이 수인은 그들 곁으로 다가섰고, 세현은 잔뜩 인상을 쓰며 자리에서 일어났다.

"사장님, 이제 들어가시면 되겠습니다."

"고생했어요, 수인 씨. 그럼 나 먼저 들어갈 테니까 두 사람은 찐한 작별 인사하고 들어와요. 아무리 생각해도 난 너무 친절한 사장이라니깐."

재민은 휘파람까지 불어가며 두 사람을 뒤로한 채 출국장으로 향했다. 뒤돌아선 표정이 사뭇 무거워져 있을 것이란 건 어렵지 않게 짐작할 수 있었다. 무거운 눈길이 그 뒤를 끝까지 좇았다.

재민이 던진 그 한마디로 모든 게 설명되었다. 그 사람의 고통에 내가 아플 수 있다는 것, 매몰차게 나를 두고 떠나버린 사람이었다 하더라도 여전히 그 사람을 향한 감정은 살아 있었던 것. 그렇다면 결국 재민의 선택은 하나일 것이다. 비록 시점이 문제일 테지만.

"다녀올게요."

퍼뜩, 정신을 차린 그는 수인을 품에 안으며 신신당부를 했다.

"세미나 끝나면 곧장 숙소로 들어가서 쉬어. 연회 같은 건 참석 안 해도 되니까."

"사장님께서 꼭 참석하라고 하셨는데요? 통역이 필요할 것 같다고."

"재민이 일본어 잘해. 아마 너보다 더 잘할 거야."

"정말요?"

수인은 정말 놀란 얼굴로 되물었다. 그도 그럴 것이 재민이 매우 곤란한 얼굴로 동행을 요청해 왔기 때문이었다. 연회는 많은 투자자들과의 친목을 도모할 수 있는, 어떻게 보면 세미나보다 중요할 수도 있는 자리인데 자신의 일본어 실력이 너무도 서툴다면서.

수인의 얼굴을 보니 재민이 뭐라고 했을지 충분히 짐작이 됐다.

물론 그녀에게 득보다는 실이 더 많을 자리라는 걸 안다. 재민의 비서로서 과거나 미래의 사업파트너들과 안면을 트고 좋은 관계를 다져 놓는 것이 훨씬 이득이었다. 그렇기에 재민도 더 함께하려 했을 것이다. 물론, 세현을 약 올리기 위한 속셈도 가미됐긴 했겠지만. 그럼에도 불구하고 여자보다는 남자가 훨씬 많을 그 자리에, 더군다나 그도 없는 자리에, 그 늑대들이 득실득실댈 소굴에 그녀를 내놓는다는 건 불안하기 짝이 없었다. 그런 생각을 지우지 못하는 스스로가 무척 좀스러웠다. 그래도 어쩔 수 없었다. 그와 함께라면 몰라도 방패막이 하나 없는 그녀 혼자라면 절대 안 될 말이었다. 재민이라는 방패는 창호지와 같으니 더 믿을 게 못 됐다.

세현은 깊은 한숨을 내쉬고는 그녀의 두 어깨를 잡았다.

"말 그대로 연회인데 굳이 비서가 따라나설 필요 없어. 퇴근해서 숙소에서 푹 쉬어."

"하지만……."

"재민이도 그래야 더 편할 거야. 그 녀석 성격에 너 챙기느라 다른 사람들과 마음 편히 대화할 수 있겠어?"

충분히 그럴 수 있을 놈이란 건 말하는 세현도, 듣는 수인도 아주 잘 알았다. 그랬기에 수인은 더 이상 왈가왈부하지 않았다.

"알겠어요."

세현은 그제야 조금은 마음이 놓인 듯 보일 듯 말 듯한 미소를 지어 보였다. 그리고는 눈 깜짝할 사이 그녀의 두 볼을 감싸더니 입술 위에 '쪽' 소리가 나도록 힘차게 입술 도장을 찍었다.

"뭐예요! 사람이 이렇게 많은데."

팔짝 뛰며 놀라는 수인과 달리 그는 한 번 더 입술을 부딪치고 나서야 그녀를 놓아주었다.

"뭘 새삼스레."

"됐어요! 저 들어가요."

수인은 빨개진 귀를 양손으로 감싸며 후다닥 출국장 안으로 들어갔다. 혼자 남겨진 세현은 한참이나 그 자리에서 서서 짝 잃은 외기러기 티를 팍팍 내고 나서야 발걸음을 돌릴 수 있었다.

세현은 통화를 하며 자신의 방으로 들어섰다. 다른 한 손에는 모락모락 김과 함께 은은한 향이 번지는 커피 한 잔이 들려 있었다.

그에게 있어 요즘처럼 회사에 있는 것이 내키지 않은 날도 없었다. 뭔가 빈집을 지키고 있는 느낌이었다. 분명 일이 산재해 있는데도 무료하고 의욕이 없었다. 물 건너 출장 간 그녀는 점심때 전화 한 통 하더니 그 이후론 짧은 문자 한 통 없었다. 더 이상 자리를 지키고 있는 것이 무의미했던 탓에 일찌감치 퇴근을 했다. 그런데 오늘따라 집도 텅 비어 있었다. 하는 수 없이 스스로 저녁을 차려 먹고, 커피 한 잔을 내리는데 그렇게 기다리던 전화벨이 울렸던 것이다. 과연 그 순간의 벅참을 그녀는 짐작이나 할 수 있었을까.

책상 앞 의자에 앉은 그는 커피를 마시며 수인의 하루 일과를 들었다. 종알종알 전해지는 그녀의 하루 속에 그가 없음이 조금은, 아니, 꽤 아쉬웠다.

"그래서? 혼자서 도쿄 시내를 누비고 다녔다?"

[그럼 일본까지 와서 호텔 방에만 주구장창 있어요? 그런 어리석은 짓이 어디 있어.]

갑자기 재민을 찾아온 한 여자로 인해 반나절 자유를 얻었다는 그녀는 도쿄 시내를 벗어나 더 멀리 가보지 못한 것을 오히려 아쉬워했다. 그래도 출장이라 자유시간은 언감생심 꿈도 못 꿨는데, 갑자기 등장한 그 여자에게 어찌나 감사해하며 행복해하던지. 아주 물 만난 고기처럼 파닥파닥 목소리에는 생기가 넘쳐흘렀다. 짝 잃은 그는 기운 하나 없이 시름시름 앓을 지경인데 말이다. 어쩌면 그가 전화를 하지 않았다면 그 하루 그녀의 목소리도 듣지 못할 판이었다.

"그렇게 열심히 노느라 전화 한 통 할 정신이 없었던 모양이네?"

[헤헤. 박사님께서 공사다망할까 봐서요. 일하러 와서 농땡이 치는 것 같아서 쬐끔 미안하기도 하고.]

그녀는 멋쩍게 웃으며 일말의 미안함을 전해왔다. 그 작은 웃음소리에 하루 종일 서운했던 것이 금세 또 사그라졌다. 사람 마음이라는 것이 이토록 간사하다는 것을 새삼 깨닫는 요즘이었다. 하루에도 수십 번 오르락내리락하는 것이 사람 마음이라는 것도 더불어 느끼고 있었다.

"근데 갑자기 등장한 여자는 누군데?"

[어…… 그거 사장님 사생활이라 함부로 이야기하면 안 될 것 같은데요.]

세현의 눈이 금세 세모꼴이 됐다. 뭔가 자신은 알 수 없는 그들만의 비밀이 있는 것 같아서. 물론 그녀에게는 직장 일이라는 것을 알면서도 서운한 건 어쩔 수 없었다. 대체 자신이 언제 이렇게까지 쪼잔한 놈이 됐는지.

[어? 누구지? 이 시간에?]

"뭐야?"

[누가 왔나 봐요. 금방 다시 전화할게요.]

그리고는 그가 뭐라 대꾸하기도 전에 전화가 끊겼다. 그 순간 그의 머릿속으로 오만 가지 생각이 스치고 지났다는 것을 알지 못한 채. 대체 이 밤에, 그것도 여자 혼자 묵는 호텔 방을 찾는 사람이 과연 누구일까에서부터 시작된 상상의 나래는 엄청나게 빠른 속도로 부풀었다. 금방이라는 시간이 30분이 지나고 1시간이 지나자 그 부풀었던 상상은 뻥 하고 터질 지경이었다. 기어이 기다리지 못한 그가 먼저 다시 전화를 걸어야 했다. 그런데 그런 그의 마음을 약 올리듯, 심지어 그녀가 아닌 다른 남자가 전화를 받기까지 했다.

"누구십니까?"

[나다.]

세현은 단번에 그가 누군지 알았다.

"네가 왜 수인이 전화를 받아?"

[잠깐 화장실 갔거든. 남의 휴대폰을 받는 게 예의가 아니긴 하지만 '강 박사님'이라고 뜨기에 급한 회사 일인가 싶어서 받았지.]

순간 세현의 미간에 강한 세로줄이 여럿 잡혔다. 강 박사님이라니! 특별한 애칭을 바라지도 않지만 최소한 이토록 거리감 있는 이름은 아니었다.

"네가 이 시간에 수인이 방엘 왜 찾아가? 업무 시간 끝났어."

[그런가? 내 방으로 불러야 했을까?]

"서. 재. 민."

[알았다, 알았어. 그래도 내가 그 수많은 남자들 틈에서 우리 진수인 비서를 얼마나 잘 지켜내고 있는데. 이런 나의 노고를 좀 알아주지?]

"노고 좋아하고 있다."

지금 걱정되는 건 그 수많은 남자가 아니라 서재민 바로 너라는 의미를 담뿍 담은 말이었다.

[시간외수당 잘 챙겨줄 테니까 너무 화내지 말라고.]

분명 짓궂은 미소를 한가득 물고 있을 것이 틀림없었다.

[수인 씨 왔다. 바꿔줄게.]

두 사람의 짧은 대화 소리가 작게 들려왔다. 휴대폰을 넘겨주며 말을 주고받는 것 같았다. 뭔가 기분이 확 나빴다. 주객이 전도된 느낌이랄까. 분명히 그녀의 연인은 자신인데, 마치 저이가 연인인 듯한 이 불쾌함이란. 내가 누려야 할, 내가 함께해야 할 시간들을 재민이 저놈이 하는 것 같아서 심히 짜증이 났다.

[미안해요. 전화가 너무 늦었죠?]

"그 늦은 전화도 내가 했거든."

[정말 미안해요. 사장님이 술 한잔하자고 하셔서 짬이 안 났어요.]

"수우우울? 그러니까 그 자식하고, 이 시간에, 술을 마시고 있었다?"

[사장님이 뭔가…… 좀…… 힘드신 모양이에요. 휴우.]

무거운 한숨이 길게 휴대폰을 타고 넘어왔다. 그게 더 기분 나빴다. 지금 자신과 통화하면서 딴 놈 걱정을 하는 건가 싶어서.

"지금 제정신이야? 네 방에 외간남자를 들이는 것으로도 모자라, 뭐? 술?"

[네?]

"세상에서 제일 못 믿을 게 남자라는 동물인 거 몰라? 너 그렇게 바보야?"

[……]

"어디 겁도 없이 남자를 막 들여, 들이기를! 어리바리할 게 따로 있지. 그 정도도 생각 못해?"

[……]

씩씩거리며 화를 내는 세현과 달리 저쪽에서는 아무런 대답이 없었다. 심지어 숨소리 하나 들리지 않았다. 버럭 소리를 지르며 화를 내던 세현은 뒤늦게 그 침묵을 인지하고 숨을 골랐다.

"진수인."

하지만 여전히 대답은 없었다.

"수인아."

[할 말 다 했어요?]

순간 세현의 가슴이 철렁했다. 그녀의 목소리가 너무도 낮고, 차분하고, 차가웠다.

[죄송합니다, 머리를 장식으로 달고 다녀서. 더 하실 말씀 없으시면 끊겠습니다.]

그 말을 끝으로 전화가 뚝 끊겼다. 세현은 꺼져 버린 휴대폰 화면을 멍하니 쳐다봤다. 지금 화를 내야 할 사람은 자신이 맞는데 오히려 그녀가 먼저 전화를 끊어버리는 상황에 어안이 벙벙했다. 분명 차분한 목소리였으나 흥분해 화내는 것보다 더 화가 났다는 것을 알 수 있었다. 뒤늦게 자신의 말이 조금 심하진 않았나 후회가 들었다.

깊은 한숨을 쉰 그는 다시금 전화를 걸었다. 하지만 아쉽게도 긴 통화 연결음 끝에 들려오는 것은 그녀의 목소리가 아닌 고객님이 전화를 받을 수 없다는 감정 없는 목소리뿐이었다. 연거푸 전화를 걸어봤지만 끝내 전화연결은 되지 않았다. 조금씩 초조해지기 시작했다. 할 수 없이 다른 번호를 눌렀다.

[왜?]

"수인이 바꿔."

[수인 씨를 왜 나한테서 찾아?]

단순히 재민이 또 장난질한다고 생각한 그는 다시금 정중히 부탁했다.

"좀 바꿔줘. 부탁한다."

[수인 씨 너랑 통화하면서 이미 내려갔는데?]

"내려가? 어딜?"

[그야 나도 모르지. 자기 방으로 갔는지 어디 다른 곳을 갔는지.]

"자기 방?"

그제야 그들이 술 한잔 나눈 장소가 그녀의 방이 아님을 깨달았다. 그런데 자신은 그 사소한 것도 확인해 보지 않고 그녀에게 윽박질렀던 것이다. 자신의 연인을 믿지 못했던 것이다.

전화를 급히 끊은 그는 다시금 수인에게 전화를 걸었다. 하지만 역시나 그녀는 받지 않았다. 다시금 깊은 한숨을 내쉬고 이번에는 문자 창을 열었다.

「미안해.」

「화내서 미안하고, 믿지 못해서 미안해.」

하지만 한참이 지나도 그녀에게서 답장은 오지 않았다. 점점 초조하고 불안했다. 당장이라도 그녀가 있는 곳으로 날아가고 싶었다. 고작 2시간 거리에 있는 그녀인 것을.

그의 손가락이 탁탁탁, 일정한 간격으로 책상을 두드렸다. 그러다 툭, 움직임을 멈췄다. 뭔가 생각을 정리했다는 듯.

다시금 휴대폰 문자 창을 연 그는 한 자 한 자 정성 들여 문자를 입력했다. 비록 반응 없는 메시지이더라도, 지금 이 순간 꼭 전하고 싶었다.

「보고 싶다.」

"쳇. 그런다고 누가 그냥 넘어갈 줄 알고? 어림도 없어."

수인은 휴대폰을 침대 위로 휙 던져 버렸다. 하지만 말은 그렇게 하면서도 입가엔 이미 잔잔한 미소가 잡혀 있었다.

끊임없이 울려대는 전화벨을 피해 욕실로 들어가 꿈에서나 상상해 봤던 거품 목욕을 하고 나오는 길이었다. 잔뜩 화가 난 것을 톡톡히 보여주리라 마음먹고 그의 전화를 외면했다. 하지만 밑바닥을 깔고 있는 타고난 소심함 탓에 목욕을 하는 내내 좌불안석이었다. 자신이 너무했나 싶다가도, 당연한 거지, 하며 합리화하기를 수백 번. 혹시라도 목욕을 끝내고 나왔을 때 휴대폰에 더 이상의 그의 이름이 찍혀 있지 않으면 어쩌나 불안했다. 그래서 나오자마자 휴대폰부터 확인한 그녀는 그가 남긴 문자에 저도 모르게 안도하는 스스로를 발견했다. 그러다 냉큼 입가에 번진 미소를 거둬들였다.

세상 어느 남자가 자신의 여인이 다른 남자를 방에 들이는 것을 용납하겠냐마는. 단지 그녀가 서운한 것은 아무리 그렇다 하여도 자신의 연인을 향한 언사치고는 너무 과했다. 더군다나 이야기를 제대로 들어보지도 않고. 자신이 그의 제자나 부하도 아니고.

"부하는 맞나?"

내심 계속 전화를 안 받아버린 것이 미안해졌다. 같은 서울 하늘 아래 있는 것도 아니고, 다른 나라에 있는 사람인데 얼마나 속이 탈까 싶은 생각이 들었다. 화가 났다는 것을 너무 비겁한 방법으로 표현한 것이지 싶었다. 수인은 그대로 통화버튼을 눌렀다.

"강 박사님께서 좋달 때, 내가 너무 안 튕겼던 것 같아요."

[무슨 소리야?]

"그러니까 날 그렇게 쉬운 여자로 본 거야. 아니에요?"

[아니야.]

단 1초의 망설임도 없이 나온 대답이었다. 수인의 입꼬리가 예쁜 상향곡선을 그렸다. 하지만 억지로 입꼬리를 끌어 내리며 일부러 더 퉁명스럽게 말했다.

"심지어 친구도 못 믿어."

[할 말 없다. 그래도 전화를 안 받는 건 하지 마. 오만 가지 생각이 다 드니까.]

정말로 별생각이 다 들었는지 휴대폰 너머로 들려오는 그의 한숨 소리가 묵직했다.

"날 너무 좋아한다니까."

[그러게.]

"아…… 하하."

가볍게 던진 말에 너무 진중하게 나오니 살짝 당황한 수인은 그저 웃음으로 얼버무렸다. 침대 맞은편에 걸린 거울에 살짝 붉어진 자신의 얼굴이 보였다.

[피곤할 텐데, 그만 쉬어.]

"네. 박사님도요."

이미 화가 풀렸으면서도 괜스레 새침한 척했다. 제 잘못이 전혀 없었던 것도 아닌데 말이다.

[그만 용서해 주지?]

"자고 일어나서 생각해 볼게요. 잘 자요."

전화를 끊은 수인은 한참이나 휴대폰을 내려다보았다. 따끈따끈한 휴대폰의 열기가 마치 자신을 향한 그의 마음인 것 같았다. 그녀는 휴대폰을 꼭 쥐며 가슴에 품었다. 그대로 침대 위로 발라당 드러누운 그녀의 입가에 벅찬 미소가 머물러 있었다.

내일의 일정 확인을 끝낸 수인은 펼쳐진 다이어리를 덮으며 시간을 확인했다. 벌써 두 시간이 지난 후였다. 단순히 일본 일정만 정리하고 확인한 것이 아니라, 한국으로 돌아가면 처리해야 할 일들까지 확인하다 보니 시간이 늦어진 것이다. 평소라면 이미 회사에서 끝내고 집에서는 내일을 위한 충전을 하고 있었을 테지만 출장지에서는 퇴근 시간의 개념이 없었다. 어쩌면 상사를 직접 모시고 온 탓일지도 모르겠다. 그래도 오늘은 근무시간이 짧았으니 감사한 마음으로 숙면에 취해야겠다.

띵동.

수인이 막 이불을 걷고 침대 속으로 들어가려는 참이었다. 몇 시간 전 이제 겨우 시작한 연인들의 불화를 제공했던 문제의 초인 종이 다시금 울렸다.

"뭐야, 또? 설마 또 사장님인가?"

수인은 난처한 얼굴로 걷었던 이불을 놓고 현관으로 향했다. 아까와는 다르게 이미 많이 늦은 시간이라 약간의 두려움이 일었다. 심장이 조금은 엇박자로 빨라지기 시작했다. 그사이를 기다리지 못하고 또다시 초인종이 울렸다.

"누구세요?"

너무 조심스럽게 물어서 그랬을까? 문밖에서는 아무런 대답이 들려오지 않았다. 괜스레 심장이 콩닥콩닥거렸다. 이상하게 입안 도 바짝 타는 듯했다. 수인은 까치발을 하고 조용조용하게 문 앞 으로 바짝 다가서 다시 한 번 물었다.

"누구…… 세요?"

"나야."

들려오는 대답에 저도 모르게 문을 활짝 열어젖혔다. 열린 문밖 에는 도저히 그곳에 서 있을 수 없는 사람이 멋쩍은 표정으로 서 있었다. 그리고는 너무 놀라 쉽게 입을 열지 못하는 그녀 대신 딱 한마디를 건넸다.

"보고 싶어서."

그 다섯 글자에 담긴 마음이 너무나 거대했기 때문일까. 수인은 한동안 넋을 잃고 멍하니 세현을 쳐다볼 수밖에 없었다. 그러다 잠든 공주님이 멋진 왕자님의 입맞춤에 깨어나듯 가볍게 입술을 스치는 결코 가볍지 않은 입맞춤에 번뜩 정신을 차렸다.

"맙소사! 나 지금 일본에 있는 거 맞죠?"

"설마 여기가 대한민국일까 봐?"

"박사님이 지금 내 눈앞에 있으니까…… 잠깐! 내일 오전에 중국 쪽과 화상 미팅 있잖아요!"

"아…… 그렇군."

세현은 잊고 있었던 걸 기억해 낸 사람치고는 너무도 담담하게 대답했다.

"아, 그렇군? 그럼 대책도 없이 여기까지 무턱대고 왔다는 거예요?"

"물 건너온 사람인데 여기 계속 세워둘 건가?"

세현은 모른 척 말을 돌렸다. 수인은 아차, 싶어 한 발 물러서 그를 들이려는데 문득 떠오르는 것이 있었다. 물러섰던 발을 다시금 원위치시키고 가슴 앞으로 팔짱을 꼈다. 그리고는 문지기처럼 문 앞에 떡하니 버티고 섰다. 입가엔 회심의 미소가 스멀스멀 올라오고 있었다.

"세상에서 제일 못 믿을 게 남자라면서요? 함부로 외간남자를 들이는 것 아니라면서요?"

한 방 먹은 듯 잠시 말을 잇지 못한 세현은 낮게 한숨을 삼켰다. 제 발등 제가 찍은 것을 후회하며 하는 수 없이 한 발 물러섰다.

"그럼 준비하고 나와."

"네?"

"설마 보고 싶은 얼굴 봤으니까 이만 돌아가라고 할 거야?"

"그건 아니지만……."

"시간이 늦어서 멀리는 못 가겠고. 가까운 곳이라도 잠깐 걷자."

그는 그녀가 문을 닫을 수 있도록 기꺼이 한 발 물러서기까지 했다. 이런 그를 매너 있다고 해야 할지, 어리석다고 해야 할지. 그럼에도 불구하고 입꼬리가 올라가는 것은 어쩔 수 없었다. 뜻밖의 행운을 마주한 것처럼 마음이 꽁기꽁기 했다.

"그래도 문밖에 그대로 둔 건 너무했나?"

하지만 이내 고개를 가로저었다. 문밖에 있다는 사실만으로도 두근두근, 콩닥콩닥 심장이 정신 못 차리는데. 옷도 갈아입어야 하고, 화장도 해야 하는데 그를 앞에 두고 그 모든 걸 자연스럽게 할 자신은 없었다.

문밖에 그가 있다고 의식이 돼서 그런지 준비하는 수인의 마음이 급했다. 옷을 먼저 갈아입을지, 화장을 먼저 해야 할지, 화장을 하려면 어느 정도까지 해야 할지. 모든 게 고민인 그 순간, 수인은 그제야 자신이 노 메이크업 상태였다는 것을 깨달았다.

"정말 맙소사다. 생얼 노출이 뭐니?"

깊게 한숨을 토해내고는 옷을 먼저 갈아입었다. 여분의 옷을 챙겨오길 어찌나 다행이던지. 너무 신경 쓴 티가 나지 않도록 평소 같지만 평소 같지 않은 옷을 입고 거울 앞에 섰다. 그. 러. 나.

거울 앞에 나타난 스스로의 모습을 발견한 그녀는 또 한 번 경악을 금치 못했다. 머리에는 커다란 핑크색 헤어롤이 앞머리를 필두로 좌우로 앞으로 나란히 하고 있었다. 이래서 습관이란 무서운 법이다. 그녀의 고개가 툭 하고 떨어졌다. 온몸에 좌절감이 흠씬 배어나고 있었다.

"가자."

단장 아닌 단장을 하고 나온 수인은 내밀어진 세현의 손을 마주 잡았다. 깍지 끼워진 손, 자연스레 얽힌 팔, 나란히 옮겨지는 두 발에 들뜬 마음이 담겼다.

그들을 알아보는 이 하나 없는 낯선 나라, 낯선 도시, 낯선 장소에서의 유일하게 익숙한 서로의 체온을 느끼며 옮기는 발걸음이 평소보다 훨씬 설레었다. 훨씬 즐겁고, 훨씬 행복했다. 간간이 스치는 낯선 사람들도, 인도 옆 도로를 지나는 자동차도, 곳곳에 자리 잡은 각진 건물들도 모두 특별하게 느껴졌다.

"좋다."

"안 왔으면 어쩔 뻔했을까?"

세현이 한껏 올라간 수인의 입술에 걸린 미소에 자못 놀리듯 물었다.

"그러게 말이에요. 아까 서운하게 했던 건 다 잊어버릴 수 있을 것도 같아요."

"잊어버리면 그만이지, 같은 건 또 뭐야."

"쉬운 여자 아니에요."

생긋 웃으며 가벼운 발걸음을 옮기는 수인의 모습은 마치 소풍 나온 열여덟 소녀 같았다. 늦은 밤이 무색하리만큼 밝은 도쿄 시내를 누비는 들뜬 여고생처럼 생기발랄했다. 무섭지도 않은지 눈에 띄지 않는 골목까지 들락거렸다. 그래도 이 늦은 시간에 뭔가 먹는 것은 겁이 났는지 선뜻 음식 가게 안으로 들어가지는 않았다.

"오늘 낮에 도쿄 시내를 한바탕 누비고 다녔다고 하지 않았나?"

"낮이랑 밤이랑 같아요? 도쿄 야경이 그렇게 끝내준다잖아요."

멋쩍게 웃은 수인은 괜스레 마주 잡은 손을 앞뒤로 크게 흔들며 잠시 멈췄던 걸음을 옮겼다. 하지만 이내 가만히 서 있던 세현의 힘에 끌려 제자리로 뒷걸음질 쳐야 했다.

"왜요?"

"제대로 된 야경을 봐야지."

얼떨결에 그의 손에 이끌려 택시를 타고 도착한 곳은 롯폰기 힐스의 상징이라고 할 수 있는 거미 동상 '마망' 앞이었다. 실제로 보니 생각했던 것보다 훨씬 거대해서 살짝 소름이 돋았다. 반사적으로 옆에 서 있는 그의 손을 당겨 발길을 재촉했다.

"거미 싫어하는구나?"

"이상하게 거미는 징그럽기만 해요. 아무리 귀엽게 그려놓은 거미라고 해도 거부감이 일더라고요. 어렸을 때 거미가 옷 속으로 들어오기라도 했나 봐요. 확인할 길은 없지만."

조금 빠른 걸음으로 모리타워 안으로 들어섰다. 다행히 사람이 많지 않아 입장권을 끊고 한번에 올라가는 엘리베이터에 올랐다. 약간 귀가 멍멍해질 때마다 침을 꼴깍 삼키자 조용히 웃는 그가 느껴졌다. 밉지 않게 흘겨보는데 금세 도착했음을 알려왔다.

그렇게 52층으로 올라와 걸음을 옮기던 수인은 저도 모르게 탄성을 지르고 말았다.

"우와!"

아이 마냥 설레 한걸음에 창문가로 달려들었다. 새까만 밤, 빛들의 향연은 말로 뭐라 형용할 수 없었다. 공상과학 영화 속에서나 볼 법한 화려한 도시의 전경은 두고두고 또 보고 싶을 만큼 환상적이었다.

높은 빌딩과 그 빌딩 사이의 저층 건물들이 빛이라는 공통요소로 윤곽을 만들며 조화를 이뤘고, 점점이 보이는 동그란 조명들이 모여 또 다른 선과 형태를 만들고 있었다. 각양각색의 조명들이 만들어낸 환상, 그 사이에 우뚝 솟은 도쿄타워의 주황색 불빛과 까만 하늘 한가운데 자리 잡은 뽀얀 보름달까지, 그야말로 빛의 천국이었다. 시멘트와 철골 덩어리에 불과하지 않았던 건물들이 빛으로 빚은 작품으로 변해 있었다.

화려한 도쿄가 내 발아래에 있는 기분이었다. 저 빛 속에 있는 사람들은 지금 이 순간에도 치열한 하루를 살고 있겠지만 그들로 인해 그 빛을 바라보는 우리가 큰 감동을 얻고 있었다.

"우린 이상하게 계속 야경만 보게 되네."

세현이 내심 미안한 마음에 던진 말이었지만 그녀는 아랑곳하지 않았다.

"이런 야경이라면 계속 봐도 질리지 않을 것 같아요."

"그러다 뛰어내리겠어."

세현은 그녀의 허리를 감싸며 자신에게로 빠짝 끌어안았다. 내심 자신이 관심 밖으로 밀려난 것 같아 서운한 것도 있었다. 그럼에도 아이처럼 좋아하는 그녀의 시선을 막을 수는 없었다. 이토록 좋아하는 그녀의 모습이 너무나 예뻤다.

"박사님과 함께 있으면 다른 생각할 틈이 없어요. 늘 예상치 못한 것들을 던져 주는 탓에 딴생각을 할 수가 없게 돼요, 오늘처럼. 고마워요."

그는 대답 대신 그녀를 빤히 내려다봤다.

"왜 그렇게 봐요?"

"예뻐서."

수인은 반사적으로 제 입술을 가렸다. 며칠 전 한강공원 무지개 분수 앞에서의 상황이 떠오른 탓이었다. 그런데도 눈길은 피하지 않았다. 피할 수가 없었다. 그러기에는 그의 눈빛의 강도가 너무 셌다.

그가 싱긋 웃으며 다가왔다. 그리고 그녀의 걱정과는 달리 이마 위에 입술을 내려놓았다. 닿는 그 촉감이 너무도 부드러워 절로 눈이 감겼다. 눈을 떴을 때는 그의 까만 눈동자가 그녀를 기다리고 있었다. 그러고는 천천히 그녀의 입술을 가리고 있던 손을 잡아 그 위에 입술을 내려놓았다. 그 순간, 전율이 돋았다. 머리끝에서부터 발끝까지 순식간에 뭔가가 훑고 지나가는 듯한 느낌이었다. 그 생경한 느낌에 다급히 그의 옷깃을 붙잡았다.

"오늘, 잊지 마."

그 말과 함께 세현의 입술이 수인의 입술과 겹쳐졌다. 만월이 뜬 도쿄의 밤은 그렇게 아름답게 빛나고 있었다.

7. 우리의 밤

전화를 끊은 수인은 손에 들린 휴대폰을 뚫어져라 쏘아봤다. 일본에서 돌아온 지 벌써 3일이 지났다. 그런데 그 3일 동안 세현은 코빼기도 보이지 않았다. 귀국 날 아침, 재민에게 통보성 전화 한 통을 남긴 후 출근도 하지 않고 있었다.

[출장 다녀오느라 고생 많았겠지만, 나 역시 네 업무 대신하느라 고생 많았으니까 3일 휴가 쓴다.]

무슨 일 때문이라고는 끝까지 입을 다물었다. 재민에게도 수인에게도. 그런 탓에 출장 가 있는 이틀까지 더하면 벌써 5일째 얼굴을 보지 못하고 있는 것이다. 대한민국에서 일본까지 보고 싶다는 이유 하나만으로 비행기 타고 날아온 정성까지 보였던 사람이, 하루아침에 달라져도 너무 달라져 버렸다. 마음이 변했다고 보기엔 꼬박꼬박 문자에 전화를 하고 있었기에 더욱 원인을 찾을 수가 없었다.

"마음이 변했다기보다는 열정이 식었나 보지."

"열정?"

수인은 우아하게 칵테일을 한 모금 머금는 미인을 쳐다봤다. 퇴근 후 오랜만에 친구 미인과 가볍게 한잔하는 중에 그에게서 전화가 왔었고, 조금만 마시고 조심히 들어가라는 일상적인 대화만 짧게 나누고 통화를 끝낸 참이었다.

"사람이 처음과 똑같을 수는 없는 법이지. 처음에야 네가 신경쓰이고, 자꾸 빠져나가니까 저도 모르게 안달 났었겠지만, 이미 잡은 고기에게 좋은 밑밥을 줄 필요는 없지 않겠어?"

"우리 시작한 지 얼마 안 됐거든. 고작 한 달 남짓인데?"

"한 달이면 할 거 다 하고도 남을 만큼 긴 시간이거든!"

미인을 얄밉게 흘긴 수인의 시선이 미인의 뒤에 있는 커다란 유리창에 닿았다. 새까만 밤, 그 어둠을 화려하게 수놓은 각양각색의 불빛들이 한 폭의 그림 같았다. 야경은 언제 어디에서 누구와 함께하든 늘 멋졌다. 마치 며칠 전 도쿄에서의 그날처럼. 만월이 뜬 도쿄의 밤, 도쿄 시내를 발아래 두고 나눴던 입맞춤이 생생하게 떠올랐다.

"열정이 식은 사람이 도쿄까지 예고도 없이 날아왔겠니?"

"어머, 정말? 너무 대책 없는 거 아냐?"

"보고 싶어서 참을 수 없었다잖아."

수인은 아직도 꿈같은 도쿄에서 있었던 일을 미인에게 쉴 새 없이 떠들기 시작했다. 비록 채 하루도 되지 않은 짧은 시간이었지만 긴 여운을 남겼던 그날을 보고받은 미인은 딱 한마디 했다.

"놀고들 있다."

"부러우면 그냥 부럽다고 해."

"그랬던 사람이 왜 3일째 얼굴을 안 보여주고 계실까나?"

"그러게 말이야."

신이 나 떠들었던 수인은 금세 풀이 죽었다.

"너, 혹시 말이야."

미인은 목소리를 낮게 깔며 음흉한 눈빛으로 그녀를 빤히 쳐다봤다.

"혹시 뭐? 그 눈빛은 또 뭐야?"

"안 잤니?"

"왜? 얼굴이 좀 까칠해? 잠은 푹 잤는데…… 출장 다녀온 직후라 피곤해서 그런가?"

"어이구, 이 곰탱이. 내 눈빛이 지금 그 잠을 말하는 것 같니?"

"그 잠이 그 잠이지 무슨 잠…… 아!"

"너 보고 싶어서 일본까지 온 남자를 설마…… 키스 한번 해주고 그냥 돌려보낸 거 아니지?"

"어떻게 그냥 돌려보내니? 비행기도 끊겼을 시간인데."

"그렇지? 난 또……."

하마터면 자신이 더 실망할 뻔한 마음을 겨우 추스르는데, 그런 미인의 마음을 철저하게 무시해 버리는 뒷말이 수인의 입에서 흘러나왔다.

"방 하나 잡아줬지. 다음날 아침까지 챙겨 먹여 보냈다고."

미인의 입이 떡하니 벌어졌다. 지금 그걸 잘했다고 꾸역꾸역 말하는 것이냐는 눈빛으로 그녀를 빤히 쳐다봤다.

"그 로맨틱한 데이트를 하고, 그 아름다웠다는 밤에, 그것도 낯선 이국땅에서, 각자 방에서 잤다고?"

아주 한심한 사람을 마주했을 때나 지을 법한 표정이 미인의 얼굴에 고스란히 나타났다. 이팔청춘 젊은 꽃띠 청년들의 수줍은 연애도 아니고. 그 까칠하다는 강 박사님이 진심으로 짠하단 생각이 들었다.

'이런 날을 대비해서 미리미리 성교육을 좀 해줬어야 하는 건데.'

미인의 이런 안타까운 마음을 아는지 모르는지, 수인은 아주 경건하게 자신의 생각을 피력했다.

"나 혼전 순결 주의거든!"

"웃기고 있네. 어디 조선시대에서 오셨어요?"

"너랑 가치관이 다르다고 네 잣대로 평가하지 마."

"내 잣대로 평가하는 게 아니라 현시대의 보편적인 잣대로 말하는 거야."

"누가 보편적이래?"

"얘 또 이상한 데서 똥고집 부린다."

"지극히 정상적인 사고야. 오히려 당연하다고 생각하는 네가 발라당 까진 거지."

"그래서, 그렇게 조신한 너님께서는 사람들 바글바글했을 곳에서 대놓고 키스까지 하셨나?"

"너 진짜!"

"눈 돌아가, 그만 째려봐. 일어나자, 나 내일 오전에 연구수업 있어."

자신의 칵테일 잔을 말끔하게 비운 미인이 자리를 털고 일어나자, 수인 역시 짐을 챙겨 뒤를 따랐다. 하지만 몇 걸음 걷다 갑자기 멈춰 선 미인 덕분에 그녀 역시 걸음을 멈춰야 했다.

"너야 그렇다 치고. 강 박사님은 무슨 죄라니? 열정이 식을 만해."

그 한마디를 남기고 다시금 유유히 그 자리를 벗어났다. 하지만 수인은 그 자리에서 한동안 움직이지 못했다. 미인의 재촉에 뒤늦게 정신을 차리고 바삐 걸음을 옮기긴 했지만 집에 오는 내내 그녀의 머릿속은 엉킨 실타래처럼 뒤죽박죽이었다.

집으로 들어온 수인은 만사가 귀찮은 듯 침대 위로 털썩 드러누웠다. 아무 무늬도 없는 천장 벽지를 빤히 쳐다보며 구시렁댔다.

"쳇! 그까짓 것으로 열정이 식을 마음이라면 나도 됐다 그래!"

잔뜩 골이 난 사람처럼 턱까지 치켜들며 천장을 노려봤다. 그러
다 고개를 갸우뚱하더니 이내 사지를 허우적거리며 벌떡 일어나
앉았다. 너무 격한 몸부림 탓에 침대 가장자리에 아슬아슬하게 놓
여 있던 가방이 바닥으로 떨어졌다. 가방 위에 있던 휴대폰도 함
께 떨어지면서 그 충격을 이기지 못하고 배터리와 분리된 채 바닥
을 나뒹굴었다. 바닥에 떨어지는 그 찰나의 순간 액정이 켜졌던
것은 정신이 이미 다른 곳에 가 있는 그녀로서는 알 수가 없었다.

"아니지! 최강미인 이 나쁜 계집애. 왜 우리 강 박사님의 마음을
그딴 식으로 비하하고 그러는데? 에로스만 사랑이 아니거든! 순수
하지 못한 계집애."

미인 앞에서 제대로 된 대꾸 한마디 하지 못한 게 한스러웠다.
그렇다고 이런 그녀의 마음을 제대로 말했어도 콧방귀만 뀌었을
것임이 분명했지만.

수인은 다시금 털썩 드러누웠다.

"씻고 편히 자야 하는데……."

말은 그렇게 하고 있지만 몸이 천근만근 무거웠다. 조금만 쉬다
가 씻는 것도 나쁘지 않을 것 같았다.

"10분만……."

수인은 채 말을 끝마치지도 못한 채 스르륵 잠이 들고 말았다.

그렇게 얼마나 잤을까. 수인은 요란스레 울려대는 초인종 소리
에 잠에서 깼다. 비몽사몽 눈을 뜨고, 몸을 일으켰다. 얼마나 잤는

지 감이 잡히질 않아 눈뜬 지금이 밤인지 아침인지조차 헷갈렸다. 눈이 벽에 걸린 시계를 찾았다. 11시가 지나고 있었다. 창밖이 어두운 것으로 보아 지금은 밤이었고, 딱 30분 정도 잠들었던 모양이었다. 그것까지 확인한 수인은 여전히 그녀를 재촉하는 초인종 소리를 따라 현관으로 향했다.

이 늦은 시간에 이건 해도 너무하지 않은가. 적당히 누르다가 인기척이 없으면 사람이 없나 보구나 하고 가면 될 것을.

"대체 누구기에 이 난리야. 누구세요?"

단잠을 깨운 상대였기에 목소리가 절로 신경질적으로 나갔다.

"진수인!"

"어?"

예상치 못한 목소리에 놀란 그녀는 다급히 문을 열었다. 그곳엔 며칠 전 그녀를 같은 방법으로 놀래켰던 한 남자가 서 있었다.

"박사님!"

"괜찮아? 아무 일 없어?"

그는 수인의 온몸을 이리저리 살피며 혹시나 다친 곳이 없나 다급히 살폈다. 다행히 별다른 상처나 흔적이 없는 것을 확인하고 나서야 안도의 한숨을 내쉬었다.

"너, 또! 내가…… 후우."

그는 뭔가 말을 하려다 말고 열린 문과 문틀을 양손으로 짚으며 깊이 숨을 골랐다. 수인은 여전히 놀란 토끼눈을 뜬 채였다.

"무슨 일이에요, 이 시간에? 왜 그러는 거예요?"

그의 전신에서 뿜어져 나왔던 다급함과 초조함과 두려움을 느꼈던 그녀는 이번에는 걱정스런 얼굴로 물었다.

"전화를 그렇게 갑자기 끊어버리면 어떡해?"

"전화요? 제가요? 언제요?"

수인은 갑자기 나타나서 무슨 뚱딴지같은 소리냐는 얼굴로 세현을 쳐다봤다.

"말도 없이 전화는 끊겨 버렸지, 다시 걸어보니 이번엔 전화기가 꺼져 있다고 하지."

"대체 무슨 말을 하는 거예요? 내가 언제 말도 없이 전화를 끊었다고 그래요? 아까 이따 집에 들어가서 다시 전화한다고 끊었잖아요."

"휴대폰 어디 있어? 전화기는 왜 꺼놔? 무슨 일 생긴 줄 알았잖아!"

"휴대폰?"

수인의 고개가 반사적으로 뒤를 돌아봤다. 그제야 바닥에 나뒹굴고 있는 휴대폰 본체와 배터리가 보였다. 멋쩍게 웃으며 다시 그를 돌아봤다. 그는 정말 다급하게 뛰어왔는지 집에서 입던 트레이닝복 차림 그대로였다. 그리고.

"어? 안경은 어쨌어요? 안경 쓸 정신도 없을 만큼 놀랐던 거예요?"

자신이 괜한 걱정을 끼쳤단 생각에 괜스레 미안한 마음이 들었다. 왠지 모르게 크게 잘못을 저지른 것 같았다.

"잠깐! 근데 눈이 엄청 나빠서 안경 안 쓰면 장님이나 다름없다면서요. 여기까지 어떻게 왔어요?"

"아…… 안경."

그제야 자신의 변화를 인지한 세현은 멋쩍게 웃었다. 내일이 주말이니 나름 짠, 하고 나타나서 놀래켜 줄 계획이었다. 그런데 이런 식으로 공개하게 될 줄이야.

"수술했어."

"수술이요? 뜬금없이 무슨 수술……."

어떻게 왔냐고 묻는 말에 엉뚱하게 수술이라니. 하지만 몇 초 후 그 의미를 이해할 수 있었다.

"아, 라식 수술! 그래서 3일간 휴가 냈던 거예요? 나도 안 만나 주고?"

"안 만난 게 아니라, 못 만난 거지."

그는 습관적으로 안경을 밀어 올리려다 손에 아무것도 걸리는 것이 없다는 것을 깨달았다. 갈 곳을 잃어버린 손끝이 민망해 괜스레 눈가를 긁적이고는 어색하게 손을 내렸다.

"와아! 완전 다른 사람 같아요. 훨씬 인물이 사는데요! 멋지다."

"어색하지 않아?"

"당연히 어색하죠. 무슨 미녀와 야수의 저주 풀린 야수도 아니고."

세현의 얼굴이 확 일그러졌다.

"내가 그렇게 못생겼었나?"

"네? 아…… 그게 그렇게 되나? 하하하."

비유가 너무 심했나 싶은 수인은 어색한 웃음을 흘렸다.

"부정은 안 하는군."

"입에 발린 소리를 듣고 싶다면 그렇게 하고요."

"됐어."

"가방이 떨어지면서 휴대폰도 같이 떨어져서 전원이 나갔나 봐요. 근데 정말 전화는 안 왔어요!"

그녀는 억울하다는 듯 마지막 말을 강조했다.

"알았어. 떨어지기 직전에 전화를 했던 모양이네. 무슨 일 없는 거 확인했으니까 그만 갈게. 앞으론 전화기 꼭 확인하고. 푹 쉬어."

그는 너무도 자연스럽게 그녀의 머리통을 쓱쓱 쓰다듬듯 흐트러트리고는 뒤돌아섰다. 그런데 그 순간, 돌아간다는 그 소리가, 뒤돌아서는 그의 모습이 왜 이렇게 아쉽고 서운한지 모를 일이었다. 분명 십여 일 전만 해도 당연한 이치 운운해 가며 집으로 쫓아보냈고, 불과 며칠 전 그 아름다웠던 도쿄의 밤에도 각자의 방으로 돌아갔으면서 말이다. 그러고 보니 그는 그녀가 자신의 영역으로의 침입을 거부한 이후로 단 한 번도 그 선을 넘어온 적이 없었다. 그녀가 원치 않는 것은 철저히 지켜주고 있었다. 그녀가 먼저 다가서도록 말이다. 지금 이 순간처럼.

"곤히 자던 사람 깨워놓고 자기는 가서 편히 주무시겠다? 너무 한 거 아니에요?"

세현은 피식 웃으며 살짝 뒤돌아봤다.

"그 먼 거리에서 달려오게 만든 건 생각도······."

하지만 그는 곧바로 이어지는 그녀의 한마디에 조금은 놀란 얼굴로 휙 뒤돌아설 수밖에 없었다.

"그러니까 다시 재워놓고 가야죠!"

"뭐?"

수인은 대답 대신 후다닥 집 안으로 들어가 버렸다. 현관문만 그대로 열어놓은 채로.

"그런데 갑자기 라식 수술은 왜 한 거예요?"

따뜻한 홍차를 테이블 위에 나란히 내려놓은 수인은 책장 앞에서 어슬렁거리는 세현을 향해 물었다. 세현은 들고 있던 액자를 제자리에 돌려놓은 후 테이블 앞에 자리를 잡고 앉았다. 방 하나가 침실은 물론이고, 드레스룸이며, 서재, 부엌의 역할까지 하고 있는 작은 집이라 소파까지 들여놓기엔 역부족인 모양이었다.

"불편해서."

키스할 때마다 걸리적거리는 것이. 하지만 마지막 말은 속으로만 삼켰다.

"반응이 이렇게 좋을 줄 알았으면 진즉 할 걸 그랬어."

칭찬은 고래도 춤추게 한다더니, 그녀의 사심 없는 칭찬들이 여간 기분이 좋았던 모양이었다. 수인은 안경을 벗은 그의 얼굴을 처음 봤을 때를 떠올렸다.

"근데 저 빨간 동그라미는 뭐야? 무슨 날이야? 본인 생일은 아니고."

"어? 내 생일을 어떻게 알아요?"

"가끔 보면 넌 내가 우리 회사 공동대표라는 걸 잊고 사는 것 같다."

뭐 항상 의식하고 있는 건 아지만, 그렇다고 잊지는 않았다.

"그거랑 무슨 상관이에요?"

"회사 직원 생일 아는 게 그렇게 어려운 일은 아니지."

"알고 있다니 기대는 하고 있을게요."

수인은 생긋 웃어 보이고는 홍차를 입안 가득 머금었다. 잠시 잠깐의 틈을 이용해 저 빨간 동그라미를 어떻게 설명해야 할지 고민했다. 내가 좋아하는 사람에게 멋지게, 예쁘게만 보이고 싶은 건 세상의 수많은 여자들의 마음일 것이다. 상대방에게 조금이라도 잘 보이고 싶은 마음에 흠(欠)은 감추고, 잘난 점은 내보이고 싶은 법이니까.

하지만 거짓으로 꾸미거나, 억지로 감추고 싶지는 않았다. 모래 위에 성을 쌓으면 고작 바닷물에 무너지듯이, 신뢰가 없는 관계는 언젠가 깨지기 마련이니까. 별것도 아닌 것에 믿음을 깨뜨리고 싶진 않았다. 자랑할 일은 아니지만 그렇다고 숨겨야 할 일도 아니니까. 적어도 그녀의 마음속에 자리한 저 빨간 동그라미의 주인의 크기는 고작 그 정도일 뿐이었으니까.

"아버지 병문안 가는 날이에요. 표시해 놓지 않으면 깜빡할 수 있으니까."

나에게 아버지란 그 정도 존재일 뿐이니까.

"병문안? 어디 아프셔?"

상당히 놀랐는지 그는 들고 있던 찻잔을 내려놓고 자세를 고쳐 앉았다.

"머리가 아프세요."

"머리?"

"치매예요. 고작 쉰아홉인데."

"아……."

세현은 적당한 말을 찾지 못해 그저 그런 대답 소리만 냈다. 뭐라 위로를 해야 할지, 뭐라고 달래줘야 할지 감이 잡히지 않았다. 무엇보다 그가 뭐라 위로를 하기엔 그녀의 표정이 너무도 덤덤했다. 마치 다른 사람 이야기를 전하듯. 속상해하지도 않았고, 아파하는 것 같지도 않았다.

'치매가 온 지 꽤 오래되셨나?

그래서 무뎌진 것일지도 모른다.

"그럼 어머니는?"

하지만 곧 세현은 후회했다. 자잘하게 흔들리는 눈동자, 반사적으로 도망가는 시선에서 느낄 수 있었다. 그 어떤 의도도, 목적도 없이 던진 질문이 그녀의 여린 심장에 작은 생채기를 냈다는 것을. 그런데도 그녀는 자못 괜찮은 척 덤덤한 목소리로 대답을 해왔다.

"돌아가신 지 4년쯤 됐어요."

아무렇지 않게 말을 하고 있었지만 그 목소리에 물기가 묻어 있는 것 같다면 그만의 착각이었을까. 4년이란 시간은 사랑하는 내 가족의 죽음이 괜찮아질 만큼 충분한 시간일까, 아니면 모자란 시간일까.

"교통사고를 당하셨어요. 겨우 쉰셋에 치매가 오신 아버지를 찾아 나선 길이셨고, 하필이면 비도 억수같이 퍼붓던 날이었고요. 무슨 영화 같죠?"

싱긋 웃는 미소가 그렇게 슬퍼 보일 수도 있다는 걸 세현은 새삼 깨달았다. 아무것도 할 수 없었던 무기력함, 스스로를 향한 자책감이 고스란히 걸려 있었다. 세현은 손을 내밀어 달래듯 미소 달린 입가를 어루만졌다.

그 손길에 차갑던 미소가 조금은 따스하게 바뀌어 그를 향했다. 그리고 그 손길이 주는 온기를 좇아 수인은 그의 어깨에 머리를 기댔다. 마음이 조금은 편안해졌다.

"영화에서 보면 그런 날 꼭 대형 사고가 나잖아요. 쓰레기 하나도 아무 데나 버리지 않을 정도로 나쁜 짓이라고는 해본 적 없고, 평생 고생만 해온 사람이 무고하게 희생되고. 어떤 미친놈 하나가 그 이른 저녁에, 술까지 먹고 과속 운전하다가 빗길에 미끄러졌어요. 횡단보도 앞에 서 있던 엄마는……"

그날의 기억이 스냅 사진처럼 빠르게 머릿속을 훑고 지났다. 저도 모르게 눈을 질끈 감았다. 사고 장면을 목격한 건 아니었다. 그녀가 연락을 받은 건 이미 엄마가 병원으로 옮겨진 후였으니까. 피범벅이었던 엄마의 모습, 경찰이 알려준 사고 경위들이 연결 고리가 되어 마치 본 것처럼 생생하게 재생되었다.

사고 피해자가 여럿인 듯 병원 응급실은 아수라장이었다. 본능이었을까. 그 아수라장 속에서 그녀는 단번에 엄마를 찾았다. 온몸이 찢기고 뭉개지고 부러져 있었지만 알아볼 수 있었다. 엄마에게 한 발 한 발 다가가는 그 순간 속으로 얼마나 빌었는지 모른다, 제발 내 엄마가 아니기를.

"유명희 씨 보호자분이세요?"
"어, 엄, 엄마…… 우리…… 엄마예요."

수인은 천천히 눈을 떴다. 그날의 끔찍했던 감각들이 사라지고 따스한 온기가 느껴졌다. 어느새 울고 있었던 모양이었다, 저도 모르게. 그가 눈물을 닦아주고 있었다. 어깨를 감싸 안은 손으로 토닥토닥 달래주고 있었다, 아무 말 없이.

수인은 씩씩한 척 웃어 보이며 금세 눈물을 훔쳐 냈다. 그러고는 할 일을 잃어버린 그의 손을 마주 잡아 다른 손으로 감쌌다.

"우리 엄마 평생의 소원이 아버지랑 손 꼭 잡고 오순도순 이야기 나누는 것이었어요. 어머니는 늘 아버지를 어려워했고, 아버지는 늘 어머니를 불편해했어요. 그래서 내가 기억하는 엄마는 늘 아버지 뒷모습만 쳐다보고 있었죠."

수인은 얽혀 있는 두 사람의 손을 내려다봤다. 이렇게 잡기 쉬운 손이고, 이렇게 아무렇지도 않은 일인 것을. 이렇듯 어렵지 않은 것을.

"그 소원을 언제 이룬 줄 아세요? 아버지가 치매로 처자식도 못 알아볼 때 이루어지더라고요. 다들 치매 수발한다고 안타까워했는데 엄마는 웃었어요. 참도 맑게, 너무도 밝게. 아버지랑 손잡고 나란히 걸을 수 있다고. 나란히 걸으며 오순도순 이야기도 한다고. 치매 걸린 아버지에게 있어서 나란히 손잡고 걸으며 이야기하는 여자는 당신이 아니란 걸 알면서도, 바보같이."

다른 여자를 마음에 품은 아버지를 사랑했던 엄마였다. 금지된 사랑을 했던 아버지는 그것을 숨기고자 엄마와 결혼을 했다. 단지, 당신의 사랑이 세상에 드러나면 마음에 품은 그 여자가 다친다는 이유로. 그랬기에 가족에겐 무심했고, 그녀의 유년 시절엔 아버지가 존재하지 않았다. 그리고 그 여자와의 관계가 세상천지에 까발려지자 정신줄을 놓으셨다, 아주 이기적이게도.

"횡단보도 하나만 건너면 그렇게 찾아 헤맸던 아버지 손을 잡을 수 있었는데, 그렇게 손잡고 집으로 돌아오셨을 텐데……. 아버지는 그날 횡단보도 앞에서 무슨 생각을 했을까요?"

"아버지도 사고 현장에 계셨던 건가?"

"네. 횡단보도 맞은편에. 어쩌면 딱 그 정도의 거리였는지도 모르죠, 아버지와 엄마의 거리는."

엄마는 3개월여의 병원 생활을 견뎌내지 못하고 끝내는 세상을 떠나셨다. 그렇게 평생을 아버지 등만 보고 살다, 다른 여자의 이름으로 불리다 허망하게 가셨다. 가시면서까지도 아버지 걱정이셨다.

"아버지 잘 부탁해, 우리 딸. 고생 많이 한 거 아는데…… 그래도 아버지잖아. 모른 척하지 마."

그래서 차마 모른 척하지 못하고 이렇게 빨간 동그라미까지 쳐놓고 찾아뵙고 있었다. 전적으로 그 이유 때문이었다. 엄마의 마지막 소원이었으니까.

"그런데요. 참 아이러니하게도, 엄마가 병원에 입원해 있던 그 3개월 동안 아버지는 제정신인 날이 훨씬 많았어요. 명희야…… 이렇게 부르는 날도 있었고요. 아픈 사람한테까지 몹쓸 짓을 하기엔 일말의 양심은 남아 있었나 봐요."

과연 그랬던 걸까. 세현은 제 어깨에 기대 있는 수인의 머리를 차분히 쓰다듬으며 생각했다.

'어쩌면, 어쩌면 말이야. 기적을 바랐던 건 아닐까? 당신의 시간을 좀 붙들어달라고 후회로 점철되었을 지난 시간들을 조금이나마 갚을 수 있게.'

하지만 입 밖으로 꺼낼 수 없었다. 그녀의 시간은 그 누구도 함부로 위로할 수도, 조언할 수도 없는 시간임은 틀림없었으니까. 그의 편을 들기엔 그녀가 너무 많은 시간 아파했고, 여전히 힘들어하고 있으니까. 그럼에도 이 여리고 예쁜 사람을 이 세상에 존재하게 해줘서 감사했다. 어쩔 수 없이 이 고운 사람을 참도 많이 외롭고 아프게 했음에 원망스러웠다.

문득, 은사님이 떠올랐다. 수소문 끝에 찾았던 고등학교 때 은사님은 치매로 인해 요양병원에 입원 중이셨다. 오락가락하시기에 못 알아볼지도 모른다는 요양보호사의 우려와는 달리 은사님은 그를 알아보셨다. 이렇게 잘 자랐냐고 칭찬해 마지않으셨고, 그런 당신을 찾아와 주어 매우 고맙다고 눈시울을 붉히셨다. 그리고.

"장가갈 나이가 지나도 한참 지났어. 아직 짝을 못 만난 거냐?"

왜 하필 그 순간 수인이 떠올랐는지는 나중에야 깨달았지만, 그 순간에는 그저 웃을 뿐이었다.

"인연을 잘 알아봐야 한단다. 제 옆에 두고 엉뚱한 곳에서 헤매는 수가 있어. 버리지 못할 거면 네 전부를 걸고 품어야 해. 그럴 자신이 없으면 일찌감치 포기하고 뒤돌아서야 하고."

그 말을 하는 내내 은사님은 아득히 먼 곳을 바라보고 계셨다. 그리고 그날 예상치도 못하게 그녀를 만났다. 아마도 그녀의 아버지도 그 요양원 어딘가에 계실 테지.

"딸은 엄마 팔자 닮는다는데 나는 아닌가 봐요."

불쑥 끼어든 목소리에 세현은 수인을 쳐다봤다.

"박사님이 나를 더 많이 좋아하잖아요."

자신 있게 말을 했으면 끝까지 뻔뻔하게나 나올 것이지. 그녀는 자신의 근거 없는 자신감이 우스웠는지 혼자서 키득거렸다. 그 모습이 얼마나 예쁜지 알기나 할까. 절대 다른 사람 앞에서는 저렇게 웃도록 놔두면 안 되겠다.

"그런 의미에서 날 좀 더 좋아해 주는 건 어때?"

"생각 좀 해보고요."

"그런 건 생각으로 하는 게 아니지."

"그럼요?"

"행동으로 하는 거지, 이렇게."

세현은 그대로 고개를 내려 입을 맞췄다. 가볍게 한 번, 또다시 가볍게 한 번. 그리고 다시.

짧게 이어지던 입맞춤이 조금씩 길어지고, 또 깊어졌다. 부드럽게 입술을 머금었다가 짓궂게 깨물었다, 이내 달래듯 혀를 내밀어 핥았다. 자연스럽게 열린 입술 사이로 스르륵 스며든 혀가 고른 치열을 훑고, 뜨거워진 혀를 옭아맸다. 부드럽게 몸을 비비다가도 숨 막히게 조여댔다. 너무도 부드러워 그대로 미끄러져 버릴 것 같았다. 그래서 더 세게 얽었다. 더 강하게 잡아당겼다. 밀려드는 달콤한 타액을 마시고, 열에 들뜬 신음을 삼켰다.

머릿속이 점점 흐릿해졌다. 아니, 투명해졌다는 표현이 더 맞을

것 같았다. 아무것도 존재하지 않았다, 그녀 외엔 아무것도. 무아

지경이었다. 갈증이 일었다. 더 맛보고 싶고, 더 느끼고 싶었다.

　다시 한 번 그녀의 입술에 입맞춤을 전한 그의 입술이 아래로

향했다. 갸름한 턱 선을 따라 그리듯 유연하게, 간질이듯 부드럽

게. 너무도 매끄러워 조심스러울 수밖에 없는 입술, 뭉근하게 번

지는 살 냄새의 유혹을 견디지 못하고 고개를 내미는 뜨거운 혀가

목선을 타고 미끄러졌다. 음미하듯 천천히, 부드럽게 애무하다 강

하게 흡입했다.

　"하아……."

　반사적으로 몸을 움츠리며 바르르 떠는 그녀의 작은 날갯짓이

느껴졌다. 저도 모르게 입가에 잔잔한 미소가 번졌다. 그 작은 반

응에 기쁘고, 설레었다. 이대로 멈추고 싶지 않았다. 미소가 스쳤

던 입술에 이내 긴장이 실렸다. 그 입술이 그녀의 살결을 어루만

지며 귓가로 이동했다. 민감해져 있는 귓속으로 뜨거운 숨을 불어

넣고, 촉촉한 열기를 전하며 귓불을 애무했다. 귓바퀴 사이사이까

지 그의 혀가 머물고, 그의 온기가 내려앉았다. 할짝거리는 그의

혀끝에, 입술에 조심스러움이 묻어났다.

　"수인아."

　한숨 같은 부름에 그녀는 그의 목 언저리에 얼굴을 비비며 간신

히 대답했다.

　"네……."

　"더 가면 멈추지 못할 거야. 아직 아니다 싶으면, 그만할게."

수인은 천천히 고개를 들어 그를 마주 보았다. 그의 두 눈이 그녀를 똑바로 바라보고 있었다. 매우 진중한 눈에 그녀를 향한 배려 깊은 마음과 남자로서 갖게 되는 당연한 열망이 담겨 있었다. 그리고 그 안에는 그만큼이나 그를 원하고 있는 그녀의 모습도 담겨 있었다. 그녀는 해사하게 웃으며 고개를 가로저었다.

"그러기만 해봐요. 그러면 내가 확……."

"확? 그다음은?"

세현은 피식 웃으며 물었다. 그 웃음 속에 숨긴 안도감의 크기를 과연 그녀가 짐작이나 할 수 있을까.

"어…… 그러니까 확……."

적당한 다음 말을 찾지 못한 수인이 잠시 딴생각에 빠진 사이 그는 그녀를 번쩍 안아 올렸다. 놀라 동그랗게 떠진 눈을 한 그녀가 반사적으로 그의 목에 두 팔을 걸었다.

"그만 생각해. 그럴 일은 없을 테니까."

몇 걸음 뒤에 있는 침대 위에 그녀를 곱게 눕힌 그는 단숨에 상의를 벗어 던졌다. 그 모습에 그녀의 눈동자가 갈 길을 찾지 못하고 애먼 곳에서 방황했다. 세현은 생긋 웃으며 그녀 옆으로 몸을 뉘었다. 한 팔로 자신의 무게를 지탱하고 다른 손으로 그녀의 머리카락을 천천히 쓸어 귀 뒤로 넘겼다. 엄지로 동그란 이마를 어루만지고, 올곧은 눈썹을 쓰다듬고, 곧게 뻗은 속눈썹을 쓰다듬었다. 절로 감긴 그녀의 눈꺼풀이 파르르 떨리며 손끝을 간질였다. 그의 손이 열이 오른 볼을 쓰다듬자 감겼던 눈꺼풀이 다시금 올라갔다. 그리고 그제야 그녀의 맑은 두 눈이 그를 향했다. 오롯이 그만을 담았다.

"너무 떨려요."

"나도 떨려."

그는 그녀의 손을 잡아 제 가슴 위에 겹쳐 올렸다. 맨살이 닿자 순간적으로 놀란 그녀가 손을 때려 했지만 그의 손이 위에서 지그시 누른 탓에 그러지 못했다. 고요 속으로 두근두근, 매우 요란하게 울려대는 심장의 움직임이 느껴졌다. 그 순간 마법에 걸린 듯했다. 그녀를 내려다보는 까만 눈동자에서 눈을 뗄 수 없었다. 그대로 빨려드는 듯한 착각이 들었다. 아니, 착각이 아니라 실제로 그에게 빨려들고 있었다, 머리끝에서부터 발끝까지.

그의 입술이 이마에서, 눈에서, 코에서, 그리고 입술에서 느껴졌다. 저도 모르게 벌어진 입술 사이로 그가 뜨겁게 밀려 들어왔다 부드럽게 빠져나가길 반복했다. 목에서, 어깨에서, 손에서 그리고 가슴에서 그의 손길이 느껴졌다. 부드럽게 스치고, 살뜰하게 어루만지는 정성스런 마음이 온몸으로 전해졌다.

그래서였을까. 블라우스 단추가 하나둘씩 풀려갈 때마다 막연했던 두려움은 사라지고 설렘이 그 자리를 대신했다. 의식을 치르듯 조심히 옷을 벗겨내는 그의 손길이 좋았다. 맨살에 닿을 때마다 가슴이 터질 듯 부풀어 올랐다. 온몸을 감싸오는 그의 묵직한 무게감에 이상하게 마음이 놓였다. 단지 그라는 이유로. 이 사람이라면 자신을 한없이 감싸줄 것 같았다. 자신의 작은 상처도 살뜰히 살펴 아물게 할 것 같았다. 보듬고 살살 달래줄 것 같았다.

"하아……."

뜨거운 신음과 함께 수인의 허리가 들렸다. 세현이 그녀의 젖가슴을 집어삼켰던 것이다. 그는 말캉한 복숭아를 입안 가득 머금은 채 오물거렸다. 도저히 뱉어내지 못할 정도로 그윽한 향기를 내뿜으며 입안에서 이지러졌다. 터질 것 같으면서도 부드럽게 뭉개지는 그 감각이 미치도록 좋았다. 꼿꼿하게 선 선단의 열매가 입천장을 간질이고, 혀끝을 농락했다. 그 괴씸한 감각을 돌려주려는 듯 살짝 깨물자 그녀가 곧장 반응해 왔다.

"아읏."

짧은 교성과 함께 두 손이 그의 머리카락을 파고들었다. 그의 머리를 가슴으로부터 떼어내려는 것인지, 더 가까이 끌어당기려는 것인지 알 수 없는 손짓이었다. 그는 제멋대로 전자로 결론을 내리고 방금 전 깨물었던 유두를 부드럽게 혀끝으로 애무했다. 이미 그의 엄지와 검지로 인해 충분히 괴롭힘을 당해 빳빳하게 곤두서 있는 다른 쪽 유두 또한 입안에 머금고 살살 달래주었다. 그런 후 높은 언덕을 이루고 있는 젖무덤에 짧지만 강하게 입을 맞추며 붉은 자국을 남겼다.

그럴 때마다 그녀는 달뜬 숨을 내쉬며 온몸을 들썩였다. 저도 제 몸을 어찌해야 할지 모르는 사람처럼 허우적거리며 침대 시트를 움켜쥐기도 하고, 단단한 그의 어깨를 움켜잡으며 신음을 삼키기도 했다.

세현은 손을 내려 다리 사이 숨겨진 샘을 찾았다. 샘을 숨기고 있는 무성한 숲을 살살 젖히고 천천히 스며들었다. 부드럽게 어루만지며 뱅글뱅글 주위를 맴돌았다. 이미 촉촉한 이슬이 내려앉아 있던 자리는 그의 재촉에 금세 뜨거운 샘물을 흘려보냈다. 그리고 그 샘물 속으로 손가락 하나가 첨벙 헤엄쳐 들어갔다.

"하웃!"

그녀의 두 다리가 빠르게, 순식간에 오므라들었고, 좁은 샘의 입구는 그의 손가락을 옥죄었다. 그 이물감에 수인이 다급히 그의 팔을 붙들었다.

"이, 이상해요. 하지…… 으웃, 마."

그의 손가락이 움직이자 그녀는 말을 제대로 잇지 못하며 신음을 삼켰다. 세현이 그녀의 귓불을 삼키며 조용히 속삭였다.

"쉬이. 괜찮아."

"하아……."

중저음의 나른한 목소리와 함께 끈적이는 혀의 움직임이 고스란히 느껴졌다. 귓바퀴를 돌고 돌아 파고드는 찐득함, 귓불을 삼키고 오물거리는 간지러운 애무에 바짝 곤두섰던 근육들이 일제히 녹진거렸다. 두 다리는 언제 벌어졌는지 다리 사이 은밀한 곳에서는 감히 말로 설명할 수 없는 감각이 미끄럼을 타기 시작했다.

은밀한 곳을 아무렇지 않게 그의 손이 제집인 양 들락거리고 있었다. 그 사이에서 만들어지는 것이 틀림없는 질척이는 소리도 너

무나 선명히 들렸다. 그런데 싫지 않았다. 부끄러우면서도 몸은
멈추게 할 엄두가 나지 않았다. 그래서 더욱 미칠 것 같았다. 의식
할 때마다 그 감각은 더욱 커져만 갔고, 몸은 뜨거워졌다. 온몸이
오그라드는 것도 같고, 아랫배가 뒤틀리는 것도 같고, 알싸한 것
같기도 했다.

"아…… 어떡하면 좋아."

"수인아."

"하아……."

"진수인, 눈 떠봐."

온몸을 짓누르는 묵직한 무게감과 귓가에 울리는 차분한 음성
에 수인은 홀리듯 눈을 떴다. 눈앞에 세현이 웃는 얼굴로 기다리
고 있었다.

"고맙다."

"뭐가……."

"내 앞에 나타나 줘서."

"아악!"

그 순간이었다. 세현은 단숨에 그녀 안으로 파고들었다. 좁디좁
은 그녀의 내부가 그를 옴짝달싹하지 못하게 움켜쥐었다. 그 맑은
샘물을 잔뜩 뿜어내던 입구가 움찔움찔 사정없이 조여대는 통에
그 역시 단말마의 신음을 토해냈다.

"으윽!"

"하윽! 너무……."

수인은 그의 팔뚝을 사정없이 움켜쥐었다. 손톱자국이 남을 정
도로 강한 힘이었다.

"너무 아파…… 하아."

"힘을, 조금만 힘을 빼봐."

그의 얼굴에도 은근한 땀이 배어 있었다. 미간에는 잔득 세로
주름이 만들어졌다. 그녀의 그 엄청난 조임에 그 역시 힘들었던
것이다. 그는 침대를 짚고 있던 두 손바닥을 미끄러뜨리며 팔꿈치
로 제 몸을 지탱했다. 덕분에 그의 무게가 고스란히 수인에게 전
달됐다. 무겁지는 않지만 온전히 두 몸이 겹칠 수 있는 정도가 되
었다.

"추울 때 말이야."

아파 죽겠는데 갑자기 무슨 뚱딴지같은 소리인가 싶어 수인은
감았던 눈을 뜨고 세현을 쳐다봤다.

"나도 모르게 몸을 움츠리지. 최대한 공기에 노출되는 몸의 단
면적을 줄이기 위한 반사적 행동이기도 하고, 근육의 수축 작용이
기도 하고."

그는 손가락으로 흐트러진 그녀의 머리카락을 쓸어 넘겨주고
금세 말라 버린 입술에 가볍게 입을 맞췄다.

"몸은 덜덜덜 떨리기까지 하고. 그런데 그렇게 너무 오래 있으
면 어깨가 결린단 말이야."

"그래서요?"

"몸에 잔뜩 힘이 들어가 있는 상태로 오래 있으면 괴롭단 뜻이

야."

"무슨 비유가 그래요?"

수인이 피식 웃었다. 그러는 사이에 그녀의 몸은 상당히 이완되어 있었다.

"힘을 빼고 나면 몸도 안 떨리고, 딱히 덜 추웠던 것도 아니라는 것을 깨닫지."

"그게…… 하읏!"

세현이 그 틈을 타 몸을 천천히 움직였다.

"왜 굳이 내가 힘을 빡 줘가면서 몸을 덜덜 떨고 있었나 싶단 말이지, 어깨 결리게."

수인은 밉지 않게 그를 흘기며 어깨를 툭 때렸다. 그는 그런 수인의 눈가에 다시 입을 맞췄다. 스르륵 눈을 감는 그녀의 모습을 보며 입술을 훔쳤다. 동시에 이번에는 좀 더 깊이 자신의 것을 밀어 넣었다. 역시나 엄청난 조임과 함께 대단한 쾌감이 전신을 휘감으며 머리끝이 삐쭉 서게 만들었다. 반사적으로 고개를 젖히며 신음을 흘리는 그녀의 모습은 아찔할 만큼 섹시했다. 곧게 뻗은 목선, 움푹하게 들어간 쇄골, 빳빳하게 곤두선 유두까지. 그 모든 것이 그를 흥분케 하기엔 부족함이 없었다. 아니, 충분하다 못해 넘쳐흘렀다. 자꾸만 그녀 안으로, 더 깊은 곳으로 달려가고 싶을 만큼.

그는 수인의 얼굴을 두 손으로 감쌌다.

"진수인."

"네."

"수인아."

"네."

"사랑해."

"박사님……."

그녀의 눈동자가 습윤해졌다. 넘칠 듯 천천히 물기가 차올랐다.

"아주 많이."

뭔가 말을 하려고 벌어졌던 수인의 입술 위로 그의 것이 내려앉았다. 말이 필요 없다는 듯이.

벌어진 입술 사이로 전해지는 달뜬 숨결, 부드럽게 감싸오는 혀끝에 매달린 설렘. 파르르 떨리는 입술 끝에 숨겨진 긴장감. 모든 것들이 조심스레 다가와 애틋하게 스며들었다. 말이 아닌 그 작은 몸짓에 큰마음이 담겨 있었다.

"흐음…… 추워……."

수인은 어깨를 스치는 찬 기운에 이불을 끌어 올리고 따뜻한 온기를 찾아 몸을 웅크렸다. 금세 전해지는 포근한 온기에 입가에는 절로 미소가 잡혔다. 매우 부드럽고, 매끈한 촉감, 이불이 주는 온기라고 하기엔 좀 과하게 따스했다. 무엇보다 틈 하나 없이 온몸을 감아오는 무게감은 이상할 정도로 몸에 착 달라붙었다. 평소 그녀가 덮는 이불과는 상당히 다른 느낌이었다.

그렇게 그녀는 잠에서 깨어났다. 눈을 뜬 그녀의 눈동자에 가장 먼저 잡힌 것은 한 남자의 탄탄한 가슴이었다.

"아, 맞다."

어젯밤 그와 함께 잠들었던 것이다. 그 생경한 경험이 늘 맞이하는 아침을 특별한 아침으로 만들고 있었다. 조심스레 고개를 들었다. 그가 생긋 웃으며 그녀를 내려다보고 있었다. 그도 일어난 지 얼마 되지 않은 듯 조금은 부스스한 모습이었다.

"잘 잤어요?"

"응."

그가 그녀의 등허리를 부드럽게 쓸어내리며 짧게 대답했다. 이마 언저리에 내려앉은 모닝 키스와 맨살에 닿는 그의 살뜰한 손길에 절로 눈이 감겼다. 그녀는 아기 새가 몸을 비비듯 그의 가슴께에 제 머리를 가볍게 비볐다.

"침대가 좁아서 불편했을 텐데, 괜찮아요?"

"좁아서 다행이라고 생각 중이야."

그는 더 세게 그녀를 끌어안으며 몸을 바짝 겹쳤다. 마치 침대가 좁아서 이렇게 하지 않으면 떨어질지도 모른다는 듯이.

수인은 못 말리겠다는 듯 그를 밉지 않게 흘겨보다 피식 웃어버리고 말았다. 마주 닿은 살결에서, 얼굴을 묻은 가슴에서 그의 따스한 마음이 콩닥콩닥 전해졌다. 사람의 온기가 참 좋다는 것을 새삼 깨달았다. 맨살이 전해주는 감미로운 촉감이 이렇게 좋을 수가 있을까. 그래서 다들 살 냄새를 떠올릴 때 기분 좋은 웃음을 떠올리는구나 싶었다.

그녀는 손바닥으로 그의 가슴을 천천히 쓰다듬었다. 탄탄한 가슴근육이 움찔거렸다. 연구실에 틀어박혀 공부하느라 햇빛도 제대로 보지 못했을 것 같은데, 그의 몸은 의외로 근육질이었다. 꾸준히 운동을 한 사람이 가질 수 있는 탄탄한 몸이었다.

"생각보다 몸이 좋다니까."

"되게 음흉한 사람이었구나? 남자 몸도 막 상상하고?"

"네에? 무슨 말을 그렇게 받아들여요?"

그녀는 휙 상체를 뒤로 빼며 그를 흘겨봤다. 입가에 걸린 웃음을 보니 놀리는 것이 틀림없었다.

"하여튼 못됐어!"

"헉!"

아프지 않게 툭 가슴을 때리고는 몸을 일으켰다. 그런 그녀를 향해 세현이 가슴을 움켜쥐고는 과장 섞어 아픈 척했다. 하지만 그녀는 봐주지 않았다. 틈을 줘서는 안 된다는 것을 이미 지난밤에서 새벽까지 이어지는 그 긴 시간 동안 그녀는 충분히 깨달았기 때문이었다.

이제는 됐거니 마음 놓고 방심하는 순간, 이어지는 그의 달콤한 애무와 집요한 공격은 그녀를 맥없이 무너지게 만들었고 또다시 열락의 늪으로 빠져들게 했다. 분명 체력적으로 힘들다는 걸 알았다. 하지만 마냥 아팠던 처음과 두려움에 조심스레 시작했던 두 번째는 분명 달랐다. 사람이 같은 행위로 느낄 수 있는 감각은 무궁무진했다. 조금씩 그다음에 대해 기대하게 만들었다. 뭔가 거부할 수 없는 마력 같은 게 있었다. 절정에 다다랐을 때의 그 짜릿한 쾌감과 아찔한 감각은 모든 것을 잊게 할 만큼 달콤한 마약이었다. 자꾸만 빠져들게 만드는.

'애초에 집에 들이지 말았어야 했어.'

고개를 설레설레 저으면서도 그녀의 입가에는 어쩔 수 없이 미소가 배었다. 뭔가 살아 있는 것 같다는 느낌이었다.

침대가에 앉은 수인은 허리를 슬그머니 감싸오는 그의 팔을 탁 쳐내고는 침대 옆에 고이 개켜놓은 실내 원피스를 집어 들었다. 두 팔을 먼저 넣고 머리 위로 들어 올려 입으려는데 빤히 쳐다보는 시선이 느껴졌다. 그녀는 잽싸게 팔을 엇갈려 원피스째로 가슴을 가렸다. 얼굴에 살짝 홍조가 돌았다.

"뭘 그렇게 빤히 쳐다보고 있어요, 사람 민망하게."

"뭐가 민망해. 네 몸 어디에 점이 있는지까지 알겠는데."

"고개 좀 돌려봐요. 옷 좀 입게."

"마저 입어. 너 방금 손들어서 머리에 옷 끼워 넣는 자세, 최고로 섹시했어."

그리고 바로 말을 이었다. 조금 전 그녀가 했던 말을 고스란히 되돌려 주는 앙큼한 말을.

"생각보다 몸이 좋다니까."

"아, 진짜!"

얼굴이 빨개진 수인은 이불을 잡아 그의 얼굴 위로 획 덮어버렸다. 그사이 잽싸게 옷을 입었다. 하지만 그녀가 옷을 입는 시간보다는 그가 제 얼굴을 덮어버린 이불을 걷어내는 시간이 훨씬 짧았다. 그리고 그는 끝내 그 섹시한 자세를 보고 나서야 그 역시 침대에서 몸을 일으켜 앉았다. 벽에 걸린 시계를 보니 벌써 오전 11시가 넘어가고 있었다. 거의 해가 뜨는 것을 보고 잔 셈이니 오전을 잠에 취해 보낸 것이다.

"먼저 씻어요."

수인은 손가락으로 대충 머리카락을 빗질하여 하나로 질끈 묶고는 주방으로 향했다. '아이구야.' 하는 신음 소리를 저도 모르게 뱉어내는 모습이 뒤에서 그녀의 모습을 지켜보는 세현에게는 그렇게 귀여울 수가 없었다. 내심 너무 괴롭혔나 싶어 미안하다가도 온전히 제 여자가 됐다는 생각에 뿌듯함을 지울 수가 없었다.

"같이 씻을래?"

그녀는 획 뒤돌아서더니 싱크대에 한쪽 손을 짚고 삐딱하게 섰다.

"확, 그냥 쫓아내 버리는 수가 있어요!"

세현은 알았다는 표시로 한 손을 들어 보이고는 욕실로 향했다.

씻고 나온 세현을 맞이한 것은 절로 침이 고이게 만드는 냄새였다. 그는 언제 정리해 놨는지 곱게 개켜진 제 트레이닝 바지를 챙겨 입고는 냄새를 쫓았다. 주방 가스레인지 위에서 보글보글 된장찌개가 끓고 있었다.

그는 된장찌개에 들어갈 청양고추를 자르고 있는 그녀의 등 뒤로 바짝 다가서 한 품에 안았다. 두 팔을 허리에 걸고 어깨에 제 턱을 받치고는 쑹쑹 칼질을 하는 그녀의 손을 내려다봤다.

"힘들게 뭘 그렇게 만들어. 시켜 먹으면 되지."

"나 칼 들었어요. 목숨 걸고 말 잘해요. 다치는 수가 있으니까."

"큭큭큭."

자잘한 웃음이 그의 가슴에서 그녀의 등을 타고 그녀의 입가로 번졌다. 고추 하나를 다 썬 그녀는 된장찌개에 그것을 투척하고는 뚜껑을 닫았다. 다시금 조리대로 이동해 큰 볼에 달걀 4개를 차근차근 깨뜨렸다. 그때까지도 그녀의 등에 딱 달라붙은 그는 떨어질 줄 몰랐다.

"언제까지 붙어 있을 거예요?"

"계속?"

그녀의 고개가 휙 돌아갔다. 그리고 그때를 기다렸다는 듯 세현이 그녀의 입술에 쪽 소리 나게 입을 맞췄다. 그녀가 별다른 반응이 없자 연거푸 두세 번 반복해서 쪽쪽쪽, 버드키스를 남겼다. 결국 수인이 피식 웃으며 미소를 머금는 찰나, 이번에는 좀 더 깊은 입맞춤을 전했다. 벌어진 입술 사이로 파고들어 순식간에 그녀의 내부를 점령했다. 허리에 있던 손이 본능적으로 움직였다. 한쪽은 가슴으로 올라가 주물거리다 조심스럽게 고개를 드는 젖꼭지를 괴롭혔고, 다른 손은 아래로 내려가 있었다. 원피스 치마를 들치며 보드라운 허벅지를 주무르며 위로 올라왔다. 그의 손끝에 작은 천 쪼가리가 걸렸다.

'분명 팬티를 입지 않았었는데……'

하는 아쉬움을 달래며 그 사이를 들추려는데 '치지직' 하는 소리와 함께 그의 손이 휙 밀쳐졌다. 가스레인지에 올려놨던 된장찌개 뚜껑 사이로 국물이 넘쳐흘렀던 것이다.

"불을 줄인다는 걸 깜빡했네."

순식간에 멀어진 수인이 가스 불을 줄이며 말을 이었다.

"얼굴 당길 텐데, 화장대에 보면 스킨, 로션 있어요. 여자 것이라 어떨지 모르겠지만 안 바른 것보단 나을 거예요."

마치 아무 일 없었다는 듯 그를 주방에서 내쫓은 그녀는 계란을 풀었다. 이미 등 돌린 그녀의 얼굴이 붉게 물든 것은 오직 그녀만이 알 일이었다.

'지금 된장찌개에 밀린 건가?'

"하아!"

조금은 어이없는 한숨을 토해낸 세현은 그녀를 향한 미련을 꾸역꾸역 주워 담아 화장대로 향했다. 간소한 화장품 중에서 스킨을 골라 손바닥에 덜어냈다. 양손에 적당히 나눠 거울을 보며 바르는데 모서리에 붙은 스티커가 눈에 들어왔다. 아주 오래전에 유행했던 노란 스마일 스티커가 붙어 있었다. 그러고 보니 욕실 거울에도 같은 스티커가 붙어 있었다. 그리고 냉장고에도, 싱크대 상부장에도.

"취향하고는."

피식 웃은 그는 주머니에 있는 휴대폰을 꺼냈다. 역시나 꽤 많은 부재중 전화가 찍혀 있었다.

날이 밝은 아침, 어딘가에서 들리는 진동 소리에 잠이 깼다. 새벽에 잠이 들었어도 워낙에 일찍 일어나는 습관이 배어 있던 터라 중간에 잠이 깰 수밖에 없었다. 하지만 품 안에 잠든 그녀가 너무 사랑스러워 감히 움직일 수가 없었다. 겨우 잠든 그녀였는데 자신의 작은 움직임에 혹시나 단잠을 방해할까 봐. 그리고 그렇게 마냥 바라보고 있다 보니 그 역시도 그대로 다시 잠들어 버렸다. 덕분에 오전 내내 울린 전화를 이제야 확인한 것이다.

13통이나 되는 부재중 전화 중 8통이 어머니 번호였고, 나머지 5통이 동생의 번호였다. 당신의 번호로 전화를 해도 받지 않으니 동생을 시켰을 것임이 틀림없었다. 대체 다 큰 아들의 부재가 뭐 그리 걱정된다고.

세현은 잠시 고민하다 통화버튼을 눌렀다. 이대로 무시하자니 거의 20분 간격으로 전화를 한 것으로 보면 잠시 후 다시 걸 것임이 틀림없었고, 그럴 경우 잔소리는 그만큼이나 늘 것은 자명한 일이었다. 그렇다고 원룸이니 따로 나가 전화를 할 공간도 없었다. 뭐 굳이 그녀에게 숨기면서 전화를 할 필요도 없었고.

역시나 통화음이 다 울리기도 전에 전화가 연결되었다.

[너! 엄마가 얼마나 걱정했는지 아니? 어젯밤에 그리 급하게 나가놓고서는 전화 한 통 없어?]

세현은 말 없이 어머니의 잔소리를 듣고만 있었다. 일단은 당신이 하고 싶은 말씀을 다 하셔야 속이 풀리시는 분이니까.

[그것도 모자라 아예 집에 안 들어와? 아무리 일에 미쳐서 외박이 잦다고는 하지만 전화 한 통 없는 건 너무하지 않아? 집에서 걱정하고 있을 엄마 생각은…….]

"창문 좀 열어줄래요?"

수인은 가스레인지 후드를 켜놓은 터라 제 목소리가 들리지 않을까 싶었는지 유독 큰 목소리로 부탁을 해왔다. 덕분에 그 목소리가 휴대폰을 타고 고스란히 저쪽으로 흘러들어 갔다. 그것을 깨달았는지 수인이 입 모양으로 '미안해요.'라고 말해왔다. 괜히 제가 통화를 방해했다고 생각한 모양이었다.

세현은 괜찮다는 뜻으로 웃어 보이고는 그녀의 부탁대로 창문을 열었다. 그리고 이번에도 그의 예상은 역시나 들어맞았다.

[어머머머머! 아들, 여자랑 있었니?]

부정을 하지 않는 아들의 반응을 확인한 그녀는 당신의 생각을 확신했다.

[엄마가 좋은 시간을 방해했구나? 호호호, 어쩜 좋으니. 미안해, 아들. 하던 것 마저 해. 이따 보자.]

일방적인 말만 전하고 통화는 끝이 났다. 벌써부터 당신 뜻대로 진도를 팍팍 나가 버리실 어머니를 생각하니 절로 한숨이 나왔다. 오늘 집에 들어가면 분명 '그래서 결혼은 언제 할 거야?'부터 물으실 것이 분명했다.

'결혼?'

세현은 고개를 들어 열심히 요리 중인 수인의 뒷모습을 빤히 쳐다봤다. 수많은 상상들이 머릿속을 스치고 지났다.

어제와 같이 하루를 마무리하고, 오늘과 같이 하루를 시작하겠지. 함께 밥을 먹고 평일엔 출근을 하고, 주말엔 산책을 하고. 퇴근 후 돌아와 나란히 누워 밀린 DVD를 함께 보고, 직장 상사 흉을 보고. 친구 누가 결혼을 하고, 돌잔치를 한다며 이야기를 나누고. 술 먹고 늦게 들어왔다고 걱정을 섞은 투정과 제발 세탁물 좀 분류해서 넣으라고 잔소리하는 너와 말도 안 되는 사소한 것으로 부부 싸움도 하고. 널 닮고 날 닮은 아이를 낳아 그 아이가 자라는 모습을 보며…….

"누구예요?"

갑자기 파고드는 수인의 목소리에 세현은 퍼뜩 정신을 차렸다.

"중요한 전화였는데, 제가 실수한 거 아니에요?"

"아니야. 어머니였어."

"아……."

말을 잇지 못하는 그녀의 얼굴에 '실수한 거 맞네.'라는 표정이 실렸다. 힐끔 시계를 쳐다보더니 그나마 조금은 안도하는 듯했다. 점심때가 다 되는 시간이니 이상한 상상은 하지 않을 것이라는 생각이 든 모양이었다. 그 단순한 사고 능력이 어쩐지 어머니와 조금은 닮은 듯했다.

"앉아요. 시장이 반찬이라고 했으니까 먹을 만할 거예요. 자,

밥값 좀 해주면 좋고요."

그녀는 그의 손에 두 벌의 수저를 들려줬다.

세현이 조그마한 2인용 식탁 앞에 앉아 수저를 놓는 사이 수인은 밥그릇에 모락모락 김이 나는 흰밥을 담아냈다. 그러고는 된장찌개가 보글보글 끓고 있는 뚝배기를 식탁 한가운데 올려놓았다. 파와 붉은색 파프리카가 골고루 들어가 예쁜 색 조합을 보이는 노란 계란말이와 멸치볶음, 빨간 배추김치와 진한 갈색의 마늘장아찌, 초록색 오이소박이와 감자조림까지. 가정식 백반이 한 상 푸짐하게 차려졌다.

"나는 말이에요."

맞은편 의자에 앉은 수인이 숟가락을 들며 조금은 부끄러운 듯 말을 꺼냈다.

"이상한 로망이 하나 있었어요."

"로망? 있었어? 과거형이네?"

"조금…… 웃길지도 모르는데."

"해봐. 판단은 내가 할 거니깐. 근데 듣고 먹어야 하는 거야?"

수인은 고개를 가로저으며 먹어보라는 시늉을 했다. 그는 당연하게 조금 전 수인을 빼앗겨 버렸던 된장찌개를 먼저 맛봤다.

"오, 맛있다."

"그래도 나름 손맛은 있어요."

그녀는 자랑하듯 어깨를 으쓱거렸다. 그가 숟가락 가득 밥을 뜨자 그 위로 절반으로 쪼개진 노란색 계란말이가 올라왔다.

"당근은 못 먹으니까 색깔 맞추려고 대충 파프리카 썰어 넣었어요."

세현이 한입에 숟가락을 비우는 것을 보고서 수인은 제 밥그릇에 숟가락을 밀어 넣었다. 그러자 이번에는 그 위로 나머지 반 조각 남은 계란말이가 올라왔다. 고개를 들어 쳐다보자 그는 어서 먹으라고 고갯짓을 했다.

"그 로망이 뭐였는데?"

"사랑하는 사람과 사랑을 나눈 다음날 아침에 그 사람에게 따뜻한 밥을 지어 한 상 차려주는 거."

맛있게 반찬을 집어 먹던 그의 손이 잠시 멈칫했다. 그의 시선이 그녀에게 닿은 채 움직일 줄 몰랐다.

"창문가로 부드러운 햇살이 쏟아지는 아침. 온 집 안은 맛있는 음식 냄새로 가득하고, 식탁 위엔 푸짐한 한 상이 가득 차려져 있는 거죠. 김이 모락모락 피어나는 갓 지은 새하얀 쌀밥과 보글보글 끓고 있는 찌개, 그 뽀얀 수증기 사이로 아른아른 비치는 두 사람이 담긴 평화로운 한 장면을 꿈꿨다고 해야 할까요?"

"……."

그녀는 아무 말 없는 그를 힐끗 쳐다보고는 어색하게 웃었다. 자신이 생각해도 별 시답잖은 로망이었다. 하지만 그가 할 말을 잃은 포인트는 그것이 아닌 모양이었다.

"사랑…… 그러니까 나를 사랑한다는 말을 하고 싶은 거지?"

"그게 그렇게 되는 거예요?"

"응!"

그는 아주 씩씩하게 대답을 하고는 다시 한 번 찌개에 숟가락을 담갔다 입으로 가져갔다.

"역시 맛있어. 좋다."

젓가락으로 모든 반찬을 하나씩 집어서 입안에 한꺼번에 넣고 참도 맛있게도 먹었다. 입가에 잔뜩 즐거움을 묻히며.

"그게 왜 로망이야? 만날 하면 되는 일인데. 내가 기꺼이 먹어 줄 테니까 걱정하지 마."

"이보세요, 여기는 박사님 집이 아니랍니다. 은근히 얻어먹을 궁리하고 있으시네."

"그놈의 박사님 좀 그만 쓰면 안 되나? 호칭 많잖아? 널리고 널 린 게 호칭인데 그거 하나 못 고르나?"

"널리고 널려서 고를 수가 없네요."

"한마디를 안 지지."

"그게 내 매력이죠."

"가끔 보면 지나치게 자신감이 넘친단 말이야."

그는 다시금 밥을 얹은 그녀의 숟가락 위에 멸치볶음을 올려주 었다. 그런데 이번에는 그녀가 고개를 가로저었다. 다른 반찬을 달라는 것이다. 세현은 기꺼이 멸치볶음을 내려놓고 감자조림을 으깨 올려놓았다. 하지만 이번에도 그녀는 머리를 가로저었다.

"반찬 투정하면 못 쓴다."

말은 그렇게 하면서도 감자조림 대신 배추김치를 올려주었다.

그제야 그녀는 싱긋 웃으며 입안 가득 숟가락을 밀어 넣었다. 오물조물 씹어 삼키는 그 모습이 참으로 예뻤다.

입에 든 음식물을 삼키고 된장찌개를 한 숟가락 더 떠먹은 그녀는 일상적인 이야기를 하듯 입을 열었다.

"어렸을 때 말이에요. 아버지는 섬에서 근무를 하신 적이 많아서 대부분을 관사에서 지내셨죠. 거의 2주에 한 번, 나중에는 거의 한 달에 한 번 정도 집에 오셨어요. 고작 한두 번인데도 그날에 대한 기억이 별로 없어요. 뭐, 특별한 시간을 보낸 건 아닌 모양이에요."

"직장인의 주말이 대부분 그렇지."

"근데 아주 또렷하게 머릿속에 남아 있는 장면이 있어요. 식탁 앞에 앉아서 식사를 하고 계시는 부모님이요. 정확하게 말하자면 아버지만 식사 중이셨고, 엄마는 그런 아버지를 바라보며 웃고 계셨죠. 밥 먹는 것도 잊어버린 사람처럼. 너무 행복하게 웃고 계셔서 감히 '나도 밥 줘.' 그 말을 꺼내지 못했죠."

"밥주걱 날아왔을지도 모르겠는데?"

수인은 그런 세현을 사정없이 흘겼다.

"우리 엄마를 어떻게 보고. 어쨌든 그 바보 같은 엄마의 행복을 깨뜨리고 싶지 않았어요. 그때, 모락모락 올라오는 수증기 위로 겹치는 엄마의 모습은 꼭 세상을 다 가진 사람 같았거든요."

기억 속의 엄마가 무척이나 젊은 것을 보면 아마 그녀가 아주, 아주 어린아이 때였을 것이다. 선명하지 않고 뿌옇게 보였던 것은 단순히 밥과 찌개에서 모락모락 올라오는 김 때문이 아니라, 이제 막 잠에서 깬 탓에 눈앞이 흐릿했기 때문일지도 모르겠다. 그리고 그 순간의 행복을 그 어린 꼬마 역시 무의식중에 느낀 모양이었다. 그러니 로망으로 품었을 테지.

"그래서 나도 한번 꼭 해보고 싶었어요. 대체 한 사람을 향한 마음이 얼마나 대단하면 그런 표정을 지을 수 있는지."

"그래서 해보니까 어때?"

"내 표정이 어때 보여요?"

그는 조금도 고민하지 않고 대답했다. 충분히 자기 좋을 대로 해석했다.

"세상을 다 가진 사람처럼 보여."

"에이, 설마. 가끔 보면 지나치게 자신감이 넘친단 말이죠."

수인은 싱긋 웃으며 방금 전 그가 했던 말을 그대로 되돌려 주었다. 그렇게 투닥거리며 그녀가 그토록 꿈꿨던 평화로운 아침식사가 이어졌다.

8. 그럼에도 불구하고

병원 지하 주차장에 도착한 검정색 세단의 시동이 꺼졌다.

"네, 도착했습니다. 알겠습니다."

전화를 끊은 수인은 무릎에 올려놓은 수첩을 가방에 집어넣고 살짝 몸을 틀어 뒤쪽을 쳐다봤다.

"원장님께서 기다리고 계신다니 지금 올라가면 되겠습니다. 원장님 외에도 임상병리과 과장님과 일반내과 과장님도 자리에 함께하신다고 합니다."

"오호, 우리 회사 몸값이 그렇게 올라간 건가?"

재민은 마지막으로 점검을 마친 파일철을 덮어 자신의 서류 가방에 넣었다. 그리고 고개를 다시 원위치시키는데 그만 딱 발견하고 말았다. 자신의 옆자리에 앉은 세현과 앞 보조석에 앉아 뒤를 돌아보던 수인이 은밀한 시선을 주고받는 것을. 실제로 은밀한 시선은 아니었지만 짝 없는 외기러기 신세 재민에게는 충분히 그렇게 보였다.

"괜히 달고 왔어. 넌 평소엔 잘만 거절하더니 오늘은 무슨 바람으로 따라온 거야?"

재민은 옆에 있는 세현에게 괜히 투덜거렸다.

"엄연히 연구 담당자는 나거든?"

"아, 그러세요? 그러신 분이 지금까지 얼굴 한번 안 비쳤어요?"

"계약할 땐 간 것으로 아는데?"

세현은 사실 관계는 확실히 하자는 얼굴로 그렇게 말하고는 먼저 차에서 내렸다. 남겨진 재민이 애꿎은 수인을 쳐다보자 수인은 어설픈 미소를 짓고 있었다, 그녀답지 않게.

"수인 씨, 그러는 거 아냐."

"네? 제가 뭘……."

"사내 연애를 금지하자는 여론을 조성할 필요가 있겠어."

그렇게 혼자 중얼거린 재민 역시 차에서 훌쩍 내려 버렸다. 그녀답지 않게 어벙한 표정을 짓던 수인은 황급히 정신을 차리고 서둘러 그의 뒤를 따랐다. 엘리베이터 앞에 도착해 습관처럼 버튼을 누르려는데 선수를 친 손이 있었다. 세현이었다.

"이 정도는 네가 누를 수 있는 거 아냐? 이런 것까지 비서를 부려먹어야겠냐?"

하도 어이가 없었던 재민은 휘이휘이 날파리를 쫓듯 세현을 향해 손바닥을 휘저었다.

"너, 그냥 가라."

하지만 그에 대꾸할 세현이 아니었다. 아무렇지 않게 막 도착한 엘리베이터에 올라탔고, 그 뒤를 재민이 따랐다.

마지막으로 엘리베이터에 오른 수인은 병원 세미나실이 있는 층수를 누르고는 한 발 뒤로 물러섰다.

"죄송합니다."

"왜 네가, 아니, 진 비서가 죄송합니까?"

세현에게 그러지 좀 말라고 되지도 않는 복화술을 보였지만 그는 모르는 것인지, 알면서도 모르는 척하는 것인지 표정에 변화 하나 없었다.

"그러게 진 비서가 죄송할 일은 아니지. 진 비서를 죄송하게 만든 놈이 나쁜 놈인 거지."

수인은 조용히 한숨을 삼키고 제 직무에만 충실하기로 마음을 다잡았다.

"필요하신 자료는 순서대로 위에서부터 보실 수 있도록 준비했습니다. 관련 자료는 이미 병원장님 비서실과 연구팀 메일로 전송해 둔 상태입니다. 끝나시는 대로 바로 이동해서 저녁식사까지 예정되어 있습니다. 차는 정문에 대기시켜 놓겠습니다."

재민은 수인이 건넨 자료를 순서대로 한번 훑어보고는 가방에 넣었다. 그런데 고개를 드는 찰나 엘리베이터 문에 몰래 손을 잡고 있는 두 사람의 모습이 비쳤다.

왜 이렇게 약이 오르는지.

그는 휙 뒤돌아서더니 두 사람 사이를 억지로 비집고 들어가 벌려놓았다.

"나를 이렇게 유치한 놈으로 만들었다 이거지?"

할 말을 잃은 두 사람은 멋쩍게 딴 곳으로 시선을 돌렸다. 그에 더 약이 오른 재민은 제법 근엄한 목소리로 수인을 불렀다.

"진수인 씨!"

"네, 사장님."

"당분간 야근할 거예요. 그러니 일찍 퇴근할 생각 말아요."

"네, 알겠……."

"서재민! 어디서 권력 남용이야?"

수인의 대답이 미처 다 끝나기도 전에 세현이 버럭 소리를 질렀다.

"일하겠다는 거야, 일! 우리 SJ바이오텍스의 무궁한 발전을 위하여."

"일 좋아한다. 너 이렇게 방해……."

그때 엘리베이터가 멈추며 문이 열렸다. 층수를 확인하니 그들이 가고자 하는 곳은 아니었다.

세 사람만 있던 엘리베이터 안으로 가운 차림의 남자 의사가 끼어들었다. 남자는 자연스럽게 들어와 해당 층수를 누른 후 반듯하게 섰다. 덕분에 두 사람 사이의 유치한 기 싸움도 끝이 났다. 그런데 엘리베이터에 오른 남자가 고개를 갸우뚱하는가 싶더니 휙 뒤돌아보았다.

"수인 씨? 맞죠, 진수인 씨?"

"어? 선생님!"

놀란 수인을 남자가 활짝 웃으며 반겼다. 그녀의 옆에 있던 두 남자가 경계의 시선으로 쳐다보고 있다는 것도 모른 채.

"여긴 어떻게…… 어? 병원, 옮기신 거예요?"

의아한 얼굴로 묻던 그녀는 남자가 입고 있던 가운을 보고서야 그가 이 병원 의사라는 것을 알아차렸다.

"그렇게 됐어요. 목구멍이 포도청이라. 하하하."

남자는 멋쩍게 웃으며 머리를 긁적였다. 그 모습이 무척이나 소탈해 보이는 것을 넘어 조금은 모자라 보였다.

"그런데 수인 씨야말로 여긴 어떻게…… 혹시…….."

조금은 바보스러웠던 남자의 얼굴이 금세 진중해졌다. 확 바뀐 얼굴이 그제야 의사처럼 보였다. 그것도 꽤나 잘생기고 전문가 포스 제대로 풍기는 믿음직한 의사.

"아니에요. 일 때문에 왔어요."

생긋 웃으며 대답하자 그제야 남자의 얼굴에도 다시금 미소가 번졌다.

"이럴 게 아니라 우리 어디 가서 얘기 좀 해요. 아니다, 좀 이르긴 하지만 점심 같이 할래요?"

"아, 그게…… 일이…… 안 끝났어요."

수인은 그제야 자신의 옆에 꼿꼿하게 서서 두 사람을 지켜보는 남자들을 인지했다. 역시나 돌아보자 그들의 눈에 물음표 백만 개쯤과 함께 경계의 눈빛이 레이저 광선처럼 쏟아지고 있었다. 특히나, 세현의 눈은 곧 불이라도 뿜을 기세였다. 그것이 조금은 불안하면서도 좋았다. 이 사람의 질투는 매번 그녀가 사랑받고 있다는 것을 느끼게 해줬다.

그때 엘리베이터가 멈추고 문이 열렸다.

"이렇게 만나는 것도 쉽지 않은데."

"다음에 시간 내서 연락드릴게요."

"그래요, 그럼. 일 잘 보고 가요. 무슨 일 있으면 찾아오고요."

남자는 순간 흠칫했다. 한 남자의 눈빛이 너무도 날카롭게, 무서울 정도로 사납게 쏟아진 탓이었다.

"하하하, 의사가 무슨 일 있으면 찾아오란 소리는 아프라는 소리겠네요. 조심히 가요."

그 사나운 눈빛을 보내는 세현을 향한 소리인지, 수인을 향한 소리인지는 알 수 없었다. 그렇게 남자는 또다시 그 멋쩍은 웃음과 함께 작별을 고하고 사라졌다.

"누구야, 대체?"

"보면 몰라요? 의사 선생님이잖아요."

"그걸 묻는 게 아니잖아."

그사이 엘리베이터는 그들의 최종 목적지에 도착했고, 그들을 기다리고 있는 병원장의 비서 덕분에 어쩔 수 없이 대화는 중단되었다.

"어서 오십시오. 안에서 기다리고 계십니다."

비서를 따라 앞서 걷던 재민이 뭔가 한마디 하려는 세현보다 조금 더 빨리 입을 열었다.

"이제 와서 혼자 들어가라는 시답잖은 소리는 집어치우는 게 좋을 거야."

"하여튼 도움이 안 돼."

세현은 수인을 향해 '딱 기다려.'라는 표정을 지어 보이고는 세미나실로 향했다. 이미 병원장을 위시한 각 과 교수들을 비롯한 연구팀 의사들이 세미나실의 좌석을 빼곡하게 채우고 있었다. 매스컴에서도 떠들썩하게 보도된 백신 개발 프로젝트이다 보니 본의 아니게 그 영향력이 커져 버린 상황이었다. 그만큼 준비하고 있는 세현과 재민의 어깨도 무거워질 수밖에 없었다.

그렇게 시작된 세미나는 예상 시간보다 늦은 시간에 마무리가 되었고, 그러다 보니 식사 자리로 이동하는 것도 정신없이 진행되었다.

"수고했어요, 진 비서. 이만 들어가 봐요. 야근은 내일부터 하는 걸로 할 테니까 오늘은 마지막 칼퇴의 순간을 즐기세요."

싱긋 윙크를 해주며 반강제적으로 세현을 잡아끌어 식당으로 들어가는 재민에게 꾸벅 인사를 건네는 것으로 수인의 일정이 끝났다.

눈앞에서 닫히는 방문을 확인하고 뒤돌아서는 순간 그녀의 입술을 타고 길고 긴 한숨이 흘러나왔다. 평소와 같았더라면 오늘도 무사히 하루를 마쳤구나 하는 마음에 절로 흘러나오는 한숨이었을 테지만, 오늘은 그 끝에 어쩔 수 없는 근심이 뒤따랐다. 재민과 세현을 수행하는 내내 머릿속에서 떠나지 않았던 걱정과 고민이었다.

바로 엘리베이터에 올랐던 의문의 의사. 그의 집요한 성격을 보자면 그는 의문이 풀릴 때까지 추궁할 것임이 틀림없었다. 물론, 그녀가 싫은 내색을 한다면 꼬치꼬치 캐묻지는 않을 테지만.

'하지만 그만큼이나 서운해하겠지.'

아버지에 대한 이야기와는 또 달랐다. 그 남자에 대해 말을 하려면 많은 용기가 필요했다. 자신도 없었다, 과연 아무렇지 않을 수 있을지.

그녀는 반사적으로 몸을 바르르 떨었다. 저도 모르게 몸을 움츠리며 두 손을 엇갈려 양팔을 감쌌다. 팔뚝을 움켜진 손끝에 바짝 힘이 들어갔다. 저도 모르게 소름이 돋고, 등줄기가 빳빳하게 굳었다. 그리고 바로 그때, 마치 기다렸다는 듯이 손에 들렸던 휴대폰이 짧게 진동했다. 흠칫 놀란 수인의 시선이 휴대폰 액정으로 향했다.

「델리슈이 가 있어, 거기 맛있다고 했었잖아. 바로 뒤따라갈게.」

그녀의 입가에 절로 미소가 번졌다. 온몸 가득 배었던 긴장감도 봄눈 녹듯 스르륵 사라졌다.

"괜찮아, 이 사람이니까."

구겨진 옷깃을 탈탈 떨며 꼿꼿하게 몸을 고쳐 세운 수인의 발걸음이 제법 단단해져 있었다.

"그래서요?"

수인은 두 눈을 동그랗게 뜨고 입안에 든 스테이크 조각을 씹으며 물었다. 몰래 연애 중이었던 연구실 김 대리와 총무부 오미리 씨가 사내 커플로 밝혀지게 된 계기를 듣는 중이었다.

"오미리 씨가 냅다 들쳐 업고 뛰었지."

"세상에 말도 안 돼. 아무리 그래도 여자가 남자를 업고 뛰어요?"

"사랑의 힘이라고 하던데?"

둘 사이가 수상하다고 이쪽저쪽에서 찔러봤지만 끝까지 아니라고 부인했던 그들이었다. 그런데 친목회 날, 김 대리는 축구 경기 도중 골문 앞에서 날아오는 공을 헤딩을 한다는 것이 그만 골대를 그대로 들이받고 말았다. 어찌나 강하게 머리를 들이밀었던지 '쿵' 소리가 응원석까지 들렸고, 새침하게 앉아 있던 오미리 씨는 벌떡 일어나 우사인볼트를 능가할 속도로 달렸다. 순간적으로 정신을 잃었던 김 대리가 눈을 뜨자 기다렸다는 듯이 코피가 흘렀고, 피를 본 그녀는 그대로 김 대리를 들쳐 업고 뛰었다는 것이다.

"맙소사, 흑, 큭큭큭."

크게 다쳤을지도 모를 위험한 상황일 것이 분명한데도 여자치고는 몸집이 좋은 오미리 씨가 상당히 체구가 작은 김 대리님을 업고 뛰는 모습이 머릿속으로 그려지니 절로 웃음이 났다. 다른 사람의 고통에 재미를 느끼다니. 수인은 입안에 든 고기를 겨우 삼키고 웃음을 참으려 애를 썼지만 쉬이 멈춰지지 않았다. 도도한 새침데기 오미리 씨를 생각하니 더욱더.

"그렇게 웃기나?"

"상상을 해봐요. 누가 감히 그런 상상을 해봤⋯⋯."

순간적으로 수인의 말이 뚝 끊기며 그렇게 사라지기 힘들었던 웃음기도 순식간에 걷혔다. 세현의 등 너머 한곳을 향한 그녀의 눈동자가 미세한 떨림을 머금었다. 세현이 그녀의 시선을 따라 뒤를 돌아봤지만 그곳엔 아무도 없었다.

"왜 그래?"

"네? 아, 아니에요. 사람을 잘못 봤나 봐요."

퍼뜩 정신을 차린 수인은 다시금 미소를 머금었다. 하지만 조금 전까지만 해도 배꼽 빠져라 웃었던 사람치고는 꽤나 건조한 미소였다. 그것이 신경 쓰였는지 그녀는 재빨리 말을 이었다.

"그런 꼴 안 보려고 그렇게 대놓고 티를 내는 거예요?"

"내가? 난 대놓고 티낸 적 없는데. 마음 가는 대로 행동했을 뿐."

"어련하시겠어요."

수인은 밉지 않게 그를 한번 흘겨보고는 들고 있던 포크와 나이프를 내려놓았다.

"걱정 말아요. 혹시라도 뇌진탕당해도 난 모른 척할게요."

"골대에 헤딩하지는 말아야겠군. 더 안 먹어?"

세현이 반쯤 남은 고깃덩어리를 눈빛으로 가리켰다. 수인은 고개를 가로젓는 것으로 대답을 대신했다.

"올 때마다 고깃덩어리가 왜 이렇게 작은 거냐고 투정이었으면서."

"올 때마다는 아니었어요."

입을 삐죽거린 수인은 잠시 숨을 고르고 화제를 돌렸다.

"왜 안 물어봐요?"

목적어가 없었는데도 그는 바로 알아들었다.

"그 남자가 지금 너에게 의미 있는 사람이야?"

"아니요."

"그럼 됐어."

"그게 끝?"

"너의 지난 시간 속에 있었던 사람들이 비단 그 사람뿐만이 아닐 거야. 궁금하긴 하지만 네가 굳이 말하고 싶어하지 않는 이야기를 억지로 듣고 싶진 않아. 그건 아직 네가 그 시간들에서 자유롭지 못하다는 거니까."

"……."

"안다고 해서 내가 그 시간 속으로 들어가 너의 추억의 일부가 될 수는 없어. 내가 할 수 있는 건 네 추억을 공유하는 거지, 그때의 네가 돼서. 그런데 네가 그 추억에서 자유롭지 못하다면……."

"그렇다면?"

"질투날 거야. 화도 날 거고."

그 한마디에 왜 이렇게 마음이 놓이는지 모를 일이었다. 배시시 바보 같은 미소를 베어 물 만큼 뭔가 가슴 가득 채워지는 기분이었다. 든든한 내 편 한 명이 는 것 같았다.

"웃지 마. 말을 이렇게 해도 신경 쓰이는 건 어쩔 수 없으니까."

"그러면서 멋있는 척하시기는."

"나가자. 차는 나가서 마셔."

세현이 계산을 하는 사이 수인은 화장실을 들렀다. 화장을 고치고 옷매무새를 정리한 후 거울에 비친 자신의 모습을 빤히 쳐다봤다.

그가 했던 마지막 말이 자꾸만 되새김질되었다. 정말 그래서 걱정했던 것일까. 우연히 만난 의사 선생님에 대해서 그에게 어떻게 설명해야 할지 혼란스러웠던 것은 아직 과거에서 벗어나지 못한 탓일까.

꼬리에 꼬리를 물려던 생각들을 고개를 세차게 휘젓는 것으로 떨쳐 낸 그녀가 화장실을 막 벗어나려던 순간이었다.

수인은 정면으로 맞닥뜨린 상대방의 얼굴을 확인하고는 저도 모르게 뒷걸음질 쳤다. 세상 근심을 다 가진 얼굴의 한 중년 여성이 그녀를 빤히 쳐다보고 있었다. 슬픔과 분노, 무기력함과 억울함이 섞인 어두운 눈빛의 무게에 눌려 아무 말도 나오지 않았다.

잘못 봤을 거라 생각했다. 의사 선생님을 본 탓에 고이고이 접어두었던 과거의 한 페이지가 펼쳐져 괜스레 떠오른 것이라고. 그래서 다른 사람을 잠시 착각했던 것이라고. 그런데 그게 아닌 모양이었다. 제대로 봤던 것이다. 아무런 준비도 없이, 전혀 예상치도 못한 순간에 이렇게.

"웃음이 나오나 보네요?"

"⋯⋯."

"어쩜 그렇게 아무렇지 않게 웃고 떠들며 살 수 있나요?"

"⋯⋯."

"어떻게 그래요?"

수인의 고개가 뚝 떨어졌다. 차마 고개를 들지 못하고 갈 길을 잃어버린 시선은 반듯하게 닦인 구두코에서 떠날 줄 몰랐다.

시간이 멈춘 듯 정적이 이어졌다. 원망 가득한 말들을 퍼부었던 중년 여성도 더 이상 말을 잇지 못했다. 그렇게 길게만 느껴졌던 찰나의 순간은 멀어지는 구두 소리와 함께 깨졌다. 중년 여성은 또다시 애초에 그 자리에 없었던 것처럼 조용히 사라졌다.

그녀의 곁을 지나 사람들이 오갔다. 화장실 안에서 물 내리는 소리, 볼일을 마치고 돌아가는 여자들의 구두 굽 소리들이 제멋대로 섞여 자잘한 생활 소음을 만들었지만 그 자리에서 망부석이 돼버린 듯 수인은 꼼짝하지 않았다. 그런 그녀의 모습이 이상했는지 지나가던 여자가 그녀를 흔들어 깨웠다.

"저기요, 괜찮아요?"

"네? 아, 괜찮습니다."

수인은 퍼뜩 정신을 차렸다. 하지만 그녀의 얼굴은 핏기 하나 없이 창백했다. 휴대폰을 든 손에는 땀이 찼고, 끊임없이 전화벨이 울리고 있다는 것도 한참이나 지나서야 깨달았다. 그리고 그녀를 기다리는 사람이 있다는 것도. 그녀는 허겁지겁 그 자리를 벗어나 레스토랑 입구로 향했다.

그녀를 기다리던 세현이 그녀를 발견하고 귀에 대고 있던 휴대폰을 내렸다. 한소리 하려던 그는 그녀의 상태가 좋지 않다는 것을 단숨에 파악하고 질문을 바꿨다.

"어디 안 좋은 거야?"

"체했나 봐요."

"병원 가자."

"아니에요. 그냥 집에 가서 소화제 먹고 쉬면 될 것 같아요."

"네가 의사야?"

"이 나이 되면 내 몸 상태는 내가 젤 잘 알아요."

힘없게 웃는 수인의 모습에서 쉬고 싶다는 것을 읽을 수 있었다. 그는 실랑이하는 대신 그녀를 차에 태웠다. 병원은 포기하더라도 약은 직접 먹어야 할 것 같았다. 약국에 들러 소화제를 구입해 먹이고, 그녀의 집 침대에 눕히고 나서야 겨우 한숨 돌릴 수 있었다.

"그만 가요. 좀 쉬고 싶어요."

"쉬어."

"박사님 옆에 있으면 편히 못 쉬어요. 예쁘게 보이고 싶어서 긴장해야 한단 말이야."

"쫓아내는 방법도 여러 가지다."

"약 먹었으니까 한숨 푹 자고 일어나면 괜찮아요. 걱정 말아
요."

"자. 너 잠들면 갈게."

그녀는 참도 고집스럽게 고개를 가로저었다. 아프면서도 꿋꿋
하게 눈꺼풀을 밀어 올리며 그를 보내려고 하는 수인의 모습에 그
는 어쩔 수 없이 떨어지지 않는 발길을 돌려야 했다.

"무슨 일 있으면 전화해. 무식하게 참지 말고."

"네."

수인은 현관문이 닫히고 그의 발걸음이 멀어지는 것을 확인하
고 나서야 조용히 눈을 감았다. 세상은 순식간에 암흑으로 뒤덮였
다.

〈말도 안 돼.〉

당황한 기색이 역력한 수인이 주위를 두리번거렸다. 익숙한 장
소, 익숙한 시간, 그리고…… 익숙한 상황. 단순 데자뷰가 아니었
다. 최초의 경험이 아니었으니까. 그녀는 알고 있었다. 앞으로 어
떤 일들이 벌어질 것인지.

딩동댕동, 딩딩댕동.

수업이 끝났음을 알리는 종소리가 끝난 지 얼마 되지 않아 교무
실 문이 열렸다. 교사들이 한 명씩 들어오고 곳곳에 비어 있던 책
상이 주인들로 하여금 조금씩 채워졌다. 수인의 눈길이 아주 당연

하다는 듯이 한곳으로 향했다. 수업을 끝내고 돌아온 여교사가 자리에 앉으며 휴대폰을 확인하고 있었다. 바로, 수인 그녀였다.

"무슨 부재중 전화가 이렇게 많이 찍혔어?"

혼잣말을 하며 걸려온 번호로 전화를 연결하는 그녀의 모습을 한 발치 떨어져 지켜보던 수인이 손을 뻗으며 큰 소리로 외쳤다.

〈받지 마!〉

하지만 그녀에게는 들리지 않았다. 수인의 간절한 손짓 역시 보일 리 없었다.

"네, 제가 진수인인데요. 무슨 일이시죠? ……네? 아, 아버지가요?"

벌떡 자리에서 일어선 그녀는 애써 침착하려 애쓰는 기색이 역력했다.

"네, 알겠습니다. 곧 가겠습니다."

털썩 자리에 주저앉은 그녀는 낮은 한숨을 길게 토해냈다. 손끝이 파르르 떨리고, 심장은 갈비뼈를 뚫고 나올 만큼 거칠게 엇박자로 뛰어댔다. 어서 빨리 몸을 움직여야 한다는 것을 알지만 쉽게 발이 떨어지지 않았고, 머릿속은 뛰는 심장만큼이나 뒤죽박죽이었다.

그때였다. 작은 체구의 여학생 한 명이 그녀의 곁으로 다가왔다. 파리한 모습이 처연하게 보일 정도였다. 지켜보고 있던 관찰자 수인의 심장도 덜컹 내려앉았다.

"선생님……."

"은채, 선생님에게 할 말 있어?"

"네."

"무슨 일 있니?"

"저, 그게……."

"급한 일인 거야?"

"그건 아니지만……."

"그럼 우리 이따 점심시간에 이야기할까? 선생님이 지금 급하게 일이 생겨서 잠시 외출을 좀 해야 하는데."

여학생은 머뭇거리다 한참 만에야 고개를 끄덕였다.

"네."

그러고는 들어올 때보다도 축 처진 어깨로 교무실을 빠져나갔다.

〈안 돼! 지금이여야 해! 진수인, 후회할 일 하지 마!〉

아무리 큰 소리로 외쳐도 두 사람에겐 들리지 않았다. 두 사람뿐만 아니라 교무실 안에 있는 그 누구도 수인이 그토록 애타게 소리치고 있는지 알지 못했다. 당연했다. 이건 꿈이었으니까. 설사 누군가가 들었다 하더라도 상황이 달라지지 않을 것임은 확실했다. 이미 지나 버린 과거였으니까.

여학생이 교무실을 나가고 그녀 역시 교감 선생님께 뭔가를 이야기하는가 싶더니 급히 핸드백을 챙겨 들고 뛰다시피 교무실을 빠져나갔다.

잠시 후, 그녀가 도착한 곳은 응급실이었다. 하얗게 머리가 센

중년 남성이 간호사의 옷깃이 동아줄이라도 되는 양 꼭 붙들고 있었다. 핏자국이 지저분하게 남은 여기저기 찢긴 옷가지, 두려움에 갈피를 잡지 못하고 있는 눈동자에, 얼굴에는 이마에서부터 관자놀이로 이어지는 부근을 꿰맸는지 커다란 반창고가 붙어 있었다.

"하아! 아버지……."

순간적으로 맥이 풀린 그녀는 저도 모르게 어이없는 한숨을 토해내고 말았다.

담당 경찰관에게서 걸려온 전화 한 통에 가슴이 철렁했었다. 교통사고, 응급실, 환자 상태가 매우 불안정하다는 그 몇몇 단어들의 조합만으로도 가슴이 옥죄었었다. 한번으로 족했던 그 과정을 또다시 경험해야 할까 봐 두려웠다. 그런데 그런 본인의 모습이 어찌나 한심한 것에 불과했는지 절실히 깨달았다.

"윤주야! 왜 이렇게 늦었니?"

저렇게 멀쩡히 살아서 그녀의 이름도, 엄마의 이름도 아닌, 그토록 사랑해 마지않은 여자를 찾는 모습에 화가 날 지경이었다. 모른 척 휙 뒤돌아서 버릴 만큼. 그럼에도 불구하고 미련하게도 미련을 버리지 못해 미처 발걸음까지 떼지는 못했다.

"화났니? 앞으로 조심할게."

아이처럼 웃으며 그녀의 손을 조심스럽게 잡는 아버지의 손을 차마 세차게 뿌리치지 못했다. 손끝에 닿는 온기와 미세한 떨림에서 간절함을 읽은 탓이었다.

"잠깐만 여기 앉아 계세요. 계산하고 올게요."

아버지를 향한 분노와 미움은 그 무엇보다도 컸지만, 그럼에도 불구하고 끝까지 독해지지는 못했다. 엄마가 세상을 떠나던 그때처럼.

다음날 출근길이었다. 묵직한 몸을 이끌고 출근하는 그녀의 걸음걸음이 무척 무거웠다. 등교하는 학생들이 건네는 인사마저도 오늘은 형식적으로 받고 있었다. 오늘따라 먹구름까지 잔뜩 낀데다 바람마저도 스산하게 불었다. 그렇게 교문을 통과하고 꽤나 긴 언덕길을 힘겹게 올라 학교 본관 건물 앞에 다다랐을 때였다.

등굣길이야 언제나 왁자지껄했다. 매일 만나서 부모님보다도 오랜 시간을 함께 보는 친구들끼리 뭐가 그렇게 반갑고, 무슨 그렇게 할 말이 많은지 쉴 새 없이 떠들어대는 것이 대한민국 고등학생들이었다. 그러니 이른 아침부터 이어지는 소란스러움이 새삼스러울 것도 없었다. 그런데 그 소란스러움을 찢고 훅 뛰어드는 비명 소리가 있었다.

"꺄악!"

"어머머머! 어떡해!"

누군가로 인해 시작된 비명은 여기저기서 봉두난발 식으로 만들어졌다. 그리고 모든 이의 발걸음을 제자리에 붙들었다.

대체 무슨 일인가 싶어 주변을 두리번거리던 그녀는 일제히 하늘을 쳐다보고 있는 학생들의 시선을 따라 고개를 뒤로 젖혔다. 그리고 그 자리에서 그만 얼어붙고 말았다.

5층 건물의 본관 옥상 난간에 단정하게 교복을 차려입은 여학

생 한 명이 서 있었다. 여기저기서 누구냐고, 왜 그러냐고 웅성거
렸다. 먼 거리라 얼굴을 확인하는 건 그렇게 쉽지 않았다. 그럼에
도 불구하고 그녀는 단번에 누군지 알아차렸다. 일종의 직감과 본
능이었다. 반사적으로 파리한 모습으로 어제 그녀를 찾아왔던 여
학생, 은채를 떠올렸다. 그 순간 여학생과 그녀의 눈이 마주쳤다.
다른 사람은 모르더라도 당사자인 그녀와 여학생은 알 수 있었다.

"안 돼. 그러지……."

그러나 그녀의 말이 채 끝나기도 전에 여학생은 너무도 차분히
몸을 날렸다. 마치 그 순간 날개가 돋아 하늘 위로 날아가기라도
할 것처럼.

그러나 그런 기적 따위는 일어나지 않았다. 여학생은 그대로 아
래로 곤두박질쳤고, 주변은 순식간에 비명이 남발하며 아수라장
이 되었다. 반면, 그녀의 모든 세상은 그대로 얼어붙고 말았다. 은
채가 난간 밖으로 몸을 던지는 순간 모든 것이 그대로 멈춘 듯했
다. 시간도, 소리도, 움직임도. 아무것도 들리지 않았고, 아무것도
보이지 않았다. 딱 하나, 떨어지는 은채의 모습만 너무 선명하게,
너무나도 느릿하게 눈으로 스미어 뇌리에 박혀들었다. 떨어지는
그 짧은 순간에 두 사람의 눈이 마주치고 수많은 생각들이 오갔다
면 과연 그 누가 믿을 수 있을까. 마치 억지로 느리게 재생시킨 영
화 속 슬로모션 화면처럼 느리게, 아주 느리게만 떨어졌다.

'선생님.'

'은채야, 왜…….'

그녀의 눈높이에서 그대로 정지 버튼을 누른 듯한 착각이 들 정도로 은채의 맑고 슬픈 두 눈동자가 그녀의 뇌리에 너무도 강하게 박혔다.

"꺄아아아악!"

엄청난 비명 소리와 함께 학생들이 일제히 뒷걸음질 쳤다. 붉은 선혈을 흘리는 친구의 육체에 저도 모르게 나온 행동이었다. 급히 구급차를 부르는 학생들, 놀라서 부모님께 전화하는 친구들 서로가 끌어안고 끔찍한 장면을 회피하는 학생들, 그 모습들이 참도 다양했다. 본관 현관 쪽에서는 소식을 들었는지 먼저 출근했던 교사들이 다급히 달려오고 있었다.

어느새 이미 끈 떨어진 마리오네트가 되어버린 여학생을 중심으로 수많은 학생들이 둘러쌌다. 그리고 그 무리 안에 마리오네트의 마지막 끈이었던 그녀가 넋이 나간 얼굴로 서 있었다.

움직여야 한다는 것을 알고 있었다. 점점 생기를 잃어가는 저 여린 소녀를 흔들어 깨워 정신 차리게 해야 했다. 그런데 몸이 말을 듣지 않았다. 한 발짝도 움직일 수 없었다. 아니, 손가락 하나 까닥할 수가 없었다. 숨도 제대로 쉬어지지 않았다. 누가 이딴 행동을 하라고 했냐고 따끔하게 야단을 쳐야 하는데 입조차 벙긋해지지 않았다.

'내가 어리석었어. 중요한 건 너였어. 어제 아버지를 찾아가는 게 아니라, 너의 이야기를 들어줬어야 했어. 나를 정말로 필요로 했던 건 아버지가 아니라 너였는데 말이야.'

생기를 잃어버린 그녀의 까만 눈동자는 눈도 감지 못한 채 죽음의 강을 건너고 있는 은채에게 닿아 있었다. 마지막을 알리듯 소녀의 눈가에서 조르륵 눈물이 흘렀다. 상처투성이였던 마음을 대신하여 울어주듯 피에 젖은 눈물은 새빨간 색이었다.

"안 되에에에!"

그녀의 비명 섞인 울부짖음이 넓은 교정을 메아리쳤다. 짧은 생을 마감하는 소녀를 위한다고 하기엔 너무나도 보잘것없는 울음이었다.

"안 돼!"

단말마 같은 비명을 지르며 수인은 벌떡 몸을 일으켰다. 온몸이 땀에 흠뻑 젖은 채 거친 숨을 몰아쉬며 잠시 꿈과 현실 사이에서 방황했다. 스스로를 향한 무기력함에서 비롯된 두려움 그득한 두 눈이 정신없이 주변을 살폈다. 그리고 한참 만에야 현실로 돌아왔다. 더 이상 눈앞에서 피 흘리며 죽어가는 여린 소녀는 없었다.

"꿈이야."

현실이었으나 이제는 지나 버린 시간 속에 속절없이 갇힌 꿈. 무력함도, 죄책감도, 죄스러움도 어느덧 그 시간 속에 모른 척 묻어버린 이기적인 스스로를 향한 소리 없는 채찍질과도 같은 꿈.

─누구 단 한 사람만이라도 나의 말에 귀 기울여 주었더라면,

누구 단 한 사람이라도 뒤돌아서는 날 쳐다봐 줬다면

난 그 사람이 누가 됐을지라도 붙잡고 이야기를 했을 것이다.

하지만 아무도 나 같은 것에게 관심을 갖지 않았다. 용기 내 찾아간 담임마저도.

만약 선생님이 내 이야기를 들어줬다면 어떻게 됐을까?

나는 다른 선택을 했을까?

세상 모두가 원망스럽다.

당신이 원망스럽다.

싫다.

죽는 순간까지도 꽉 쥐고만 있던 작은 손에서 나온 편지였다. 세상을 향한 원망과 분노, 아무런 도움을 주지 못했던 그녀를 향한 미움이 3년이 지난 지금까지도 너무 선명하게 기억났다. 내가 너무 힘들어, 내가 너무 괴로워 억지로 잊고 살았다. 나 때문이 아니라고 핑계대며 스스로 애써 자위하며 지우고 살았다. 그 여린 소녀의 마음을 이렇게 잊고 살았던 것이다. 어떻게든 살아보기 위해서 이기적인 어른의 길을 선택했던 것이다.

모두 극복했다고 믿었는데, 극복이 아니라 회피를 했던 모양이었다. 이렇게 그 아이의 엄마를 본 것만으로도 또다시 같은 꿈을 꾸기 시작한 것을 보면.

수인은 아직까지도 덜덜 떨고 있는 손을 힘겹게 들어 올려 서늘해진 목덜미를 어루만졌다. 땀에 젖은 머리카락이 제멋대로 달라붙은 살결이 유독 차갑게만 느껴졌다. 방금 전까지 귓가를 울렸던 비명 소리와 울음소리가 온데간데없이 사라지자 을씨년스러운 고요만이 공간을 가득 채웠다.

여명이 트기 직전의 새벽. 어둡지도, 그렇다고 밝지도 않은 어스름한 시간. 온 세상이 조용한 가운데 째깍째깍 시계침 소리만이 유유히 흘러가고 있었다.

❖

세현은 열심히 초인종을 눌러댔다.

집에서 출발하면서 계속 전화를 해봤지만 전화기가 꺼져 있었다. 아침엔 출근 준비로 정신없는 것을 잘 알기에 미처 배터리가 나간 휴대폰을 확인하지 못한 것이리라 자위하며 그녀의 집 앞에 도착했다. 그런데 출근 시간이 한참 지나도 그녀는 모습을 비추지 않았다. 결국은 직접 올라와 초인종을 누르기에 이른 것이다.

그러나 여전히 그 어떤 대답도, 인기척도 느껴지지 않았다. 며칠 전 체한 후로 계속 컨디션이 안 좋아 보이더니 결국 어제는 퇴근 시간마저 지키지 못하고 조퇴를 했다. 후회가 밀려들었다. 어젯밤 그녀가 아무리 밀어내도 끝까지 곁을 지켰어야 했다. 어차피 잠 한숨 제대로 자지 못할 거였으면 옆에서 그녀라도 지킬 것을. 하지만 이미 지나 버렸고, 지금은 이 순간의 그녀만 생각하기로 했다.

세현은 끝까지 열리지 않는 문을 결국은 스스로 열고 집 안으로 들어섰다.

"당장 비밀번호부터 바꿔. 1357이 뭐야, 1357이."

"누가 감히 그런 번호로 했을 거라고 상상도 못할 거예요."

"요즘은 통장 비밀번호도 이 번호로는 설정 안 돼. 그만큼 허술한 번호야, 바꿔."

그렇게 세현이 직접 바꾼 번호였다.

집 안으로 들어선 세현의 시선이 당연하듯 침대로 향했다. 어젯밤 아파 누운 그녀였으니 모습을 보이지 않는다면 당연히 침대에 있을 것이라 여겼던 것이다. 그러나 침대 시트는 주름 하나 없이 완벽하게 정돈된 채 텅 비어 있었다. 화장실 문을 열어봤지만 역시나 그녀의 모습은 보이지 않았다. 아직까지 바닥에 물기가 남아 있는 것을 보면 분명 씻고 나간 지 얼마 되지 않음이 틀림없었다.

"몸도 안 좋다더니 대체 아침부터 어딜 간 거야?"

휴대폰을 꺼내 다시금 전화를 거는데 침대 협탁 위에 놓인 그녀의 휴대폰이 눈에 들어왔다. 끌리듯 다가가 휴대폰을 손에 들었다. 혹시나 싶어 전원을 켜자 기다렸다는 듯이 통신사 로고와 함께 전원이 들어왔다. 배터리는 충분히 남아 있었다. 그렇다는 건 일부러 전원을 껐다는 뜻이었다. 불안감이 엄습했다.

수인의 휴대폰을 손에 든 세현은 그녀의 집을 빠져나오며 재민에게 전화를 걸었다.

"수인이한테 연락받았어?"

[어. 아침 일찍 전화 왔었어.]

"아침? 몇 시?"

[글쎄…… 7시쯤? 몸이 많이 안 좋아? 다 죽어가는 목소리로 오늘 하루 쉬겠다는데 출근하라고 할 수 있겠냐? 그러다 너한테 맞아 죽을 게 뻔한데.]

"알겠다. 끊어."

저쪽에서 재민이 뭐라 말을 이었지만 세현은 종료 버튼을 눌렀다. 아프다며 회사도 출근하지 않은 사람이 정작 집에는 없었다. 그렇다면 혹시 병원에 갔을까.

'병원?'

불현듯 며칠 전 스치듯 만났던 남자 의사가 떠올랐다. 그렇잖아도 걱정에 빨라진 심박 수가 더욱 거칠게 뛰었다. 뭔가 머리가 삐쭉 서는 느낌이었다. 어금니가 절로 꽉 깨물어졌다. 빈말을 하는 그녀가 아니었기에 그 의사가 그녀에게 여전히 의미 있는 존재는 아님이 틀림없을 것이다. 그럼에도 불구하고 다른 수컷이라면 일단 경계부터 하고 보는 남자라는 단순 무식한 동물이었기 어쩔 수 없는 불안감이 스몄다. 그러고 보니 뭐든 잘 먹던 그녀가 유독 그날은 먹는 둥 마는 둥 했고 그마저도 먹고 체하질 않았나. 은연중에 심리적인 압박감을 느꼈을지도 모를 일이었다. 실제로 그날로부터 계속해서 컨디션 난조를 겪고 있었다.

세현은 고개를 세차게 가로저었다. 어리석은 생각으로 판단을 흐리게 해서는 안 됐다. 그녀를 믿기로 했다면 끝까지 신뢰를 지켜야 했다.

그는 차분히 마음을 가다듬고 수인의 휴대폰을 켰다. 잠금이 되어 있었으나 몇 번 시도 끝에 풀 수 있었다. 역시나 그녀답게 무척 단순한 패턴으로 설정되어 있었다.

"패턴하고는."

단순한 그녀가 참으로 고마운 순간이었다.

그는 전화번호부에서 미인의 연락처를 찾았다. 그녀에게서 나온 친구 이야기의 대부분은 최강미인과 관련된 것이었고, 그만큼 그녀에게 있어 소중한 친구라는 걸 알 수 있었기 때문이었다.

몇 번의 신호음 끝에 전화가 연결되었다.

[바빠 죽겠고만 아침부터 뭔 일이야? 나 바로 아침 조회 들어가야 해. 용건만 간단히!]

"강세현입니다."

[강, 누구? 강세현이요? 누구지? 어라? 이거 수인이 번혼데?]

"진수인 씨 휴대폰 맞습니다. 혹시 수인이와 연락이 닿았나 싶어서 전화를 걸었는데 아닌 모양이군요."

[이 시간에 그쪽이 왜 우리 수인이 휴대폰을 가지고 있어요? 혹시 버스나 지하철에서 습득하셨나요?]

'이 계집애 어디서 칠칠맞지 못하게 또 흘리고 다닌 거야?' 하는 혼잣말이 어렴풋이 휴대폰 너머에서 들려왔다. 그러다 곧바로 거친 말투가 쏟아졌다.

[아니지! 주웠으면 휴대폰 주인이 수인이란 걸 알 리가 없지. 당신 누구야?]

"강세현이라고 말씀드린 것 같습니다만."

[그러니까 강세현이가 누구…… 아! 그 까칠한 강 박사…… 님?]

뒤늦게 '님' 자를 갖다 붙이는 티가 너무 났다. 하지만 그런 것에 연연할 상황이 아니었다.

"아침에 집에 가보니 사람은 없고 휴대폰만 전원이 꺼진 채 있었습니다. 회사에는 아파서 병가를 낸 상태고요."

[애가 뒤늦게 오춘기가 오나? 갑자기 또 왜 그러지?]

"혹시 갈 만한 곳이 없습니까?"

[이 이른 아침부터 갈 곳이 어디 있겠어요. 가까운 곳에서 산책하고 있을지도 몰라요. 가끔 멍 때리며 걷는 거 잘하거든요.]

세현은 잠시 휴대폰을 귀에서 떼어내고 마치 휴대폰이 미인이라도 되는 양 인상을 팍 쓰며 째려봤다. 가장 친한 친구라는 사람이 제 친구의 행방이 묘연한테 너무도 태평했다. 걱정하는 기색이라고는 눈곱만치도 없는 것 같았다. 그래서 저도 모르게 언성이 높아지고 말았다. 아직 얼굴도 모르고, 전화도 처음인 사람에게.

"어젯밤에 아파서 일찍 잠든 사람이 이른 아침부터 동네 산책이나 하고 있겠습니까!"

[왜 화를 내고…… 잠깐, 아파요? 어디 가요? 어떻게 아픈 건데요!]

"요 며칠 고생을 했는지 몸살기가 있다고 해서 약 먹고 눕는 것까지 보고 나왔습니다."

[아픈 애를 왜 혼자 두고 그래요!]

"그러게 말입니다."

생판 얼굴도 모르는 사람에게 혼이 나는데도 화 대신 한숨만 나왔다.

[수인이는 아프거나 우울하면 집 안에 틀어박혀서 3박 4일 안 나오는 애예요. 집 밖으로 나왔다는 건 그래도 살 만하다는 거니까 너무 걱정 말고 기다려요.]

"살 만하다니 그게 친구가 할 소립니까?"

[친구니까 하는 소립니다. 우리 수인이 자기가 사랑하는 사람 마음에 상처는 안 줍니다, 미련스럽게도.]

"……."

[그러니까 기다려요. 그것 조금 못 기다려서 이른 아침부터 요란이래요. 남자가 이렇게 인내심이 없어서야.]

그리고 세현이 대꾸할 틈도 없이 전화는 끊겨 버렸다. 이상하게 득보다 실이 더 많은 통화였다. 과연 가장 소중한 친구라고 할 수 있을지 오히려 의문만 가득 남았다. 조금은 어처구니가 없어 휴대폰을 빤히 쳐다보는데 미인에게서 다시금 전화가 걸려왔다. 그녀는 한참이나 머뭇거리다 무척이나 조심스럽게 물어왔다.

[혹시…… 수인이가 아버지 이야기하던가요?]

"네."

[갑자기 애가 사라진 걸 보면 아버지한테 무슨 일이 있는 건 아닌가 싶기도 해서요.]

"알겠습니다. 고맙습니다."

그녀와 예상치 못한 장소에서 마주친 적이 있었다. 전혀 뜬금없는 곳이라 적지 않게 놀랐던 그 요양병원을 향해 세현은 급하게 차를 출발시켰다.

"실례하겠습니다. 환자 이름은 잘 모르겠는데, 보호자가 진수인 씨로 되어 있습니다. 병실을 좀 알 수 있을까요?"

환자 병문안을 온 사람이 정작 환자의 이름을 모른다니. 데스크에 앉아 업무를 보던 간호사는 의아한 눈으로 세현을 쳐다봤다.

"환자와 관계가 어떻게 되시죠?"

"아……."

순간적으로 할 말이 없었다. 보호자의 남자친구라고 하기엔 뭔가 부족하게만 느껴졌다.

찰나적으로 관계를 밝히지 못하자 의아한 눈빛이 의심의 눈초리로 변해갔다. 워낙에 사건 사고가 만연한 불신 사회이다 보니 어쩌면 당연한 반응이었다.

"병실을 가르쳐 줄 수 없다면 혹시 보호자가 오늘 다녀갔는지 정도만 확인할 수 있을까요?"

세현은 제 명함을 건넸다. 그의 신상을 확인한 간호사는 그제야 의심의 눈초리를 조금 거둬들였다.

"보호자가 진수인 씨라고 하셨죠? 여기 있네요. 환자분 성함이 진정한 씨, 306호예요."

"진, 정 자, 한 자시라고요?"

수인은 노랗게 물든 발아래 들판을 하염없이 내려다보았다. 반쯤은 추수가 끝났고, 늦은 나락은 마지막 금빛 물결을 뽐내며 흔들리고 있었다. 살랑살랑 불어오는 바람에 이제는 꽤 차가운 기운이 묻어 있었다.

참 오랜만에 아버지와 나란히 벤치에 앉아 처음으로 그림 같은 풍경을 내려다보는 순간이었다. 좋지도, 딱히 나쁘지도 않았다. 마치 타인인 것처럼 무덤덤했다.

그 마음의 거리를 보여주듯 수인과 그녀의 아버지인 정한은 중간에 한 사람은 더 앉을 수 있을 만큼 멀찌감치 떨어져 앉은 상태였다.

"건강하세요."

뜬금없이 나온 말이 너무도 예상 밖의 말인 듯 정한의 고개가 획 수인을 향해 돌아갔다.

자식에게 있어 평생 죄인이기에 감히 얼굴 한번 똑바로 쳐다보지 못했다. 제정신인 날보다 그렇지 않은 날들이 훨씬 많았기에 그의 기억에 어여쁘게 자라 성인이 된 딸의 얼굴이 남아 있는 날 역시도 많지 않았다. 그 많지 않은 날에나마 그가 볼 수 있는 건 다른 것에 집중하고 있는 딸의 옆모습과 차갑게 뒤돌아서 집으로 돌아가는 뒷모습뿐이었다.

그런 그가 참으로 오랜만에 딸의 얼굴을 오롯이 본 것이다.

"그래서 오래오래 사세요."

"수인아……."

아버지의 입에서 제 이름이 불리어진 것이 낯설었는지 손톱 밑 큐티클을 긁어대던 그녀의 손끝이 흠칫 움츠러들었다. 하지만 이내 네 손가락으로 엄지를 움켜쥐며 잔뜩 몸에 힘을 싣고 정한의 눈길을 외면했다.

"문득 그런 생각이 들었어요. 그래도 아버지가 이렇게 살아 있어서 나 역시 버틸 수 있었던 게 아닐까."

세상을 살아가게 하는 힘이 꼭 언젠가는 내 것이 될 행복이나 성공에 대한 목표만은 아닐 것이다. 누군가를 원망하는 마음, 그래서 꼭 보란 듯이 잘살아 보이겠다는 오기, 누군가를 미워하며 기필코 저 사람이 어떻게 살아가는지 끝까지 지켜보겠다는 집념 역시 오늘을 살게 하는 힘이 될 수 있었다. 내가 그렇듯, 은채의 어머니 역시 그러하길 바랐다. 아니, 바래왔었다. 그녀의 시간이 빠르게 며칠 전으로 거슬러 올랐다.

"신경 안정제 처방해 드릴게요. 하지만 약은 일시적인 효과를 낼 뿐 근본적인 치료가 되지 않아요. 수인 씨도 잘 알죠? 결국은 그 원인과 대면을 해야 합니다. 회피엔 한계가 있어요."

수인은 진료실 문을 닫고 나오며 슬픈 미소를 머금었다. 완벽하게 극복했다고 생각했는데 아닌 모양이었다. 결국 자기최면은 스스로에게 부과하는 면죄부에 불과했던 모양이었다. 단지 스치듯 마주쳐, 원망 섞인 한마디 들었다고 다시금 힘들어지는 걸 보면 말이다.

수인이 잠시 넋을 놓은 탓에 이제 막 옆 외래진료실에서 진료를 마치고 나오던 사람과 툭 부딪쳤다.

"죄송합니다."

"죄송합니다."

동시에 사과를 하고 고개를 들던 두 사람은 놀란 얼굴로 한참 동안 서로를 쳐다봤다. 누구 하나 먼저 걸음을 옮기지도, 서로를 외면하지도, 그렇다고 쉽사리 말을 건네지도 못했다. 지금 이 자리에서 마주쳤다는 것은 말하지 않아도 서로가 여전히 아파하고 있다는 걸 짐작케 했으니까. 그 아픔이 얼마나 쓸쓸하고 힘겨운지 본인 스스로가 가장 잘 알고 있었으니까.

잠시 후 두 사람은 병원 앞 커피숍에 마주 앉았다. 수인은 엊그제 본 것보다도 핼쑥해진 은채의 어머니를 앞에 두고 차마 고개를 들지 못했다. 긴 침묵 끝에 먼저 입을 연 것은 은채 어머니였다.

"우리는 어쩌면 이렇게라도 은채를 기억할 수 있었던 게 아니었나 모르겠네요."

"그러지 마세요, 어머니. 제가 짊어질 몫이에요."

은채 어머니의 눈동자가 파르르 떨렸다. 저도 모르게 긴장돼 자꾸만 테이블 아래 있는 양손을 번갈아가며 주물러 댔다.

"정말 죄송합니다. 저의 불찰이었습니다. 그 당시 사죄를 드렸어야 했는데…… 그렇지 못했습니다."

그땐 나를 비롯한 그 누구도 볼 자신이 없었다. 그 당시 그녀 역시 잇달아 일어나는 여러 사건들로 인해 정신적으로 매우 불안정한 상태였다.

어머니 49제를 지낸 지 며칠 지나지 않은 때였고, 아버지는 급격히 진행된 치매로 인해 가출을 일삼고 집에 돌아오면 살림살이를 엉망으로 만들기 일쑤였다. 학교에서는 학부모들의 유별난 치맛바람으로 하루에도 몇 번씩 항의 전화를 받아야 했고, 심지어 학급 문제아는 집요한 방식으로 그녀를 괴롭히고 있었다. 모든 것들이 그녀를 극한으로 몰아가고 있는 상황에서 은채의 일까지 벌어졌던 것이다.

결국 그 모든 것을 감내해 내지 못한 그녀는 극심한 불안과 우울증으로 인해 집 밖으로 나오는 것조차 힘이 든 상태였다. 미인의 말로는 당시 은채의 어머니를 직접 만나서 사과까지 했다고 하는데 그녀는 딱히 기억나지 않았다. 몸과 마음이 제각각 둥지를 틀고 제멋대로 움직이는 시기였으니 그럴 만도 했다.

"죄송하다고 하면 끝일까요? 그렇게 용서를 빈다고 죽은 우리 아이가 살아서 돌아올까요?"

몇 년 사이에 큰 역풍이라도 맞은 듯 늙어버린 은채의 어머니는 차마 흘리지 못한 눈물을 가득 머금은 두 눈으로 수인을 바라봤다.

"그러지 않을 겁니다. 더군다나 은채가 원하지도 않을 거고요. 왜냐하면…… 선생님은 잘못이 없으니까요."

"아닙니다. 제가 그날 은채의 이야기만 제대로 들어줬어도 은채가 그런 극단적인 선택은 하지 않았을 겁니다."

"아니오. 은채는 그나마 선생님 때문에 숨을 쉴 수 있었던 거예요."

수인은 모르겠다는 얼굴로 은채 어머니를 쳐다봤다.

"은채는 집을 무서워했습니다. 새아빠와 잘 지내는 것으로 알고 있었어요. 불과 며칠 전까지 말이죠. 만약 그날, 선생님을 보지 않았더라면 은채의 소지품을 다시금 꺼내보지도 않았을 것이고, 그랬다면 전 영원히 몰랐을 겁니다."

자신은 가슴에 묻은 아이 때문에 여전히 마음 편히 웃지도 못하는데 그렇게 웃기엔 3년은 턱없이도 짧은 시간인데, 아이의 죽음을 방관했던 아이의 담임이었던 사람은 아이의 존재조차 잊어버린 것 같아서 억울하고 속상했다. 그렇게 시간이 흐를수록 잊혀가는 아이가 안타까워 집에 오자마자 차마 태우지 못했던 아이의 소지품들을 3년 만에 꺼내보았다. 나라도 그 아이를 기억해 주고자. 자꾸자꾸 꺼내보며 되새김질해 주고자.

소지품 중 아이가 직접 만든 케이크 모형이 눈에 밟혔다. 엄마의 생일을 축하하겠다고 공부하느라 바쁜 그 와중에도 짬짬이 만들었던 것이다. 선물을 만지작거리다 케이크와 그것을 올린 바닥 사이에 아이가 몰래 숨겨놨던 편지를 발견했다. 그리고 그 안에는 끔찍한 내용이 담겨 있었다. 새 아빠의 만행, 인간으로서 절대로 해서는 안 되는 끔찍한 일들이 눈물로 써 있었다. 그 순간의 공포와 분노는 잊을 수가 없었다. 지금도 생각하면 치가 떨렸다.

은채 어머니는 그 편지를 수인에게 전했다. 그녀도 명확히 알아야 이 고통의 늪에서 조금은 자유로울 수 있을 테니까. 마음의 짐처럼 무거운 형벌은 없을 테니까. 그것은 오롯이 엄마인 자신의 몫일 테니까.

"말도 안 돼."

편지를 들고 있는 수인의 손이 덜덜 떨렸다. 이렇게 고통받고 있던 아이를 안아주지 못했던 마음이 다시금 통증이 되어 돌아왔다.

'이 이야기를 하고 싶은 거였구나. 그걸 내가 못해줬구나.'

"선생님을 미워하며 살았습니다. 비단 선생님만의 탓이 아님을 알면서도 그저 원망의 대상이 필요했던 건지도 모르겠네요. 내 아이를 사지로 몰아넣은 것이 부디 내가 아니길 바라는 얄팍한 심정으로. 아이가 죽기 직전까지도 원망하고 싫어했던 사람이 나는 아닐 거라고 자위하면서 말이죠."

얼마나 이기적인 생각이었던가. 그 안일한 생각이 결국은 눈을 가리고 귀를 막았던 게 아니었나.

"막을 수 있었으면 좋았겠지만, 그러지 못했다고 해서 누군가를 미워하고 원망하며 힘들어하는 걸 과연 우리 은채가 좋아할까요?"

은채 어머니도, 수인도 고개를 가로저었다. 수인의 시선이 편지의 마지막 구절에서 맴돌았다.

　─언젠가 우리 담임선생님이 그랬어. 사람을 미워하는 거, 그거 되게 아픈 일이라고. 그때 선생님의 표정이 얼마나 아파 보였는지 몰라. 선생님도 나랑 같은 고민을 했을까? 나는 아프고 싶지 않아. 내가 아프면 엄마가 더 아플 테니까. 그런데 엄마, 미워하면 안 되는 줄 알면서도 미워할 수밖에 없어, 그래서 미안해.

　결국은 이겨내는 것도 남겨진 사람의 몫이었다. 누군가에게 죄책감을 갖고, 누군가를 미워하는 것이 결코 속죄 받는 것도, 삶을 사는 목표가 될 수도 없었다. 내가 얼마나 씩씩하게 이겨내며 내 현재의 삶을 충실하게 살아가느냐, 이것만이 남겨진 사람들이 해야 할 일이었다. 그리하여 사랑했던 사람의 죽음이 헛되지 않도록 만들어가야 했다.

　"제가 교사를 할 때, 저희 반 아이 하나가 자살을 했어요. 워낙에 조용한 아이였고, 말썽은커녕 모난 행동 하나 하지 않았던 아주 모범적인 아이였어요. 뭐 하나 시키면 똑 부러지게 했던 매우 착실한 아이라 큰 걱정 없던 학생이었죠."
　그런 아이였기에 감히 상상도 못했다. 그런 아이였으니 내일이 어도 괜찮을 거라 여겼다.

"아버진 기억 못하시겠지만 그날이 바로 아버지가 응급실에서 이마를 꿰맨 다음날이었어요. 그래서 아버지를 원망했어요. 엄마도 죽게 하고, 그 못다 핀 아이마저 죽음으로 내몰았다고. 내가 만일 그날 그 아이의 이야기를 들어줬으면 그 아이는 살았을 거라고."

모든 게 무의미하게 느껴졌다. 이렇게 아등바등 살아도 삶은 결코 내가 원하는 대로 흘러가지 않을 테니까.

"자신의 삶을 충실하게 살아도 결국은 관심받지 못하고 죽어버리거나, 하루하루가 버거울 수밖에 없는 그런 삶이라면 뭐 굳이 버티며 살 필요가 있을까, 그런 생각뿐이었어요."

가만히 이야기를 듣고 있던 정한이 놀라듯 손을 뻗었다. 그러나 차마 그녀의 손을 잡지는 못했다. 그것을 빤히 느꼈으면서도 수인은 굳이 먼저 손 내밀지 않았다. 그렇기에는 아직 마음에 담긴 한이 너무 많았다.

"그런데 내가 포기해 버리면, 엄마의 마지막 소원마저도 사라져 버리는 거잖아. 아버지 모른 척하지 말라는 그 한마디 남겼는데, 그마저도 모른 척해 버릴 수는 없는 거잖아. 그럼 엄마의 삶이 너무 불쌍하잖아요. 그래서 꿋꿋이 버텼어요. 오기로 버티며 아버지를 미워하고 원망하면서."

"잘했다. 잘했어."

수인은 그제야 고개를 돌려 노쇠한 아버지를 가만히 바라보았다. 입 끝에 실린 저 다행스럽다는 듯한 미소는 어떤 의미일까. 그녀가 가졌던, 그동안 버텨오게 만들었던 생각들과 같은 생각을 하고 계신 걸까.

"그런데 내가 잘못 생각한 것 같아요. 그러면 엄마가 더 슬퍼한다는 걸 깨달았어요. 당신이 가장 사랑하는 사람인데, 그 사람들이 아픈 걸 좋아하지는 않을 거 아녜요. 그래서 이젠 미워하지 않으려고요."

놀라 크게 떠진 눈을 한 아버지의 두 눈이 오롯이 수인에게서 떠날 줄 몰랐다. 오늘은 참도 오랫동안 맑은 정신을 유지하고 계셨다. 참 신기하게도.

"그렇다고 용서를 한다는 건 아녜요. 미워하지 않는다는 것뿐이지. 미워한다는 게 얼마나 힘든 일인지, 스스로를 얼마나 괴롭게 만드는 일인지 이제야 조금 알 것 같아서 그런 거니까."

누군가를 향한 순수한 마음에 얼마나 폐가 되는 마음인지 사랑하는 사람을 만난 지금에서야 깨달을 수 있었다. 누군가의 살뜰한 보살핌을 받으며 과연 내가 그럴 만한 존재인지, 그럴 자격이 있는지 의심하게 되고, 그로 인해 상대방의 호의를 기꺼워하지 못해 상처를 줄 수도 있다는 것을 알게 되었다. 그럴 순 없었다. 내가 사랑하는 사람이 상처받고 아파하는 것을 또다시 지켜볼 수는 없으니까.

"바람이 차네요. 이만 들어가요."

수인은 자리에서 먼저 일어났다. 저벅저벅 걷는 걸음이 한결 가벼워져 있었다.

병원 앞 버스 정류장에 다다른 수인은 갓길에 정차된 흰색 승용차 한 대를 발견했다. 익숙한 뒤태와 이미 외워져 버린 번호판. 그녀의 눈이 놀람을 담아 동그랗게 떠졌다가 이내 초승달이 되었다.

불과 두어 달 전이지만 이미 몇 달은 지난 것처럼 느껴지는 그때, 그날이 떠올랐다. 어색해 온몸이 오그라들 것 같았던 그 긴 시간이 이제는 떠올리면 웃음부터 나왔다.

수인은 두 손을 이마 앞으로 가져가 손차양을 만들며 운전석 차창에 바짝 얼굴을 가져다 댔다. 그리고 기다렸다는 듯이 까만 창문이 내려가면서 사람이 모습을 드러냈다.

"어떻게 알고 왔어요?"

"사랑의 힘?"

"가만 보면 느끼한 말도 아무렇지 않게 하는 요상한 재주가 있다니까."

"재민이랑 붙어 다녀서 그래. 타."

수인은 잽싸게 보닛을 돌아 보조석에 올라탔다.

"아버지는 잘 만나고 왔어?"

"네. 오늘은 돌아가는 발걸음이 좀 가벼워요."

"기특하네."

세현이 손을 뻗어 그녀의 머리를 쓰다듬었다. 마치 어린아이에게 참 잘했다고 칭찬하는 것처럼.

"뭐예요, 이런 애 취급은?"

하지만 세현은 별다른 말 없이 차를 출발시켰다. 본의 아니게 두 부녀의 대화를 듣고 말았다. 그제야 아버지에 대한 감정이 유독 메말랐던 것도, 그녀의 집 안 곳곳에 붙어 있던 스마일 스티커도 이해가 되었다. 그 시간들을 이겨내고 씩씩하게 여기까지, 이렇게 고운 모습으로 달려와 준 그녀가 정말로 기특했다. 힘들었을 것이 분명한 과거의 그녀를 향한 위로와 격려가 담겼다는 건 세현 본인만 알기로 했다.

수인은 세현인 내민 자신의 휴대폰을 받았다.

"다 커서 사춘기 앓는 거야? 아프다고 거짓말하고 이렇게 싸돌아다니는 걸 보면 틀린 추측도 아니지 싶은데."

"걱정 많이 했어요?"

"그걸 말이라고 해? 머리가 나쁜 게 틀림없어. 그렇게 휴대폰 꺼놓는 일은 하지 말라고 하니까."

"그래도 이렇게 잘만 찾는데 뭘."

"그래서 말인데."

그는 한참이나 말을 잇지 못했다. 뭘 그렇게 망설이는지 미간에 사정없이 힘을 준 상태로 입술만 벙싯거렸다.

"왜 말을 하다 말아요?"

"우리 결혼하자."

"네에에에?"

"왜 그렇게 놀라? 내가 못할 말 한 것도 아닌데."

수인은 떡 벌어진 입을 미처 다물지 못하고 운전 중인 세현을 빤히 쳐다봤다.

'그러니까 지금 저 사람이 나에게 청혼을 한 거지?'

대단한 이벤트를 바라는 것은 아니었다. 노래를 불러달라는 것도 아니고, 촛불 켜놓고 무릎 꿇으며 장미꽃 한 다발 내밀기까지는 아니어도 최소한 반지 정도는 있어야 프러포즈라고 할 수 있는 게 아니던가.

"연애한 지 얼마나 됐다고 벌써 결혼이에요?"

수인은 조금은 통명스럽게 대꾸하고는 괜스레 떡하니 팔짱을 꼈다.

"시간이 중요한가? 마음이 중요하지."

"그 마음을 확신한다는 거예요?"

"당연하지. 그런 확신도 없이 결혼하자는 놈도 있나?"

"그냥 한번 툭 던져 볼 수도 있죠."

"네가 처음으로 아침을 차려주던 날, 만들고 싶었어. 너와 내가 만든 우리 집, 우리 가정, 우리 아이."

"……"

"그리고 오늘 확신이 들었다. 병원에 들러 보호자인 네 이름을 대고 아버님 이름을 알려고 하는데 관계가 어떻게 되냐고 묻더라. 보호자 남자친구라고 하자니 너무 가벼워서 대기 싫었어. 그런데 너와 나의 관계를 정의할 만한 다른 관계는 현재로선 그것 외에 존재하지 않더라."

그는 갓길에 잠시 차를 세웠다. 안전벨트를 풀고 그녀의 어깨를 잡아 돌려 그를 마주 보게 했다.

"그래서 해야겠어. 너의 배우자, 너의 남편."

"……."

"결혼하자."

심장이 터질 듯 뛰었다. 그 어느 때보다도 진중한 모습에서 그의 마음이 고스란히 느껴졌다. 장난으로라도 감히 거절할 수 없을만큼 진실된 눈망울이 오롯이 그녀에게로 쏟아졌다.

수인은 대답 대신 두 팔을 벌려 그를 끌어안았다. 미치도록 뛰어대는 이 심장의 환호를 꼭 알아달라고. 두 눈을 꼭 감으며 생각했다.

'그래도, 그렇게라도 내가 살아 있기를 아주 잘한 것 같아요. 이렇게 삶이 살아갈 만하다는 걸 깨닫게 되는 날이, 그런 사람을 만나게 되었으니까요.'

미처 아버지에게는 하지 못했던 그 말이 살짝 열어놓은 차장 밖바람에 실려 가볍게 날아올랐다.

"참, 정말 궁금했는데 그동안 못 물어봤어요. 이 요양원엔 누가 있는 거예요?"

"아버지."

"아버지? 박사님 아버지?"

세현은 피식 웃으며 잠시 멈췄던 차를 출발시켰다.

"이제 곧 아버지가 되실 분."

"뭐야. 우리 아버지 말고요. 박사님이 몇 달 전에 와서 뵀던 분이요."

"그러니까 그분."

"응?"

머릿속을 정리하지 못하던 수인은 퍼뜩 뭔가가 떠오른 듯 놀란 눈으로 그를 쳐다봤다.

"내가 찾아왔던 은사님 존함이 진 정 자, 한 자 되시거든."

"말도 안 돼."

"우린 보통 인연이 아니라니까."

세현은 만족스런 미소를 머금으며 수인의 손을 깍지 끼워 마주 잡았다.

"기대해. 내가 까까머리 고등학생 때 머릿속에 그렸던 11살짜리 꼬마아가씨의 모습을 상세히 들려줄 테니까."

에필로그_ 일상으로의 초대

"네가 이 시간에 웬일이니?"

백미옥 여사는 고작 오후 3시밖에 되지 않은 시간에 집에 들어온 막내아들 주현을 놀란 얼굴로 맞았다. 그도 그럴 것이 새벽이슬 밟고 들어오기 일쑤였던, 대학생이 되어도 크게 달라질 것 없는, 아니, 오히려 더 신명나게 놀고 다니는 아들이 아니었던가.

"내가 내 집에 오는데 이유가 있나요?"

주현은 심드렁한 얼굴을 가장한 채 신발을 벗고 거실로 들어섰다. 그러나 표정과는 달리 두 눈은 집안 기색을 살피느라 여념이 없었다. 뭔가를 찾는 눈치였다.

"말은 바로 하자. 네 집이 아니라 엄마랑 아빠 집이거든?"

"전 아직 독립 전입니다, 어머니."

"스물 넘으면 성인인데 이제 독립할 때도 되지 않았니? 식구도 늘었는데 집이 좀 비좁은 거 같지 않아?"

어머니의 말을 제대로 듣긴 한 것인지 거실 소파 위에 백팩을 휙 던진 그는 먹잇감을 찾는 승냥이 마냥 어슬렁어슬렁 집 안 이곳저곳을 기웃거렸다. 욕실에 들러 손을 씻고 나와서는 주방을 빠끔히 쳐다봤다가, 다시금 안방 문을 살짝 열었다 닫았다. 그럼에도 자신이 찾고자 하는 것을 발견하지 못한 그는 마침내 2층으로 시선을 던졌다.

"그러면 그렇지."

"뭐가요?"

백미옥 여사는 여전히 시치미를 떼는 막내아들을 밉지 않게 흘겨봤다.

"부자가 어쩜 그러니? 이 엄마를 생각해 주는 남자는 이 집안에 아무도 없구나."

"무슨 말씀이세요?"

미옥이 설명을 하기도 전에 이 집안 남자 중 또 다른 한 명이 모습을 드러냈다. 그것도 생전 가야 잘 올라가 보지도 않던 2층에서 말이다.

"어? 아버지가 이 시간에 왜 집에 계세요? 강의 없어요?"

"오늘은 오전 수업만 있다."

"그래도 그렇지. 교수님이 이렇게 막 땡땡이 쳐도 되는 거예요?"

그러자 강신주 교수 대신 미옥이 손바닥에 사정을 두지 않고 주현의 등짝을 소리나게 때렸다.

"아버지에게 말버릇하고는. 넌 언제쯤 어른이 될래? 이제 삼촌도 됐으니 좀 듬직해야 하지 않아?"

미옥에게 맞은 등이 아파 요가하듯 팔을 뒤로 젖혀 문지르던 주현은 '삼촌'이라는 호칭에 금세 아픈 것도 잊고 바보 같은 웃음을 지었다.

"쌍둥이는? 뭐 하고 있어요? 지들 엄마랑 놀아? 자? 목욕은 했나? 사람 좀 알아봐요? 오늘도 똥을 푸짐하게 쌌어?"

어찌나 궁금한 게 많은지 어떻게 오후까지 참고 있었나 싶었다.

"아니다. 내가 직접 확인해 보면 되지."

주현은 씩씩하게 2층으로 이어지는 계단에 발을 올렸다. 하지만 2층에서부터 계단을 밟고 내려오던 신주에게 밀려 다시금 뒷걸음질 쳐야 했다.

"이제 막 잠들었다. 괜히 예쁘다고 만져 보다가 깨우지 말고 잠자코 있어."

"에이, 안 깨워요. 무사한지 얼굴만 보고 올게요."

"무사한 거 확인하고 내려왔다."

생후 50일이 된 쌍둥이 하은, 하연 자매는 남자들만 득실득실한 강 씨 집안에서 관심과 귀여움을 독차지하고 있었다. 불철주야 청춘을 즐기느라 얼굴 한 번 보기 힘든 주현을 대낮부터 집으로 불러들인 것만으로도 그 정도를 짐작케 했다.

"누가 보면 두 자매 전쟁터라도 나간 줄 알겠다. 내가 무슨 애들 구박하는 계모라도 돼?"

미옥은 두 남자를 사정없이 흘겨보고는 앞치마를 세차게 흩날리며 주방으로 들어가 버렸다. 뒤로 남겨진 아버지 신주와 아들 주현은 서로 눈빛을 교환했다. 어서 가서 화를 좀 풀어주라는 무언의 신호였다. 하지만 두 남자 모두 선뜻 앞으로 나서지 않았다. 결국 눈싸움에서 패한 주현이 살랑살랑 꼬리를 흔들며 주방으로 들어갔다.

"형수님은 어디 가셨어요?"

"오늘이 돌아가신 사돈 기일이잖아. 납골당에 다녀온다고 오전에 나갔다."

"혼자?"

"네 형이 어디 그럴 사람이니? 너랑은 매우 다르잖니?"

"어머니, 말에 가시가 팍팍 돋쳐 있는데요?"

"역시 넌 눈치가 빨라서 좋다. 너, 이번에도 한 달을 못 갔지? 대체 난 네 여자친구 이름을 언제까지 새로 들어야 하는 거니?"

"어머니 치매 예방에 도움되라고 그러는 겁니다."

"앓느니 죽지."

혀를 차며 고개를 설레설레 가로저은 미옥은 대뜸 거실 소파 위에 나뒹굴고 있는 책가방을 넘어봤다. 그 눈빛을 발견한 주현이 지레 뜨끔하여 반사적으로 손을 정신없이 흔들었다.

"아니야, 아니에요."

"아니긴. 오늘은 뭘 또 주섬주섬 사왔니?"

태어난 지 고작 50일이 겨우 지난 아이들에게 장난감이 무슨 소용인지, 들어올 때마다 주섬주섬 뭔가를 사오는지라 아기 방이 그들이 사다 나른 장난감으로 넘쳐 날 지경이었다. 아기들은 훌쩍 훌쩍 자라 버리기 때문에 좀 더 크고, 뭔가 가지고 놀 수 있을 때 사오라고 달래도 보고, 으박도 질러봤지만 도대체가 들어먹질 않았다.

"오늘은 장난감 아니라니깐요. 지나가는데 정말 예쁜 아기신발이 놓여 있는 거 있죠. 우리 쌍둥이들한테 딱이에요, 딱! 한번 보실래요?"

보나마나였다. 분명 또 몇 켤레나 되는 신발에 양말을 집어왔을 게 틀림없었다. 대학생 알바비가 얼마나 된다고 과소비인지.

"앓느니 죽는다, 정말로. 이 엄마가 너 때문에 일찍 늙어."

하지만 그렇게 말하는 미옥의 입가에 잔잔한 미소가 담겨 있었다.

처음 세현이 결혼할 사람이라며 데려왔을 때는 정말 남자만 아니라면 무조건 찬성할 심산이었다. 아들의 나이도 나이였으나, 워낙에 연애머리라고는 없는 아들이라 이 기회를 놓친다면 영영 혼자 늙어 죽을까 걱정스러웠던 것이다.

하지만 정작 어머니는 진즉 여의고, 치매 걸린 아버지를 모시고 있단 말에 두 팔 벌려 환영하기란 쉽지 않았다. 아니, 오히려 희박

할 다음 기회를 기약하고 싶었다. 그럼에도 허락할 수밖에 없었던 것은 그런 자신의 생각이라도 읽은 것처럼 당연하다는 듯 웃어 보이는 미소 때문이었다.

그 작은 표정과 떨리는 손끝에서 진심을 읽을 수 있었다. 이렇게 좋은 사람을 낳아 기르셨으니 당연한 마음이라고, 오히려 그런 사람을 이렇게 만날 수 있게 해주셔서 감사하다고, 그러니 아들 가진 생색쯤은 충분히 내셔도 좋다고. 꼭 그렇게 말하는 것 같았다. 잔뜩 긴장을 해서는 물만 홀짝홀짝 마셔대면서도 자신을 향한 그 미소만큼은 따스했다. 이상하게 며칠이 지나도 쉽게 잊히지 않을 만큼.

그럴 찰나, 장을 보러 갔다가 그 아이를 만났다. 마치 아주 보고 싶었던 사람을 만난 것처럼 반갑게 인사를 하는 모습을 보며 그녀 역시 묘하게 반가워하고 있음을 깨달았다.

'사실은 박사님이 어머니께서 여기에서 장을 보신다고 하셔서, 혹시나 마주치지는 않을까 하는 마음으로 나왔어요.'

생긋 웃으며 고백을 해오는 아이가 밉지 않았다. 밑반찬 거리를 사고, 해산물을 골라 담으며 너무도 자연스럽게 어떤 것이 더 맛있는 것이고, 싱싱한 것인지 설명하고 있는 스스로의 모습에 미옥은 적잖게 당황했다.

열심히 설명을 해도 '그게 그거 같은데 아무거나 사.' 하며 시큰둥해하는 남자들에 지쳐 혼자서 장을 본 지도 벌써 수년이었다. 그런 그녀에게 옆에서 들어주고, 호응해 주고 말벗이 되어주는 사람에게 호감이 가는 건 당연한 일이었다.

'어머니, 혹시 국수 좋아하세요? 시장하실 텐데 한 그릇 드시고 가는 건 어떠세요?'

그렇게 조심스럽게 데이트를 신청하는 아이였다. 그리고 들어간 국수 가게에서 수인은 차마 고개를 들지 못하고 조용히 고백했다.

'사실은 엄마랑 장을 본 적이 한 번도 없어요. 전 학교 다닐 때 공부만 하던 아이였거든요. 어렸을 땐 공부 잘하고 말 잘 듣는 것만이 최고의 효도라 생각했고, 그래서 집에 오면 책상 앞에 앉아서 꼼짝 안 했어요.'

그러느라 정작 엄마랑 쌓은 추억이 하나도 없다고 했다. 엄마랑 해보지 못한 게 너무나 많다고 했다. 투정 한 번 마음껏 부려보지 못했고, 생신날 미역국도 한 번 끓여 드리지 못했고, 첫 월급을 받았을 때 촌스러운 내의도 해드리지 못했다고 했다. 이다음에 꼭 성공해서 그동안 못했던 것 실컷 해보면서 살 수 있을 것이라 믿었지만 아쉽게도 '다음'은 영영 돌아오지 않았단다.

그때 그런 생각이 들었다. 어쩌면 그녀가 생각했던 '다음 기회'란 없을지도 모르겠다고. 그리고 생각했다. 이런 딸이 하나 있으면 어떨까. 그렇게 며느리를 들였다. 딸 하나를 얻었다. 그리고 참 잘했다 싶었다. 몇 년 동안 아이가 들어서지 않아서 걱정을 끼치긴 했지만, 그 걱정이 무색하도록 한꺼번에 둘을 낳았으니 그것으로 충분했다. 이제는 정말 식구였다. 가족이었다. 지극히도 평범한, 사람 냄새 나는 가족.

그렇게 미옥이 잠시 지난 시간을 되돌려보는 사이 2층에서 아기 울음소리가 들려왔다.

"하은이, 하연이 깼나 보네. 제가 올라갈게요!"

그녀가 퍼뜩 정신을 차렸을 때는 이미 우당탕탕 계단을 밟고 올라가는 요란한 발소리가 울린 후였다. 서재에 있던 신주 역시 금세 문을 열고 나오고 있었다.

"그래, 남자들의 인기는 이 할미가 양보해야지. 할머니는 너희들 밥이나 데워야겠구나."

혼잣말 뒤로 흥이 담긴 콧노래가 한참 동안이나 이어지고 있었다.

수인은 간질거리는 느낌에 눈을 떴다. 하지만 너무도 눈부신 햇살에 저도 모르게 얼굴을 찌푸리며 다시금 눈을 감아버리고 말았다.

"깼어?"

익숙한 중저음의 목소리, 그리고 볼에 와 닿는 부드러운 손길. 찌푸린 얼굴이 풀리고 절로 미소가 번졌다.

"깜빡 졸았어."

"깜빡 졸았다고 하기엔 너무 긴 시간인데?"

"정말?"

벌떡 몸을 일으키려던 그녀는 다시금 그녀를 눕히는 힘에 의해 방금 전 눈을 떴던 그 자세로 눕혀졌다. 파란 하늘과 그 위를 떠다니는 새하얀 뭉게구름을 배경으로 잘생긴 얼굴 하나가 눈에 들어왔다. 멋스럽게 빗어 넘긴 머리 탓에 강직한 이마와 턱 선이 매력적인 남성미를 뽐내고 있었다. 수인은 반사적으로 손을 뻗어 그의 턱 선을 만지작거렸다.

"잘생겼다."

"언젠가 그랬던 적 있지 않나? 미녀와 야수의 야수가 왕자님으로 환골탈태한 거 아니냐고."

"어쨌든 결론은 왕자님인 거잖아."

서로가 가벼운 웃음을 베어 물었다. 초록의 드넓은 잔디밭 위에 솟은 나무 그늘에 편안하게 앉아 있는 남자와, 그 남자의 무릎을 베개 삼아 누운 여자의 모습은 그야말로 한 폭의 그림과도 같았다.

살랑이는 가을바람, 따스한 햇살, 그리고 사랑하는 사람이 옆에 있는 평범한 일상이 꿀처럼 달콤했다.

"좋다."

"나?"

"응."

"웬일이야? 한 번에 수긍도 다 해주네?"

"이런 날도 있어야지요. 자고로 밀당을 잘해야 하는 법이랬어요. 그동안 계속 밀었으니 이젠 좀 당겨주는 거예요."

"눈물 나게 고맙네."

세현은 피식 웃으며 바람에 흩날리는 그녀의 긴 머리칼을 귀 뒤로 넘겨주었다. 조심스레 귓바퀴를 어루만지며 저 먼 곳으로 시선을 던졌다. 잔디 언덕 아래서 조그마한 아이들이 아장아장 걸어다니기도 하고, 조금 더 자란 아이들은 자기들끼리 술래잡기를 하며 뛰놀고 있었다. 어느 젊은 연인들은 서로 딱 붙어 사랑을 속삭이기도 했다, 지금의 그들처럼.

"결국 운명이었을까요?"

"당연하지."

"누구를 말하는 줄 알고 대답하는 거예요?"

"아버님, 어머님 말하는 거잖아."

"역시 남편이 내 편이긴 하네."

싱긋 웃는 그녀의 눈가가 촉촉이 젖어들었다. 당연하다는 듯이 세현의 엄지가 그녀의 눈 밑을 살살 쓰다듬었다. 달래듯, 어르듯.

1년 전 오늘, 수인의 어머니 기일이었던 그날, 그녀의 아버지이자 그의 은사님께서 눈을 감으셨다. 그리고 그의 보잘것없는 유품을 정리하던 중 그가 즐겨 입던 정장 안주머니에서 사진 한 장이 나왔다. 빛바랜 흑백 사진은 어찌나 만지작거렸는지 모서리가 닳고 해져 네모난 사진의 모서리가 둥그스름해져 있었다.

그리고 그 사진 속에는 두 남녀가 굳은 표정과 자세로 나란히 서 있었다. 바로 수인의 부모님이었다. 갓 결혼한 신혼부부라고

하기엔 너무도 어색한 모습이었다. 남이라 해도 믿을 만큼.

어쩌면 아버지는 죽을 때까지 미안해하며, 괴로워하며 살았을지도 모르겠다. 회귀해 버린 정신 속에서 이미 죽어버린 추억을 붙잡고 살다, 다시금 돌아온 현재의 당신에게서 어리석음을 깨닫게 되는 과정이 반복되었을 테니까.

사람은 하나인데 머릿속에 살고 있는 여인은 자꾸 시간을 역행해 나타났다 사라졌다를 반복했을 테니까. 그러면서 결국 당신이 마지막에 사랑했던 여인은 한 사람임에도 불구하고 본인의 의지와는 다르게 그 흔적이 지워져 가는 것을 느끼며 고통스러워했을지도 모르겠다.

현재를 머무는 그 짧디짧은 순간에 사진을 보고 또 보면서 다시금 과거로 회귀한다 해도 절대로 잊지 말자 수십, 수백 번 되뇌었을 그 순간의 초조함을 절실히 겪었을지도 모르겠다. 그렇게 겨우, 같은 날 마중 나온 그녀를 따라간 것은 아니었을까.

"엄마는 알았던 걸까요?"

"마음은, 특히 사랑하는 마음은 숨길 수 없는 거니까. 매일 똑같은 일상일지라도 마음을 준 이가 함께 하는 순간이라면 특별할 테니까. 산책을 할 때도, 밥을 먹을 때도, 잠을 잘 때도."

"그렇다면 다행이다."

수인은 벌떡 몸을 일으켜 앉았다. 그의 시선이 먼 곳에 가 있던 탓에 이번에는 그녀를 붙들어 눕히지 못했다. 대신 앉은 채로 고개를 들어 수인을 올려다봤다. 그녀가 생긋 웃으며 손을 내밀었다.

"초대할게요. 나의 일상으로."

"기꺼이."

마주 잡은 두 손, 마주 보는 두 눈, 함께 피어나는 미소. 그렇게 행복은 소리도 없이 그들 곁에 내려앉아 있었다.

THE END ― ♠